Le prix d'un secret

_____

Les flocons de la passion

YVONNE LINDSAY

Le prix d'un secret

Passions

HARLEQUIN

Collection : PASSIONS

Titre original : THE HIGH PRICE OF SECRETS

Traduction française de EDOUARD DIAZ

HARLEQUIN®
est une marque déposée par le Groupe Harlequin

PASSIONS®
est une marque déposée par Harlequin

HARLEQUIN
83-85, boulevard Vincent Auriol, 75646 PARIS CEDEX 13.
Service Lectrices — Tél. : 01 45 82 47 47
www.harlequin.fr
ISBN 978-2-2803-1358-2 — ISSN 1950-2761

1

— Tu *démissionnes*? Que veux-tu dire? Mais il ne reste que quatre semaines avant Noël! Nous avons tant de clients au gîte et tant d'événements à préparer que nous ne savons plus où donner de la tête! Allons, ne pouvons-nous pas en discuter? Si ton poste actuel ne te plaît pas, nous pouvons nous arranger. Te trouver autre chose à faire...

Tamsyn réprima un soupir. Lui trouver autre chose à faire? Cela ne résoudrait sûrement pas son problème. Bien sûr, elle ne pouvait pas en vouloir à son frère Ethan d'essayer d'arranger les choses pour la contenter. C'était ainsi, après tout, qu'il avait toujours agi. Mais, cette fois-ci, il ne pouvait rien faire pour elle. Elle avait besoin de partir.

Depuis quelque temps déjà, elle songeait à prendre un long congé. Son travail dans la maison familiale The Masters, qui réunissait une propriété viticole et un gîte de luxe dans les environs d'Adelaïde, en Australie du Sud, ne lui donnait plus satisfaction depuis longtemps. Elle vivait dans un état de constante agitation, avec l'impression de n'avoir plus sa place nulle part — ni au travail, ni dans sa famille, ni même auprès de son fiancé.

Et la débâcle de la veille n'avait fait que prouver à quel point ce sentiment était justifié.

— Ethan, je ne peux pas en parler maintenant. Je suis en Nouvelle-Zélande.

— En Nouvelle-Zélande? Mais hier soir encore, tu étais ici, à Adelaïde, avec Trent!

— J'ai rompu. Nous ne sommes plus fiancés.

— Tu as… *quoi ?*

— C'est une longue histoire, éluda-t-elle, luttant contre un nouvel accès de souffrance.

— J'ai des oreilles. Je t'écoute.

— Pas maintenant, Ethan. Je… je ne peux pas.

Sa voix se brisa et un flot de larmes trop longtemps réprimées ruissela librement sur ses joues.

— Je vais le tuer, gronda Ethan en bon frère protecteur qu'il était, malgré les milliers de kilomètres qui les séparaient.

— Non, n'y pense même pas. Il n'en vaut pas la peine.

Elle entendit son frère soupirer à l'autre bout du fil et perçut toute son inquiétude et sa frustration.

— Quand comptes-tu rentrer ?

— Je… je ne sais pas, répondit-elle, s'abstenant de préciser qu'elle n'avait pris qu'un aller simple. Ce n'est pas encore très clair dans mon esprit.

— Heureusement que tu as formé ton assistant à prendre la relève en cas d'urgence. Zac est prêt, n'est-ce pas ?

— Euh… non. Je l'ai licencié.

— Tu as… *quoi ?*

Ethan garda un instant le silence, reconstituant sans doute le puzzle en pensée. La vérité dut lui apparaître soudain, éclatante, car l'incrédulité perça dans sa voix.

— Zac et Trent… ? murmura-t-il.

— Oui, confirma-t-elle d'une voix étranglée.

— Cela va aller, Tamsyn ? Ecoute, je vais venir te rejoindre. Dis-moi simplement où tu te trouves.

— Oh non, ce n'est pas la peine. Cela va aller, rassure-toi. J'ai seulement besoin…

Elle poussa un soupir. Il n'y avait pas de mots pour exprimer ce dont elle avait besoin. Elle se contenta de lui fournir une réponse qu'il comprendrait :

— J'ai besoin de rester un peu seule pour réfléchir.

Je suis désolée d'être partie de cette façon, mais tout est dans mon ordinateur et les réservations sont aussi notées sur le tableau d'affichage au mur. Au pire, vous pouvez toujours m'appeler.

— Ne t'inquiète pas, nous nous occuperons de tout.

La tranquille conviction de son grand frère la rasséréna un peu. Pas autant que si elle avait été à ses côtés, mais presque.

— Merci, Ethan.

— De rien. Mais… Tamsyn, qui va s'occuper de toi ?

— Moi-même, répliqua-t-elle d'un ton ferme.

— Je pense vraiment que tu devrais rentrer à la maison.

— Non. Je sais ce que je dois faire. Pour moi, c'est important. Et aujourd'hui plus que jamais. J'ai l'intention de la retrouver.

Il y eut un long silence sur la ligne. Puis son frère soupira.

— Es-tu certaine que le moment soit bien choisi pour te lancer à la recherche de notre mère ?

Plusieurs mois s'étaient écoulés depuis qu'ils avaient appris que cette dernière, qu'ils croyaient décédée, était bien vivante et qu'elle vivait en Nouvelle-Zélande. Mais Tamsyn ne s'était toujours pas remise du choc de la nouvelle.

C'était à la mort de leur père qu'ils avaient appris que celui-ci leur avait menti et que le reste de la famille avait couvert son mensonge. Mais le pire avait été de découvrir que leur mère avait *choisi* de rester loin d'eux, sans jamais chercher à reprendre contact avec ses enfants. Cela avait soulevé tant de questions dans l'esprit de Tamsyn, qu'elle ne savait plus désormais qui elle était vraiment.

— Quel meilleur moment que celui-ci ? observa-t-elle en réprimant une grimace.

— Tu souffres, lui rappela son frère. Tu es vulnérable. Je ne veux pas que tu ailles au-devant d'une nouvelle déception. Rentre à la maison. Je vais charger un détective privé d'enquêter, afin que tu saches dans quoi tu t'engages.

— Je préfère m'en occuper moi-même. J'en ai besoin. Ecoute, je me trouve à deux pas de cette adresse que tu m'as donnée il y a deux mois. Je dois te quitter.

— Tu as l'intention de te présenter chez elle sans la prévenir ?

— Oui, pourquoi pas ?

— Tamsyn, sois raisonnable. Tu ne peux pas aller frapper à la porte d'une personne pour lui annoncer que tu es sa fille disparue depuis des années.

— Sauf que ce n'est pas moi qui ai *disparu*, n'est-ce pas ? Elle a toujours su où nous trouver, elle. C'est elle qui est partie pour ne jamais revenir !

Elle savait que sa souffrance était perceptible dans sa voix. Une souffrance mêlée de ressentiment, de fureur et de chagrin. Et de tant de questions que Tamsyn ne dormait plus depuis qu'elle avait appris que sa mère vivait quelque part, loin d'elle. Cette maman qu'elle avait idolâtrée, cette maman qui l'aimait trop pour l'abandonner n'avait jamais existé. Elle avait mille questions à lui poser et se sentait assez forte pour entendre les réponses. Elle en avait besoin pour reprendre le cours de sa vie. Car tout ce en quoi elle avait cru jusqu'à ce jour n'avait été qu'un tissu de mensonges. Et la trahison de Trent avait été la goutte d'eau qui faisait déborder le vase. Elle ne savait même plus qui elle était. Mais elle avait bien l'intention de le découvrir.

La voix d'Ethan vint interrompre ses pensées :

— Fais-moi plaisir : trouve-toi un hôtel quelque part et repose-toi avant de faire des choses que tu pourrais regretter. Nous en reparlerons demain matin.

— Je te raconterai comment cela s'est passé, promit Tamsyn, ignorant la suggestion. Je te rappellerai dans quelques jours.

Elle coupa la communication avant que son frère n'ait eu le temps de protester et concentra son attention sur la voix désincarnée du GPS :

« Tournez à gauche dans cinq cents mètres ».

Tamsyn avait la gorge serrée, mais elle avait *besoin* de le faire, même si, pour une femme comme elle, qui avait l'habitude de tout programmer dans le moindre détail, cette démarche semblait totalement irrationnelle.

Elle dépassa au ralenti les grilles imposantes de la propriété, arrêta la voiture au début de la longue allée et ferma les yeux. Les dés en étaient jetés — elle était peut-être sur le point de se retrouver face à face avec cette mère qu'elle n'avait pas revue depuis l'âge de trois ans. Elle frissonna et un flot d'adrénaline se déversa dans ses veines.

Ces dernières vingt-quatre heures avaient été des montagnes russes d'émotions. Elle s'était sentie tour à tour folle de joie et affreusement angoissée. Elle rouvrit les yeux et ôta son pied du frein. La voiture recommença à rouler lentement sur l'allée qui serpentait au flanc d'un coteau en pente douce.

A gauche et à droite, s'étendaient des vignes en rangs bien ordonnés, au feuillage vert vif et avec des grappes déjà visibles sur les sarments. On n'était qu'en novembre, au printemps austral, et l'œil expérimenté de Tamsyn devinait déjà une abondante récolte.

Après un virage serré, elle vit la maison devant elle. La grande demeure sur deux niveaux, bâtie de pierre et de bois de cèdre, se dressait fièrement sur la crête de la colline. Tamsyn esquissa une moue désapprobatrice. Ainsi donc, ce n'était pas la pauvreté qui avait empêché sa mère de garder le contact. Etait-ce de cette façon qu'Ellen Masters avait dépensé l'argent que son mari lui envoyait depuis plus de vingt ans ?

Portée par cette indignation, elle descendit de voiture et marcha d'un pas déterminé vers la maison. C'était maintenant ou jamais. Elle gravit les marches du perron et, prenant une profonde inspiration, elle souleva le marteau de la porte et le laissa retomber. Presque aussitôt, elle entendit un bruit de pas à l'intérieur et toute sa détermination s'évapora d'un coup.

Que faisait-elle ici ?

Finn Gallagher ouvrit sa porte et faillit reculer de surprise. Il avait instantanément reconnu la femme postée devant lui sur le seuil. C'était la fille d'Ellen.

Ainsi, la petite princesse d'Australie avait enfin daigné leur rendre visite ! Trop tard, du moins en ce qui le concernait. Beaucoup trop tard.

Il devait cependant reconnaître que les photos d'elle, qu'il avait vues au fil des ans, ne lui rendaient pas justice. Et encore, il devinait qu'il ne la voyait pas sous son meilleur jour. Ses longs cheveux bruns cascadant sur ses épaules avaient besoin d'un coup de brosse et des cernes de fatigue soulignaient ses grands yeux noisette. Des yeux qui rappelaient ceux de sa mère, cette femme qui, avec Lorenzo, qui partageait sa vie, lui avait servi de maman lorsque sa propre famille s'était désintégrée.

Ses vêtements, bien qu'un peu froissés, étaient d'une élégance exquise et épousaient ses courbes harmonieuses à la perfection. Le col du chemisier laissait entrevoir de délicieuses rondeurs de peau crémeuse. La jupe, ni assez longue pour paraître prude ni courte au point d'être jugée inappropriée, lui moulait amoureusement les hanches et lui découvrait tout juste le genou.

Tout en elle rappelait l'existence privilégiée à laquelle elle avait eu droit. Dire que la mère de cette femme avait dû mener un combat constant pour se construire une vie décente ! Visiblement, les Masters veillaient sur les leurs, mais pas sur ceux qui avaient quitté le clan. Pas sur ceux qui avaient refusé de se conformer à leurs règles…

Son regard remonta vers le visage de la jeune femme et il vit que ses lèvres généreuses tremblaient un peu. Elle lui adressa un sourire crispé.

— Euh… bonjour. Suis-je bien au domicile de Mme Ellen Masters ?

Elle s'exprimait d'une voix tendue et, dans la lumière de la fin d'après-midi, il discernait des traces de larmes sur ses joues. Finn sentit sa curiosité naturelle s'éveiller, mais il la réprima avec sa détermination habituelle.

— Et à qui ai-je l'honneur ? s'enquit-il, connaissant d'avance la réponse.

— Oh ! Excusez-moi ! dit-elle en lui tendant sa main délicate. Je suis Tamsyn Masters. Je cherche Ellen, ma mère.

Il serra la main offerte et remarqua la fraîcheur de ses doigts et leur fragilité quand il referma la main sur eux. Son instinct protecteur s'éveilla aussitôt, mais il le fit taire. Quelque chose était visiblement venu bouleverser le petit monde bien réglé de Tamsyn Masters, mais ce n'était pas son affaire.

Son seul souci, à lui, était qu'il devait l'empêcher de s'approcher d'Ellen.

2

— Il n'y a pas d'Ellen Masters ici, répondit-il en lui relâchant la main. Votre mère attendait-elle votre visite ?

— Non, convint-elle en rougissant un peu. J'espérais... Je voulais lui faire une surprise.

Une surprise, songea-t-il avec amertume. Sans se soucier le moins du monde de savoir si sa mère souhaiterait la voir, ou serait en mesure de la recevoir. Tout à fait typique des gens de son espèce ! Choyés, gâtés et persuadés que la terre ne tournait que pour eux. Le genre de personnes qu'il connaissait trop bien, qui attendaient toujours davantage, même lorsqu'on leur avait tout donné. Des gens comme Briana, son ex-épouse : ravissante, issue d'un milieu privilégié et dissimulant, derrière un étalage de bons sentiments, une froideur prédatrice.

— Etes-vous certaine d'avoir la bonne adresse ? s'enquit-il, maîtrisant sa colère.

— Euh, je croyais, oui...

Elle fouilla dans son sac, en tira un papier froissé et lut à voix haute l'adresse qui y était notée, avant de relever les yeux vers lui.

— C'est bien ici, n'est-ce pas ?

— Oui, mais aucune Ellen Masters ne vit ici. Je crains que vous n'ayez fait ce voyage pour rien.

Il la vit s'affaisser et ses yeux brillèrent soudain de larmes contenues. Les traits délicats étaient devenus un masque de tristesse. Alors, son instinct protecteur resurgit et il fut à deux doigts de révéler à la jeune femme l'existence de l'allée sans portail, à peine visible sous la végétation, qu'elle avait dépassée en arrivant et qui conduisait au cottage où Ellen et Lorenzo vivaient depuis vingt-cinq ans. Il réprima cependant cet élan.

Il savait que Tamsyn Masters était majeure depuis près de dix ans. Quel caprice avait bien pu la pousser à se lancer à la recherche d'Ellen maintenant ? Et pourquoi n'avait-elle rien fait pour retrouver sa mère plus tôt, lorsque cela aurait encore pu faire une différence ?

— Je… euh… je suis désolée de vous avoir dérangé. On a dû me donner des informations erronées.

Elle plongea la main dans son sac et en retira des lunettes de soleil qu'elle posa maladroitement sur son nez, lui dissimulant son regard bouleversé. Il remarqua alors une trace plus claire sur son annulaire gauche. Ces fameuses fiançailles, dont tous les journaux avaient parlé un an plus tôt, se seraient-elles mal terminées ? Etait-ce là le déclencheur de ce besoin de retrouver sa mère ?

De toute façon, ce n'était pas son affaire.

— Il n'y a pas de mal, répondit-il.

Puis il la suivit des yeux tandis qu'elle regagnait sa voiture, exécutait son demi-tour et s'éloignait dans l'allée.

Sans perdre une seconde, Finn sortit alors son téléphone portable et composa un numéro. Il n'obtint que le répondeur.

— Lorenzo, appelle-moi. Il y a des complications ici.

Il rempocha l'appareil et referma la porte d'entrée de sa maison. Mais il avait déjà le sentiment qu'il n'avait pas totalement fermé sa porte à Tamsyn Masters.

Redescendant l'allée au volant de sa voiture, Tamsyn luttait contre un écrasant sentiment de déception. Les larmes qu'elle avait bravement refoulées devant l'inconnu ruisselaient à présent sur ses joues.

Comment avait-elle pu croire que ce serait aussi simple ?

Elle aurait dû écouter Nathan, attendre d'être plus forte avant de se lancer dans cette entreprise. Mais il était trop tard. Elle s'était rendue à l'adresse où l'avocat de son père envoyait les chèques à sa mère depuis des années et cette adresse s'était révélée erronée. La déception avait un goût amer, comme elle venait de le découvrir, non pas une fois, mais à deux reprises au cours des dernières vingt-quatre heures. Elle avait eu tort de se montrer impulsive. Ce n'était pas dans sa nature. Toute sa vie, elle avait soigneusement pesé le pour et le contre avant d'agir. C'était moins risqué, moins dangereux. On était privé de l'excitation de l'aventure, certes, mais on évitait aussi la souffrance que procure l'échec.

Tamsyn songea à l'homme qui lui avait ouvert. Il était grand et elle avait dû lever la tête pour lui parler. Il avait une sacrée présence, toutes les femmes devaient se retourner quand il arrivait quelque part. Le front large, des sourcils droits, des yeux gris de la couleur du schiste dont était bâtie sa somptueuse maison en haut de la colline. Une ombre de barbe obscurcissait ses joues et son menton énergique, mais son sourire, bien que courtois, manquait de chaleur.

Lorsqu'il avait posé le regard sur elle, elle avait cru lire dans ses yeux… non, ce devait être son imagination… Il ne pouvait pas l'avoir reconnue, car elle, de son côté était certaine de ne l'avoir jamais rencontré. Elle s'en souviendrait…

Le soleil s'enfonçait derrière l'horizon et elle ressentit alors tout le poids de la fatigue. Elle devait trouver un hôtel avant de faire des bêtises, comme s'endormir au volant et finir dans un fossé.

Elle s'arrêta sur le bas-côté et consulta le GPS, qui, par chance, signalait une auberge à moins de quinze minutes de route. Elle composa le numéro sur son téléphone portable et fut soulagée d'apprendre qu'il restait une chambre. Peu après, elle immobilisait sa voiture devant une charmante maison de style 1900.

Les rayons dorés du soleil couchant qui caressaient la façade crème lui donnaient un aspect paisible et rassurant. C'était précisément ce dont elle avait besoin.

Incapable de se concentrer de nouveau sur les plans étalés sur sa table de travail, Finn faisait les cent pas dans son bureau. De toute façon, ces plans ne serviraient à rien s'il n'obtenait pas le droit de passage nécessaire pour accéder au terrain dont il avait besoin pour mettre en œuvre son projet spécial.

Le téléphone sonna soudain, le tirant de ses réflexions.

— Gallagher.

— Finn, j'ai eu ton message. Un problème, dis-tu ?

— Ah, Lorenzo ! s'exclama Finn en s'asseyant. Je suis heureux que tu me rappelles.

— Qu'y a-t-il, mon garçon ? s'enquit son correspondant avec un fond d'accent italien que deux bonnes décennies passées en Australie et en Nouvelle-Zélande n'avaient pas effacé.

— Tout d'abord, comment va Ellen ?

— Pas très bien, j'en ai peur, soupira le vieil homme. Elle a passé une journée difficile.

Lorsque les premiers symptômes d'atteinte rénale et hépatique s'étaient manifestés chez Ellen, Lorenzo avait choisi de s'installer avec elle à Wellington, où elle pouvait recevoir les soins spécialisés que nécessitait son état de démence sénile précoce.

— Je suis navré de l'apprendre.

— Que veux-tu, c'est ainsi, répondit Lorenzo. J'ai demandé à Alexis de rentrer d'Italie.

— Ellen va donc si mal que cela ?

Alexis, fille unique d'Ellen et de Lorenzo, travaillait en

Europe depuis un an déjà. Elle vivait actuellement chez la famille de Lorenzo, qui était restée en Toscane.

— Oui, hélas ! fit le vieil homme d'un ton douloureux. Elle n'a plus la force de lutter, je crois. La plupart du temps, elle ne me reconnaît même plus.

— Ecoute, Lorenzo : Tamsyn Masters s'est présentée à ma porte aujourd'hui pour la voir, l'informa Finn.

— Alors, ce jour est finalement arrivé…, murmura Lorenzo.

— Je lui ai répondu qu'Ellen Masters n'habitait pas ici.

— Mais je suppose que tu as omis de mentionner qu'Ellen *Fabrini* était ta voisine ? s'enquit Lorenzo avec un rire sans joie.

— Oui, en effet.

Finn n'avait pas vraiment menti à Tamsyn. Bien que Lorenzo et elle n'aient jamais formalisé leur union, elle était considérée comme son épouse et portait son nom depuis leur installation en Nouvelle-Zélande.

— Tu dis qu'elle est repartie ?

— Oui. Avec un peu de chance, pour rentrer en Australie.

— Hum ! fit le vieil homme. J'espère qu'elle ne va pas décider de rester !

— Que veux-tu dire ?

— Tu sais que je ne porte pas les Masters dans mon cœur, après ce qu'ils ont fait à ma chère Ellen. Elle a pleuré des torrents de larmes sur les lettres qu'elle écrivait à ses enfants. Et eux, se sont-ils donné la peine de lui répondre ? Jamais, même une fois adultes ! Ils méritent de rôtir en enfer, mais je sais à quel point Ellen les aimait. Si son état se stabilise un peu, une visite de sa fille lui fera peut-être du bien.

— Veux-tu vraiment que je dissuade cette jeune femme de repartir ?

— Ce serait peut-être préférable pour le moment. Mais,

si c'est possible, ne lui dis rien sur nous. Nous verrons comment les choses évoluent et en fonction de cela…

Sa voix se brisa et il s'interrompit. Finn attendit un instant.

— Je comprends, murmura-t-il enfin.

Son cœur saignait pour cet homme, qui avait été une figure paternelle pour lui lorsqu'il avait perdu son père et que sa mère avait sombré dans la dépression. Finn n'avait que douze ans quand Lorenzo, l'associé de son père, et Ellen, sa compagne, lui avaient ouvert leur porte et leur cœur. Tous deux lui avaient offert un havre de paix, un refuge durant sa turbulente adolescence. Leur soutien inconditionnel et leur prudente gestion des propriétés de son père disparu lui avaient apporté la stabilité psychologique et matérielle dont il avait besoin. Finn leur devait tout.

— Je ferai le nécessaire, promit-il. Ne t'inquiète pas.

En raccrochant, Finn se demandait tout de même *comment* il allait régler le problème. Tout d'abord, il devait s'assurer que Tamsyn n'avait pas quitté la région. Vu son état visible d'épuisement tout à l'heure, il doutait qu'elle soit allée très loin. Il ne lui fallut que quelques coups de fil pour la localiser et il ne fut pas surpris d'apprendre que la princesse australienne avait choisi l'établissement le plus coûteux des environs.

Maintenant qu'il savait où la trouver, comment allait-il s'y prendre ? Il s'adossa à son fauteuil et, tourné vers la fenêtre, entreprit d'y réfléchir.

Le soleil s'était couché et les pics enneigés des montagnes Kaikura disparaissaient dans l'obscurité naissante. Le monde visible était réduit aux hectares de vignes qui l'entouraient. Son domaine ! Son foyer, qui ne serait pas le sien aujourd'hui sans la détermination sans faille de Lorenzo et d'Ellen. Il ferait tout ce qui était en son pouvoir pour leur venir en aide — y compris devenir l'ami de la femme qui avait tant fait souffrir Ellen.

En grandissant, il lui était arrivé d'entendre des choses sur les autres enfants d'Ellen, ceux qu'elle avait laissés derrière elle après l'effondrement de son mariage. A cette époque-là, déjà, il avait vu comme elle souffrait d'avoir dû les abandonner. C'était cette douleur qui l'avait conduite à chercher l'oubli dans l'alcool, ce qui avait provoqué la maladie dont elle était désormais atteinte. Et pendant toutes ces années, il s'était souvent demandé pourquoi les enfants eux-mêmes n'avaient rien fait pour contacter cette mère qui les aimait de tout son cœur.

Dès qu'il avait su se servir d'un ordinateur, il avait mené des recherches et découvert qu'Ethan et Tamsyn Masters menaient une existence dorée dans la propriété viticole de leur père, The Masters, et qu'ils n'avaient jamais manqué de rien. Les petits jobs après les cours et le week-end, ce n'était pas pour eux. Pas plus que le fardeau écrasant des remboursements d'emprunts étudiants.

Finn admettait volontiers qu'il éprouvait un certain ressentiment envers le reste de la famille d'Ellen, à qui toutes les bonnes choses de la vie étaient offertes sur un plateau, alors qu'Ellen n'avait pour seule richesse que l'amour de l'homme pour lequel elle avait fui famille et enfants.

Cet homme-là était resté à ses côtés pendant sa longue lutte contre l'alcoolisme. Aujourd'hui, elle avait la santé extrêmement fragile et Finn craignait que, même si elle reconnaissait sa fille, ces retrouvailles ne la plongent dans un monde de ténèbres dont elle ne reviendrait plus.

Après tout, sa mère à lui ne s'était-elle pas éteinte juste après qu'on lui avait enfin permis de la voir, suite à sa dépression ? S'était-elle sentie si coupable qu'elle en avait perdu le désir de vivre ? Aujourd'hui encore, ce souvenir le plongeait dans un abîme de chagrin. Mais il le refoula fermement dans un recoin de sa conscience :

Tamsyn Masters devait demeurer sa seule préoccupation pour le moment.

Il allait devoir la convaincre de rester dans la région, tout en l'empêchant de découvrir la vérité sur Ellen. Que savait-il au juste de cette femme qui s'était présentée sur le pas de sa porte ? Qu'elle était âgée de vingt-huit ans, cinq de moins que lui. Qu'aux dernières nouvelles, elle était fiancée à un jeune avocat d'Adelaïde promis à un brillant avenir. Lorsqu'il l'avait vue, elle ne portait pas sa bague, mais cela ne prouvait pas grand-chose. Elle l'avait peut-être ôtée pour la faire nettoyer. Ou parce qu'elle s'était lavé les mains et avait oublié de la remettre.

Une autre idée lui traversa l'esprit. Une idée intéressante. Une rupture ? Et, dans ce cas, cherchait-elle une âme compatissante pour la consoler ? Un petit flirt, peut-être ? Cela suffirait-il à la convaincre de prolonger son séjour ici ? Si elle était aussi superficielle que les femmes dans son genre qu'il avait connues, ce serait une aventure amusante et dénuée de tout engagement sentimental. Il la garderait ainsi sous surveillance tout en veillant à ce qu'elle ne découvre rien sur Ellen.

Ce ne serait pas forcément facile, mais il était certain de réussir. Cette idée lui rendit sa bonne humeur. Oui, il était l'homme de la situation. Et, chemin faisant, il s'efforcerait d'en apprendre un peu plus sur la troublante Tamsyn Masters.

3

Alors qu'elle s'engageait dans le large couloir lambrissé de l'auberge pour gagner la salle à manger, Tamsyn entendit un écho de conversation. Elle se sentait encore fatiguée, mais le dîner léger de la veille, un bain chaud et une bonne nuit de sommeil dans un lit confortable lui avaient rendu un semblant d'équilibre.

La veille au soir, elle avait bien failli reprendre l'avion pour l'Australie. Mais ce matin, elle s'était réveillée pleine d'une nouvelle détermination. Sa mère était forcément quelque part dans les environs. A sa connaissance, les chèques de son père continuaient à lui parvenir et aucun d'eux n'avait jamais été renvoyé à l'expéditeur. La veille, elle avait été trop épuisée pour se rappeler ce détail crucial, mais aujourd'hui, il en allait autrement. Elle avait l'esprit plus clair. Elle allait appeler Nathan pour qu'il lui confirme l'adresse que les avocats utilisaient.

Mais tout d'abord, elle se rendrait à Blenheim pour acheter des vêtements et une valise sitôt après le petit déjeuner. Elle avait quitté Adelaïde dans une telle précipitation qu'elle était arrivée ici sans rien d'autre que son sac à main et les vêtements qu'elle portait sur le dos. Elle avait bien essayé de les repasser, mais ils commençaient à avoir triste mine.

Elle avait hâte de se débarrasser des dessous coquins qu'elle avait choisis pour séduire son fiancé. Elle ne se sentirait satisfaite que lorsque ces témoins de sa stupide naïveté seraient au fond de la boîte à ordures.

Quarante-huit heures plus tôt, elle était toute joyeuse à la perspective de faire une surprise à Trent. Elle avait prévu un dîner romantique et une soirée en tête à tête, au terme de laquelle il lui ôterait ces fameux dessous avec une lenteur sensuelle. Mais la surprise avait été pour elle, quand elle avait trouvé son fiancé au lit avec une autre personne — Zac, son assistant.

Après le choc, elle s'était demandé comment elle avait pu être aussi stupide. Quelle femme pouvait ignorer que son fiancé était *gay* ? Et, pire, qu'il ne songeait à l'épouser que pour se donner une respectabilité et favoriser son ascension dans la hiérarchie de la firme très conservatrice qui l'employait ?

Elle savait qu'il lui aurait suffi de rentrer à la maison pour se retrouver entourée de sa famille, qui se serait mise en quatre pour la consoler, mais cette idée ne lui avait procuré aucun réconfort. Cette même famille lui avait menti, lui avait dissimulé des informations qu'elle était en droit de connaître. Son père, son oncle et ses tantes — tous savaient que sa mère était en vie, mais ils ne lui en avaient rien dit. Même Ethan lui avait caché la vérité au début, lorsqu'il l'avait lui-même apprise, à la mort de leur père. Poussée par un besoin désespéré de fuir ces secrets et ces trahisons, elle s'était rendue tout droit à l'aéroport, déterminée à ne pas revenir avant d'avoir trouvé les réponses dont elle avait besoin.

Jusque-là, sa mission avait été un échec total.

— La voilà !

Elle sursauta. C'était d'elle que l'on parlait, et c'était la voix de Penny, son hôtesse.

Celle-ci, qui était assise à une petite table placée devant le bow-window ouvert sur un jardin délicieusement désuet, se leva pour venir à sa rencontre.

— Bonjour, mademoiselle Masters. Avez-vous bien dormi ?

— Appelez-moi Tamsyn, je vous en prie. Oui, ma chambre est très confortable, je vous remercie.

L'homme assis en face de Penny se leva à son tour et elle le reconnut aussitôt : c'était celui d'hier — la dernière personne qu'elle s'attendait à trouver là ce matin. La correction exigeait qu'elle lui rende son salut, ce qu'elle fit d'une inclination de la tête presque imperceptible.

Il s'avança vers elle, main tendue.

— Nous ne nous sommes pas présentés, hier. Je suis Finn Gallagher. Très heureux de vous revoir.

Elle lui adressa un pâle sourire et lui serra brièvement la main. La chaleur de sa large paume se communiqua à elle, générant une onde brûlante qui remonta le long de son bras pour irradier dans tout son corps. Elle dégagea sa main.

— Vraiment, monsieur Gallagher ? Pourtant, hier, j'ai eu l'impression que vous étiez assez satisfait de me voir repartir.

— Je crains que vous ne soyez arrivée à un mauvais moment hier, répondit-il, une lueur amusée au fond des yeux. Je suis justement venu pour vous présenter mes excuses.

— Comment saviez-vous que j'étais là ? s'enquit Tamsyn en scrutant son regard gris ardoise, dubitative.

— Dans cette région, nous formons une petite communauté très soudée, affirma-t-il avec un sourire qui la subjugua. Après votre départ, j'ai commencé à m'inquiéter. Vous paraissiez très fatiguée et, comme vous ne connaissez pas la région… on a déjà vu des touristes finir dans le fossé. J'ai donc passé quelques coups de fil et je me suis senti rassuré quand Penny m'a dit que vous étiez saine et sauve.

Cette explication semblait plausible, mais ne disait pas ce qu'il faisait ici à présent. Comme s'il avait lu dans ses pensées, il poursuivit :

— Je ne voulais pas que vous gardiez l'impression que les gens d'ici sont impolis et j'ai pensé que cela vous plairait peut-être que je vous fasse visiter la région. Maintenant que vous êtes ici, vous allez bien rester quelques jours parmi nous, n'est-ce pas ?

Il avait prononcé ces derniers mots avec une sorte d'emphase, comme s'il tentait de la convaincre. Toutefois, elle n'était pas ici pour faire du tourisme, mais pour retrouver sa mère.

— Oui, je pense, reconnut-elle, s'abstenant de préciser qu'elle avait tout le temps qu'elle voulait. Mais je n'ai pas besoin de guide, merci. Je peux très bien me débrouiller toute seule.

— Je vous en prie, laissez-moi au moins vous inviter à déjeuner ou à dîner pour me faire pardonner mon attitude un peu brutale d'hier.

Tamsyn sentit un minuscule point de chaleur s'allumer dans la région de son ventre. Elle se montrait trop soupçonneuse. Cet homme avait l'air sincère. Elle l'examina encore, s'attarda sur ses cheveux courts en épis, puis sur ses yeux gris clair qui semblaient l'implorer d'accepter sa proposition si poliment formulée. Son langage corporel n'avait rien de menaçant et, vêtu comme il l'était d'un jean et d'un T-shirt près du corps, il ne dissimulait à l'évidence aucune arme. Sauf, peut-être, son charisme. On ne pouvait nier qu'il dégageait un certain magnétisme, ni qu'il était un très beau spécimen de virilité. Quel mal y aurait-il à profiter de sa compagnie une ou deux heures ? En dépit de la terrible déconvenue que lui avait infligée Trent, Finn Gallagher éveillait pour sa part son intérêt. Et il y avait ce sourire sur ses lèvres, qui laissait entendre qu'il la trouvait à son goût et qu'il avait sincèrement envie de lui tenir compagnie. Ce qui avait rarement été le cas de son fiancé. Cette idée lui procura comme une ondée bienfaisante tombant sur une terre desséchée.

La voix de Penny vint interrompre ses réflexions :

— Si cela peut vous rassurer, je vous garantis que Finn est un parfait gentleman. Il est né ici et tout le monde connaît son dévouement aux œuvres philanthropiques. Vous ne pourriez pas être en de meilleures mains.

— Je...

Tamsyn baissa les yeux vers lesdites mains, nota les larges paumes, les doigts longs et spatulés. Le petit point de chaleur dans son ventre devint une flamme qui gagna tout son corps. Il lui sembla que ses seins étaient plus lourds et que leurs pointes avaient durci et elle ne put s'empêcher d'imaginer ces mains-là en train de la caresser. Elle s'obligea à relever les yeux vers lui en prenant une inspiration. Il attendait une réponse.

— Je ne voudrais pas vous déranger, dit-elle sans conviction, les joues brûlantes. Au demeurant, j'avais prévu de faire un peu de shopping aujourd'hui — je ne suis pas partie très bien préparée pour ce voyage.

— Pas de problème. Pourquoi ne feriez-vous pas votre shopping ce matin ? Penny vous indiquera les meilleures boutiques et je passerai vous prendre à l'heure du déjeuner, disons 13 heures, ici même ? Ensuite, je vous montrerai un peu la région et je vous ramènerai ce soir.

Comment refuser ? De la façon dont il l'avait exposé, son programme paraissait des plus raisonnables. Penny lui avait également donné son approbation et Tamsyn était certaine que la directrice de l'auberge ne l'aurait pas fait si elle avait eu le moindre doute.

— Dans ce cas, merci. J'accepte avec plaisir.

— Parfait. Je vous laisse prendre votre petit déjeuner et je vous dis, à plus tard. Merci pour le café, Penny !

— Vous êtes toujours le bienvenu, Finn. Je vais vous raccompagner. Tamsyn, servez-vous ce qu'il vous plaira au buffet. Si vous avez besoin d'autre chose, vous n'avez qu'à sonner et un membre de l'équipe de cuisine viendra prendre votre commande.

Sur un dernier sourire, Finn suivit Penny hors de la pièce, non sans avoir adressé un clin d'œil complice à Tamsyn.

— Il me tarde déjà de vous revoir, lui glissa-t-il à mi-voix afin qu'elle seule puisse l'entendre.

Un frisson d'anticipation la parcourut à ces mots et elle lui rendit son sourire malgré elle. Un instant plus tard, il avait disparu. Tamsyn gagna alors le buffet, souleva quelques couvercles et se servit une portion d'œufs brouillés, des petits champignons rissolés et une demi-tomate grillée. Elle se sentait nerveuse tout à coup. Dans quelle aventure s'était-elle engagée ?

Tout dans cette auberge était moderne et confortable, mais il y flottait un parfum d'élégance et de charme du Vieux Continent qui n'était pas sans lui rappeler The Masters, la maison où elle avait grandi.

L'espace d'un instant, elle se sentit terrassée par le mal du pays, par le désir d'abandonner ses recherches, de rentrer chez elle et de reprendre le cours de sa vie. Cependant, elle ne pouvait s'y résoudre. Pas encore, en tout cas. Pas avant d'avoir obtenu quelques réponses. Car elle ne savait plus vraiment qui elle était et elle avait besoin de ce voyage, de cette quête, pour se retrouver.

Tamsyn s'obligea à picorer le contenu de son assiette. Les champignons étaient délicieux et cette explosion de goût sur sa langue lui rappela que l'existence restait riche de bons moments à venir. Elle avait reçu un coup, mais elle était toujours debout. Aussi sûrement que le soleil se levait chaque matin, la vie continuait, pour elle aussi.

— Ah, excellent, vous vous êtes servie ! s'exclama Penny en revenant dans la pièce d'un pas alerte. J'espère que tout est à votre goût ? Puis-je vous apporter autre chose ?

— Tout est formidable, je vous remercie. Pour l'instant, je n'ai besoin de rien.

Penny lui sourit et entreprit de débarrasser la table à laquelle Finn et elle avaient pris le café, avant de remarquer :

— Vous avez fait grosse impression à Finn, on dirait.

Avec lui, vous êtes certaine de ne pas vous tromper. Il vous fera passer un merveilleux moment, vous verrez.

Tamsyn la dévisagea. Etait-ce son imagination, ou y avait-il une bonne dose de sous-entendus dans les paroles de Penny ?

— Je ne savais pas que vous aviez fait sa connaissance hier, ajouta l'hôtesse.

— On m'avait communiqué une adresse et il s'est trouvé que la personne que je cherchais n'habite pas là.

— En tout cas, si quelqu'un peut vous aider à retrouver une personne dans notre région, c'est bien Finn, assura Penny avec un sourire chaleureux. Passez me voir dans mon bureau avant de partir faire votre shopping. Je me ferai un plaisir de vous communiquer de bonnes adresses.

Tamsyn hocha la tête. Si Finn pouvait l'aider dans ses recherches, elle n'allait certes pas laisser passer cette chance. Ne disait-il pas lui-même qu'ils étaient une communauté très soudée ? Quelqu'un, quelque part, devait bien connaître sa mère !

— A ce propos, dit-elle, je me demandais… auriez-vous entendu parler d'une certaine Ellen Masters ?

Elle vit le sourire de Penny se figer.

— Ellen Masters, dites-vous ? Non, je ne crois pas avoir jamais entendu ce nom. Bon, je vais vous laisser terminer tranquillement votre petit déjeuner. N'hésitez pas à m'appeler si vous avez besoin d'autre chose, d'accord ?

Tamsyn la regarda sortir. C'était peut-être un effet de ses nerfs éprouvés, mais elle avait cru voir une étrange lueur traverser le regard de son hôtesse à la mention d'Ellen Masters.

Elle devait absolument découvrir ce qu'elle était venue chercher. Une personne ne pouvait tout de même pas disparaître de la surface de la terre sans laisser de traces…

4

Après son expédition shopping à Blenheim, où elle avait trouvé tout ce dont elle avait besoin — ainsi que quelques articles superflus —, Tamsyn reprit le chemin de l'auberge. Certaine de se souvenir de sa route sans l'aide du GPS, elle eut la surprise de se retrouver dans une autre petite ville inconnue qui bourdonnait d'activité.

Elle s'arrêta dans une rue bordée de cafés, de jolies boutiques et de galeries d'art et s'étonna que Penny ne l'ait pas dirigée ici pour son shopping, plutôt qu'à Blenheim. Haussant les épaules, elle descendit de voiture et flâna un moment avant de pénétrer dans une boutique de mode.

— Bonjour ! émit la femme derrière le comptoir avec un sourire de bienvenue. Cherchez-vous un article particulier ?

— Pas vraiment, répondit Tamsyn en décrochant une jolie robe sans manches dans des tons violets et bleus pour mieux l'examiner.

— Ces couleurs mettraient bien votre teint en valeur, estima la vendeuse. Aimeriez-vous l'essayer ? La cabine est au fond à gauche.

— Oh ! je ne crois pas…

Sur le point de refuser, Tamsyn hésita. Pourquoi ne se ferait-elle pas plaisir ? Ce matin-là, elle n'avait acheté que le nécessaire de base — des jeans, des T-shirts, un short et quelques sous-vêtements, ainsi qu'une paire de chaussures de sport. Elle caressa le tissu, se délectant de la sensation de la soie sous ses doigts. Cette robe lui irait à merveille.

— Ou plutôt si, d'accord ! se ravisa-t-elle. Je vais l'essayer.

Quelques minutes plus tard, elle virevoltait devant le miroir en pied de la cabine d'essayage. La robe tombait de façon parfaite, comme si elle avait été créée pour elle. Si seulement elle avait eu les chaussures assorties, elle aurait pu la porter pour le déjeuner avec Finn. Non dans le but de le séduire, bien sûr, mais une femme n'avait-elle pas besoin d'une armure ? Et dans cette robe, elle se sentait invulnérable.

— Qu'en pensez-vous ? s'enquit la vendeuse, de l'autre côté du rideau.

— Elle est magnifique, mais je n'ai pas les chaussures adéquates pour la porter.

— Oh ! Nous avons peut-être ce qu'il vous faut ici. Quelle pointure faites-vous ?

Tamsyn lui fournit l'information d'un ton hésitant et la femme la laissa en promettant de revenir tout de suite. Tamsyn en profita pour contempler de nouveau son reflet. La douceur de la soie enveloppait ses jambes, caressait son corps. Elle se sentait féminine, désirable.

Etait-ce là la raison de son besoin d'armure ? La trahison de Trent l'avait-elle laissée à ce point vulnérable, en questionnement sur sa féminité ? Se sentait-elle laide à cause de lui ? Ce ne serait guère surprenant, avec un fiancé qui l'avait menée en bateau sur la nature des sentiments qu'il lui portait ! Toutefois, le miroir lui renvoyait l'image d'une jolie femme extrêmement sexy. Comment avait-elle pu permettre à Trent de lui laisser croire le contraire ? Comment avait-elle pu vouloir épouser un homme qui ne lui avait jamais donné ce sentiment d'être irrésistible ?

Tamsyn eut soudain la certitude que ce voyage était exactement ce dont elle avait besoin. Elle devait prendre ses distances avec son entourage, se libérer de l'image que l'on avait d'elle et des attentes des autres, réfléchir par elle-même à la personne qu'elle désirait être. Elle espérait seulement que sa mère ferait partie de cette nouvelle phase de sa vie.

— Nous y voilà ! s'exclama la voix de la vendeuse.

Tamsyn écarta le rideau et eut droit à des compliments :

— Oh ! mon Dieu ! Cette robe est vraiment faite pour vous. Vous êtes divine ! Tenez, essayez ces chaussures-ci.

Elle lui tendait une paire de sandales où se mêlaient les tons violets, bleus et roses, dotées de talons d'une hauteur extravagante. Tamsyn les trouva parfaites. Se débarrassant de ses chaussures de tennis, elle les enfila et se pencha pour lier les sangles délicates autour de ses chevilles.

— Je les prends, annonça-t-elle sans réfléchir davantage. La robe et les sandales. Puis-je les garder sur moi ?

— Bien entendu, répondit la vendeuse avec un sourire rayonnant. Vous êtes une publicité vivante pour l'une de nos créatrices locales : Alexis Fabrini.

— J'adore cette robe. Avez-vous d'autres créations d'elle en magasin ? Je reviendrai quand je disposerai de plus de temps.

Souriant toujours, la vendeuse désigna d'un large geste de la main une collection qui occupait tout un mur.

— Vous n'avez que l'embarras du choix. Juste le temps de retirer les étiquettes de prix et d'emballer vos autres vêtements et vous serez parée.

Tamsyn régla ses achats, ravie. Elle se sentait féminine et pleine d'une nouvelle assurance et était impatiente de déjeuner avec l'énigmatique Finn Gallagher.

— Ne faites-vous que passer en ville ? s'enquit la vendeuse.

Tamsyn la dévisagea, soudain frappée par l'idée que cette dame avait à peu près l'âge de sa mère, ce qui était aussi le cas de nombreuses personnes qu'elle avait croisées en ville. Il devait bien y en avoir une ou deux qui s'étaient liées d'amitié avec Ellen !

— Oh ! je compte rester au moins quelques jours, répondit-elle. Et peut-être davantage. Voyez-vous, je…

Elle hésita, puis décida de se jeter à l'eau. Si elle n'entreprenait pas d'interroger chaque personne qu'elle croiserait, elle repartirait bredouille.

— Je suis à la recherche de ma mère, reprit-elle d'une voix ferme. Ellen Masters. La connaissez-vous ?

— Ellen Masters ? répéta son interlocutrice en secouant lentement la tête. Non, je ne crois pas avoir jamais entendu ce nom-là.

— Tant pis, lança Tamsyn, dissimulant sa déception derrière un sourire. Cela valait la peine d'essayer.

C'était une question de statistiques. Tôt ou tard, elle croiserait forcément une personne qui la renseignerait.

— Bonne chance. J'espère que vous la retrouverez bientôt.

Tamsyn rassembla ses affaires et retourna à sa voiture, nullement découragée. En chemin, elle s'arrêta devant la vitrine d'une agence immobilière et il lui vint une idée. Si elle trouvait une location, elle pourrait demeurer plus longtemps et faire de son logement une base d'opérations pour élargir ses recherches. Elle parcourut les annonces et une adresse, toute proche de la propriété de Finn Gallagher, attira son attention.

Il s'agissait d'une maison louée à la semaine, ce qui expliquait qu'elle soit encore libre. Peu de gens du coin seraient intéressés par ce genre de bail, mais pour elle, c'était l'idéal, d'autant que la maison était meublée. Sa seule obligation consisterait à nourrir le chat et les poules de la propriété et cela ne lui posait aucun problème. Elle poussa la porte de l'agence et, vingt minutes plus tard, ressortit avec un contrat de location entre les mains et un merveilleux sentiment d'excitation au cœur.

Revenue à l'auberge, elle remarqua une Porsche Cayenne dernier modèle garée devant l'établissement. Etait-ce celle de Finn ? se demanda-t-elle. Son arrêt imprévu à l'agence immobilière l'avait mise en retard, mais cela lui était égal. Dès le lendemain, elle aurait une maison à elle. Elle avançait. Et puis, qui sait ? La prochaine personne à qui elle parlerait lui apprendrait peut-être où se trouvait sa mère…

Posté à la fenêtre du bureau, Finn vit Tamsyn descendre de voiture. Même à cette distance, il remarqua qu'elle semblait tout excitée. Il y avait une vivacité dans ses mouvements, une énergie dans son attitude qui en étaient absentes la veille et qui la rendaient encore plus attirante.

Une bouffée de désir monta en lui, mais il la refoula aussitôt. S'il souhaitait garder le contrôle de la situation, il devait commencer par se contrôler lui-même. Céder à une attirance physique ne ferait que compliquer les choses.

Et, justement, s'agissant de complications, il venait de recevoir un appel de l'agent immobilier qui gérait la location du cottage de Lorenzo et d'Ellen, l'informant qu'une jeune Australienne souhaitait louer la propriété.

Il avait été fort tenté de s'y opposer, ce qui eût été chose facile, car la locataire n'avait aucune référence locale. Mais, sachant que Lorenzo souhaitait le voir garder un œil sur elle dans l'intérêt d'Ellen, quel meilleur moyen de la surveiller que de l'avoir à deux pas de chez lui ?

En outre, songea-t-il, il n'aurait plus à nourrir Lucifer, le féroce chat noir d'Ellen, qui lui crachait au visage et le menaçait de ses griffes chaque matin.

Sans compter que tous les effets personnels de Lorenzo et d'Ellen avaient déjà été placés dans une pièce fermée à clé à laquelle les locataires des lieux n'avaient pas accès. Il s'en était chargé lui-même quand Lorenzo avait accompagné Ellen à Wellington. Alors quel mal y aurait-il à garder ainsi Tamsyn juste sous ses yeux ?

— On dirait qu'elle est allée faire du shopping, observa-t-il.

— Et pas seulement à Blenheim, commenta Penny derrière lui. Ce sac rose provient d'une boutique de la ville.

— Diable ! Je croyais que vous l'aviez dirigée sur Blenheim pour ses achats.

— C'est ce que j'ai fait, Finn, mais je ne peux tout de même pas contrôler chacun de ses mouvements.

— C'est dommage, marmonna-t-il en s'écartant de la fenêtre avant que Tamsyn ne le remarque.

— Visiblement, elle a trouvé notre centre-ville toute seule et on dirait qu'elle a fortement stimulé l'économie locale. Je suis presque certaine que ce qu'elle porte en ce moment est une création d'Alexis et croyez-moi, ce n'est pas bon marché.

Finn réprima un gémissement. Quelles étaient les probabilités pour que Tamsyn Masters quitte l'auberge ce matin et réapparaisse dans une robe créée par sa demi-sœur ? Une demi-sœur dont elle ne pouvait soupçonner l'existence — et qu'elle ne connaîtrait probablement jamais, s'il réussissait à la maintenir dans l'ignorance comme il l'avait promis. Et il allait tenir sa promesse. Il le devait à Lorenzo. Cet homme lui était venu en aide quand il avait douze ans et que le monde venait de se désintégrer autour de lui. Aujourd'hui, c'était le monde de Lorenzo qui s'effondrait et c'était au tour de Finn de lui rendre service.

Il entendit des talons claquer sur le parquet ciré du couloir et s'avança aussitôt vers la porte.

— Oh… bonjour ! lança-t-elle en s'arrêtant net lorsqu'elle le vit sortir du bureau juste devant elle.

Un soupçon de parfum flotta jusqu'aux narines de Finn, une fragrance de fleurs et de fruits avec une pointe d'épices, qui le priva instantanément de sa raison. Soudain, il n'eut plus qu'un désir : se rapprocher pour mieux respirer ce parfum et le laisser pénétrer tout son corps.

— Je suis désolée d'être en retard, ajouta-t-elle, inconsciente de la bataille qu'il se livrait en son for intérieur, sans parler de celle qu'il menait contre certaines parties de son corps. Je serai prête dans une minute. Juste le temps de monter tout ça dans ma chambre et je suis toute à vous.

Toute à lui ? songea-t-il en la regardant s'éloigner d'une démarche pleine de grâce. Il en doutait. Mais il serait intéressant de le vérifier.

La créature blessée qui s'était tenue sur le pas de sa porte la veille avait disparu. Disparue, aussi, la jeune femme soucieuse, mais pleine de détermination qui était entrée dans la salle à manger ce matin. A sa place, il découvrait une incarnation du désir charnel débordant de charme et de confiance en elle, dotée d'une paire de jambes admirables et confortablement perchée sur des talons aiguilles qui étaient un défi à la logique et à la gravité.

Il se força à surmonter son émoi au moment où elle disparaissait de sa vue. Juste à temps, car il aurait pu être tenté de la suivre.

Fidèle à sa promesse, elle réapparut quelques instants plus tard avec un sourire timide.

— Prête ? s'enquit-il, la bouche sèche.

Les tons violets de cette robe avaient un effet extraordinaire sur ses grands yeux noisette et il dut déployer de nouveaux efforts pour se ressaisir. Que lui arrivait-il ? Allait-il se conduire comme un adolescent en mal d'amour ?

— Fin prête ! confirma-t-elle en se dirigeant avec lui vers la sortie. Où allons-nous ?

— Je connais un domaine viticole à un quart d'heure de route d'ici, avec un restaurant qui attire les gens de toute la région. Et des vins d'une renommée mondiale.

— J'espère que c'est vrai, s'exclama-t-elle en riant. Je meurs de faim, après tout ce shopping !

— Vous verrez, vous ne serez pas déçue.

Durant le trajet, pour passer le temps, il commenta

les paysages qu'ils traversaient et lui fournit des détails supplémentaires sur leur destination.

— Ce domaine me fait beaucoup penser au nôtre, commenta Tamsyn. Nous avons nous aussi un magasin de vente au public, un restaurant et une cave à vins. Il sera intéressant pour moi d'observer comment on travaille ici. Je pourrai presque imaginer qu'il s'agit d'une visite professionnelle, sauf que…

— Sauf que ? l'encouragea-t-il.

— Sauf que j'ai démissionné avant de partir, précisa-t-elle avec un sourire qui ne se reflétait pas dans son regard.

— Ah ! fit-il. Lassée du train-train quotidien ?

Si elle était vraiment l'enfant gâtée pour laquelle il l'avait toujours prise, ce détail n'avait rien d'étonnant. Il s'y accrocha pour faire refroidir sa libido galopante.

— En quelque sorte, répondit-elle en détournant la tête vers la vitre.

Il aurait payé cher pour connaître ce qu'elle dissimulait derrière cette réponse vague. Cela l'aurait peut-être aidé à mettre de l'ordre dans ses émotions. En surface, Tamsyn Masters avait eu la conduite que l'on pouvait attendre d'elle. Elle avait frappé à sa porte sans prévenir, ce qui aurait eu des conséquences dévastatrices si cette adresse avait été celle d'Ellen. Elle dépensait l'argent avec insouciance, ce qui suggérait qu'elle n'avait jamais eu à travailler trop dur pour le gagner. Et elle admettait elle-même qu'elle avait tourné le dos à l'affaire familiale et aux responsabilités qui avaient été les siennes.

Dans l'ensemble, ses actions donnaient d'elle l'image d'une personne frivole, ce qui n'était pas sans lui rappeler le comportement passé de Briana.

Alors pourquoi diable continuait-il à ressentir cette étrange attirance pour elle ?

5

Le lendemain matin, Tamsyn se réveilla pleine d'une énergie nouvelle. Le déjeuner avec Finn avait été merveilleux, et bien meilleur qu'elle ne s'y attendait, même si le cadre avait fait resurgir son mal du pays, tant il lui rappelait The Masters. Le propriétaire du restaurant avait semblé deviner son état d'esprit et il l'avait distraite avec sa parfaite connaissance des environs. A l'évidence, il adorait sa région et les gens qui y vivaient. Par ailleurs, plusieurs personnes s'étaient arrêtées à leur table pour les saluer.

Finn la présentait alors poliment, mais un subtil message dans son attitude suggérait à chacun qu'il n'avait pas besoin d'autre compagnie que celle qu'il avait déjà. Elle fut impressionnée par l'efficacité avec laquelle il tenait les gens à distance. En même temps, elle se sentait un peu frustrée, car elle aurait aimé interroger chacun d'eux au sujet de sa mère. Malgré cela, alors qu'ils dégustaient un excellent café et une tarte Tatin, elle avait commencé à se sentir bien, ce qui n'avait été le cas depuis longtemps.

Et puis, il y avait autre chose. Elle s'était sentie protégée, presque adulée, ce qui était plutôt étrange étant donné qu'elle venait tout juste de rencontrer ce Finn. Il se montrait prévenant et plein de sollicitude envers elle. Elle bénéficiait de sa totale attention, un luxe qui lui avait été refusé depuis une éternité.

Après le délicieux déjeuner, leur exploration de la région les avait entraînés loin des sentiers battus et des zones habitées. Tamsyn était tombée amoureuse des somptueux paysages, faits de vallées verdoyantes et de collines sauvages, qu'ils avaient traversés ensuite en retournant à l'auberge.

Si cette journée avait été un régal, ce qui l'attendait à présent promettait d'être plus éprouvant. Elle allait devoir emménager dans le cottage qu'elle avait loué. On lui avait expliqué que la maison était inoccupée depuis deux semaines et elle espérait qu'elle ne sentirait pas le renfermé et qu'elle n'aurait pas besoin de se livrer à un grand nettoyage avant de pouvoir s'installer dans les lieux.

— Alors, vous nous quittez ? demanda Penny, alors qu'elle faisait rouler la valise bleue flambant neuve contenant toutes les affaires qu'elle venait d'acquérir.

Tamsyn l'avait avertie de son départ la veille au soir. Penny avait eu une réaction de surprise lorsque Tamsyn lui avait dit où elle comptait s'installer, mais elle s'était reprise aussitôt et lui avait proposé d'emporter des provisions.

— Avec plaisir, répondit Tamsyn, aimable. Et merci pour votre charmant accueil !

— Vous serez toujours la bienvenue chez nous, affirma son interlocutrice. Etes-vous vraiment certaine de vouloir vous installer toute seule là-bas ? Vous allez être isolée, vous savez.

— Vous savez, mon existence a été tellement frénétique ces derniers temps que je suis certaine d'apprécier le silence et la tranquillité de la solitude. J'avoue que je suis impatiente de m'installer dans mon propre espace.

— Très bien, alors. Mais ne nous oubliez pas. Passez de temps en temps prendre un café !

Tamsyn se rendit en voiture à l'adresse que l'agent immobilier lui avait indiquée et dépassa tout d'abord l'embranchement où on lui avait dit de tourner. Elle revint sur ses pas et, cette fois, vit l'allée à demi dissimulée par la végétation. Elle se réjouit. C'était l'endroit idéal pour qui souhaitait vivre caché. Au bout de l'allée poussiéreuse, elle aperçut le petit cottage niché au pied de la colline. La même colline que dominait le somptueux palais de pierre et de cèdre de Finn.

Elle ne s'attendait pas à voir les deux maisons aussi proches l'une de l'autre. Il lui suffirait de franchir une barrière et de grimper une dizaine de minutes à travers les vignes du coteau pour arriver chez lui. Une idée qui lui parut à la fois dérangeante et rassurante. Au moins, elle savait qu'elle n'était pas seule si elle avait besoin d'aide un jour. Mais… appeler Finn Gallagher au secours ?

Même si elle le trouvait très séduisant, ce que son corps lui avait laissé ressentir sans l'ombre d'un doute, cet homme la rendait nerveuse par d'autres côtés. Certes, depuis l'épisode tendu de leur première rencontre, il s'était montré merveilleusement prévenant avec elle et, lorsqu'il la regardait, elle se sentait 100 % femme. Seulement, elle sortait tout juste d'une rupture de fiançailles et ne pouvait s'empêcher de rester sur ses gardes. Si, dans un premier temps, le désir qu'il avait manifesté de l'avoir toute à lui durant la journée de la veille l'avait flattée, plus tard, seule dans son lit, elle avait réfléchi. Et elle était parvenue à la conclusion qu'il devait avoir un motif ultérieur pour l'inviter ainsi.

Peut-être dramatisait-elle la situation ? Peut-être était-elle encore sous le choc d'avoir appris qu'un homme, auquel elle se fiait suffisamment pour vouloir l'épouser, lui avait très habilement menti durant deux ans ? A ce souvenir, la douleur lancinante qu'elle portait en permanence dans son cœur se raviva brutalement.

Dans cette boutique de mode, parée d'une jolie robe et anticipant un agréable après-midi en compagnie d'un homme séduisant, il lui avait été très facile de blâmer Trent, et lui seul, pour le naufrage de leurs fiançailles. Mais au fond d'elle-même, elle savait qu'elle portait sa part de responsabilité. Comment avait-elle pu être assez aveugle pour ne pas remarquer l'attirance que Trent et Zac éprouvaient l'un pour l'autre ? Comment avait-elle pu ne pas s'en douter une seconde ? Certes, sa relation avec son fiancé n'avait jamais été passionnée et le sexe n'y jouait qu'une part mineure. Mais elle avait aimé Trent. Elle avait cru qu'ils avaient un avenir ensemble. Ce qui prouvait bien qu'elle était un très mauvais juge des caractères.

Elle arrêta sa voiture devant la porte d'un garage, un peu à l'écart de la maison, et descendit. Elle restait peut-être trop méfiante après cet épisode, mais le réveil avait été rude. Il devrait au moins servir à lui rappeler qu'il ne fallait pas être pressée de se remettre des blessures d'un orgueil blessé en se réfugiant dans les bras d'un homme séduisant, même si celui-ci avait aussi touché son cœur.

Le cottage était une construction ancienne de style 1900 qui, apparemment, avait été bien entretenue. Une charmante véranda courait sur l'avant de la maison et l'un de ses côtés. Espérant que l'intérieur serait aussi accueillant, Tamsyn récupéra les sacs que Penny lui avait remplis avec un bel enthousiasme et qui contenaient tout ce dont elle aurait besoin durant quelques jours : viande fraîche, lait, œufs et une variété d'autres choses appétissantes. Une telle générosité avait touché Tamsyn, d'autant que Penny avait refusé tout paiement.

La clé tourna facilement dans la serrure et Tamsyn poussa la porte, luttant contre la vague impression d'être une intruse.

Des particules de poussière flottaient dans les rayons dorés du soleil matinal filtrant entre les rideaux des fenêtres, sur sa gauche. Hormis ce détail, la maison paraissait propre et bien tenue, comme si ses propriétaires ne l'avaient quittée que pour un instant.

Le grand chat noir qui l'avait suivie à l'intérieur s'était assis près de la porte et ronronnait bruyamment. Ses yeux dorés suivaient chaque geste de la jeune femme.

— Bonjour, murmura Tamsyn en se penchant pour caresser son doux pelage. Je suppose que tu es l'une des responsabilités de mon séjour ici. Quel dommage que personne n'ait songé à me dire comment je dois t'appeler…

L'agent immobilier lui avait expliqué qu'un voisin s'était occupé des animaux de la maison jusque-là, mais que cette tâche lui incomberait désormais. Cela ne représenterait pas une très grosse somme de travail : un chat et quelques poules…

Le chat leva la tête vers elle, cligna des yeux et, sautant d'un bond souple sur l'appui de la fenêtre, entreprit de faire sa toilette dans les rayons du soleil. Pour une raison mystérieuse, sa présence donna à Tamsyn le sentiment d'être comme chez elle. Elle emporta les provisions dans la petite cuisine un peu surannée et les rangea au réfrigérateur. Par la fenêtre ouverte au-dessus du plan de travail, elle apercevait un vaste jardin potager quelque peu envahi par les mauvaises herbes.

Pourquoi se sentait-elle si merveilleusement excitée à l'idée d'avoir — ne serait-ce que pour un temps — une maison rien qu'à elle ? Après tout, elle avait grandi dans une luxueuse propriété. Mais cela avait été la maison *de sa famille*, jamais tout à fait la sienne. Elle n'avait jamais vécu dans ses propres murs et elle restait tout étonnée de découvrir à quel point cela lui plaisait. Elle avait de quoi manger pendant plusieurs jours et rien ne l'empêchait de rester tranquillement ici si elle le désirait. Toutefois, comment retrouverait-elle sa mère si elle n'essayait pas de se lier avec les habitants de la région afin de leur poser ses questions ?

Internet, bien sûr ! Pourquoi n'y avait-elle pas songé avant ?

Parce que son esprit était trop occupé par d'autres sujets. Trent, naturellement, mais, bien davantage, cet homme énigmatique au sommet de la colline. Et elle en avait oublié que son smartphone lui permettait de lancer une recherche en ligne qui la conduirait peut-être à sa mère. Elle s'y mettrait dès qu'elle aurait terminé de ranger ses affaires.

Tamsyn poussa soudain un cri d'effroi en sentant un effleurement sur sa jambe. Le chat ! Les battements de son cœur s'accélérèrent dans sa poitrine. Il lui faudrait un peu de temps pour s'habituer à vivre seule, même avec un félin en résidence pour lui tenir compagnie.

Le chat se frottait à présent contre son mollet en ronronnant. Enfin, la queue fièrement dressée, il se dirigea vers un placard et, s'asseyant, commença à gratter la porte avec ses griffes.

Tamsyn songea d'abord à le réprimander. Puis, curieuse et un peu inquiète à l'idée de trouver des souris, elle ouvrit le placard avec circonspection, avant de pousser un soupir de soulagement en découvrant un sac de croquettes sur l'étagère du bas de ce qui était, à l'évidence, un garde-manger.

— Tu as faim, mon minet, c'est cela ?

Elle jeta un coup d'œil autour d'elle et vit un bol et un récipient d'eau presque vides sur le sol, près de la porte vitrée de la cuisine. Elle alla les rincer dans l'évier, puis en remplit un de croquettes et l'autre d'eau, avant de les remettre à leur place sous l'œil approbateur du chat, qui ronronnait de satisfaction.

Ce devoir accompli, elle sortit récupérer sa valise dans la voiture et retourna à l'intérieur pour explorer le reste de la maison. Elle découvrit ainsi deux chambres et une salle de bains. Il devait aussi y avoir une troisième pièce, mais la porte en était verrouillée. Tamsyn choisit de s'installer dans la plus petite des deux chambres et y déballa ses maigres possessions. L'affaire fut rondement menée, car il lui suffit d'accrocher deux ou trois choses dans le placard et de ranger une poignée de dessous dans un tiroir. Comparé à son dressing, à la maison, c'était une sérieuse réduction de train de vie.

A la maison. Son environnement familier lui manquait, elle devait le reconnaître. D'ailleurs, il faudrait qu'elle appelle son frère pour le rassurer et l'informer de ses plans. Sans se donner le temps de changer d'avis, elle sortit son téléphone et composa le numéro qu'elle connaissait bien.

— Je commençais à envisager d'envoyer une équipe de secours à ta recherche, commenta-t-il d'un ton léger qui masquait mal une certaine inquiétude.

— Je t'avais pourtant dit que je ne t'appellerais que dans quelques jours, répliqua-t-elle. Rassure-toi, je vais très bien.

— Alors ? Quand comptes-tu rentrer ?

— Pas tout de suite, Ethan. J'ai encore besoin d'un peu de temps. Au fait, comment t'en sors-tu sans moi ?

— A ma grande surprise, à merveille ! Tante Cynthia s'est littéralement épanouie en assumant tes fonctions. Tu serais très impressionnée.

Tamsyn ressentit un pincement au cœur. Bien sûr, elle les avait tous abandonnés, mais n'auraient-ils pas pu au moins prétendre la regretter un peu ? Apparemment, elle ne manquait à personne. Trent ne s'était même pas donné la peine de lui envoyer un texto ou un e-mail. Non qu'elle ait vraiment besoin d'entendre de ses nouvelles, mais ils avaient été fiancés durant toute une année et, avant cela, ils étaient sortis ensemble plusieurs mois. Elle avait tout de même droit à quelques explications. Elle refoula cette pensée. Elle leur avait tourné le dos, à lui et à tous les souvenirs auxquels il était associé. C'était le choix qu'elle avait fait et son unique mission consistait désormais à retrouver sa mère. Il était temps de cesser de regarder en arrière et de se concentrer sérieusement sur l'avenir qui s'ouvrait devant elle.

— Dis-moi, reprit-elle, s'efforçant de garder un ton léger, pourrais-tu me rendre un service ?

— Oui, bien sûr. Que puis-je pour toi ?

— Pourrais-tu vérifier l'adresse à laquelle les chèques de maman sont postés ?

— Pas de problème, répondit son frère. Donne-moi une minute.

Elle entendit en arrière-fond son frère qui pianotait sur le clavier de l'ordinateur, avec deux doigts comme à son habitude, et esquissa un sourire. Pour Nathan, les ordinateurs n'étaient qu'un mal nécessaire. Il préférait de loin veiller sur l'élaboration de ses vins de renommée mondiale, qu'il surveillait avec autant d'amour que s'ils étaient ses enfants. Tamsyn mit cet intermède à profit pour sortir son agenda et son stylo.

— Voilà, dit-il enfin. Je l'ai trouvée.

Il lui lut l'adresse et Tamsyn fronça les sourcils.

— C'est étrange, remarqua-t-elle. C'est bien là que je me suis présentée samedi. Mais l'homme qui habite cette maison n'a jamais entendu parler de maman.

— Je vais parler avec l'avocat de papa et je te rappelle. Quelqu'un a peut-être commis une erreur quelque part.

Ou alors, quelqu'un a menti, songea-t-elle. Finn Gallagher lui dissimulait-il des informations ? C'était impossible. Dans quel but ferait-il cela ? Qu'aurait-il à y gagner ?

— D'accord, merci, Ethan. Envoie-moi un texto dès que tu en sais davantage, s'il te plaît. Entre-temps, j'ai loué un petit cottage ici pour quelques semaines. J'aimerais passer un peu de temps à interroger les gens du coin. Quelqu'un connaît peut-être maman et saura me dire où la trouver.

— Tam, es-tu certaine que ce soit raisonnable ? Si elle est si difficile à localiser, c'est peut-être tout simplement qu'elle ne désire pas qu'on la retrouve.

— La question n'est plus là, répliqua-t-elle d'un ton

ferme. J'ai le droit de savoir pourquoi elle nous a abandonnés. Elle me doit au moins cela. J'ai *besoin* de le savoir.

A l'autre bout de la ligne, son frère poussa un soupir.

— Au fait, reprit-il, j'ai parlé à Trent. Il m'a tout raconté.

— Vraiment… tout ? bredouilla-t-elle, le cœur serré.

— J'avoue que je l'ai poussé un peu, convint Ethan d'un ton qui suggérait qu'il n'avait pas nécessairement employé la manière douce. Je ne peux pas t'en vouloir d'avoir eu besoin de t'éloigner quelque temps. Ce garçon nous a tous dupés, Tamsyn. Il a prétendu t'aimer et t'a fait des promesses qu'il savait ne pas pouvoir tenir. Je ne juge pas ses préférences sexuelles, bien sûr, mais ce qu'il t'a fait est inqualifiable. Tu mérites beaucoup mieux. Et Isobel est furieuse. J'ai eu toutes les peines du monde à la dissuader de se précipiter en ville pour lui casser la figure. Je voulais que tu saches que nous sommes tous avec toi.

Tamsyn sentit les larmes lui monter aux yeux, mais elle les refoula. Si elle se laissait aller maintenant, elle se mettrait à sangloter au téléphone et Ethan se précipiterait ici en moins de temps qu'il n'en fallait pour le dire. Or, cette mission était la sienne et elle devait l'accomplir seule. Pour une fois dans sa vie, ce qu'elle faisait n'était pas destiné à faire plaisir à d'autres. Cette affaire ne concernait qu'elle.

Elle songea donc à Isobel, la fiancée d'Ethan, et l'image de la petite blonde en train de corriger Trent la fit sourire.

— Merci pour tout, dit-elle d'une voix raffermie. Je te rappelle dès que j'ai du nouveau, d'accord ?

— Il faut bien que je sois d'accord, fit Ethan de mauvaise grâce. De mon côté, je contacte l'avocat de papa et je te rappelle dans la journée.

Tamsyn lui dit au revoir et mit fin à la communication, avec l'impression qu'elle venait de couper son dernier lien avec le monde réel. Au même instant, elle entendit un bruit de pneus sur le gravier de la cour. Elle gagna la fenêtre et vit le 4x4 désormais familier s'arrêter près de sa voiture de location.

La souffrance qui lui comprimait la poitrine une seconde plus tôt s'envola alors, remplacée par une autre sorte de tension. Déjà, Finn descendait de son véhicule et venait à grands pas vers la maison.

Ignorant la troublante montée de désir que cette apparition provoquait en elle, Tamsyn concentra son attention sur le problème qui occupait désormais la première place dans son esprit. Finn Gallagher détenait-il la réponse à certaines des questions qu'elle se posait ?

6

Finn se dirigea vers la porte ouverte du cottage, ne sachant plus trop pourquoi il était venu. Bien sûr, Lorenzo lui avait demandé de le tenir au courant de l'évolution de la situation, mais cela ne justifiait tout de même pas de harceler Tamsyn Masters comme il le faisait.

Elle apparut devant lui alors qu'il levait la main pour frapper au montant de la porte. Elle était vêtue avec simplicité, d'un jean savamment délavé qui lui moulait les hanches et d'un T-shirt dont l'encolure en V laissait entrevoir un soutien-gorge rose et la naissance de seins fermes.

— Bonjour, dit-il. Je passais par là et je me suis demandé si vous aviez besoin que je vous rapporte quelque chose de la ville.

— C'est très aimable à vous, répondit Tamsyn avec un sourire. Mais Penny m'a fait cadeau de provisions suffisantes pour tenir plusieurs jours.

— Oui, très bien, répondit-il, hésitant. C'est très gentil de sa part. Euh… au fait, j'ai pensé qu'il vaudrait peut-être mieux que vous ayez mon numéro de téléphone. Au cas où vous auriez besoin d'aide avec la maison.

Il sortit de sa poche une carte de visite qu'il lui tendit. Tamsyn s'en saisit avec précaution, mais leurs doigts se frôlèrent malgré tout et il ressentit à ce contact une onde d'intense chaleur qui remonta le long de son bras.

— Merci, dit-elle sans paraître remarquer son trouble.

Mais, à première vue, tout a l'air parfait ici et je ne pense pas avoir besoin de quoi que ce soit. Les habitants de cette maison semblent avoir été des gens très bien organisés.

— Oui, c'est vrai.

— Est-ce vous qui vous occupiez des animaux ?

— Oui, acquiesça-t-il. Les poules ne posent pas de problème, comparées au chat. Ce félin est un monstre féroce.

— Lui ? s'étonna-t-elle en se penchant pour gratter le monstre derrière les oreilles. Comme s'appelle-t-il ?

— *Elle* s'appelle Lucy. A son arrivée ici, on l'avait nommée Lucifer, à cause de son caractère ombrageux, et aussi parce que nous l'avions prise pour un mâle. Puis elle a mis bas une portée et il a fallu lui changer son nom.

— Lucifer ? répéta Tamsyn en riant. Cette adorable petite chatte ? C'est un peu sévère, ne trouvez-vous pas ?

Stupéfait, Finn entendit l'animal ronronner sous les caresses de Tamsyn. Pensant qu'il avait peut-être mal jugé cette bête, il tendit une main pour la caresser à son tour. La chatte montra aussitôt les crocs et cracha dans sa direction.

— Ce nom est justifié, je vous dis, assura-t-il en retirant prudemment la main. Je m'étonne qu'elle vous laisse la caresser. En général, il n'y a que sa maîtresse et sa fille qui peuvent l'approcher.

Il regretta ces paroles dès qu'il les eut prononcées. La mansuétude de l'animal vis-à-vis de Tamsyn s'expliquait sans peine, puisqu'elle aussi était la fille d'Ellen !

— Lucy est peut-être plus à l'aise avec les femmes, suggéra la jeune femme.

— Oui, ce doit être ça.

— Puisque vous êtes là, vous prendrez bien une tasse de café avec moi ?

Il n'hésita qu'un instant. Pourquoi pas ? C'était bien normal, entre voisins.

— Avec plaisir ! répondit-il. Et pendant que vous le préparez, je vais vérifier si le chauffe-eau fonctionne.

— C'est très gentil de votre part. J'ai hâte de prendre un long bain ce soir dans cette fabuleuse baignoire ancienne.

L'image du corps féminin nu sous la mousse parfumée surgit dans l'esprit de Finn, qui la refoula précipitamment.

— Très bien, dit-il en toussotant. J'y vais. Le cumulus est derrière la maison, dans la buanderie.

Il connaissait les lieux par cœur. Lorenzo et Ellen lui avaient offert un foyer ici et, bien qu'il leur eût proposé, plus tard, de leur bâtir une maison plus grande et plus confortable, le couple avait préféré rester dans le petit cottage, surtout depuis que le travail d'Alexis amenait celle-ci à séjourner très souvent à l'étranger.

Il trouva la clé de la buanderie à sa place habituelle, au-dessus de la porte, et mit en marche le cumulus électrique avant de retourner dans la cuisine, où Tamsyn s'affairait avec les tasses en chantonnant à mi-voix.

— Vous avez l'air de très bien connaître la maison, remarqua-t-elle en lui souriant.

— Nous sommes voisins depuis très longtemps. En outre, je viens ici depuis plusieurs semaines pour nourrir les animaux.

— Heureusement, la méfiance de Lucy à votre égard ne l'empêche pas d'accepter de bon cœur ce que vous lui donnez.

— Ce n'est que la reconnaissance du ventre. Les chats sont égoïstes, c'est bien connu !

— Je n'ai aucune expérience en la matière, avoua Tamsyn en lui servant une tasse de café. Nous n'avons jamais eu d'animaux domestiques à la maison.

— Ah bon ?

— Non. Papa disait que les animaux n'avaient pas leur place chez nous.

Finn songea aux chiens de son propre père, à la ferme,

qu'il avait gardés même après avoir réduit la taille des troupeaux pour se consacrer à plein temps à la viticulture. Quant à sa mère, elle avait toujours eu, tout comme Ellen, une ribambelle de chats autour d'elle. Les animaux domestiques faisaient partie de son univers depuis sa plus tendre enfance et il n'imaginait pas une vie sans eux. Il s'était promis d'adopter deux chiens lorsque la construction de la maison serait terminée, mais le moment venu, Briana s'y était opposée, arguant qu'elle était allergique. Et depuis qu'elle était partie, un an plus tôt, il avait été trop occupé pour trouver le temps d'y songer.

— Et quel est donc ce lieu où vous avez grandi, où les animaux n'étaient pas les bienvenus dans la famille ?

— C'est une propriété très similaire à celle où nous avons déjeuné hier, répondit-elle, quoique peut-être un peu plus vaste. Nous avons aussi des vignes et un restaurant, ainsi que des chalets à louer. Bien sûr, au temps de mon enfance, ce n'était qu'une propriété viticole de taille modeste, avec une petite cave de production de vin.

— Votre famille a dû travailler dur.

— Oui, c'est sûr. Mais c'était notre vie et nous savions tous, mes cousins, mon frère et moi, que chacun de nous aurait un jour sa place dans l'entreprise familiale.

Ce discours ne cadrait pas du tout avec l'image qu'il se faisait d'elle depuis des années. Il l'avait toujours imaginée menant une vie luxueuse d'enfant gâtée, et certainement pas travaillant d'arrache-pied avec les siens pour atteindre la prospérité. Cette découverte augmenta encore l'intérêt qu'elle éveillait en lui.

— Et vous ? demanda-t-il. Quelle est votre place dans tout cela et quels sont vos projets personnels ?

— Ce n'est pas important pour le moment, éluda-t-elle en remuant son café.

A l'évidence, elle n'avait pas envie d'aborder le sujet, ce qui ne fit que renforcer la détermination qu'il avait de découvrir pourquoi. Toutefois, il serait contre-productif d'insister maintenant. Douceur et patience représenteraient une meilleure approche, décida-t-il.

Il sirota une gorgée du café instantané qu'elle venait de lui servir et fit la grimace.

— Il faut que je vous explique le fonctionnement de la machine à espresso, déclara-t-il.

— Pourquoi ? Mon café est à ce point mauvais ?

— Si vous me le permettez, dit-il en se levant, je vais le verser dans l'évier.

Elle s'était approchée de ce dernier en même temps que lui et il lui effleura un sein par mégarde. Ce contact n'avait pas été délibéré de sa part, bien sûr, mais il ne le regrettait pas une seconde. D'autant qu'il entendit distinctement la jeune femme qui cessait de respirer. A l'évidence, elle était aussi troublée que lui et cette pensée lui fut fort agréable.

Ses yeux assombris étaient des abîmes de confusion, ses lèvres étaient restées entrouvertes et il lui aurait suffi de se pencher un peu pour les capturer sous les siennes, en savourer leur douceur et se délecter de leur réaction. Autour d'eux, l'air semblait tout à coup crépiter d'électricité. Dehors, dans le jardin, les cigales chantaient et les abeilles bourdonnaient autour des massifs fleuris. Mais Finn n'entendait que le rugissement de son propre sang dans ses veines.

Il était trop tôt, beaucoup trop tôt. Tamsyn était une personne timide, hésitante, peut-être blessée. On devait l'approcher avec douceur. L'apprivoiser. Il recula de deux pas et ressentit cette nouvelle distance comme un deuil.

— Il faut que je file, annonça-t-il d'une voix aussi posée que possible. Je vous remercierais bien pour le café, mais…

— Oui, je sais, dit-elle avec un petit rire nerveux. Merci d'être passé m'installer l'eau chaude !

— Pas de quoi ! Demain, si vous le souhaitez, je vous montrerai comment fonctionne le percolateur.

— C'est une bonne idée, répondit-elle en le raccompagnant à la porte.

Conscient qu'elle l'observait toujours depuis le seuil du cottage, les mains au fond des poches de son jean, il remonta dans le 4x4 et exécuta un demi-tour impeccable, puis descendit l'allée en roulant au pas. Un merveilleux sentiment d'anticipation l'avait envahi. Faire la connaissance de Tamsyn Masters allait se révéler plus difficile que prévu. Et peut-être aussi plus agréable. Beaucoup plus agréable.

7

Tamsyn attendit que le véhicule de Finn ait disparu avant de rentrer. Sans lui, la maison lui parut vide. Refoulant cette impression absurde, elle fit le tour des pièces en ouvrant les fenêtres pour les aérer. Lucy avait disparu. Tamsyn se retrouvait seule.

Elle se servit un verre d'eau et sortit son smartphone du sac, puis s'installa dans le fauteuil en rotin sous le porche et entreprit de vérifier si une recherche locale pouvait faire apparaître le nom de sa mère.

Une heure plus tard, elle était aux prises avec un intense sentiment de frustration. Les seules informations qu'elle avait recueillies dataient de près de trente ans, lorsque sa mère vivait encore à Adélaïde : une photo de mariage un peu floue et deux brèves annonces dans un journal à l'occasion de la naissance de Tamsyn et d'Ethan. Ensuite, rien. C'était très étrange. Comme si, en quittant John Masters, Ellen avait disparu de la vie sociale, qu'elle avait cessé d'exister.

C'était sans espoir, décida-t-elle. Elle ferma l'application, ramassa son verre et rentra dans la maison. A l'évidence, elle allait devoir utiliser l'approche directe sur le terrain. Elle se demanda si elle ne pourrait pas trouver une source de renseignements officielle, peut-être des listes électorales ou des choses de ce genre. L'office d'informations de la ville voisine pourrait peut-être l'orienter dans la bonne direction.

Elle ramassa ses clés et, décidant de laisser les fenêtres ouvertes, verrouilla la porte d'entrée et se dirigea vers sa voiture.

Le trajet jusqu'à la ville se déroula sans encombre. Il y avait peu de circulation et elle croisa à peine un véhicule ou deux avant d'atteindre l'entrée de la petite agglomération. Elle se gara dans une rue latérale, non loin de la boutique où elle avait acheté sa robe la veille, et descendit de voiture. Elle se souvenait vaguement d'avoir vu un panneau d'informations municipales au bout de la grand-rue et elle marcha dans cette direction.

Le petit hôtel de ville était à l'évidence le centre de la vie sociale locale. Une grande affiche à l'entrée détaillait les nombreuses activités qui y étaient proposées. Une annonce sur une affichette de couleurs vives attira son attention :

Recherche coordinateur-coordinatrice pour encadrer, un jour par semaine, une équipe de bénévoles retraités pour la période précédant les fêtes de Noël. Soumettre sa candidature à l'intérieur.

Tamsyn réfléchit un instant. Un jour par semaine, jusqu'à Noël ? Elle pouvait aisément se rendre disponible pour un tel travail. Au train où allaient les choses, elle n'aurait sans doute pas retrouvé sa mère d'ici les fêtes. Et, même si elle la localisait plus tôt, elle aurait probablement envie de passer un peu de temps en sa compagnie avant de retourner à Adelaïde.

Si elle y retournait…

Cette pensée aurait dû l'alarmer. Au lieu de cela, elle éprouva un sentiment diffus d'excitation devant la perspective de commencer réellement une nouvelle vie. Elle décrocha l'annonce du panneau d'affichage et monta l'escalier.

L'anxiété la saisit au moment de frapper à la porte du bureau. C'était la première fois de sa vie qu'elle sollicitait un emploi. Elle avait toujours travaillé dans l'entreprise familiale, à une fonction ou une autre. De petits travaux occasionnels à l'époque du lycée et, par la suite, des jobs d'été lorsqu'elle rentrait de l'université. Son diplôme en poche, elle s'était employée à développer l'activité d'hôtellerie de la propriété et avait assumé la gestion des cottages, qui abritaient des chambres d'hôtes de luxe. Elle avait élargi la gamme des services que proposait The Masters en y ajoutant l'organisation de mariages et de grands événements.

Mais elle n'avait jamais eu à se confronter au rejet.

Et si on refusait sa candidature ?

Elle refoula l'appréhension qui menaçait de la paralyser. Elle n'avait jamais douté à ce point d'elle-même avant d'être confrontée aux mensonges de Trent. Ceux-ci avaient ébranlé toutes ses certitudes, d'autant qu'ils avaient suivi de près la révélation d'un secret que sa famille lui avait dissimulé toute sa vie. Elle en venait à douter de sa capacité à accomplir un travail tout simple, qu'elle savait à sa portée.

Elle s'obligea à frapper avant de changer d'avis.

— Entrez si vous êtes agréable à regarder ! cria une voix de femme rocailleuse à l'intérieur.

Cette réponse la fit sourire et elle poussa la porte.

— Je suis australienne et je viens pour le poste de coordinatrice, déclara-t-elle en pénétrant dans le chaos indescriptible qu'était le secrétariat de l'hôtel de ville.

Toutes les surfaces disponibles disparaissaient sous des monceaux de paperasses et une multitude de gobelets vides. La femme assise derrière la table de travail pouvait aussi bien avoir cinquante ans que quatre-vingts. Ses cheveux gris, courts et raides, se dressaient dans toutes les directions et une cigarette éteinte pendait au coin de ses lèvres.

— Australienne, dites-vous ? Et qu'est-ce qui vous laisse croire que vous êtes qualifiée pour ce poste ?

Tamsyn fit un effort pour rester impassible et prit une profonde inspiration.

— Je suis titulaire d'un master en communication avec spécialisation dans l'organisation d'événements. Ces sept dernières années, j'ai organisé des journées d'entreprise, des galas, des mariages et des fêtes d'anniversaire de toutes sortes.

— Le job n'est pas payé.

— J'en suis consciente. L'argent n'est pas un problème.

— Hum ! Il y en a qui ont de la chance ! Vous savez, bien sûr, qu'il ne s'agit que d'une mission de cinq semaines — à vrai dire, plutôt quatre, car personne ne viendra travailler la veille de Noël.

— Cela me convient.

— La pauvre sotte qui se chargeait de ce travail s'est pris les pieds dans un tapis et elle s'est cassé la jambe. Je suppose que nos petits vieux seront heureux de voir une nouvelle tête. Vous êtes engagée !

— Et... c'est tout ? s'étonna Tamsyn. N'allez-vous pas exiger des références ?

— Ai-je une tête à exiger des références ? répliqua la femme en la dévisageant par-dessus le bord de ses lunettes. Ce qu'il me faut, c'est une bonne cigarette, mais nous n'avons plus le droit de fumer dans les bâtiments municipaux.

Tamsyn réprima un sourire. Avec cette avalanche de papiers entassés partout dans le bureau, il était peut-être heureux que cette femme s'abstienne de fumer.

— Très bien. Quand dois-je commencer ?

— La prochaine réunion a lieu mercredi, de 10 h 30 à 13 heures. Les participants apportent leur déjeuner. Tenez, voici le classeur avec les détails des activités de la semaine et un tableau de service précisant qui fait quoi. Ne les perdez pas.

— Merci. Et, au fait, je m'appelle Tamsyn Masters.

— Gladys. Je dirige ce service, faute de quelqu'un d'autre qui en soit capable. Si vous avez des questions, n'hésitez pas. Mais pas maintenant. La personne qui devait annoncer les numéros au bingo demain soir a une laryngite et je dois lui trouver un remplaçant. Je suppose que vous ne...

Gladys l'étudia plus attentivement avant de secouer la tête.

— Hum ! Je suppose que je ferais mieux de prendre votre numéro de téléphone, au cas où...

Tamsyn lui communiqua l'information, puis prit congé.

— Et ne perdez surtout pas ce classeur, cria la secrétaire de mairie derrière elle, alors qu'elle ressortait dans le hall.

— J'en prendrai bien soin, promit Tamsyn en serrant le fameux classeur sous son bras.

Elle éclata de rire dès qu'elle eut refermé la porte derrière elle. Cela avait été sans doute l'entretien d'embauche le plus bref de l'histoire de l'humanité. De quoi avait-elle eu si peur ?

Elle s'arrêta dans le hall pour jeter un coup d'œil autour d'elle. Des fenêtres à guillotine d'un modèle ancien, avec leurs stores à demi baissés, s'alignaient de part et d'autre du vaste espace. Le fond était occupé par une estrade surélevée, encadrée par de lourds rideaux de velours rouge délicieusement surannés. Tamsyn avait l'impression d'avoir remonté le temps. Elle pourrait fermer les yeux et se retrouver dans une soirée dansante de l'après-guerre, ou une soirée disco des années 1970.

Des tables et des chaises pliantes étaient entreposées contre un mur. Elle tira une chaise et s'y assit pour étudier le contenu du fameux classeur. Malgré l'attitude bougonne de Gladys et son apparent manque d'organisation, chaque détail de ses nouvelles fonctions était soigneusement consigné dans ces pages. Dans l'ensemble, les activités étaient toujours les mêmes de semaine en semaine, hormis une sortie occasionnelle à Blenheim organisée pour voir un film ou dîner dans un restaurant.

En gros, tout ce qu'elle avait à faire, c'était veiller à ce que tout se passe comme prévu, collecter le montant de la participation, une pièce d'or par personne, et remettre le tout à Gladys pour qu'elle le porte à la banque à la fin de chaque réunion. Ce serait une sinécure. Pourtant, elle bouillonnait d'un enthousiasme qu'elle n'avait pas éprouvé depuis longtemps. Et elle brûlait de partager cette nouvelle avec quelqu'un. Finn, peut-être ?

Elle s'obligea à contrôler ses pensées vagabondes. Cette conversation pouvait bien attendre le lendemain, lorsqu'il viendrait lui montrer comment se servir du percolateur italien. Après tout, ils n'étaient pas à proprement parler des amis.

Lorsqu'il était venu la voir ce matin-là, elle avait cru à un certain moment qu'il allait l'embrasser. Il se tenait tout près d'elle et ses yeux, gris comme un ciel d'orage, s'étaient fixés sur sa bouche. Lorsqu'ils s'étaient frôlés, elle avait senti son corps passer en alerte rouge. Qu'aurait-elle éprouvé s'il l'avait embrassée ? S'il avait cédé à ce désir qu'elle avait cru lire dans ce regard où couvait la tempête ?

Son imagination s'enflammait et, frissonnant de tout son corps, elle ferma les yeux, oubliant tout le reste.

La voix éraillée de Gladys la tira de sa rêverie :

— Avez-vous l'intention de faire la sieste ici toute la journée ? Si vous n'avez rien à faire, ce n'est pas le cas de tout le monde.

— Je suis désolée, s'excusa Tamsyn en se levant vivement. Je vais partir.

Elle remit sa chaise où elle l'avait trouvée et se dirigea vers la sortie. Derrière elle, Gladys verrouilla la porte en marmonnant :

— Ah, les jeunes d'aujourd'hui !

— Pourriez-vous m'indiquer où je peux trouver l'office d'information municipal ? s'enquit Tamsyn.

— L'office d'information, c'est moi, soupira Gladys.

— Ah bon ? Alors peut-être serez-vous en mesure de m'aider, dans ce cas. Ma mère vit par ici et j'essaie de la retrouver.

— Hum ! Il me semblait bien que vous me rappeliez quelqu'un. Votre mère habite la région ?

— Euh… Je pense que oui. Elle s'appelle Ellen Masters. La connaissez-vous ?

Gladys fouilla dans son volumineux sac à main et produisit un briquet avec lequel elle alluma la cigarette qui pendait toujours à ses lèvres. Elle aspira une longue bouffée et son visage ridé prit une expression très proche de la félicité.

— Jamais entendu ce nom-là. Peut-être ne souhaite-t-elle pas qu'on la retrouve.

Tamsyn demeura silencieuse une seconde, refoulant sa déception, puis elle insista bravement :

— Pourriez-vous au moins m'indiquer où je peux consulter les listes électorales ?

Gladys aspira une nouvelle bouffée de sa cigarette avec la même délectation et exhala lentement la fumée.

— Essayez la bibliothèque. Demandez Myriam. Dites-lui que c'est moi qui vous envoie.

— Merci. Et où puis-je trouver la bibliothèque ?

Mais Gladys ne l'entendait plus. Pour une femme de son âge, elle semblait encore très agile et filait déjà à toutes jambes vers le pub.

Déstabilisée par ce commentaire au sujet de sa mère et luttant contre la frustration, Tamsyn sortit son téléphone et se livra à une rapide recherche en ligne. La bibliothèque se trouvait à un pâté de maisons de là. Elle y arriva moins de cinq minutes plus tard et la trouva fermée.

Un écriteau collé à l'intérieur des portes de verre

détaillait les heures d'ouverture. La bibliothèque venait tout juste de fermer. De plus en plus frustrée, elle nota le numéro de téléphone et se promit de passer le mercredi matin, avant sa première prise de fonctions en tant que coordinatrice des activités des seniors.

Pour le moment, elle n'avait plus rien à faire, sinon retourner au cottage et se défouler quelques heures sur les mauvaises herbes du jardin.

Il faisait très chaud dans la voiture restée en plein soleil et elle attendit un moment, toutes vitres baissées, avant de faire démarrer le moteur. Autour d'elle, la petite ville avait l'air tout droit sortie d'une carte postale ancienne, avec un petit côté idyllique. Où qu'elle dirige son regard, Tamsyn voyait les gens se saluer avec des sourires chaleureux lorsqu'ils se croisaient sur les trottoirs. Les automobilistes échangeaient de brefs coups de Klaxon au passage de leurs connaissances.

Ce qui la ramenait à sa question principale : puisque tout le monde était tellement aimable par ici, pourquoi ne parvenait-elle pas à trouver une seule personne qui ait connu sa mère ? Que se passait-il dans cette ville ? Avaient-ils tous conspiré pour l'empêcher de la retrouver ?

8

Le jardin semblait avoir été ravagé par une tornade, songea Finn en descendant de son 4x4, le lendemain matin. Des amoncellements de mauvaises herbes gisaient çà et là sur la pelouse. L'herbe avait encore besoin d'un bon coup de tondeuse et il se promit de s'en occuper. Mais ce que Tamsyn avait fait de ce jardin à l'abandon était tout bonnement spectaculaire.

— Bonjour ! lança la jeune femme en sortant sous la véranda pour l'accueillir.

Elle était un régal pour les yeux, avec ce short et ce petit haut dans lesquels elle avait visiblement travaillé, à en juger par les traces de terre qui les maculaient.

— Je vois que vous n'avez pas chômé, remarqua-t-il en s'approchant.

— J'avais commencé hier et je m'y suis remise ce matin. Je n'ai pas l'habitude de rester assise à ne rien faire et je déteste abandonner un travail avant de l'avoir terminé. C'est l'inactivité qui pousse les gens à sombrer dans l'alcool.

N'était-ce pas justement ce qui avait poussé sa mère à boire lorsqu'elle vivait en Australie ? se demanda Finn. Etre obligée de rester à ne rien faire dans une maison, simple jouet décoratif au service exclusif du père de Tamsyn, et ignorée le reste du temps ? Coupée même de ses enfants, qui étaient confiés à des nounous ?

Refoulant dans un coin de son esprit les histoires que Lorenzo lui avait racontées, il s'obligea à sourire.

— Personnellement, je me contenterai d'un espresso.

— Moi aussi, en cet instant, je ferais n'importe quoi pour un bon espresso, assura-t-elle.

Finn cessa de respirer. Il était près d'elle depuis moins de cinq minutes et il ne pensait déjà plus qu'à la posséder. Reprenant avec détermination le contrôle de ses sens, il monta la rejoindre sous la véranda.

— Je suis sûr que votre petit ami ne verrait pas d'un bon œil que vous fassiez des propositions pareilles à un autre homme.

— Je n'ai pas de petit ami, rétorqua-t-elle. Je fuis les hommes.

— Vraiment ? répliqua-t-il en s'emparant de sa main pour effleurer la trace pâle de la bague sur son annulaire gauche. Serait-ce cela, la raison ?

Tamsyn baissa les yeux vers sa main et toute la gamme des émotions défila sur son visage expressif.

— Oui, répondit-elle d'un ton bref en se dégageant. Je dois aller me laver les mains. Je suppose que vous savez où trouver tout ce qu'il vous faut ?

Ainsi donc, elle ne désirait pas aborder ce sujet-là non plus, songea-t-il, intrigué. La princesse australienne aurait-elle trouvé son maître, en la personne de cet ancien fiancé ? Etait-ce pour cela qu'elle désirait tant retrouver sa mère ? Avait-elle besoin d'affection, maintenant que son fiancé ne faisait plus partie de sa vie ?

Finn s'interdit de tirer des conclusions hâtives. Il avait besoin de comprendre les réelles motivations de la jeune femme pour garder le contrôle de la situation et pour éviter à Tamsyn d'aller se fourrer dans les ennuis. Et, dans ce cas-ci, il s'agissait de l'empêcher d'obtenir le moindre renseignement sur Ellen.

Il s'affaira dans la cuisine, sortit du placard les tasses à café favorites de Lorenzo et le café italien en grains que le vieil homme préférait à tout autre. Puis il mesura la dose de mouture idéale et mit le percolateur en marche.

— Heureusement que vous êtes là, remarqua Tamsyn derrière lui, le faisant sursauter. J'en ai, de la chance !

Elle avait pris une douche rapide, à en juger par la bonne odeur de savon qui flottait autour d'elle, et elle avait remis le jean qu'elle portait la veille, assorti à un T-shirt rose pâle.

— Votre chance s'arrête là, répliqua-t-il. C'est vous qui allez vous occuper de la suite. Je suis seulement ici pour vous faire une démonstration, ne l'oubliez pas.

— Pas de problème. Montrez-moi seulement la bonne dose de grains que vous venez de moudre.

Il répéta l'opération devant elle. Tamsyn apprenait vite et il ne lui fallut pas longtemps pour connaître le fonctionnement de l'appareil.

— Allons prendre le café dehors pour admirer le résultat de vos efforts, suggéra-t-il en remplissant les deux tasses.

— Cela faisait déjà pas mal de temps que ce jardin n'avait pas été entretenu, n'est-ce pas ? demanda-t-elle alors qu'ils s'étaient installés dans les confortables fauteuils de rotin.

Finn hocha la tête sans autre commentaire. Ce jardin était le domaine exclusif d'Ellen, mais, depuis quelque temps, le travail était devenu trop difficile pour elle. Et Lorenzo était trop occupé à travailler avec son équipe dans les vignes, dont ils étaient propriétaires à parts égales. Finn lui avait suggéré à maintes reprises d'engager quelqu'un pour l'aider dans la maison, mais il avait toujours refusé.

Lorenzo et Ellen n'avaient guère plus d'une cinquantaine d'années et Lorenzo ne pouvait admettre que la femme qu'il aimait soit en train de se désintégrer peu à peu sous ses yeux, physiquement et mentalement, et qu'elle ne puisse plus assumer les tâches qui lui étaient chères autrefois, en particulier le jardinage. La démence précoce qui avait été diagnostiquée chez elle avait été pour eux tous une nouvelle dévastatrice.

Un instant s'écoula ainsi, dans un silence confortable. Puis Tamsyn termina son café et reposa la tasse sur la table de verre entre eux.

— Ce café était un délice, affirma-t-elle avec un soupir de satisfaction. J'ai l'impression d'être une nouvelle femme.

— L'ancienne ne vous convenait donc pas ? s'enquit-il, à l'affût de tout ce qui pourrait l'aider à comprendre le fonctionnement de Tamsyn Masters.

— Pas entièrement. Mais j'y travaille. A propos, j'ai trouvé un emploi. Ce ne sera pas pour gagner de l'argent, mais j'ai accepté un poste de bénévole à la mairie.

— Sérieusement ? dit-il, stupéfait. Gladys a accepté que vous l'aidiez ?

Son étonnement la fit rire et Finn sentit ce son cristallin se répercuter jusqu'au fond de son être. Il adorait l'entendre rire.

— Oh ! non, elle n'est pas allée jusque-là ! L'idée de remettre un peu d'ordre dans le chaos de son bureau est certes tentante, mais je n'aurai pas l'audace d'empiéter sur son domaine. On avait simplement besoin d'une personne pour remplacer la coordinatrice des activités des seniors, qui s'est cassé la jambe et ne reprendra son travail qu'au nouvel an.

— Parce que vous avez l'intention de rester par ici aussi longtemps ? s'enquit Finn, incapable de dissimuler sa surprise.

— Aucune obligation ne m'appelle ailleurs.

— Mais… et votre famille ? Vous ne passez pas Noël avec elle ?

Tamsyn haussa les épaules.

— Comme famille proche, je n'ai que mon frère Ethan, et il vient de se fiancer. Je pense qu'Isobel et lui profiteront mieux de leur premier Noël ensemble si je ne suis pas accrochée à leurs basques. Quant au reste de ma famille, ils sont suffisamment nombreux et bruyants pour que mon absence ne les chagrine pas trop. De plus, on a besoin de moi ici, maintenant.

Elle accompagna ces propos d'un sourire qui n'atteignit pas ses yeux. Et, dans sa voix, il perçut une note qu'il mit un instant à reconnaître — elle se sentait perdue et vulnérable. Il ne doutait pas une seconde qu'elle manquerait à sa famille à Noël, mais elle s'imaginait visiblement que personne n'avait besoin d'elle.

Cette découverte la fit remonter de plusieurs crans dans son estime. Elle correspondait de moins en moins à l'image qu'il avait conçue d'elle. Qui était-elle vraiment ? La douloureuse expérience qu'il avait eue avec Briana l'avait-elle rendu incapable de voir le bien chez une femme ? Une petite fille riche et gâtée aurait-elle travaillé aussi dur dans le jardin pour ramener au jour la beauté amoureusement cultivée de sous les herbes folles ?

— Je suis certain que les seniors seront ravis de vous avoir. Vous êtes infiniment plus agréable à regarder et plus sympathique que leur ancienne coordinatrice, je vous le dis.

— Oh ! je suis certaine que l'attrait de la nouveauté ne tardera pas à s'émousser ! répondit-elle en rougissant.

— Sur ce, je crois que je vais retourner travailler, déclara Finn en se levant.

— Quel genre de travail faites-vous exactement ? s'enquit-elle en l'imitant pour aller s'accouder à la balustrade.

— Je fais un peu de tout. En ce moment, je travaille sur une nouvelle idée.

— Je vois, dit-elle en souriant. Et c'est un secret.

— Rien de très mystérieux, assura-t-il en riant. Voyez-vous, j'ai autrefois travaillé dans le domaine des technologies de l'information.

Il s'abstint de préciser que la société qu'il avait créée était devenue l'un des leaders mondiaux du Web et qu'il l'avait cédée pour plusieurs milliards de dollars quelques années plus tôt.

— Aujourd'hui, poursuivit-il, je bricole, je mène plusieurs activités de front, en m'occupant entre autre de tous ces vignobles qui nous entourent. Je me suis associé aux propriétaires locaux.

— Je suis impressionnée, s'exclama Tamsyn avec un sourire. Je parie que vous vous amusez beaucoup plus qu'assis toute la journée devant votre ordinateur.

— Tous les goûts sont dans la nature. Mon ancien travail m'a beaucoup amusé, mais j'ai pris encore plus de plaisir à le quitter, car, aujourd'hui, je suis libre de faire ce qui me plaît. Dans le cas de ces vignobles, toutefois, je suis plutôt un partenaire silencieux. Nous cultivons du raisin que nous livrons aux caves viticoles de la région et cette activité nous procure un revenu confortable.

— J'ai énormément apprécié ce café, déclara Tamsyn en l'accompagnant jusqu'à son véhicule. Merci de m'avoir montré le fonctionnement de la machine. Et merci aussi de votre visite.

— Tout le plaisir a été pour moi. Au fait, êtes-vous libre ce soir ? Je me demandais si vous accepteriez de venir dîner chez moi, sur la colline. C'est sûrement mieux que de manger toute seule, non ?

— Je ne voudrais pas vous déranger.

— Pour moi, deux steaks sur le grill au lieu d'un ne feront pas une grosse différence.

— Alors, c'est d'accord, répondit-elle. Avec plaisir ! Voulez-vous que j'apporte une salade ou un dessert ?

— Je me suis déjà chargé du dessert, mais si vous pouviez apporter une salade, ce serait merveilleux. 18 heures ?

— Parfait, dit-elle avec un plaisir évident, les yeux brillant d'excitation. Je suis déjà impatiente d'y être.

9

L'après-midi lui parut interminable. Elle passa l'aspirateur dans tout le cottage, épousseta et cira fiévreusement les meubles. Elle devait à tout prix rester occupée pour éviter de penser au dîner qui l'attendait.

Elle s'était pourtant mille fois répété que ce n'était qu'une politesse entre voisins, mais elle repensait sans cesse à cet instant, la veille, où ils avaient failli s'embrasser. N'était-ce pas idiot, alors qu'elle avait rompu des fiançailles à peine quelques jours plus tôt ? Mais avait-elle réellement été fiancée ?

A l'époque, elle l'avait cru, même si leur relation avait comporté plus de sorties en société que de moments d'intimité. Avec le recul, elle comprenait que Trent l'avait préparée dès le début à devenir son alibi social, un écran de fumée destiné à occulter certains côtés de sa personnalité à des patrons très conservateurs. Et aujourd'hui, le premier choc passé, elle était furieuse. Furieuse contre lui, qui s'était servi d'elle, mais surtout contre elle-même, qui ne l'avait pas deviné plus tôt.

Si elle n'avait pas vécu une enfance aussi protégée, si elle avait voyagé davantage, à l'instar de sa future belle-sœur Isobel, aurait-elle évité de se couvrir de ridicule ? Peut-être. Mais sa vie avait été ainsi faite et elle refusait d'en avoir honte.

Pourquoi, alors, était-il si important pour elle qu'un homme comme Finn la trouve attirante ? Car il était impossible de ne pas remarquer la façon dont il la regardait. Et, d'ailleurs, elle-même ne s'était pas privée non plus de l'examiner sous toutes les coutures. Après tout, il était beau à couper le souffle et il la faisait se sentir presque belle, elle aussi. Un flirt avec Finn Gallagher était peut-être ce dont elle avait besoin, aujourd'hui…

Elle allait dîner avec un homme séduisant. Un homme qu'elle avait vu chaque jour depuis son arrivée. Cela devait signifier quelque chose. Il avait choisi de rechercher sa compagnie, de passer du temps avec elle. Cette idée lui rendit tout son optimisme et elle sortit dans le jardin potager d'un pas allègre.

Apporter une salade pour le dîner de ce soir ne serait certes qu'une modeste contribution, mais elle allait s'assurer que ce serait la meilleure salade que Finn ait mangée de sa vie. Elle ramassa plusieurs variétés de feuilles, des tomates cerises précoces et quelques beaux radis, puis les rapporta dans la cuisine, les lava soigneusement et les égoutta. Cela fait, elle prit une nouvelle douche et réfléchit à ce qu'elle allait mettre pour le dîner. Un jean ne serait pas assez habillé et elle s'était déjà débarrassée de la robe et du chemisier qu'elle portait en arrivant en les jetant dans une benne de recyclage — elle ne voulait plus les voir. Ses choix étant limités, il ne restait donc que la nouvelle robe, qu'elle avait déjà mise le dimanche précédent au restaurant.

Décidant qu'elle ferait bien l'affaire, elle la décrocha du cintre et la fit passer par-dessus sa tête. Elle adorait cette robe et c'était une bonne occasion de la porter. Elle se brossa longuement les cheveux, puis releva la moitié de leur masse en un chignon lâche, laissant la moitié inférieure retomber librement sur ses épaules et dans son dos. Le miroir lui renvoya l'image d'une jeune femme souriante.

Suivit une séance de maquillage express avec les quelques

produits de beauté que contenait son sac au moment de son départ pour la Nouvelle-Zélande et elle se sentit prête.

Il ne lui fallut que quelques minutes pour composer la salade à sa façon. Les tomates, les radis et la verdure formaient un ensemble à la fois appétissant et esthétique.

L'horloge ancienne posée sur le buffet de la salle à manger lui confirma qu'il était presque 18 heures. Parfait ! Elle recouvrit le saladier en céramique d'un film alimentaire, ramassa ses clés sur le guéridon de l'entrée et, après avoir verrouillé la porte derrière elle, se dirigea vers sa voiture, le cœur battant.

C'était tout à fait ridicule ! se tança-t-elle en démarrant. Ce n'était qu'un dîner, rien de plus. Pourquoi son cœur battait-il aussi fort ? Pourquoi l'impatience faisait-elle affluer le sang à ses joues ?

Parce qu'elle se comportait comme une sotte ! décida-t-elle en tournant sur la route qui conduisait à la résidence de Finn.

En s'arrêtant devant la maison, elle fut de nouveau frappée par son aspect majestueux. Devant l'imposante entrée aux dimensions de cathédrale, elle se sentit toute petite, insignifiante même, avec son saladier entre les mains. Elle regretta de n'avoir pas prévu un plat plus raffiné qu'une simple salade.

Elle actionna le lourd heurtoir de bronze et attendit. Puis la porte pivota sur ses gonds et Finn apparut, lui coupant le souffle. Ses cheveux étaient encore humides de la douche. Il portait un jean très bas sur les hanches et n'avait pas terminé de boutonner sa chemise, ce qui offrait un bref aperçu d'un ventre plat aux abdominaux parfaitement définis et d'un large torse aux pectoraux de dieu grec. Les mots manquèrent à Tamsyn pour décrire ce qu'elle éprouvait.

— Désolé, je suis un peu en retard, s'excusa-t-il en

achevant de se boutonner. J'ai dû répondre à un coup de fil. D'habitude, je ne suis pas aussi désorganisé. Entrez donc !

— Tenez, c'est la salade promise, réussit-elle à articuler, la gorge serrée par une immense montée de désir.

— Elle a l'air délicieuse. Venez. Je vais vous montrer la cuisine.

Tamsyn le suivit, remarquant qu'il était encore pieds nus. Ses pas ne faisaient aucun bruit sur le parquet de bois poli et elle ne put s'empêcher de constater que même ses pieds étaient sexy.

— Prenez un siège pendant que je jette un coup d'œil à la marinade, suggéra Finn, indiquant les tabourets de bois massif alignés le long d'un comptoir de granit.

— Merci. Verriez-vous un inconvénient à ce que j'ôte mes chaussures, moi aussi ? Je me sens un peu trop habillée.

— Faites comme chez vous, répondit-il en souriant. Un verre de vin ?

— Oui, merci, avec plaisir.

— Rouge ou blanc ?

— Surprenez-moi, répondit-elle, sa capacité de décision soudain brouillée par la proximité de son hôte.

— Parfait ! Je serai de retour dans une minute. A moins, bien sûr, que vous n'ayez envie de visiter ma cave à vins.

— Est-ce une proposition du même ordre que la fameuse collection d'estampes japonaises ? s'enquit-elle avec un sourire.

Elle rougit en se rendant compte de ce qu'elle venait de dire et porta une main à sa bouche.

— Euh… pardonnez-moi. Je ne voulais pas…

— Ne vous excusez pas, répliqua-t-il en riant. Et, pour votre gouverne, ma proposition est tout à fait honnête. Venez, la cave est par ici. Je vais vous la montrer.

Il la prit par la main et Tamsyn s'efforça de ne pas prêter trop d'attention à la merveilleuse chaleur de cette paume tout contre la sienne, ni à la tempête que ce contact déchaînait dans son système nerveux. Ils descendirent quelques marches et suivirent un couloir dallé avant d'arriver devant une solide porte de chêne.

— La cave a été taillée à flanc de colline, expliqua-t-il. Il est plus facile ainsi de contrôler la température ambiante.

Il poussa le vantail et Tamsyn resta émerveillée devant les centaines de bouteilles alignées dans un ordre parfait le long des murs de pierre.

— Très impressionnant, commenta-t-elle en s'approchant pour lire des étiquettes. Ethan adorerait ce lieu.

— Ethan ?

— Mon frère, expliqua-t-elle. Il est notre chef œnologue.

— Peut-être nous rendra-t-il bientôt visite, dit-il sans grand enthousiasme. Voici un pinot gris pour commencer la soirée, et un pinot noir pour le repas.

— Très bon choix, convint-elle.

Elle le précéda hors de la cave et ils remontèrent ensemble dans la cuisine. Pendant que Finn débouchait le vin blanc et remplissait les verres, Tamsyn alla se poster devant les portes-fenêtres qui ouvraient sur un vaste patio.

— Vous avez une maison magnifique, commenta-t-elle en acceptant le verre que Finn lui tendait.

— Elle est grande, mais on s'y sent chez soi, répondit Finn en poussant les hautes portes vitrées devant elle. Installez-vous à table. Je vais aller chercher quelques amuse-gueules.

Confortablement assise dans l'un des fauteuils en rotin, elle le vit revenir chargé d'un plateau d'antipasti. Elle ne put dissimuler sa surprise.

— Ma parole ! s'exclama-t-elle, admirative. Vous avez vraiment préparé tout cela vous-même ?

— C'est l'un de mes nombreux talents ! répondit-il avec un sourire modeste. Un… un très bon ami de mon père m'a appris à apprécier la vie dans toute sa diversité de saveurs. Celles-ci n'en sont qu'un exemple.

— Un ami comme celui-là est précieux.

Finn sirota une gorgée de son vin, avant d'acquiescer.

— C'est le meilleur des amis. Quand mon père est mort et que ma mère est tombée malade, il m'a sauvé en m'offrant un foyer. Je lui en serai toujours reconnaissant.

— Etiez-vous très jeune ? s'enquit-elle, devinant que l'homme en question avait eu une grande influence sur sa vie.

— J'avais douze ans. Ma mère est tombée malade peu de temps après.

— Cela a dû être affreux pour vous. Je suis désolée.

— C'était il y a longtemps, murmura-t-il en se tournant vers les montagnes lointaines.

Puis il lui fit de nouveau face et lui tendit le plateau d'antipasti.

— Tenez, goûtez-moi ça !

— Vous vivez dans un environnement superbe, observat-elle en prenant un cœur d'artichaut pour le porter à ses lèvres.

— J'adore cet endroit, reconnut-il. Je n'imagine pas vivre ailleurs.

— J'avais le même sentiment quand j'étais au domaine The Masters et…

Le reste de sa phrase mourut sur ses lèvres. A cet instant précis, elle se demanda si elle aurait de nouveau l'impression d'être chez elle dans la maison familiale. Elle se sentait un peu perdue et n'était pas très sûre de pouvoir retrouver un jour son ancien équilibre.

— Vous *aviez* ? Qu'est-ce qui a modifié ce sentiment ?

— La vie nous fait changer, répondit-elle en soupirant.

La révélation du mensonge de son père et la duplicité de Trent l'avaient, certes, poussée à partir, mais le vrai problème était plus profond. Avec le temps et la distance, elle s'était rendu compte qu'elle n'était pas heureuse, même avant d'avoir appris la vérité. Dans la maison familiale, elle s'était toujours sentie en sécurité, protégée des dangers du monde extérieur, mais elle n'avait jamais eu l'impression de vivre pleinement. Elle n'était pas investie dans son travail et rien dans sa vie personnelle ne la rendait vraiment heureuse. Se savoir protégée ne suffisait peut-être pas. Elle avait désormais besoin d'autre chose.

— Je vous devine troublée. Avez-vous envie d'en parler ?

Tamsyn garda un instant le silence. Avait-elle envie de se confier à lui ? Elle n'en était pas sûre. Ce qu'elle savait, c'était qu'elle ne souhaitait pas gâcher ce qui avait commencé comme une très agréable soirée en étalant ses doutes et ses questionnements.

— Pas vraiment, répondit-elle enfin. Je préfère gérer la situation à ma façon.

— Si un jour vous avez besoin d'une oreille amie, sachez que je suis là.

La conversation s'orienta alors vers des sujets plus anodins, tels que la beauté de la région, et Finn la fit beaucoup rire avec des anecdotes concernant Gladys, au temps où il était adolescent. Apparemment, la secrétaire de mairie était déjà une très vieille dame à l'époque. Peut-être même n'avait-elle jamais été jeune.

Lorsque les steaks sur le gril furent à point, Finn suggéra de regagner l'intérieur de la maison. Sur les assiettes, il ajouta aux steaks des pommes de terre rôties à la perfection et ils allèrent s'installer à une petite table tout près des portes-fenêtres. Finn posa le saladier sur la table, remplit deux verres de vin rouge et prit place en face de Tamsyn.

Lorsqu'ils terminèrent le repas, le soleil s'était couché depuis longtemps. Ils restèrent encore un peu à table, sirotant leur vin face au paysage crépusculaire, puis Tamsyn déclara :

— Vous savez, cette colline me fait beaucoup penser à celle où avait été bâtie notre ancienne maison familiale, avant le grand incendie qui a dévasté notre région, il y a quarante ans. Tout comme votre propriété, cette maison dominait un paysage de vignes.

— Reconstruire un foyer après l'incendie a dû être une dure épreuve pour votre famille.

— Oui, c'est vrai. Je suppose que c'est la raison pour laquelle notre père avait une attitude aussi distante envers nous. Il essayait de toutes ses forces de recréer ce qu'avait été son environnement familial avant la catastrophe. Mon père, son frère et ma tante s'y sont employés durant des années. C'était un travail titanesque.

A tel point que cet homme, obsédé par sa mission, n'avait plus eu de temps à consacrer à son épouse, songea Finn, sentant revenir sa colère. Lui-même n'avait que huit ans lorsque Lorenzo et Ellen étaient arrivés dans la région, mais il n'avait pas oublié l'impression de fragilité qui émanait de cette femme. Toutefois, Ellen était toujours restée ferme sur un point : son amour des enfants qu'elle avait dû laisser derrière elle. Et, aujourd'hui, il avait l'un de ces enfants devant lui, sa fille, qui tentait enfin de renouer le lien. Hélas, pour Ellen, cet effort venait sans doute trop tard.

— Et quel était le rôle de votre mère, dans tout cela ? s'enquit-il.

— J'avoue que je n'ai gardé que très peu de souvenirs d'elle. A peine quelques images floues. Je venais d'avoir trois ans lorsqu'elle est partie. Il m'est arrivé de me demander quelle espèce de femme elle était pour abandonner ainsi ses enfants…

— Il y a toujours deux points de vue dans une histoire, fit remarquer Finn.

Il reprit son verre et en avala une généreuse gorgée. Il brûlait de défendre Ellen, mais ne pouvait le faire sans trahir la promesse qu'il avait faite à Lorenzo.

— Dans le cas qui nous concerne, répliqua Tamsyn

avec un rire sans joie, j'ai grandi en croyant que maman n'était plus de ce monde. J'ai reçu le choc de ma vie en apprenant qu'elle était bien vivante.

— Vous croyiez… vous pensiez que votre mère était décédée ?

Finn sentit un froid glacial l'envahir. Dans sa volonté de s'assurer que son épouse perdrait tous ses droits si elle le quittait, John Masters était-il allé jusqu'à mentir à ses propres enfants ? Quel père ferait une chose pareille ? Et quels seraient les effets de ce mensonge lorsque ces enfants, devenus adultes, découvriraient la vérité ?

10

— Ethan et moi n'avons appris la vérité que tout récemment, à la mort de notre père. Si mon frère n'avait pas eu besoin de régler certains détails de la comptabilité, nous ne l'aurions d'ailleurs jamais su.

Jusqu'à ce jour, Finn ne connaissait que la version d'Ellen, à travers le filtre protecteur de Lorenzo. A présent, fidèle à ses principes, il était curieux d'entendre l'autre versant de cette histoire.

— Racontez-moi ce qui s'est passé, l'encouragea-t-il.

— Tout ce que je sais, c'est que ma mère avait décidé de quitter mon père. Il semblerait qu'elle soit partie dans sa voiture en nous emmenant avec elle, Ethan et moi. Mais elle avait beaucoup bu et elle a perdu le contrôle du véhicule. Ethan et moi avons été légèrement blessés et nous avons passé quelques jours à l'hôpital. Notre père a alors dit à maman qu'elle était libre de partir, mais qu'elle n'emmènerait pas ses enfants. Il lui a promis de lui verser une pension mensuelle, à condition qu'elle reste loin de nous. Et c'est ce qu'elle a fait. Elle est tout simplement partie. Papa lui a versé cette pension chaque mois durant toutes ces années. Elle a accepté l'argent et elle nous a abandonnés.

— Est-ce pour cela que vous avez décidé de la retrouver ? Pour essayer de comprendre pourquoi elle a agi ainsi ?

Tamsyn s'absorba un instant dans la contemplation de

son verre, faisant tournoyer le rubis liquide dans le cristal, avant de relever les yeux vers lui.

— Oui, répondit-elle d'un ton ferme en reposant son verre sur la table. Je crois que j'ai le droit de savoir pourquoi j'ai dû grandir sans une maman.

Une douleur déchirante était perceptible dans sa voix. Finn la sentait planer dans la pièce. Toutes ses idées préconçues au sujet de Tamsyn Masters commençaient à s'évaporer.

Il n'avait pas dû être facile pour une petite fille de grandir avec un père distant et sans le réconfort d'une maman, même si elle avait toujours été entourée de nounous compétentes et du reste de la famille. Les enfants ont besoin de leurs deux parents. Lui-même avait été plus chanceux, tout du moins les douze premières années de sa vie. Et, plus tard, grâce à l'amour et au soutien constant de Lorenzo et d'Ellen…

— Ne vous méprenez pas, poursuivit-elle. Je n'ai jamais manqué de rien pendant mon enfance. Ethan et moi étions très proches et il m'a toujours protégée. Papa m'aimait aussi, à sa façon, et j'adorais mes cousins. Non, en fait, je voudrais seulement savoir pourquoi elle nous a quittés. Pourquoi nous avions si peu d'importance pour elle qu'elle a été capable de nous tourner le dos.

Finn brûlait de lui expliquer que les choses étaient infiniment plus complexes qu'elle ne le pensait, mais il n'en avait pas le droit.

— J'espère sincèrement que vous trouverez vos réponses, déclara-t-il d'une voix douce.

— Moi aussi, acquiesça Tamsyn avec un sourire vacillant.

— Et si nous passions au dessert ? proposa-t-il en s'efforçant d'adopter un ton léger. Etes-vous prête ?

— Oui, bien sûr. J'ai déjà beaucoup trop mangé, mais allons-y ! Quel mal peuvent me faire quelques calories de plus ?

Il débarrassa son assiette. A ses yeux, elle avait picoré tout juste assez pour ne pas tomber d'inanition. Toutefois, il ne lui appartenait pas de lui faire la leçon sur ses habitudes alimentaires. Au lieu de cela, il tabla sur sa gourmandise, sortit la crème glacée du congélateur et en servit des portions généreuses dans deux bols. Il ajouta un pot de sauce au chocolat sur son plateau et rapporta le tout jusqu'à la table.

— Oh ! s'exclama Tamsyn. De la crème glacée !

— Ce n'est pas seulement de la crème glacée, corrigea-t-il. Vous avez devant vous la meilleure crème glacée artisanale de toute la Nouvelle-Zélande !

Tamsyn plongea sa cuiller dans son bol et lorsqu'elle la porta à sa bouche, son visage s'illumina.

— Succulent ! Est-ce une glace au caramel ?

Devant son expression de pur ravissement, il ne put s'empêcher de sourire.

— Elle est encore meilleure en cornet, assura-t-il, mais j'ai pensé que nous nous conduirions comme des personnes bien élevées pour notre premier dîner en tête à tête. Tenez, nappez la glace avec une bonne dose de ceci.

Tamsyn prit le pot de sauce au chocolat qu'il lui tendait et essaya la nouvelle combinaison. En coulant, le chocolat se solidifia en une surface croustillante au contact de la glace. Elle la goûta et l'expression qui s'épanouit sur son visage provoqua une véritable tempête dans les hormones de Finn.

— C'est divin ! dit-elle en portant une nouvelle cuillerée à sa bouche.

Finn avala lui-même une bonne cuillerée de crème glacée, espérant qu'elle suffirait à refroidir sa libido en feu. Lorsque Tamsyn alla chercher une minuscule trace de chocolat sur ses lèvres du bout de la langue, il ferma brièvement les yeux pour refouler les images érotiques qui l'assaillaient. Il avait sérieusement besoin de se calmer.

C'est en entendant la cuiller de Tamsyn tinter dans son bol qu'il comprit qu'elle avait terminé son dessert. Poussant un soupir de soulagement, il se leva pour commencer à débarrasser la table.

— Je vais débarrasser moi, lança Tamsyn en se levant et en ramassant leurs deux bols avant qu'il ait eu le temps de le faire. Vous avez déjà beaucoup fait pour moi ce soir. Puis-je laver la vaisselle avant de rentrer ?

— Certainement pas ! protesta Finn en la suivant dans la cuisine. A quoi servirait un lave-vaisselle, autrement ?

— Si vous en êtes sûr…

— J'en suis certain, coupa-t-il en la prenant par la main pour l'entraîner hors de la cuisine. Puis-je vous offrir une tasse de café ? Mon percolateur n'est pas aussi perfectionné que le vôtre, mais il fonctionne très bien.

— C'est gentil, mais non, répondit-elle. Je ferais mieux de rentrer. J'ai besoin d'être en forme demain matin. Merci pour cette merveilleuse soirée.

— Tout le plaisir a été pour moi, assura-t-il.

Il lui prit la main et porta les doigts fins à ses lèvres pour y déposer un bref baiser, avant de murmurer :

— Je suis heureux que vous soyez venue.

— Je… euh… moi aussi, affirma-t-elle en rougissant.

Quoique visiblement décontenancée, elle ne fit aucun effort pour libérer sa main. Finn passa donc tout naturellement à l'étape suivante. Il se pencha vers elle et l'embrassa. A l'instant où leurs lèvres se joignirent, il oublia toutes les pensées négatives qu'il avait pu nourrir au sujet de cette femme pendant des années et il se laissa sombrer avec délices dans l'océan de sa douceur.

Ses lèvres étaient comme de délicats pétales de rose contre les siennes. Son désir brûlant lui ordonnait de ravir cette bouche, mais une autre voix, celle de la raison, lui conseillait de faire preuve de retenue, de caresser, d'agacer.

Puis ces lèvres merveilleuses s'entrouvrirent dans un soupir. Comment ne pas en profiter ?

Il approfondit le baiser et la sentit frissonner de tout son être. Il lui enlaça la taille, serra ses courbes minces très fort contre lui et elle se blottit, l'enlaçant à son tour, répondant passionnément à son baiser. Sa bouche avait la douceur du miel et, dans le brouillard de désir où flottait l'esprit de Finn, ne surnageait qu'une seule pensée cohérente : le désir de chérir cette femme, de la protéger. C'était leur premier baiser, mais il savait déjà qu'il venait de contracter une addiction qui durerait toute sa vie.

Il tremblait lorsqu'il s'écarta d'elle. Ce qu'ils venaient de vivre ensemble n'était pas suffisant, ne le serait jamais, mais il savait aussi qu'il ne devait pas l'effrayer. Il aurait pu achever de la séduire, mais il préférait qu'elle vienne à lui lorsqu'elle serait prête.

Les yeux de Tamsyn levés vers lui étaient des puits d'ombre, ses pupilles dilatées consumaient presque entièrement leur brun velouté.

— Je… je dois rentrer.

— Oui, je sais.

Il la prit de nouveau par la main pour la raccompagner jusqu'à la voiture. Il lui ouvrit la portière et ne la quitta pas des yeux tandis qu'elle s'installait au volant. Puis elle lui adressa un dernier signe de la main et démarra. En voyant les feux arrière de la voiture disparaître au bout de l'allée, Finn se demanda comment il avait pu désirer qu'elle s'en aille pour ne plus revenir, à peine trois jours plus tôt.

Tamsyn parcourut le court trajet jusqu'au cottage dans une sorte de transe. Un torrent d'émotions confuses bouillonnait dans son esprit. Mais ce n'était qu'un baiser ! Un baiser normal, presque banal, entre deux adultes consentants. Pourquoi alors ressentait-elle tout cela ? Comment une simple caresse avait-elle acquis une telle intensité ? Comment avait-elle pu mêler si intimement désir et sentiments ?

Tout son corps vibrait encore de sensations délicieuses. Lorsque Finn s'était penché vers elle pour l'embrasser, elle savait déjà que ce baiser serait agréable. *Agréable ?* Elle aurait dû se douter qu'un homme comme Finn ne se contentait pas de demi-mesures. *Stupéfiant* était davantage son style. Incroyable. Incandescent. Fantastique. Elle avait senti son corps fondre littéralement entre ses bras. Elle était devenue incapable de toute pensée logique et son esprit n'avait plus tendu que vers un seul but.

Puis il s'était écarté d'elle et Tamsyn était restée désemparée, craignant qu'il n'ait pas éprouvé les mêmes sensations qu'elle. Mais alors, elle avait vu la tempête qui couvait dans son regard. Ses yeux gris avaient pris la teinte de l'ardoise sous la pluie et, dans le secret de son cœur, elle s'était réjouie qu'il ait ressenti pour elle un désir aussi fort, aussi brûlant que le sien. Cette expérience, fût-elle éphémère, avait eu l'effet d'un baume apaisant sur sa fierté blessée.

Si Finn avait voulu aller plus loin, elle aurait avec joie jeté toute son ancienne prudence aux orties et elle lui aurait permis de l'emporter jusqu'à son lit.

Un peu choquée par cette idée, elle arrêta sa voiture devant le garage, coupa le moteur et resta assise dans l'obscurité, à réfléchir à l'énormité de ce qui s'était produit. Quelle serait la suite de leur histoire ? Désirait-il la poursuivre plus avant ? Ils ne se connaissaient que depuis quelques jours et cependant…

Une forme sombre atterrit tout à coup sur le capot de la voiture et Tamsyn sursauta en poussant un cri d'effroi.

— Lucy ! s'exclama-t-elle ensuite. Tu as failli me faire mourir de peur !

Elle descendit de voiture et souleva l'animal dans ses bras pour le porter à l'intérieur du cottage. Indifférente à la panique qu'elle venait de provoquer, la chatte frotta la tête contre son menton en ronronnant. Tamsyn la nourrit et remplit son bol d'eau, avant de se retirer dans sa chambre. Son esprit était encore en ébullition et, malgré toute l'activité qu'elle avait déployée dans le jardin ce matin-là, elle se sentait pleine d'énergie et prête à tout, sauf à dormir.

Prête à faire l'amour avec Finn Gallagher, par exemple ?

Cette idée la fit rire. La chatte, qui, son repas terminé, était venue s'installer sur le lit, lui lança un regard interrogateur.

La sonnerie de son téléphone l'arracha à ses réflexions. Qui pouvait bien l'appeler à une heure pareille ?

— Allô ! dit-elle d'un ton prudent.

— C'est moi, Finn. Je voulais m'assurer que vous étiez bien rentrée.

— Oui, oui, tout va bien, répondit-elle, parcourue tout entière par une merveilleuse onde de bonheur au son de cette voix chaude et grave. Et merci encore pour cette soirée. C'était... très agréable.

— Je suis du même avis, répondit-il, un sourire perceptible dans la voix. Au fait, j'ai toujours votre saladier chez moi. Puis-je passer demain pour vous le rapporter ?

Tamsyn cessa de respirer.

— Bien sûr, répondit-elle, le cœur battant. Je serai de retour au cottage vers 13 heures.

— A demain, donc. Bonne nuit, Tamsyn.

— Bonne nuit, murmura-t-elle, regrettant de tout son cœur de devoir déjà couper ce lien entre eux.

Elle se sentait comme une adolescente attendant que l'autre raccroche, répugnant à le faire la première. Elle entendit le bip indiquant qu'il avait coupé la communication et poussa un soupir.

A l'évidence, la hâte un peu sotte qu'elle avait manifestée en s'enfuyant juste après leur baiser n'avait pas ôté à Finn le désir de la revoir. Tamsyn se brossa les dents et se mit au lit. Allongée entre les draps au parfum de lavande, caressant d'un geste absent le doux pelage de Lucy, qui s'était couchée sur le lit près d'elle, elle revécut en pensée chaque instant de cette soirée.

Et tout particulièrement ce baiser trop bref. Un baiser qui avait allumé en elle une passion qu'elle avait craint de n'être plus capable de ressentir ni d'éveiller chez un homme. Une passion qui était manifestement réciproque. Et cette découverte l'emplissait d'un sentiment de puissance féminine et la terrifiait tout à la fois.

Elle soupira dans l'obscurité. Le corps brûlant d'un désir lancinant, elle changea de position et tenta d'effacer l'image de Finn Gallagher de son esprit. Si un seul baiser la laissait aussi bouleversée, que ressentirait-elle s'ils faisaient l'amour ?

Ou plutôt, *quand* ils feraient l'amour.

Car c'était déjà une certitude…

11

Tamsyn arriva en ville de bonne heure, après une nuit d'un sommeil étonnamment paisible. De toute évidence, un délicieux repas et un baiser prodigué par un homme très séduisant pour conclure la soirée constituaient la recette idéale pour chasser les démons du doute. Elle devrait vraiment l'appliquer plus souvent. Cette idée lui arracha un sourire. Elle gara sa voiture sur le parking de l'hôtel de ville et se dirigea vers la bibliothèque.

Aujourd'hui, les portes étaient grandes ouvertes, ce qui était bon signe. En montant l'escalier, elle remarqua les regards curieux que lui lançaient les gens qu'elle croisait. A vrai dire, elle commençait à s'y habituer. C'était peut-être ainsi que l'on traitait les nouveaux venus dans cette ville.

Une femme d'un certain âge, aux cheveux d'une intéressante teinte bleu pâle, s'affairait derrière le comptoir. Tamsyn attendit qu'elle ait servi le dernier usager avant de s'avancer vers elle.

— Excusez-moi, je voudrais parler à Miriam. Je viens de la part de Gladys.

— Oh ! fit la dame en souriant. Vous êtes sûrement la nouvelle coordinatrice des seniors.

— Oui, en effet, acquiesça Tamsyn en lui rendant son sourire. Tout du moins temporairement. Etes-vous Miriam ?

— Oui, c'est bien moi. Que puis-je pour votre service ? Cherchez-vous un ouvrage en particulier ?

— A vrai dire, c'est ma mère que je cherche. Elle s'appelle

Ellen Masters. J'aimerais consulter les listes électorales afin de vérifier si elle réside encore dans la région.

— Les listes électorales ? Gladys vous a dit que vous les trouveriez ici ?

— Elle m'a seulement dit que vous sauriez où trouver des informations sur les habitants de la région.

— Hum, fit Miriam en ôtant ses lunettes cerclées d'or. Les listes électorales ne sont pas conservées ici. On pouvait les consulter autrefois au bureau de poste, mais depuis la fermeture de tous les petits centres postaux, il y a quelques années de cela, il faut se rendre à Blenheim, ou même à Nelson pour les voir. Comment dites-vous que votre mère s'appelle ?

— Ellen Masters. Avez-vous entendu parler d'elle ?

Tamsyn retint son souffle, espérant que Miriam allait sourire et lui répondre qu'elle connaissait très bien sa mère. Cet espoir fut déçu. La dame aux cheveux bleus secoua la tête.

— Non. Je ne connais personne de ce nom.

— Merci quand même, dit Tamsyn en s'efforçant de sourire.

— Désolée de pas pouvoir vous aider, ma petite. Et je vous souhaite bonne chance pour aujourd'hui.

— Pour aujourd'hui ?

— Avec les anciens, précisa Miriam en lui adressant un clin d'œil de conspiratrice.

— Pensez-vous que je vais en avoir besoin ?

— Quelques-uns de ces vieux messieurs peuvent se montrer un peu pénibles, mais, bien sûr, la plupart d'entre eux avaient déjà ce problème au temps de leur jeunesse.

Miriam n'avait pas exagéré. Comme Tamsyn devait le constater un peu plus tard, les hommes du club des seniors étaient tous d'incorrigibles don Juan, y compris ceux qui ne se déplaçaient qu'en fauteuil roulant. A la fin de la réunion, vers 12 h 30, elle avait reçu pas moins de trois demandes en mariage et quelques propositions auxquelles elle préférait ne pas songer. Mais elle savait qu'ils plaisantaient. En rapportant la boîte contenant la recette du jour au bureau de Gladys, elle avait l'impression de participer, pour une fois, à une action vraiment utile.

Son ancienne existence lui apparaissait à présent superficielle. Elle avait perdu tout contact avec les petites choses simples de la vie. Son travail dans l'entreprise familiale n'était qu'un train-train ennuyeux qui consistait à faire progresser le chiffre d'affaires des locations des bungalows de luxe, à négocier des contrats pour des événements d'entreprise ou des mariages, avec leur cortège d'exigences extravagantes de la part du public. Des événements qui auraient dû avoir un sens profond perdaient toute leur chaleur et leur humanité lorsqu'ils devenaient trop élaborés, trop grandioses. Son activité quotidienne avait depuis longtemps cessé de lui procurer des satisfactions profondes.

Ce premier jour avec les seniors, en revanche, lui avait fait du bien. Cela lui avait rappelé qu'avec un peu d'efforts, de souci de l'autre, on pouvait accomplir de grandes choses. Le lendemain, elle irait à Blenheim consulter ces fameuses listes électorales et, si elle faisait chou blanc là aussi, elle pousserait ses recherches jusqu'à Nelson.

Gladys, qui était au téléphone lorsqu'elle entra, lui fit signe de poser la boîte de la recette sur le bureau. Tamsyn s'exécuta, puis retourna à sa voiture. Elle ouvrit toutes les vitres pour évacuer la chaleur et consulta ses e-mails sur son téléphone. L'un d'eux venait de l'avocat de son père et confirmait que l'adresse fournie était correcte.

Elle réprima un soupir de frustration. Elle avait l'impression d'être prise dans une boucle sans fin qui la ramenait invariablement à Finn Gallagher. Si celui-ci savait quoi que ce soit, il lui en aurait déjà parlé, non ? Son silence n'avait aucun sens. De plus en plus perplexe, elle démarra et reprit le chemin du cottage.

Elle laissa toutes les vitres ouvertes sur la route en espérant que la brise lui éclaircirait les idées. En s'engageant dans l'allée du cottage, elle entendit le moteur d'une tondeuse à gazon, qui s'amplifia à mesure qu'elle approchait de la maison. Puis elle identifia la source du bruit et un sourire appréciateur lui vint aux lèvres.

Sommairement vêtu d'un jean et d'une paire de bottes en caoutchouc, un casque antibruit sur les oreilles, Finn Gallagher pilotait une tondeuse à gazon à travers la pelouse haute, pulvérisant par la même occasion les petits tas de mauvaises herbes qu'elle avait laissés sur place l'autre jour. Une agréable odeur d'herbe coupée flottait dans l'air surchauffé de la mi-journée, mais plus agréable encore était le spectacle du magnifique spécimen masculin qui s'offrait à elle.

La puissante musculature de son dos luisait de transpiration et l'effort faisait saillir des muscles noueux sur ses épaules. Tamsyn sentit une étrange chaleur l'envahir. Finn exécuta un demi-tour impeccable avec son engin pour revenir dans sa direction. C'est alors qu'il la vit et leva la main en un geste de bienvenue.

Heureusement qu'à cette distance, elle n'avait pas besoin de parler, car, face au spectacle de ce corps athlétique en sueur, elle avait la bouche trop sèche pour pouvoir articuler le moindre son.

Il coupa le moteur et vint à sa rencontre.

— Euh… bonjour, dit-elle d'une voix hésitante.

— Bonjour ! répondit-il avec un sourire dévastateur. J'étais passé pour vous rapporter votre saladier et j'ai eu envie de vous surprendre en tondant les pelouses.

— Vous avez l'air… d'avoir chaud, balbutia-t-elle.

— J'accepterais volontiers un verre d'eau.

— Je vais vous le chercher.

Elle s'éloigna au pas de course, davantage pour se protéger que pour accélérer le service. Dans la cuisine, elle remplit un broc d'eau au robinet, y ajouta un citron coupé en tranches, de la glace et quelques feuilles de menthe fraîche. Puis elle posa le broc et deux verres sur un plateau, prit une profonde inspiration et ressortit sous la véranda.

— Voilà, dit-elle en lui remplissant un verre.

— Merci.

Il prit le verre qu'elle lui tendait et le vida d'un trait. Fascinée, Tamsyn ne put s'empêcher d'observer le jeu des muscles de sa gorge, puis elle détourna vivement le regard.

— Un autre ? s'enquit-elle d'une voix rauque.

— Vous lisez dans mes pensées, répondit-il en souriant.

Par bonheur, il ne pouvait pas lire dans les siennes. Elle remplit de nouveau le verre et le lui tendit en évitant soigneusement de le regarder boire cette fois-ci. Mais où diriger son regard ? Sur les épaules nues ? Sur la petite rigole de sueur qui coulait sur ses abdominaux trop parfaits et jusque sous la ceinture du jean ?

Faute de mieux, elle prit son propre verre et but une longue gorgée, espérant que le liquide glacé apaiserait son trouble.

— Comment s'est passée votre première journée de travail ? s'enquit-il en s'adossant à la rambarde de bois.

— Très bien, je vous remercie. Les femmes se méfiaient un peu de moi au début et les hommes m'ont tous fait la cour, ce qui était très touchant. Dans l'ensemble, tout s'est bien passé. La semaine prochaine, l'exercice sera plus facile. En tout cas, je l'espère.

— Alors ils n'ont pas réussi à vous faire peur ?

— Il m'en faudrait davantage ! Quand je m'engage dans quelque chose, je vais jusqu'au bout, en général.

Ces paroles restèrent suspendues dans l'air. Tamsyn retenait son souffle, épouvantée par le double sens involontaire de sa déclaration. Elle aurait voulu pouvoir disparaître sous terre.

— Je suis heureux de vous l'entendre dire, répondit Finn en reposant son verre sur la large balustrade tout en fixant Tamsyn de son regard magnétique.

Le cœur de la jeune femme se mit à battre très fort. Ce n'était plus de sa journée au club des seniors qu'ils parlaient. Elle sentit le rouge lui monter aux joues. Elle avait soudain très chaud. Si elle réagissait ainsi à un simple regard, que deviendrait-elle lorsqu'il la toucherait — lorsqu'il la toucherait réellement ?

Elle était impatiente de le découvrir.

— Je ferais mieux de terminer de tondre la pelouse, déclara Finn, dissipant le sortilège sensuel qui la tenait prisonnière de son regard. Je pars ce soir et je resterai absent jusqu'à vendredi. Tiendrez-vous jusque-là ?

— Oui, bien sûr, assura Tamsyn, dissimulant sa déception derrière un sourire. Cela me donnera le temps de poursuivre mes recherches pour retrouver ma mère.

Etait-ce un effet de son imagination ou avait-elle vraiment vu l'expression de son interlocuteur se durcir ? Non, décida-t-elle c'était la faute de ce nuage qui venait d'obscurcir un instant le soleil, causant un changement de lumière.

— Où en êtes-vous de vos recherches ? s'enquit-il, reprenant son verre pour le poser sur le plateau.

Il sentait merveilleusement bon, un mélange de transpiration et de propreté qui donnait envie à Tamsyn de poser le visage tout contre sa peau nue et de respirer son odeur.

— Tamsyn ?

— Euh… je dois reconnaître que je n'ai pas beaucoup progressé, répondit-elle, sortant brusquement de sa rêverie sensuelle. Mais j'ai l'intention de me rendre à Blenheim dès demain, pour consulter les listes électorales. Ce sera un premier pas. Ce que je ne comprends pas, c'est pourquoi l'avocat de papa confirme que votre adresse est bien celle où tout le courrier a été envoyé. Dites-moi, vous ne cachez pas ma mère quelque part, au moins ?

Elle avait fait cette suggestion sur le ton de la plaisanterie, mais elle eut la distincte impression qu'une barrière se dressait soudain entre eux.

— Je ne cache personne chez moi ! rétorqua-t-il d'un ton qui n'admettait pas de réplique.

— Je ne voulais pas vous offenser, Finn, s'excusa-t-elle, posant la main sur son bras en un geste apaisant.

— Vous ne m'avez aucunement offensé, la rassura-t-il. Je vais finir de tondre la pelouse et ranger cet engin dans le garage, puis il sera temps que je rentre.

— Merci, en tout cas.

— De rien.

Il tourna les talons, descendit les marches de la véranda et se dirigea vers la tondeuse à gazon. Le rugissement du moteur exclut aussitôt toute tentative de communication.

Qu'avait-elle dit pour qu'il se referme ainsi comme une huître, tout d'un coup ? Etait-ce cette plaisanterie qu'elle avait faite, suggérant qu'il cachait sa mère ? Avait-elle mis le doigt sur une partie de la vérité ? Non, c'était impossible ! Pourquoi aurait-il nié connaître sa mère dès leur première rencontre ? Tamsyn ne comprenait pas encore cette réaction, mais elle avait bien l'intention de découvrir le fin mot de cette énigme.

12

Finn replaça le casque antibruit sur ses oreilles et dirigea la tondeuse vers l'arrière de la propriété. Il bouillonnait de colère. Contre lui-même, contre Tamsyn, contre Lorenzo — à vrai dire contre le monde entier. La laisser loger là, dans la maison d'Ellen et de Lorenzo, avait été pure folie. Elle finirait probablement par découvrir le pot aux roses, mais Lorenzo s'entêtait à lui demander de la maintenir dans l'ignorance. Pour le moment, la chance avait souri au vieil homme, car tous leurs amis communs formaient un réseau tout aussi décidé que lui à protéger l'équilibre fragile d'Ellen. Jusque-là, personne n'avait éventé le secret.

Toutefois, chaque jour qui passait, chaque visite de Tamsyn à la ville les rapprochaient inexorablement du moment où elle tomberait par hasard sur une personne ou sur un indice susceptible de la conduire jusqu'à sa mère. Et si, pour une raison ou une autre, elle entrait dans la pièce fermée à clé ? Il savait, pour l'avoir installé lui-même, que le verrou était d'excellente qualité, et l'unique clé était accrochée dans son bureau. Mais il ne pouvait s'empêcher d'être inquiet à l'idée que seule une porte séparait Tamsyn de tous ces secrets.

Il fit quelques allers-retours sur la pelouse, conscient à chaque seconde de la présence de Tamsyn dans la maison. En apprenant la vérité, elle serait dévastée. Et furieuse contre lui, aussi. Lorenzo l'avait placé dans une situation intenable et il avait bien l'intention de lui dire deux mots lorsqu'il le verrait le lendemain à Wellington.

Durant ce séjour dans la capitale, il avait prévu une réunion avec ses associés d'affaires, mais il comptait bien passer le plus de temps possible à l'hôpital, au chevet d'Ellen. Il avait besoin de déterminer par lui-même si elle était assez forte pour affronter sans dommage une visite de la fille qu'elle n'avait pas revue depuis si longtemps.

Il s'efforça de ne pas penser à ce qui s'était produit avec sa propre mère. Lorsque les médecins qui la soignaient lui avaient permis de voir son fils, sa santé mentale était encore à tel point fragile que cette visite, loin de lui faire du bien, avait fait définitivement basculer son esprit dans les ténèbres. Finn n'avait alors que douze ans et il n'avait pu s'empêcher de penser qu'il avait sa part de responsabilité dans le drame. Qu'en voyant apparaître cette version juvénile de son défunt mari, elle avait choisi de se dissocier une fois pour toutes de son ancienne vie. Et même de la vie tout court.

Il ne pouvait pas risquer de voir Ellen subir le même sort, car cela équivaudrait à perdre une mère pour la seconde fois. Seulement, il ne supportait pas l'idée que, pour sauver Ellen, Tamsyn doive souffrir.

Finn acheva de tondre la pelouse et rangea la tondeuse dans la cabane à outils, puis il enfila son T-shirt. Il n'avait pas manqué de remarquer le regard de franche admiration de Tamsyn lorsqu'il était torse nu. S'il n'avait pas été aussi déterminé à prendre son temps avec elle, ils auraient peut-être fini au lit ensemble aujourd'hui même. Mais en lançant, sur le ton de la plaisanterie, qu'il cachait peut-être sa mère, elle avait touché la vérité d'un peu trop près.

Car c'était bel et bien ce qu'il faisait. Il s'arrangeait pour qu'elle ne la retrouve pas et il avait de plus en plus de mal à justifier cette attitude à ses propres yeux.

Il s'efforça de refouler ce dilemme dans un coin de sa

conscience pour songer à son voyage à Wellington et à la décision qu'il aurait à prendre lorsqu'il aurait vu l'état d'Ellen. Et il envisagea aussi la dispute avec Lorenzo, qui pourrait bien être la suite logique de ce voyage.

Tamsyn avait attendu ce vendredi avec une impatience fébrile. Elle ne cessait de songer à la grande maison vide au sommet de la colline. L'absence de Finn l'avait laissée désemparée, d'autant qu'ils s'étaient quittés sur une sorte de malaise. Elle espérait rectifier la situation ce jour-là et, à cet effet, elle lui avait déjà laissé un message sur son répondeur pour l'inviter à dîner au cottage. Elle espérait qu'en rentrant de son voyage, il apprécierait de ne pas avoir à préparer lui-même son repas. Malgré cela, sa voix tremblait un tout petit peu en formulant l'invitation au téléphone.

La veille, elle s'était rendue à Blenheim, mais consulter les listes électorales ne lui avait rien appris. Aujourd'hui, elle avait poursuivi ses recherches à Nelson, sans plus de résultat. Elle commençait même à se demander si sa mère vivait réellement dans la région et il devenait de plus en plus difficile de ne pas tout abandonner.

Mais elle n'était arrivée en Nouvelle-Zélande que depuis une semaine, se tança-t-elle. Il était trop tôt pour baisser les bras. Ce qu'il lui fallait, pour faire aboutir ses recherches, c'était peut-être l'aide d'un professionnel. Dès la semaine suivante, elle réfléchirait à la possibilité de faire appel aux services d'un détective privé.

Mais, pour une raison mystérieuse, elle répugnait encore à confier cette mission à une tierce personne. Cette quête était son voyage initiatique et elle tenait à s'en acquitter elle-même. Son père l'avait privée de son droit à connaître sa mère. Trent l'avait privée de son droit à espérer le bonheur et un avenir en couple. Elle avait investi trop de temps et trop d'énergie à essayer de faire plaisir à des hommes qui, au bout du compte, avaient fait les choix qui leur convenaient à eux, sans se préoccuper de ses sentiments et de ses besoins à elle.

Que devait-elle en déduire, concernant Finn et elle ?

Elle s'affala dans le fauteuil confortable mais vieillot du salon et contempla le paysage par la fenêtre. Finn ne lui avait fait aucune promesse. Il avait simplement été là, disponible — sauf, bien sûr, ces deux derniers jours. Il n'avait rien exigé d'elle lorsqu'ils s'étaient embrassés mardi soir, un baiser qui brûlait encore dans sa mémoire chaque nuit lorsqu'elle était au lit et qui l'empêchait de dormir. Pour évacuer la tension, elle avait essayé de se fatiguer physiquement en travaillant jusqu'au soir au jardin du cottage. L'exercice ne lui avait apporté que des courbatures, à ajouter à ses souffrances morales. Même les longs bains dans la mousse parfumée qu'elle prenait chaque soir n'avaient pas réussi à lui rendre sa sérénité.

Tamsyn ferma les yeux, s'adossa confortablement dans le fauteuil et laissa son corps se détendre. Dehors, dans le jardin, elle entendait le gazouillis des oiseaux et le bourdonnement des abeilles en train de butiner les fleurs qu'elle avait ramenées à la lumière. Bientôt, elle s'endormit.

La sonnerie du téléphone la réveilla en sursaut une heure plus tard. Elle saisit l'appareil et répondit d'une voix ensommeillée.

— Allô !

— Ne me dites pas que j'interromps votre sieste ?

— Je plaide coupable, répondit-elle en dissimulant le tumulte de ses émotions derrière un ton léger.

— Je suis jaloux.

Elle avait l'impression de le voir sourire. Elle s'adossa une nouvelle fois dans son fauteuil, imaginant son visage en cet instant.

— Ne le soyez pas trop, répondit-elle. Je crois que j'ai un torticolis.

— Je serai peut-être en mesure de vous aider à vous sentir mieux tout à l'heure. A ce qu'il paraît, j'ai des mains habiles.

Tamsyn sentit un flot de sang lui monter aux joues. Elle était prête à parier là-dessus. De larges paumes, des doigts souples et robustes… à cette idée, elle se sentit faiblir.

— J'ai écouté votre message, poursuivit-il. Et oui, j'accepte avec plaisir votre invitation à dîner. Que dois-je apporter ?

— Disons une bonne bouteille de votre impressionnante collection, suggéra-t-elle. Un vin blanc. Le dîner sera très simple. Nous aurons du poulet au menu.

C'était l'une des rares préparations culinaires qu'elle pouvait mener à bien. A la propriété familiale, ils avaient du personnel qui se chargeait d'à peu près tout, ce qui lui avait rendu un mauvais service quand, à l'université, elle avait dû se concocter elle-même des repas dans la minuscule kitchenette de sa colocation.

— Tant que je n'ai rien à préparer moi-même, ça me convient très bien, assura-t-il. A quelle heure ma présence est-elle souhaitée ?

Pour être honnête, elle aurait dû répondre qu'elle le désirait auprès d'elle tout de suite. Mais elle réprima cet élan avec détermination.

— Disons vers 18 heures ?

— Parfait. A tout à l'heure !

Il coupa la communication, la laissant, telle une adolescente enamourée, le téléphone collé à l'oreille. Avec un effort pour se ressaisir, elle entra en action. Il était déjà 16 heures et il lui restait beaucoup à faire. Elle sortit du réfrigérateur le poulet qu'elle avait mis à décongeler la veille. Elle le trouva encore partiellement gelé et posa l'assiette sur le plan de travail en ayant soin de la couvrir pour ne pas tenter Lucy.

Qu'allait-elle bien pouvoir faire de ce poulet ? Le

farcir ? Elle passa mentalement en revue les ingrédients qu'elle avait à sa disposition et décida d'essayer une recette personnelle qui avait fait le régal de ses colocataires sur le campus. Elle disposait même de coquilles Saint-Jacques surgelées, avec lesquelles elle pourrait farcir le poulet. Elle les sortit et les posa sur une assiette différente pour les décongeler, notant qu'elle devrait les remplacer la prochaine fois qu'elle irait faire des courses.

De petites pommes de terre nouvelles au beurre persillé et des pointes d'asperges feraient un excellent accompagnement. Ayant retrouvé tout son enthousiasme, Tamsyn plaça le poulet encore un peu givré dans un plat et prépara une marinade — jus de citron, estragon, ail finement haché et poivre noir fraîchement moulu — puis elle couvrit le tout.

Les pommes de terre nouvelles ne posèrent aucune difficulté, car elle en avait acheté quelques kilos dans une épicerie en rentrant de Nelson. Elle les lava sous le robinet et les plaça dans une casserole d'eau froide avec un peu de sel pour commencer la cuisson plus tard. Ensuite, elle prépara les pointes d'asperges et les aligna dans un plat qu'elle placerait dans le micro-ondes juste avant de les servir. Elle regrettait de ne pas avoir été plus attentive lorsque le cuisinier, à la maison, préparait sa sauce hollandaise. Elle fut tentée de chercher une recette sur internet, mais y renonça. Et si elle la ratait ? Elle ne pouvait pas risquer de perdre la face devant Finn, qui lui avait servi un si délicieux dîner l'autre soir.

Cette idée dissipa instantanément son enthousiasme et elle sentit les doutes revenir au galop. Tournant le dos au plan de travail, elle sortit de la maison et alla s'asseoir sur l'escalier de bois du jardin, le menton sur les genoux. Elle devait se ressaisir et cesser de se définir constamment par rapport aux hommes dans sa vie.

Elle avait invité Finn à dîner parce qu'elle appréciait sa compagnie et, pour être honnête, parce qu'elle aimait beaucoup ce qu'elle ressentait lorsqu'elle était auprès de lui. Elle désirait à présent savoir si ce sentiment pouvait les mener plus loin. Et, que ce soit le cas ou non, elle gérerait la situation d'une manière adulte.

Ils allaient partager un bon dîner, suivi d'une agréable soirée ensemble. Ce qui se produirait ensuite…

Haussant les épaules, elle se releva. Ce qui devait arriver arriverait, tout simplement.

Elle regagna la cuisine et retourna le poulet dans la marinade. La question du plat principal était résolue, mais qu'allait-elle servir en dessert ? Elle jeta un coup d'œil au contenu du réfrigérateur. Du fromage et des biscuits accompagnés de tranches de fruits ? Cela ferait l'affaire. Elle n'était pas un cordon-bleu, elle le savait. Ce qui laissait ouverte la question des hors-d'œuvre en début de repas. Elle espérait qu'il aimait les crudités. Elle pourrait préparer un plat de bâtonnets de carottes et de céleri avec des lamelles de poivron rouge.

Voilà pour le repas. Elle devait à présent décider de quels vêtements elle porterait pour ce dîner. Après une minute de réflexion, elle opta pour la jupe gitane qu'elle avait achetée en ville la veille. C'était l'œuvre de la même créatrice que la robe bleue et violette et elle lui avait coûté une fortune, mais le tourbillon de tons corail sur un somptueux fond bleu nuit et la rare féminité du vêtement l'avait ravie. Elle la combinerait avec la camisole de soie bleue tricotée et une paire de ballerines bleu marine à talons plats qu'elle avait achetées le jour même à Nelson.

Satisfaite d'avoir fait le maximum dans la cuisine pour le moment, elle ressortit dans le salon et entreprit de remettre de l'ordre dans la pièce. Puis une idée lui traversa l'esprit : elle créait un décor pour sa soirée avec Finn. Elle se mettait en scène. Et pourquoi pas ? songea-t-elle. Même si une partie de son esprit jugeait cela ridicule, l'opinion que Finn pouvait se faire d'elle comptait énormément à ses yeux.

Et le fait même de l'accepter comme une évidence agissait comme une libération, car elle lui permettait de prendre une décision concernant une autre question qu'elle se posait depuis quelque temps sans oser l'admettre.

Elle alla tout droit au placard à linge, dans le couloir, et en sortit des draps propres pour refaire le lit.

Ce soir, quoi qu'il advienne, elle serait prête.

13

En route vers le cottage, Finn roulait presque au pas. Son voyage à Wellington avait été un succès du point de vue des affaires, mais beaucoup moins en ce qui concernait Ellen. Pour la première fois, elle ne l'avait pas reconnu. Il savait que cela se produirait un jour, il s'y était cru préparé, mais, devant le fait accompli, il s'était trouvé désarmé.

Lorenzo s'était perdu en excuses, Alexis s'était montrée compatissante, mais rien de tout cela ne pouvait faire oublier le fait qu'Ellen s'éloignait d'eux tous, lentement mais sûrement — et cela incluait aussi Tamsyn. Avec chaque jour qui passait, les chances qu'avaient cette dernière de revoir sa mère s'amenuisaient. Et cette réalité le plaçait, lui, dans une situation intenable. Lorenzo s'entêtait en effet à exiger qu'il empêche à tout prix Tamsyn de la retrouver.

Et, dans un sens, Finn l'approuvait. La femme que Tamsyn découvrirait n'était pas la maman qu'elle avait espéré retrouver. Ellen avait depuis longtemps dépassé le stade où elle aurait pu lui fournir des réponses aux questions qu'elle se posait. Peut-être aurait-il mieux valu pour tout le monde qu'elle continue à croire sa mère décédée, en fin de compte ! Car rares étaient désormais les jours où une lueur de conscience apparaissait encore dans les yeux bruns d'Ellen.

Lorenzo ne s'éloignait jamais beaucoup de son chevet. Il se tenait en alerte pour ne pas manquer d'apercevoir ces précieuses fenêtres qui s'ouvraient sur son esprit — et chacune de ces occasions était pour lui le plus inestimable des trésors. Même si Tamsyn avait incontestablement le droit de voir sa mère, pouvait-il refuser ces instants-là à Lorenzo ? Et si, en voyant Tamsyn, Ellen sombrait définitivement dans les abîmes de la démence ? Ses derniers jours ne seraient plus que des heures vides pour tous ceux qui l'aimaient. Finn ne pouvait pas infliger cela à un autre être humain.

Il arrêta son 4x4 au bout de l'allée et s'accorda un instant pour remettre ses idées en ordre. Il n'aurait pas dû accepter l'invitation de Tamsyn. Ce soir, il doutait d'être d'une compagnie très agréable, mais, lorsqu'il avait écouté le message qu'elle avait laissé sur son répondeur, il avait compris qu'il ne pouvait pas se refuser la parenthèse de répit que représenterait une soirée en sa compagnie.

Finn ramassa le sac isotherme contenant deux bouteilles de vin blanc très frais, puis le bouquet de tulipes qu'il était allé acheter après avoir entendu son message. Les fleurs d'un rose tendre aux longues tiges le faisaient penser à elle — leurs exquis pétales, lisses comme un bouclier parfait, protégeaient une beauté secrète qu'elles ne dévoilaient que lorsqu'elles s'ouvraient au soleil. Tamsyn leur ressemblait. Un rempart de lisse perfection qu'elle montrait au reste du monde et une beauté sublime qui fleurissait lorsqu'on lui offrait de la chaleur humaine et de l'affection.

Il referma la portière d'un coup de hanche et se dirigea à grands pas vers le cottage. Maintenant qu'il était ici, il avait hâte de revoir Tamsyn. Elle ouvrit la porte avant qu'il n'ait eu le temps de frapper.

Cette apparition lui coupa le souffle. Elle avait attaché sa chevelure en une sorte de chignon lâche au sommet de sa tête, exposant l'arc élancé de son cou. Cela lui donnait l'air divinement féminine et, en même temps, infiniment fragile. Tout à coup, il brûla de devenir son chevalier servant — l'homme qui la protégerait de tout le mal du monde, de tous les chagrins. Aucune femme n'avait jamais produit cet effet-là sur lui, ce désir désespéré d'être un vaillant défenseur, comme une sensation atavique venue du fond des âges, mais qui l'emplissait simultanément d'un sentiment très doux.

— Bonsoir. Ces fleurs sont-elles pour moi ?

— Euh… oui, répondit-il en lui tendant le bouquet, auquel il ne pensait plus. J'espère qu'elles vous plairont.

— Je les adore, merci de tout cœur. Entrez donc.

Elle s'effaça pour le laisser entrer et, au passage, un soupçon de son parfum vint lui chatouiller les narines. Un parfum subtil, comme le reste de sa personne, comme la façon dont elle s'était immiscée dans sa conscience. Cette combinaison de douceur et d'épices l'enveloppa comme un sortilège, comme une promesse sensuelle.

— Je vais les mettre tout de suite dans un vase. Voulez-vous que je porte ce vin dans la cuisine ?

— Merci, répondit-il, faisant un effort pour se ressaisir. Je vais m'en charger.

Son nouveau maquillage assombrissait encore ses yeux bruns et les faisait paraître immenses, tandis que les lèvres rose corail brillantes lui donnaient envie de la dévorer de baisers. Et quelque chose avait changé en elle, ce soir — une tranquille confiance qui irradiait — dans son sourire, dans sa démarche. Il décida qu'il aimait ce nouveau personnage. Qu'il l'aimait beaucoup.

Dans la cuisine, il sortit les coupes à champagne du buffet ancien et déboucha la première bouteille — un vin pétillant local — avant de placer la seconde, un sauvignon blanc, dans le réfrigérateur.

— Que célébrons-nous ? s'enquit Tamsyn.

— Simplement l'excellence de ce vin, répondit-il en lui tendant la première coupe. Il est produit ici, à Marlborough, depuis 1980, à partir de pinot noir et de chardonnay.

— Je crois que l'occasion exige que nous portions un

toast, dit-elle, levant sa coupe avec un sourire mystérieux. Aux nouveaux amis !

— Aux nouveaux amis ! répéta-t-il, bien qu'à cet instant précis, les sentiments qu'il éprouvait pour elle aillent bien au-delà de la simple amitié.

Ils firent tinter les bords de leurs coupes et leurs regards restèrent verrouillés l'un à l'autre pendant qu'ils buvaient la première gorgée. Il ne pourrait plus jamais goûter ce vin sans penser à cet instant, se dit-il. Sans penser à elle.

— Ce vin est exquis, commenta-t-elle. Et si nous passions dans le salon ? Prenez ma coupe, s'il vous plaît. Moi, je vais me charger des fleurs.

Il la suivit, portant leurs deux coupes, fasciné par le balancement de ses hanches, abasourdi par l'intensité de son propre désir. Jamais encore, il n'avait éprouvé de sentiments aussi forts pour une femme. Des sentiments qui l'empêchaient de dormir la nuit et le privaient de toute capacité de concentration la journée.

Elle alla s'installer sur le sofa et il prit place dans le fauteuil en face d'elle, car il ne se faisait pas suffisamment confiance pour s'asseoir plus près.

— Avez-vous fait bon voyage ? s'enquit-elle en lui tendant le petit plat de crudités posé sur la table basse entre eux.

— Très bon, merci, répondit-il en croquant un bâtonnet de carotte. Wellington est une très jolie ville.

— Et vos affaires ?

— Tout s'est très bien passé.

— Mais quelque chose vous tracasse, n'est-ce pas ? Vous aviez l'air soucieux à votre arrivée ici. Tout va bien ?

Fichtre ! pensa-t-il. Etait-il aussi transparent ? Plutôt que de s'enfermer dans des mensonges de circonstance, qu'il serait incapable de mémoriser, il opta pour la vérité :

— Je me suis rendu au chevet d'une amie, à l'hôpital. Et cela m'a fait beaucoup de peine de la voir aussi mal en point.

— Je suis désolée, dit-elle d'une voix douce.

— Merci.

Finn avala une longue gorgée de son vin pétillant. C'était une bonne façon d'éviter d'avoir à lui fournir des détails plus précis au sujet de la personne à qui il avait rendu visite. Comme si elle avait senti sa réticence à aborder le sujet, Tamsyn orienta la conversation sur ses propres activités des deux derniers jours. Elle lui avoua n'avoir fait aucun progrès dans sa quête d'Ellen et il en fut soulagé. Mais, devant l'expression déçue de son joli visage, ce soulagement était teinté d'une forte dose de culpabilité.

Tamsyn, toutefois, se ressaisit vite et elle parla des livres qu'elle avait lus récemment. Elle avait l'esprit vif et il découvrit qu'ils aimaient les mêmes auteurs. Lorsque, à la fin du dîner, ils partagèrent du fromage, des biscuits et des tranches de fruits sur la table basse du salon, Finn se sentait parfaitement détendu. C'était en partie l'effet du vin, bien sûr, mais il le devait surtout à sa compagnie.

Il avait passé une très agréable soirée avec elle, lorsqu'elle avait dîné chez lui, deux soirs plus tôt, mais il adorait aussi la voir dans son propre environnement. Ici, elle était davantage en contrôle, plus sûre d'elle-même. Et il avait hâte de la connaître sous toutes ses facettes.

— Vous ne m'aviez pas dit que vous aviez de tels talents de cuisinière, lança-t-il en étalant une petite tranche de brie crémeux sur un biscuit.

— Ce que vous avez vu représente la limite de mes compétences, avoua-t-elle avec un sourire facétieux. Puis-je goûter à votre préparation ?

Il lui tendit le biscuit au fromage qu'il venait de préparer et elle en mordit une petite bouchée d'un air gourmand. Ce faisant, ses lèvres vinrent effleurer le bout des doigts de Finn, et ce contact, léger comme un frôlement d'aile de papillon, déclencha une réaction en chaîne dans tout son corps. Il se mit soudain à désirer bien davantage.

— Encore ? proposa-t-il, fixant le joli visage féminin transfiguré par le plaisir de la première bouchée.

— Oui, s'il vous plaît, répondit-elle. Encore !

Un frisson le parcourut. Pensait-elle à la même chose que lui ? Avec des gestes automatiques, il étala une tranche de brie sur un nouveau biscuit et le tendit vers ses lèvres adorables. Cette fois, elle lui saisit le poignet pour lui immobiliser la main, tandis qu'elle croquait le biscuit sans hâte et ses lèvres lui effleurèrent délibérément les doigts.

Ce qui n'avait été jusque-là qu'une agréable sensation gentiment sensuelle se transforma alors en un torrent de désir dévastateur. Une miette de biscuit était tombée sur l'arrondi de la naissance des seins. Durant toute cette soirée, le généreux décolleté l'avait fasciné, mais, à présent, il avait un bon prétexte pour l'explorer de plus près. Sans plus réfléchir, il se pencha et récupéra la miette du bout de la langue. Il sentit Tamsyn tressaillir contre sa bouche et entendit distinctement qu'elle cessait de respirer.

Sa peau avait un goût de soleil, de douceur et de femme. Il la parcourut de ses lèvres et Tamsyn exhala un gémissement, rejetant sa tête en arrière pour exposer la courbe douce de son cou aux baisers. Sans se faire prier, Finn posa la bouche dans le creux délicat à la base de la gorge d'ivoire.

Son gémissement de plaisir l'encouragea à poursuivre l'exploration et il remonta lentement, effleurant sa joue délicate, atteignant le coin de ses lèvres généreuses. Puis enfin, il captura de nouveau celles-ci sous les siennes. Cette fois, elle ne resta pas passive. Elle réagit avec une passion brûlante, tout entière concentrée sur ce point où leurs deux corps se rejoignaient, se fondaient l'un dans l'autre.

Ce n'était pas assez. Ce ne serait jamais assez. Finn

tendit ses mains tremblantes et entreprit de relever la camisole, exposant la poitrine généreuse dans son écrin de dentelle légère, tandis que, simultanément, Tamsyn lui déboutonnait sa chemise.

Mais il désirait déjà davantage.

14

Tamsyn défit fiévreusement les derniers boutons de la chemise et put enfin accomplir les gestes dont elle rêvait depuis trop longtemps. Sa main éprouva avec délices la tiédeur de la peau découverte, parcourut lentement le torse, agaçant au passage les mamelons jusqu'à ce qu'ils deviennent des boutons durs sous ses doigts. En réponse à ses caresses, elle sentit que Finn lui mâchonnait le cou, provoquant un déferlement de sensations inouïes dans tout son corps. Elle avait l'impression de se liquéfier.

Sa camisole était remontée au-dessus des seins et elle se pencha un peu pour permettre à Finn de la faire passer au-dessus de sa tête.

— Mon Dieu, que tu es belle ! murmura-t-il contre sa peau.

Tremblant de désir, elle s'offrit à ses caresses et Finn poursuivit sa douce torture, déposant une pluie de baisers le long du bord du soutien-gorge — pourquoi, au nom du ciel, avait-elle mis un soutien-gorge ? Lorsqu'il entreprit de lui mordiller les seins à travers la dentelle, elle ressentit une décharge électrique dans toutes ses terminaisons nerveuses. Les pointes de ses seins durcirent au point de devenir presque douloureuses et le contact de la prison de tissu lui devint insupportable.

— Oh ! s'il te plaît, viens ! gémit-elle, glissant les doigts dans ses cheveux coupés court pour attirer Finn à elle.

Elle sentit qu'il glissait les mains dans son dos et, une

seconde plus tard, le soutien-gorge disparut comme par magie. L'haleine brûlante de Finn lui incendiait la peau et elle sentait son cœur battre à un rythme frénétique en anticipation de ce qui allait suivre. Elle ne fut pas déçue. Il referma la bouche sur la pointe d'un sein, agaça, mordit avec douceur la peau ultrasensible. Et alors, quelque chose se produisit au plus profond d'elle-même, comme si les deux parties les plus sensibles de son corps se trouvaient soudain reliées par un merveilleux fil de sensations.

Finn dirigea son attention vers l'autre sein, provoquant la même fabuleuse réponse. La respiration de Tamsyn devint haletante et sa conscience vola en éclats tandis que, vague après vague, une myriade de sensations déferlaient sur elle. Lorsqu'il s'écarta, elle murmura une protestation et l'attira de nouveau à elle en un geste convulsif.

— Je crois que nous devrions poursuivre ce tête-à-tête dans la chambre, chuchota-t-il.

Il se leva et lui tendit la main pour l'aider à en faire autant. Elle lui en fut reconnaissante, car il lui semblait que ses jambes s'étaient transformées en guimauve et ne la portaient plus. Comme s'il avait deviné sa faiblesse, il la souleva dans ses bras et, en une réaction instinctive, elle blottit le visage contre son torse, effleurant des lèvres la peau lisse de ses pectoraux, les bras crispés autour de son cou.

— Quelle chambre ? s'enquit-il, l'emportant à grands pas vers le couloir, sans effort apparent.

— La deuxième, répondit-elle dans un souffle.

Devant la porte en question, il la reposa au sol sans cesser de la soutenir. Elle lui captura alors le visage entre ses mains, se haussa sur la pointe des pieds et l'embrassa — un long baiser brûlant qui acheva de balayer ses derniers doutes. Elle désirait vivre chaque seconde de ce qui était sur le point de se produire…

Dehors, la nuit tombait et elle s'éloigna de Finn un

instant pour aller tirer les doubles rideaux. Même si nul ne pouvait les apercevoir de la route, elle désirait créer un lieu clos pour eux, un cocon, leur propre petit univers. Il s'assit sur le lit, se débarrassa de ses mocassins et de ses chaussettes pendant qu'elle faisait le tour de la chambre en allumant les bougies qu'elle avait disposées un peu partout — juste au cas où…

— Viens près de moi, murmura Finn depuis le lit.

Elle obéit, vint s'arrêter entre ses genoux largement écartés et posa les mains sur ses épaules.

— Dois-je comprendre que tu as l'intention de me séduire ? s'enquit-il avec un sourire entendu.

Malgré son état d'extrême tension, Tamsyn ne put s'empêcher de rire.

— Ce n'est pas impossible, convint-elle.

Sur ces mots, elle entreprit d'ôter une à une les épingles qui retenaient son chignon et sa longue chevelure se déversa sur ses épaules nues. Puis elle tira sur la fermeture à glissière au dos de sa jupe et le vêtement glissa à ses pieds dans un froissement très doux et un tourbillon de couleurs.

L'admiration qu'elle lut sur le visage de Finn lui insuffla un courage qu'elle ignorait posséder. Enhardie, elle posa les deux mains sur son propre ventre et les laissa remonter lentement jusqu'à ses seins, qu'elle recueillit au creux de ses paumes sans cesser de le regarder.

Finn ne respirait plus et la fixait dans les yeux. Puis il posa soudain les mains sur la ceinture de son jean et la déboucla rapidement.

— Tu as raison. Nous sommes trop habillés…

Quelques secondes plus tard, le jean et le caleçon gisaient sur le tapis, exposant la preuve éclatante du désir qu'il avait d'elle.

— Crois-tu que je sois prêt à succomber à tes charmes, à présent ? s'enquit-il d'une voix suave.

Pour toute réponse, elle lui sourit, puis elle s'installa

à califourchon sur ses genoux, les mains sur ses larges épaules.

— Tu avais tout prévu, n'est-ce pas ? gémit-il.

— Je suis organisatrice d'événements. C'est mon métier de prévoir.

— Suis-je un événement ?

— Non, répondit-elle en se serrant contre lui. C'est *nous* qui sommes un événement.

Elle commença à onduler des hanches contre sa virilité. Il n'était soudain plus question de badinage. Lorsqu'elle ne put plus retenir des gémissements de plaisir, il lui agrippa fermement les hanches et entra en elle.

Elle accueillit avec délices cette douce invasion, se sentant comblée, entière pour la première fois de sa vie. Finn la souleva alors lentement, puis après un bref moment d'hésitation qui sembla durer des siècles, la laissa retomber sur lui tout aussi lentement. Tamsyn s'accrocha à ses épaules et, peu à peu, ils trouvèrent un rythme commun. Puis le tempo de ce tendre corps-à-corps s'accéléra pour devenir une spirale de sensations de plus en plus vertigineuses, jusqu'à ce que tous deux explosent ensemble dans un éblouissement des sens, submergés, vague après vague, par un océan de plaisir.

Finn se laissa retomber sur le lit en entraînant Tamsyn avec lui pour l'allonger sur lui. Elle sentait les battements précipités de son cœur sous sa joue, comme en écho à son propre éblouissement.

— Je crois qu'on peut dire que c'était un franc succès, murmura-t-il contre ses cheveux.

— Je n'essaierai pas de te contredire, répondit-elle en relevant la tête pour lui déposer un baiser sur le menton.

Au bout d'un instant, il se dégagea en roulant sur le côté, séparant leurs deux corps.

— Je reviens tout de suite…

Elle le suivit des yeux, admirant son corps sculptural

tandis qu'il gagnait la salle de bains, puis elle s'étira langoureusement sur le lit en attendant son retour. Mais une idée inquiétante lui traversa soudain l'esprit. A présent qu'ils avaient fait l'amour, avait-il l'intention de s'en aller ?

Perdant soudain son assurance, elle se leva et courut enfiler le peignoir qu'elle avait laissé dans un fauteuil, érigeant ainsi une barrière de protection autour de son corps.

— Qu'y a-t-il ? s'étonna Finn en revenant.

— Rien, assura-t-elle.

Il se rapprocha et la prit dans ses bras.

— Des regrets ? murmura-t-il.

— Aucun, assura-t-elle en évitant son regard. Et toi ?

Elle espéra qu'il n'avait pas détecté l'inquiétude dans sa voix et guetta la réponse, le cœur battant.

— Moi non plus, dit-il en lui effleurant le front du bout des doigts. Alors, pourquoi ces sourcils froncés ?

— C'est que je… je ne suis pas certaine de ce qui est censé se passer maintenant, avoua-t-elle. Il y a très longtemps que je n'ai pas…

— Entamé une nouvelle relation ? suggéra-t-il.

Elle se laissa aller contre son large torse. Etait-ce ce que cela signifiait pour lui ? Le début d'une relation ? Une minuscule étincelle d'espoir s'alluma en elle. Du point de vue de la logique, il était beaucoup trop tôt pour elle de commencer une nouvelle liaison. Cela faisait une semaine — à peine une semaine — qu'elle avait surpris Trent et Zac ensemble et tourné le dos à son ancienne vie.

Mais pourquoi s'interdire une telle opportunité avec Finn ? De la saisir et de s'y accrocher, et de voir jusqu'où elle les conduirait ? Bien sûr, ce n'était pas dans sa nature et son instinct lui criait, au contraire, de rester prudente. Mais n'était-ce pas justement cette prudence-là qui l'avait incitée à choisir un fiancé « sans risque » en la personne de Trent ? Et cela l'avait-il empêchée de souffrir ? Non, alors qu'avait-elle à perdre en osant espérer ?

— Oui, reconnut-elle. Et la dernière s'est terminée tout récemment.

— Je l'avais deviné. Souhaites-tu que je m'en aille ?

— Pas du tout ! se récria-t-elle.

— Dans ce cas, dit-il, visiblement amusé par la véhémence de sa réponse, ai-je le droit de rester ?

— Tu en as envie ?

— Oui. Très envie.

Les grandes mains tièdes remontèrent le long de son dos pour s'arrêter sur sa nuque, faisant naître de délicieux frissons. Lorsqu'il se pencha pour l'embrasser, le baiser fut doux et rassurant. Très différent de celui, incandescent, enivrant, qu'ils avaient partagé tout à l'heure. Il n'en déclencha pas moins un lent incendie au centre de son être. Tout contre elle, elle sentit que le corps de Finn réagissait de la même manière.

Elle lui encercla la taille de ses bras, se délectant de la sensation des muscles fermes sous ses doigts, de la présence de cet homme qui était là, tout à elle, seulement pour elle.

Cette fois-ci, leurs corps se retrouvèrent avec une lenteur langoureuse. Chaque caresse, précise et mesurée, chaque baiser, prolongé tout à loisir… Lorsqu'il entra en elle, elle éprouva un sentiment de totale perfection. Et quand il les conduisit tous deux au bord de l'abîme, elle s'y laissa basculer sans crainte, se sachant en sécurité dans le cercle de ses bras.

Elle pouvait avoir confiance en cet homme.

15

Les yeux grands ouverts dans l'obscurité qui précédait les premières lueurs de l'aube, avec Tamsyn blottie tout contre lui, Finn éprouvait un sentiment de pure perfection. A tel point qu'il n'avait pas voulu en perdre une seule seconde en sombrant dans le sommeil.

Elle était si vulnérable, si innocente dans cette affaire… Il avait affreusement honte de l'avoir trompée de cette façon, de l'avoir empêchée de retrouver la mère qu'elle recherchait. Si elle l'apprenait, elle ne le lui pardonnerait jamais. Et il ne doutait pas une seconde qu'elle l'apprendrait un jour. Les habitants de la région formaient une communauté beaucoup trop unie pour que la présence d'Ellen parmi eux demeure longtemps un secret.

Mais, pour le moment, Tamsyn reposait dans ses bras. Et cette nouvelle intimité lui permettrait peut-être de la surveiller de plus près — de garder le secret tout en la protégeant un peu plus longtemps.

Il songea aux confidences qu'ils avaient partagées dans l'obscurité. Elle avait été trahie par les deux hommes en qui elle avait confiance et dont elle avait le droit d'espérer la loyauté : son père, puis son fiancé. Pire encore, elle avait appris presque simultanément ces deux trahisons : la liaison secrète de son fiancé avec un autre homme et le mensonge de son père concernant la mort de sa mère. Elle était venue dans ce pays pour fuir les mensonges, les conventions, les hypocrisies qui avaient envahi chaque facette de sa vie. Pour retrouver sa mère et connaître enfin la vérité… et au lieu de cela, elle l'avait trouvé, *lui*. Le pire des hypocrites.

Son cœur se serrait à l'idée de la souffrance qu'il allait lui infliger et la culpabilité le tenaillait. Il poussa un soupir. Tamsyn s'agita dans ses bras, avant de se réveiller en sursaut en étouffant un petit cri, manifestement désorientée.

— Finn ?

— Oui. Tout va bien ?

— J'ai fait un cauchemar. Je t'avais perdu et je ne parvenais plus à te retrouver.

— Je suis là, la rassura-t-il en la serrant dans ses bras. Tu peux te rendormir. Je veille sur toi.

C'était vrai pour le moment, songea-t-il alors qu'elle se détendait de nouveau, blottie contre lui. Mais pour combien de temps encore ?

Tamsyn se sentait merveilleusement reposée. Il était presque 9 heures quand elle s'éveilla et un sourire de bien-être étira aussitôt ses lèvres. Elle n'avait pas dormi aussi tard depuis une éternité ! Mais, bien sûr, elle n'avait jamais non plus passé la moitié de la nuit à faire l'amour. Elle s'étira paresseusement sous le drap en se demandant où Finn était passé.

Un parfum de rose parvint à ses narines et elle en chercha la source. C'est alors qu'elle remarqua le mot posé sur l'oreiller près d'elle, accompagné d'une rose rouge à longue tige.

Finn s'excusait de ne pouvoir être auprès d'elle à son réveil. Ses affaires l'avaient appelé à s'absenter pour la journée. Il rentrerait tard ce soir-là, mais espérait la revoir dimanche. Tamsyn savait qu'il allait lui manquer, mais elle avait au moins la certitude de le revoir bientôt. Elle inhala avec délices le parfum délicat de la rose, touchée qu'il ait songé à la cueillir pour elle et à la laisser sur l'oreiller avec le message.

Ses inquiétudes de la veille s'étaient évanouies. Elle n'aurait jamais cru partager avec quiconque, hormis avec des membres de sa famille proche, les confidences qu'elle avait faites à Finn cette nuit-là. Il l'avait écoutée sans la juger, puis il lui avait fait l'amour comme si elle était la créature la plus précieuse de l'univers, effaçant les derniers doutes qu'elle pouvait avoir, lui donnant de nouveau la certitude d'être belle et féminine.

Finn était un merveilleux amant. Il avait conduit son corps vers des hauteurs vertigineuses dont elle ne soupçonnait même pas l'existence auparavant. Des hauteurs qu'elle avait hâte de revisiter. Avec un peu de chance, dès le lendemain…

Au cours des quelques jours qui suivirent, Finn et Tamsyn prirent l'habitude de partager leurs repas et leurs nuits. Pour la première fois depuis qu'elle avait appris que sa mère était en vie, son désir de la retrouver n'occupait plus le premier rang de ses préoccupations. Elle n'avait certes pas renoncé à la rechercher, mais il était devenu plus urgent pour elle d'explorer toutes les facettes de la personnalité de Finn.

Peut-être, au fond, craignait-elle de ne pas aimer ce qu'elle allait découvrir en retrouvant cette mère qui, vingt ans plus tôt, avait choisi de ne pas rester auprès d'elle. Fallait-il réellement prendre le risque de se voir rejeter une deuxième fois ? Ne valait-il pas mieux consacrer son temps et son attention à un homme qui la faisait se sentir adorée ? La vie avec Finn Gallagher lui avait apporté plus de bonheur en une semaine qu'elle n'en avait éprouvé depuis une éternité et elle se délectait de chaque seconde. Sans compter que son travail au club des seniors, cette semaine, s'était révélé très intéressant. Avec chaque jour qui passait, elle se sentait plus à l'aise dans cette ville. En fait, elle s'y sentait chez elle.

Somme toute, la vie lui souriait, songeait-elle en préparant un dîner pour une seule personne, le vendredi suivant. Finn s'était de nouveau absenté. Il avait semblé distrait ces deux derniers jours et elle avait senti que quelque chose le tracassait. Lorsqu'elle l'avait questionné toutefois, il l'avait assurée que tout allait bien.

Ce jour-là, le vent s'était levé et des nuages noirs, lourds de pluie, obscurcissaient le ciel. La tempête soufflerait sûrement cette nuit. Tamsyn n'avait rien contre un bon orage. C'était la façon de la nature de se laver, de se remettre à neuf. Mais c'était la toute première fois qu'elle en affronterait un dans la solitude.

Au même instant, Lucy se mit à ronronner contre ses jambes. Avec un sourire, Tamsyn se pencha pour la caresser. D'accord, elle ne serait pas totalement seule.

Elle alla jeter un coup d'œil à la fenêtre. Si le temps continuait à se détériorer, elle allait devoir rassembler les volailles dans le poulailler. Cette perspective ne l'enthousiasmait guère. Peut-être réussirait-elle à les attirer avec du grain ?

C'est ce qu'elle fit après avoir terminé son repas. Elle venait de mettre la dernière poule à l'abri qu'une grosse goutte s'écrasa sur son front. Puis, comme pour répondre à un signal invisible, l'orage se déchaîna. Tamsyn courut vers la maison et claqua la porte derrière elle. Elle n'était restée sous la pluie que quelques secondes, mais elle était déjà trempée jusqu'aux os. Ce qu'il lui fallait, c'était un long bain chaud avec un bon roman. Lucy se coucha sur le tapis de bain à ses pieds pendant qu'elle allumait la dernière bougie, dans la salle de bains, et se débarrassait de ses vêtements mouillés pour s'enfoncer avec délices dans la mousse parfumée.

La température de l'eau était parfaite. Avec un soupir

d'aise, elle tendit la main vers le verre de chardonnay qu'elle s'était versé pour accompagner sa lecture.

Une violente rafale de vent fit soudain trembler la maison. Le plafonnier clignota, puis s'éteignit. Tamsyn se redressa en position assise dans la baignoire, attendant que le courant revienne, mais cette attente fut vaine. Décidant qu'elle ne pouvait rien y faire pour le moment, elle laissa tomber son livre par terre près de la baignoire et se rallongea dans l'eau. Au moins, elle n'était pas dans le noir, grâce aux bougies qu'elle avait allumées. Et, au fond, cette coupure de courant serait une bonne excuse pour se coucher tôt.

Elle dormit par bribes, d'un sommeil ponctué par le tonnerre et le hurlement du vent. Elle glissa la tête sous les couvertures, espérant atténuer le vacarme, mais cette tactique ne servit à rien. Bientôt, les éclairs et les coups de tonnerre se rapprochèrent dangereusement les uns des autres. Tamsyn commençait à avoir peur. Même Lucy avait sauté à bas du lit pour aller se cacher. Pourquoi fallait-il que Finn soit absent justement cette nuit-ci ?

Crac !

Tamsyn sursauta violemment. Cette fois, la foudre était tombée tout près, peut-être même sur la maison. Devrait-elle s'habiller et sortir pour constater les dégâts ? Un nouvel éclair, suivi quelques secondes plus tard d'un puissant roulement de tonnerre, lui prouva la stupidité d'une telle idée. Elle se blottit de nouveau sous les couvertures et, pour plus de sûreté, fourra la tête sous l'oreiller. Il serait toujours temps d'aller voir le lendemain, à la lumière du jour.

L'aube arriva enfin et, comme souvent après l'orage, le soleil se leva sur la promesse d'une journée radieuse. Heureusement, à un moment indéterminé durant la nuit, le courant avait été rétabli. Les yeux rougis par le manque de sommeil, Tamsyn but son café du matin, puis elle chaussa des bottes de caoutchouc trouvées dans la buanderie pour aller jeter un coup d'œil à l'extérieur.

Elle constata aussitôt que la tempête avait fait des dégâts. Des débris de plantes jonchaient le jardin potager et elle allait devoir redresser les tuteurs des plants de tomates. Elle chargea les feuilles et les brindilles tombées sur le sol dans la brouette et fit le tour de la maison. Ce fut seulement alors qu'elle constata que l'une des fenêtres de la façade avait été brisée par une grosse branche, qui avait pénétré jusqu'à l'intérieur de la pièce.

Un store vénitien abîmé se balançait de guingois dans la brise, ne tenant plus que par une extrémité. Cette fenêtre devait être celle de la pièce fermée à clé. Tamsyn songea que les propriétaires du cottage n'allaient pas apprécier cette dépense inattendue. Elle devrait appeler l'agence, afin qu'on lui envoie un artisan pour procéder aux réparations. Entre-temps, elle trouverait peut-être quelques planches, des clous et un marteau pour obstruer la fenêtre brisée.

Avant de se rendre à la cabane à outils, elle s'approcha de la fenêtre. Par bonheur, le large avant-toit avait empêché la pluie de pénétrer dans la pièce. L'appui de la fenêtre et le plancher, à l'intérieur, étaient jonchés de débris de verre. Elle se détournait déjà pour aller chercher les outils lorsque la brise souleva le rideau, laissant entrevoir l'intérieur de la pièce et ce qui semblait être un portrait encadré sur le mur opposé. Tamsyn retourna sa brouette et l'utilisa comme perchoir pour mieux examiner la pièce. La femme de ce portrait lui semblait étrangement familière…

A vrai dire, elle ressemblait trait pour trait à l'image que lui renvoyait son miroir tous les matins.

Tamsyn sentit un froid glacial l'envahir. Elle devait s'approcher de ce tableau pour s'assurer qu'elle ne rêvait pas. Elle gagna la cabane à outils au pas de course et y trouva l'escabeau dont elle avait besoin, ainsi qu'une paire de gants de jardin pour se protéger les mains du verre brisé. Lorsqu'elle put enfin parcourir la chambre du regard, elle vit que plusieurs piles de cartons encombraient le sol. Quant aux murs, ils étaient tous couverts de photos encadrées qui avaient dû décorer la maison au temps où ses propriétaires y vivaient.

Tamsyn balaya de sa main gantée le verre brisé sur l'appui de la fenêtre, puis enjamba le rebord, luttant contre la désagréable impression d'être une cambrioleuse. C'était toutefois une idée stupide, bien sûr. Elle n'était que la locataire de la maison, qui se sentait responsable et voulait s'assurer que la tempête n'avait pas causé de dégâts trop graves. Dès qu'elle fut à l'intérieur, elle écarta les rideaux afin de laisser la lumière inonder la pièce.

Ignorant le craquement du verre brisé sous ses pieds, elle se dirigea tout droit vers le grand portrait et le décrocha pour mieux l'étudier. Ce qu'elle découvrait, c'était une image d'elle-même telle qu'elle serait dans cinq ou dix ans. Cette femme lui ressemblait beaucoup, avec le même visage ovale et la même silhouette. La photo avait pâli avec les années, mais on voyait bien les yeux de la femme, d'une couleur brun sombre liquide, comme les siens.

Sauf que le regard du portrait n'était ni vif ni pétillant de vie comme celui de Tamsyn. Il était triste et un peu perdu.

Sur la photo, un homme aux cheveux châtain clair et au visage buriné se tenait près de la femme, arborant un sourire de fierté qui annonçait au monde qu'il était très satisfait de son sort. Tamsyn ignorait qui il pouvait bien être, mais elle était de plus en plus certaine de connaître la femme. Il y avait sûrement d'autres photos, peut-être même des papiers qui pourraient lui confirmer son identité.

Elle ouvrit l'un des cartons et le trouva rempli d'albums photos soigneusement étiquetés. Celui qu'elle choisit datait de trois ans après le départ de sa mère. Tamsyn s'assit sur un coin propre du parquet et entreprit de le feuilleter. Alors, page après page, elle acquit la certitude que ces photos de couple représentaient Ellen et son nouveau compagnon, lequel paraissait très amoureux d'elle.

Et il y avait plus encore : sur quelques-unes de ces photos apparaissait une petite fille d'environ trois ans aux cheveux miel, mais aux yeux aussi foncés que ceux de sa maman et, sur toutes les photos, elle souriait comme une enfant heureuse.

Tamsyn tourna une nouvelle page et se figea, frappée de stupéfaction. Incapable de croire ce qu'elle voyait, elle ferma les yeux un instant, puis elle prit une profonde inspiration et les rouvrit. La photographie n'avait pas changé et les conséquences en étaient toujours incalculables : là, sous ses yeux, se tenait la femme qui était très vraisemblablement sa mère, avec son compagnon et une version un peu plus âgée de la fillette précédente... et, près d'eux, un jeune garçon d'une douzaine d'années. Un jeune garçon aux cheveux bruns et aux yeux gris.

Un jeune garçon qui ressemblait énormément à Finn Gallagher.

16

Finn Gallagher connaissait donc sa mère ! Il lui mentait depuis le début !

La confusion et la colère se livraient une bataille dans son esprit et ce fut la seconde qui prit le dessus et vira à la fureur. Comment avait-il pu ? Il savait qu'elle cherchait sa mère, mais il s'était bien gardé de révéler qu'il la connaissait. En fait, il lui avait même affirmé les yeux dans les yeux qu'Ellen n'avait jamais habité à cette adresse. Il est vrai qu'elle ne vivait pas précisément dans la maison au sommet de la colline, mais la réponse de Finn prouvait sa mauvaise foi.

Tamsyn referma l'album photos et se releva, ne sachant trop que faire. Un bruit de moteur remontant l'allée lui fournit la réponse. Il ne pouvait s'agir que d'une seule personne.

Elle gagna la porte et ôta le verrou de l'intérieur. Après tout, celui-ci était destiné à empêcher les gens d'entrer, pas de sortir. Laissant la porte entrouverte, elle se dirigea vers le hall d'entrée de la maison. Finn se tenait sur le seuil dans toute sa magnificence, frais et dispos, beau comme un dieu dans son complet gris pâle assorti d'une chemise blanche et d'une cravate très chic.

— Il paraît qu'il y a eu un orage ? lança-t-il. Tout va bien, Tamsyn ? Tu as l'air un peu…

— Tu étais au courant ! s'écria-t-elle. Tu savais tout et tu m'as menti ! Pourquoi ?

L'espace d'une seconde, elle crut qu'il allait nier. Puis le visage masculin devint un masque de pierre et il répliqua d'un ton serein :

— Je ne t'ai jamais menti.

— Bien sûr que tu m'as menti ! protesta-t-elle, refoulant les larmes brûlantes qu'elle sentait monter à ses paupières. Tu m'as dissimulé la vérité ! Tu savais depuis le premier jour qui était ma mère. Pire encore, tu t'es arrangé pour gagner ma confiance et la bafouer !

— Tout ce que je t'ai dit, c'est qu'Ellen n'habitait pas chez moi, et c'est la vérité.

— Mais tu n'as pas eu l'idée de m'informer qu'elle avait vécu ici même, dans ce cottage, répliqua-t-elle avec un rire amer. Ah, tu as dû bien t'amuser quand j'ai signé ce bail ! Une histoire à mourir de rire ! Tamsyn Masters loue la maison de sa mère et elle ne s'en doute même pas ! Je suppose que toute la ville a aussi beaucoup ri à mes dépens. Car ils sont tous au courant, n'est-ce pas ?

Le silence qu'il lui opposa fut une réponse éloquente. Un vide douloureux prit soudain la place de la colère chez Tamsyn.

— Comment as-tu pu me faire cela ? reprit-elle d'une voix brisée.

— Comment l'as-tu découvert ?

— Est-ce tout ce que tu as à répondre ?

Tamsyn attendit, mais il se contenta de la fixer encore de son air impassible. L'amant généreux qui avait quitté son lit à l'aube, la veille, n'avait rien de commun avec l'homme qui se tenait devant elle en cet instant.

— La tempête a fait des dégâts, expliqua-t-elle enfin. Une grosse branche a brisé la fenêtre de la pièce fermée à clé. J'ai commencé à nettoyer les débris de verre à l'extérieur et j'ai aperçu ce portrait sur le mur.

— Montre-moi ça.

Elle tourna les talons pour gagner la porte restée

ouverte, devant laquelle elle s'arrêta en lui faisant signe d'entrer. Finn parcourut la pièce du regard, puis il se retourna vers elle.

— Et tu as fouillé dans les cartons qui contenaient leurs affaires personnelles ?

— Ne l'aurais-tu pas fait, à ma place ? se défendit Tamsyn.

Sans attendre sa réponse, elle le contourna rapidement pour ramasser l'album photos qui contenait la preuve indiscutable de sa duplicité.

— Qui est cette enfant ? s'enquit-elle en désignant l'une des photos où figurait la fillette blonde.

— Elle s'appelle Alexis.

— Tiens, j'ai déjà entendu ce prénom quelque part. Oui, la jeune créatrice de mode dont j'ai acheté plusieurs modèles s'appelle comme ça ! Alexis Fabrini, c'est ça ?

— C'est ta demi-sœur.

Tamsyn vacilla sur ses jambes et dut se retenir au montant de la porte pour ne pas s'effondrer. Une demi-sœur ? Elle étudia la photo de plus près et, cette fois-ci, remarqua certaines ressemblances avec elle, des traits communs qu'elles avaient toutes deux hérités d'Ellen.

— Y a-t-il autre chose que tu ne m'as pas dit ? s'enquit-elle d'une voix faible.

Elle marqua une pause, avant d'ajouter avec un rire amer :

— Mais je ne vois pas pourquoi je me donne la peine de te poser la question. Je n'ai plus aucune raison de croire ce que tu me racontes. Ni aujourd'hui ni plus jamais.

Finn s'efforça d'ignorer la souffrance qui lui déchirait la poitrine. Il attendait cette scène, il savait qu'elle finirait par se produire et qu'il causerait une souffrance incommensurable à Tamsyn. Il avait espéré pouvoir retarder ce moment jusqu'au jour où Ellen irait un peu mieux et où Lorenzo laisserait Tamsyn lui rendre visite à l'hôpital.

Alors, il aurait pu lui révéler la vérité lui-même, et il l'aurait fait avec ménagement. Il ne voulait pas qu'elle l'apprenne de cette façon.

— Ecoute, déclara-t-il en cherchant ses mots. Ellen est une habitante extrêmement appréciée de notre petite ville. Si les gens ont gardé le silence à son sujet, c'est pour la protéger.

— La protéger de moi ? rétorqua Tamsyn, dont la douleur se lisait sur le visage. De sa propre fille ? Pourquoi, Finn ? Pourquoi considérait-on que je pouvais nuire à ma propre mère ?

Finn brûlait de la serrer dans ses bras pour la réconforter. Il ferma un instant les yeux, souhaitant de toutes ses forces pouvoir remonter le temps et annuler ce voyage fatidique qui l'avait éloigné d'elle, la laissant seule face à la vérité.

— Certaines personnes trouvent que tu as mis un peu trop de temps avant de partir à sa recherche, répondit-il avec un soupir.

— Mais je viens à peine de découvrir qu'elle est encore en vie ! s'indigna Tamsyn. Elle nous a abandonnés, Finn ! Elle a laissé ses petits enfants à l'hôpital, blessés, dans un accident dont elle était responsable. Et elle est partie pour ne jamais revenir et sans jamais donner signe de vie. Et pourquoi nous a-t-elle abandonnés ? Pour aller vivre avec son amant ! Elle savait exactement où nous étions, Ethan et moi, mais elle n'a jamais fait le moindre effort pour nous contacter ! Et moi, j'ai eu envie de savoir pourquoi, c'est normal, non ? J'ai le droit de connaître la raison pour laquelle elle nous a tourné le dos. Et pourquoi elle est ravie que ses enfants ignorent qu'elle est en vie !

Finn tendit la main vers elle, mais elle se dégagea avec brusquerie. Il avait irrémédiablement détruit la relation qui commençait à naître entre eux, il l'avait foulée aux pieds, et ce, pour Lorenzo et pour Ellen, les deux personnes à qui il devait tout. Pourtant, il regrettait de toute son âme d'avoir eu à le faire.

— Je ne peux pas répondre à ces questions, soupira-t-il. Mais je vais tout faire pour que tu découvres les réponses toute seule.

— Et… c'est tout ? fit-elle en le dévisageant, les yeux noyés de larmes de déception. C'est tout ce que tu comptes faire ? Tu ne vas pas me dire où je peux la trouver ?

— Je ne peux pas, Tamsyn. Je suis désolé, mais ces secrets ne m'appartiennent pas.

— Donc, tu reconnais enfin que tu m'as dissimulé des secrets.

— Oui, et je le regrette profondément. Si je pouvais… Bah ! Pourquoi en parler… ?

Il s'interrompit et jura entre ses dents, avant de conclure :

— Je vais faire ce que je peux. Et je vais aussi t'envoyer quelqu'un pour réparer cette fenêtre.

Sur ces mots, il tourna prestement les talons et ressortit, conscient à chaque seconde du regard de Tamsyn vrillé dans son dos.

Tamsyn regarda s'éloigner l'homme qui était devenu un étranger pour elle. Avant de venir ici, elle avait su que la trahison de Trent l'avait déchirée, mais ce qui lui arrivait à présent était bien pire. Elle marcha jusqu'à la porte d'entrée, qu'elle fit violemment claquer, puis se laissa glisser le long du mur et s'affaissa sur le sol, pitoyable. Elle était en état de choc et la colère anesthésiait tout autre sentiment. Toutefois, dans ce brouillard mental où elle se débattait, elle sentait déjà les premières vagues de la souffrance à venir.

Elle n'osait pas ouvrir la bouche, de peur que le cri silencieux qui montait en elle ne s'échappe de ses lèvres. Sa mère l'avait abandonnée et n'avait pas fait le moindre effort pour rester en contact. Tout le monde lui avait menti : son père, toute sa famille, son ex-fiancé, son assistant — et maintenant Finn.

Ce qui lui restait de contrôle d'elle-même commença alors à se fissurer. Finn avait ajouté son nom à cette liste déjà longue, et alors ? Quelle importance ? Après tout, il ne la connaissait que depuis peu et ils ne s'étaient fait aucune promesse d'amour éternel. Et d'abord, pourquoi avait-elle cru pouvoir lui faire confiance ? Ne se doutait-elle pas déjà, dans un recoin de son esprit, qu'il lui dissimulait quelque chose ?

Au lieu d'écouter son instinct, elle lui avait permis de la prendre pour une idiote. Dans son ridicule désir de spontanéité et de bonheur simple, elle s'était laissé aveugler. Finn n'était pas différent des autres. Si, il était pire ! Car il avait utilisé le pitoyable besoin qu'elle avait d'être acceptée et l'avait retourné contre elle. Il s'était glissé dans son existence afin qu'elle ne puisse plus se passer de lui, qu'elle en vienne à compter sur lui. A l'aimer.

Non ! s'insurgea-t-elle. Pas cela ! Jamais cela ! Ce qu'elle éprouvait était une simple attirance physique, pas davantage. Leur liaison était d'ailleurs très satisfaisante sur ce plan, mais elle n'aimait pas Finn. Elle ne pouvait pas l'aimer. Il l'avait séduite par ses attentions, c'est vrai, qui avaient été le meilleur des baumes pour son orgueil blessé. Mais au bout du compte, où l'avait conduite ce moment d'oubli ?

Tamsyn se releva et se dirigea vers la pièce jusque-là fermée à clé. Elle y jeta un coup d'œil et songea qu'elle aurait dû balayer le verre brisé et remettre les cartons en ordre, mais elle n'en avait plus la force. Elle retourna dans sa chambre, se débarrassa de ses chaussures et se glissa dans le lit. Elle était épuisée, physiquement et mentalement, et elle avait besoin de dormir, ne serait-ce qu'une heure ou deux, pour tout oublier. Ensuite, elle trouverait le moyen d'affronter la situation, elle réfléchirait à ce qu'elle devrait faire du reste de sa vie. Mais en cette seconde précise, cela paraissait trop difficile.

Le soleil se couchait à l'horizon lorsque la sonnerie de son téléphone la réveilla. Elle décrocha.

— Allô ! répondit-elle d'une voix ensommeillée.

— Mlle Masters ? Jill à l'appareil, de l'agence immobilière.

— Ah, oui, les dégâts de la tempête…

— J'ai parlé avec M. Fabrini, le propriétaire du cottage, et il souhaite que vous quittiez les lieux.

— Que je quitte les lieux ? répéta Tamsyn, abasourdie. Pour faire réparer une simple fenêtre ? N'est-ce pas un peu extrême ?

— Je crois que vous ne m'avez pas bien comprise, mademoiselle Masters. M. Fabrini désire que vous quittiez la propriété de façon définitive.

— Comment ? balbutia-t-elle. Mais le bail…

— Il s'agit d'une location à la semaine, qui peut être résiliée sans préavis par chacune des deux parties. Le trop-perçu de loyer vous sera remboursé, bien sûr.

Tamsyn savait tout cela. Les conditions du contrat de location lui avaient semblé un peu inhabituelles le jour où elle avait signé, mais elles lui convenaient très bien et elle ne les avait pas contestées. Seulement, elle avait supposé que le propriétaire l'avertirait au moins une semaine à l'avance…

— Dois-je en conclure que vous allez prendre d'autres dispositions ? demanda la voix au bout du fil.

— Oui, naturellement. Mais je suppose que vous n'avez rien d'autre dans vos dossiers qui puisse me convenir !

— Non, je suis désolée. Un festival de musique est programmé dans la région et tout ce que nous avions est déjà réservé depuis longtemps.

quitter son siège lorsqu'elle fut prise d'un vertige qui l'obligea à se rasseoir. La main de Finn vint aussitôt se poser sur son épaule.

— Tout va bien ?

— Oui, naturellement, répondit-elle avec un rire étranglé. J'ai une mère déterminée à me fuir, un pseudo-ami qui a trahi ma confiance, un propriétaire qui vient de m'expulser et aucun endroit où dormir ce soir. Tout va à merveille pour moi, merci beaucoup !

— Viens chez moi. Installe-toi dans ma maison.

— Tu plaisantes, n'est-ce pas ? marmonna-t-elle, incrédule.

— Pas du tout. Qu'est-ce qui t'en empêche ? insista-t-il en la regardant droit dans les yeux. J'ai plus de place qu'il ne m'en faut et je ne te toucherai pas, si c'est cela qui t'inquiète.

Non, ce n'était pas cet aspect des choses qui l'inquiétait. Même s'il n'était plus question de laisser Finn Gallagher poser de nouveau une main sur elle. Plus jamais.

— Je préfère dormir dans ma voiture.

Sur ces mots, elle se leva, mais fut saisie d'un nouveau vertige et laissa tomber ses clés. Finn s'empressa de la retenir.

— Tu n'es pas en état de conduire. Qu'as-tu l'intention de faire ? De t'installer pour la nuit dans la rue principale ?

— Si nécessaire, oui, confirma-t-elle d'un ton de défi.

— Il n'en est pas question. Tu vas venir chez moi. Nous viendrons demain récupérer ta voiture.

Il ramassa les clés sur la table et se retourna vers le comptoir pour s'adresser au cafetier.

— Dis donc, Bill, pourrais-tu garer ce break bleu à l'arrière du café pour cette nuit ? Nous reviendrons le chercher demain dans la journée.

— Bien sûr, Finn. Pas de problème !

Finn lança les clés à Bill, puis passa le bras autour

— Ah, je vois. Très bien. Si vous pouviez me laisser un jour ou deux pour trouver une solution de repli...

— Mademoiselle Masters, je suis navrée. A l'évidence, je n'ai pas exprimé clairement l'exigence de mon client. M. Fabrini désire que vous quittiez le cottage dès aujourd'hui.

- 17 -

— Aujourd'hui ?

— M. Fabrini a beaucoup insisté.

Elle aurait dû s'y attendre. Finn ne lui avait-il pas promis, avant de partir, qu'il ferait de son mieux ? A l'évidence, c'était exactement ce qu'il avait fait. Il était allé parler à ce M. Fabrini et le résultat, c'était qu'elle était expulsée. La colère remplaça la lancinante sensation de vide qui l'avait accablée ce matin-là.

— D'accord. J'aurai quitté les lieux d'ici deux heures.

— Je suppose que nous devrons nous en contenter.

Tamsyn coupa la communication sans saluer son interlocutrice. Elle sortit du lit et entreprit d'en retirer les draps, pour les jeter dans le lave-linge en même temps que les serviettes suspendues dans la salle de bains. Elle aurait pu tout laisser en plan, mais ses principes le lui interdisaient, aussi odieux puissent être les gens qui l'avaient si mal traitée.

Avec des gestes méthodiques, elle remit la maison dans l'état où elle l'avait trouvée — elle passa l'aspirateur, refit le lit, plaça des serviettes propres dans la salle de bains et retira les denrées périssables du réfrigérateur. Lorsqu'elle eut terminé et qu'elle eut bouclé sa valise, elle se sentait vide à l'intérieur. Ce qui n'était guère étonnant, étant donné qu'elle n'avait rien avalé ce jour-là. En cet instant toutefois, la nourriture était la dernière de ses préoccupations. Son besoin le plus urgent était de trouver un endroit où dormir

ce soir. Et le lendemain. Ce M. Fabrini désirai[t] être aussi la voir quitter la Nouvelle-Zélande. Il p[eut] toujours rêver ! Elle n'en ferait rien avant d'avoir re[vu] sa mère — n'en déplaise à tous ceux qui essaya[ient] l'en empêcher.

Elle nourrit Lucy, la mit dehors et verrouilla [la porte,] puis elle partit rendre les clés à l'agence. Cela [faite, elle] entra dans un café dont les vitrines disparaissa[ient sous] les décorations de fête. Des chants de Noël l'accu[eillirent.] A mille lieues de l'esprit de la fête, Tamsyn co[mmanda] un café et une portion de quiche pour tromper s[a faim en] passant en revue toutes les solutions d'hôteller[ie] sur son smartphone. Une demi-heure et un bo[n nombre] d'appels plus tard, elle n'avait toujours pas trou[vé.] Même le camping était entièrement réservé. Si [cela conti]nuait ainsi, elle devrait dormir dans sa voiture[.]

Au moins, le loueur de véhicules n'avait [pas résilié] son contrat, songea-t-elle avec amertume en [train] d'avaler la quiche froide.

— Ah, te voilà enfin ! Je t'ai cherchée par[tout.]

Finn se tenait devant sa table, la dominan[t de toute sa] hauteur. Elle leva la tête.

— N'en as-tu pas assez de me mentir ? rét[orqua-t-elle,] bien décidée à ne montrer aucun signe de faible[sse.]

— J'ai appris que Lorenzo t'avait fait quitt[er la maison.] Je veux que tu saches qu'il ne m'a pas cons[ulté et que je] n'y suis pour rien.

— Espères-tu vraiment me le faire croi[re ? demanda-] t-elle, sarcastique. Tu t'es toujours montré s[i honnête avec] moi que je n'ai aucune raison de douter de [ta parole. Tu] m'excuseras, mais j'ai déjà eu mon compte d[e surprises] désagréables aujourd'hui.

Elle ramassa son sac et ses clés et se le[va, déter]minée à rejoindre sa voiture afin de mett[re une distance] respectable entre Finn et elle. Elle ven[a] des épaules de Tamsyn et l'attira contre lui. Elle résista aussi longtemps qu'elle le put, mais cette affreuse nuit de tempête, combinée aux révélations du matin et à l'expulsion de l'après-midi, avaient eu raison de ses résistances et elle s'affaissa dans ses bras. Il était plus facile, pour le moment, de le laisser prendre la situation en main. Mais demain, ce serait une tout autre histoire.

Tamsyn se réveilla le lendemain matin en entendant quelqu'un entrer dans sa chambre. Elle se redressa précipitamment et serra les couvertures contre elle.

— Que veux-tu ? protesta-t-elle quand Finn posa un plateau sur le lit.

— Je t'ai apporté le petit déjeuner, expliqua-t-il. Et nous devons avoir une conversation, tous les deux.

— A moins que tu n'aies l'intention de me révéler où se trouve ma mère, je n'ai rien à te dire, répliqua-t-elle en s'efforçant d'ignorer le délicieux arôme du café.

— Dans ce cas, consens au moins à m'écouter, persista-t-il, imperturbable. Et mange ! Tu en as besoin.

Les toasts à la marmelade d'orange avaient l'air délicieux et elle ne vit pas l'intérêt d'y résister. D'autant que, si elle avait la bouche pleine, elle serait dispensée de parler. Elle s'empara du premier toast.

— J'ai parlé à Lorenzo hier soir, commença-t-il.

— C'était très aimable à toi, ironisa-t-elle. Et que t'a raconté l'illustre M. Fabrini ? Est-il revenu sur son ordre d'expulsion ?

— Non, reconnut Finn avec une moue. Il ne veut pas que tu continues à habiter chez lui.

— Que lui ai-je fait pour qu'il me haïsse à ce point ?

— Ce n'est pas toi qui es en cause. C'est seulement… oh, je n'ai pas le droit d'en parler. J'ai promis de ne rien te dire et je suis tenu de respecter ma parole. C'est une question d'honneur. Sache que je dois beaucoup à Lorenzo.

— Je vois, dit-elle en sirotant son café. Et ton honneur te commande de ne me révéler que ce qu'il veut bien que je sache — ce qui signifie que tu ne me diras pas un mot à son sujet ou sur ma mère. C'est bien cela ?

— Je suis désolé.

— Et c'est tout ? Tu espères vraiment que je vais me contenter d'une telle réponse ?

— Non, convint Finn en soupirant. Mais je ne peux pas te donner ce que tu attends et il faudra t'en contenter.

Sur ces mots, il se leva et regagna la porte, pour hésiter un instant sur le seuil.

— Tu peux rester ici aussi longtemps que tu veux. J'essaierai de nouveau de raisonner Lorenzo. Pour le moment, il est très en colère.

— Il n'est pas le seul. Moi aussi, je suis furieuse.

— Mais tu vas rester, n'est-ce pas ?

— Il semble que je n'aie pas d'autre option.

— Je suis dans mon bureau, dit-il, hochant la tête d'un air pensif. Si tu as besoin de moi, tu me trouveras au rez-de-chaussée, au bout de la galerie à droite.

Il disparut avant qu'elle ait pu trouver une réplique appropriée. Elle acheva son petit déjeuner et se leva pour aller prendre une douche et s'habiller. Finn avait eu l'obligeance de lui monter sa valise et elle lui en fut reconnaissante malgré elle. Elle avait besoin d'une armure et cela signifiait qu'elle devrait se sentir bien dans ses vêtements. Elle opta donc de nouveau pour la jupe gitane et la camisole bleue. Avant d'enfiler la jupe, elle examina l'étiquette, avec le nom *Alexis Fabrini* brodé en lettres d'argent sur fond de satin violet nuit.

Ma sœur…, songea-t-elle. Ou, plus précisément, sa demi-sœur. Etait-ce un hasard si le talent d'Alexis l'avait séduite ? Ou s'agissait-il d'un lien qui existait entre elles sans qu'elles en soient conscientes ni l'une ni l'autre ? N'était-il pas étrange de découvrir que l'on avait une sœur quelque part dans le monde ? Un autre lien de sang. Un autre secret dévoilé. Elle allait devoir en parler avec Ethan un jour ou l'autre, mais, pour l'instant, elle avait d'autres priorités.

Combien de secrets allait-elle encore devoir déterrer avant de retrouver sa mère ?

Elle avait toujours mené une vie bien régulière, faite de prudence et de mesure. Chaque étape méticuleusement préparée, chaque résultat garanti ou presque. Jusqu'à la trahison de Trent. Jusqu'à ce qu'elle décide de retrouver sa mère. Elle avait alors jeté sa belle prudence aux orties et le résultat était là : elle n'avait récolté que tristesse et déception.

Les décisions impromptues, les élans spontanés n'étaient pas pour elle. Plus maintenant. Plus jamais.

A compter d'aujourd'hui, elle allait revenir aux anciennes méthodes. La prudence, la réflexion, la sécurité. Elle aurait dû accepter la suggestion d'Ethan et charger un détective privé de l'enquête, au lieu de débarquer ici sans plan préétabli. Elle n'avait pas assez réfléchi. Elle n'avait plus les idées très claires depuis qu'elle avait appris que sa mère était en vie.

Mais désormais, tout était transparent : sa mère ne désirait pas la voir. Et Tamsyn refusait de retourner en Australie avant de l'avoir obligée à lui parler. Avant d'avoir déjoué tous les mensonges et toutes les demi-vérités, percé tous les secrets. Alors seulement, elle repartirait…

Elle acheva de s'habiller, ramassa le plateau sur le lit et le porta dans la cuisine. Comme elle avait encore faim, elle choisit une pomme dans le panier à fruits, puis partit à la recherche de Finn, afin qu'il l'emmène en ville récupérer sa voiture. Elle espérait que le café était ouvert le dimanche. Elle aurait été très ennuyée de devoir attendre le bon plaisir de Finn et du cafetier pour retrouver son indépendance.

Dans la galerie intérieure de la maison, de grandes fenêtres ouvertes sur une cour inondaient de lumière les œuvres que Finn avait accrochées au mur. C'étaient pour la plupart des paysages de la région, mais une toile en particulier retint son attention : elle représentait un bâtiment en ruine au sommet d'une colline, silhouette sombre et mélancolique découpée sur le bleu du ciel. Elle connaissait cette ruine. Elle l'avait eue chaque jour devant les yeux depuis qu'elle était née.

C'était Masters Rise, la maison d'origine de sa famille, jadis détruite par les incendies du bush. Trop abîmée pour être réparée, elle se dressait toujours sur la colline, juste au-dessus de The Masters, l'exploitation viticole familiale, témoin de la gloire passée de la famille et du long combat que celle-ci avait dû mener pour retrouver sa prospérité d'antan.

Mais que faisait ce tableau ici ? Elle s'approcha pour examiner la signature de l'artiste et vit les initiales « E.F. » entremêlées dans un coin de la toile. Ellen… Fabrini ? Pas étonnant qu'elle n'ait pas réussi à la retrouver si elle avait changé de nom !

Etait-ce là l'œuvre de sa mère ? Tamsyn examina de nouveau le tableau. Dans cette interprétation, la vieille ruine paraissait menaçante, inquiétante. Etait-ce ainsi qu'Ellen voyait sa vie au pied de cette colline ?

Tamsyn ne put s'empêcher de songer que ce tableau l'aidait à comprendre un peu mieux pourquoi sa mère avait choisi de partir. Depuis sa plus tendre enfance, elle avait su que ces ruines étaient ce qui motivait son père à travailler chaque jour davantage. En une occasion, il avait expliqué à la petite fille qu'elle était qu'il refusait de se laisser vaincre par les éléments et qu'il remonterait la pente, et sa famille avec lui.

Chacune de ses actions, chacune de ses décisions avait eu pour but de rétablir la grandeur de la famille et cette volonté l'avait poussé à se concentrer davantage sur son travail que sur sa relation avec ses enfants. Que restait-il alors pour Ellen ? Etait-ce pour cette raison qu'elle avait pris un amant, puis quitté sa maison, sa famille, ses enfants ?

La question était simple, songea-t-elle en luttant contre la frustration. Et la réponse l'était probablement tout autant. Mais quand aurait-elle l'occasion d'entendre sa mère se justifier, ce qui lui permettrait de passer son propre jugement, ou de guérir les vieilles blessures, et de pardonner à sa mère ?

Elle se détourna du tableau, bien décidée à ne pas laisser ces questions la troubler une seconde de plus.

Juste devant elle, il y avait une porte. Elle l'ouvrit sans réfléchir et découvrit avec étonnement une petite salle de sport aménagée. C'était là l'explication de la musculature impressionnante de Finn. Une sensation de chaleur germa de nouveau en elle, mais elle la refoula avec irritation. Il avait peut-être un physique de rêve, il était peut-être le meilleur amant qu'il lui serait jamais donné de connaître, mais il n'était qu'un menteur parmi d'autres.

Elle ressortit, referma la porte et poursuivit sa progression dans la galerie, à la recherche du bureau de Finn. Elle finit par voir une porte entrouverte et entendit la voix masculine. Elle s'arrêta, tendant l'oreille sans complexe.

Finn parlait au téléphone et il semblait de mauvaise humeur. Tamsyn tressaillit : était-ce sa mère, à l'autre bout du fil ?

18

— Oui, naturellement qu'elle s'est installée chez moi !
Je ne pouvais tout de même pas la laisser dormir au bord
de la route.

Le ton de sa voix véhiculait une certaine frustration.
Tamsyn regretta de ne pas entendre ce qui se disait à
l'autre bout du fil.

— Pourquoi l'avoir expulsée du cottage ? Oui, je sais,
elle est entrée dans la pièce fermée à clé, mais c'était pour
constater les dégâts, pas pour vous espionner ! Ecoute,
je crois qu'il vaudrait mieux que tu lui parles toi-même.

Tamsyn sentit sa gorge se serrer. Il y eut un silence,
puis Finn reprit la parole :

— Calme-toi, Lorenzo ! Je sais ce que tu penses de la
famille Masters, mais Tamsyn n'était qu'une petite fille à
l'époque. On leur a raconté, à son frère et à elle, qu'Ellen
était décédée. Tamsyn n'a appris la vérité qu'à la mort de
son père, c'est-à-dire tout récemment.

Tamsyn se figea. Ce Lorenzo filtrait à l'évidence toutes
les informations qu'Ellen recevait. Si elle franchissait ce
barrage…

— Oui, oui, je sais, soupira encore Finn. Tu fais tout cela
pour le bien d'Ellen et je reconnais que ces retrouvailles
pourraient avoir un effet très négatif sur elle.

Tamsyn cessa de respirer. Elle aurait dû s'y attendre,
mais elle souffrait de constater que personne, pas même

l'homme qui avait été son amant pour quelques nuits, ne prenait en compte ses sentiments personnels.

— Pendant que tu y réfléchis, j'espère que Tamsyn restera ici avec moi. Je lui ai dit qu'elle était la bienvenue, mais je ne peux pas la garder prisonnière. Il aurait mieux valu qu'elle demeure au cottage, elle aurait trouvé à s'occuper... Oui, d'accord... Bon, je crois que nous nous sommes tout dit. Rappelle-moi ce soir.

Finn coupa la communication et Tamsyn l'entendit jurer entre ses dents. Elle demeura immobile, réfléchissant à ce qu'elle venait d'entendre. Pourquoi semblaient-ils tous penser qu'il serait néfaste pour sa mère de la revoir? Pourquoi avaient-ils cru nécessaire de lui mentir depuis le début? Elle devait reconnaître que Finn semblait déterminé à l'aider, autant que Lorenzo le lui permettrait. Elle n'était pas encore prête à lui faire confiance, ni même à lui pardonner, mais ce qu'elle avait entendu avait en partie désamorcé sa colère.

Elle attendit un instant avant de frapper à la porte. Finn fit pivoter son fauteuil face à elle lorsqu'elle poussa le battant.

— Bonjour, dit-elle, vaguement embarrassée. Te serait-il possible de me ramener récupérer ma voiture ce matin?

— Le meilleur moment serait après le déjeuner. A cette heure-ci, un dimanche, le café doit être plein à craquer.

Elle acquiesça, consciente qu'elle ne pouvait rien faire sans son aide. Elle brûlait d'envie de le questionner sur l'appel téléphonique qu'elle avait surpris, mais cela aurait été admettre son indiscrétion et elle doutait qu'il l'apprécie.

Près de la fenêtre, sur une grande table, était exposée la maquette d'un groupe de constructions au bord d'un lac peint en bleu. Elle s'en approcha et examina les maisons miniatures. Leur conception rappelait beaucoup celle de Finn, avec le même souci de s'intégrer harmonieusement au paysage.

— Serais-tu aussi promoteur immobilier ? s'enquit-elle.

— Pour ce projet-ci, oui.

Il s'approcha et vint s'arrêter près d'elle. Ils étaient encore à une bonne vingtaine de centimètres l'un de l'autre, mais elle sentait distinctement sa chaleur se communiquer à elle. Elle s'éloigna sous prétexte d'aller examiner la maquette sous un autre angle.

— Et que comptes-tu construire ?

— Si j'obtiens une route convenable pour accéder à la propriété, ce sera un centre destiné aux familles dont un membre souffre d'une maladie mentale et qui ont elles-mêmes besoin d'une parenthèse de répit.

— Qu'est-ce qui t'a donné cette idée ?

— Des raisons personnelles, éluda-t-il en se détournant de la maquette pour regagner sa table de travail.

— Est-ce encore un autre secret, ou peux-tu m'en parler ? insista Tamsyn.

— Je connais par expérience le stress que l'on subit quand on a dans sa famille proche une personne qui reçoit un traitement psychiatrique. C'est très difficile, en particulier, pour les enfants. Je pense qu'il est important que ceux-ci disposent d'un havre de paix où ils peuvent reprendre des forces, se détendre en toute sécurité, où ils sont entourés de personnes qui comprennent ce qu'ils vivent. Je compte construire un ensemble de pavillons individuels, mais suffisamment proches les uns des autres pour favoriser le lien social entre les familles. J'aimerais également que ce projet comprenne un camp de vacances, animé par des professionnels formés aux problèmes que rencontrent les enfants dans de telles situations.

— C'est un projet ambitieux, commenta-t-elle en s'asseyant en face de lui. Mais qu'est-ce qui t'arrête ?

— J'ai besoin d'un droit de passage pour construire la route qui mènera au site. Or, les terrains concernés appartiennent à une société d'Auckland. J'ai écrit au cabinet d'avocats qui gère ces propriétés, en proposant même de construire la route à mes frais en échange du droit de passage, mais je n'ai encore reçu aucune réponse.

— Et que feras-tu s'ils refusent ?

— Je réaliserai tout de même mon projet, mais la route devra passer ailleurs, ce qui coûtera bien plus cher et réduira d'autant la part consacrée au projet proprement dit. J'espère ne pas avoir à en arriver là.

— Tu as mentionné une expérience personnelle, observa-t-elle d'un ton prudent. S'agit-il… de ta famille ?

— Ma mère, précisa-t-il. Maman était…

Il s'interrompit, les lèvres serrées, et demeura un instant silencieux, le regard perdu dans le lointain, avant de reprendre :

— Je crois qu'on pourrait dire qu'elle était fragile. Elle n'aurait probablement jamais dû épouser un éleveur de bétail, mais elle aimait mon père d'une passion sans limites. Elle ne vivait que pour le moment où il rentrait du travail et elle mourait un peu chaque matin lorsqu'il repartait. Un jour, peu de temps après qu'il eut conclu un accord d'association avec Lorenzo, mettant leurs terres en commun pour se lancer dans la viticulture, mon père conduisait son dernier troupeau vers un pâturage lorsque son quad s'est renversé. Il a été écrasé sous le poids du véhicule. Lorsque Lorenzo et moi l'avons retrouvé ce soir-là, guidés par les aboiements de l'un de ses chiens resté auprès de lui, personne ne pouvait plus rien faire pour lui.

— Oh ! Finn, je suis désolée, murmura-t-elle, touchée par la douleur qu'elle lisait dans ses yeux. Quel âge avais-tu ?

— Douze ans. Maman a été dévastée. Au début, elle a fait de son mieux pour continuer à vivre, mais j'ai dû assumer une part de plus en plus grande du travail de la ferme. J'étais si fatigué que je m'endormais en classe. L'un de mes professeurs, une femme qui connaissait ma mère depuis l'enfance, a fini par le remarquer et elle est venue à la maison. Quand elle a constaté la gravité de la situation, elle a prévenu les autorités.

Finn se leva avec un soupir et alla ouvrir un petit réfrigérateur intégré dans le mur.

— Puis-je t'offrir quelque chose ? Un jus de fruits, ou de l'eau ?

— De l'eau, merci. Et que s'est-il passé, alors ?

— Nous avons tous deux été placés sous tutelle de l'Etat, expliqua-t-il en lui tendant une petite bouteille d'eau minérale. Moi dans un foyer des services sociaux en ville, et maman dans une institution psychiatrique fermée près de Christchurch. Je l'ignorais alors, mais elle avait commencé à s'automutiler. Je ne l'ai pas revue pendant très longtemps. Lorenzo et Ellen ont alors obtenu des services sociaux de pouvoir m'accueillir chez eux de façon permanente. Grâce à Lorenzo, notre ancienne ferme est devenue ce que tu vois aujourd'hui — l'une des plus belles propriétés viticoles de la région.

Tamsyn comprenait à présent le lien très fort qui unissait Finn à Lorenzo. Le vieil homme avait représenté une figure de père pour lui, un mentor. Il l'avait sauvé. Mais cela n'expliquait pas pourquoi Finn refusait de lui révéler où se trouvait Ellen à l'heure actuelle. Si sa mère ne désirait pas être retrouvée, pourquoi ne le disait-elle pas elle-même franchement, afin qu'elle cesse ces inutiles recherches ? Toutefois, avait-on bel et bien informé Ellen que sa fille la cherchait, ou la maintenait-on dans l'ignorance sous prétexte de la protéger ?

— Alors, c'est pour honorer le souvenir de ta maman que tu désires bâtir ce centre pour les familles ? reprit-elle.

— C'est l'une des raisons, oui, convint-il. L'autre, c'est que j'ai beaucoup d'argent qui dort et je pense que la région a un besoin que je suis en mesure de satisfaire. J'ai envie de rendre à tous ces gens les bienfaits que j'ai reçus d'eux. Si mon projet voit le jour, j'aimerais ensuite ouvrir des centres similaires dans tout le pays.

Tamsyn s'adossa à son fauteuil et sirota une nouvelle gorgée d'eau. Il n'existait pas de mots pour décrire ce qu'elle ressentait. Ce souci philanthropique chez Finn était en contraste flagrant avec la manière dont il l'avait traitée, elle. Qui était le véritable Finn Gallagher ? Tamsyn était tentée de croire que c'était l'homme au grand cœur qui primait chez lui. Celui qui avait tout fait pour l'aider, qui lui avait toujours manifesté une grande sollicitude, même s'il refusait de l'aider à retrouver sa mère. Pourquoi ce mutisme ? Quel secret protégeait-il encore, qui puisse expliquer ce mystère ?

— Après avoir récupéré ta voiture, aimerais-tu que je te fasse visiter le site ? s'enquit Finn, la tirant de ses réflexions.

— Visiter le site ? On peut déjà y accéder ?

— Ce n'est qu'une piste de terre, mais nous pouvons nous y rendre en quad.

Il marqua une pause, remarquant sans doute son hésitation, puis s'empressa de la rassurer :

— Je roulerai doucement. Tu ne risques rien.

— D'accord, répondit-elle. Mais je suppose qu'un jean et des baskets seraient plus appropriés que cette jupe.

— C'est certain, convint-il avec un sourire. Si tu files te changer tout de suite, nous irons en ville récupérer ta voiture, et sur le chemin du retour, je m'arrêterai au cottage pour nourrir Lucy et les poules.

A ces mots, Tamsyn sentit sa colère flamber de nouveau. Si Lorenzo ne s'était pas montré aussi déraisonnable, elle serait elle-même là-bas en cet instant, occupée à ces tâches dont elle avait assumé la responsabilité. Elle hocha la tête et se leva.

— Je serai prête dans cinq minutes.

— Parfait. Je t'attends dans la voiture.

Finn poussa un soupir de soulagement quand Tamsyn eut quitté la pièce. Il s'en était fallu de peu ! Sa conversation avec Lorenzo ne s'était pas déroulée comme prévu. Déterminé à protéger à tout prix Ellen contre la famille Masters, ce dernier n'avait rien voulu entendre et aucun des arguments de Finn n'avaient pu le faire changer d'avis.

Mais s'il la protégeait ainsi, c'était aussi parce qu'il avait peur. Car malgré les efforts des médecins, malgré la bataille incessante que Lorenzo menait pour retenir Ellen dans la réalité, son état se détériorait peu à peu et il cherchait par tous les moyens à préserver ce qu'il croyait être ses dernières semaines avec elle.

Finn comprenait les craintes de Lorenzo. L'évocation de sa mère, tout à l'heure, avait fait remonter en lui les vieux souvenirs. Il se rappelait l'angoisse qu'il ressentait à l'époque à devoir gérer lui-même les travaux de la ferme, réconforter sa mère dans son chagrin sans avoir le temps de se préoccuper du sien. Cette époque avait laissé dans son âme des cicatrices profondes.

Certains jours, il lui en avait voulu. Il s'était plaint de ne pas avoir une maman comme les autres — une mère qui l'aime et qui vive dans le présent, au lieu de s'enfermer dans cette horrible tombe de chagrin. Ensuite, bien sûr, il avait eu honte et s'était senti coupable. Si elle agissait ainsi, c'était parce qu'elle souffrait de l'absence de son père, tout comme lui. Et il avait incombé à Finn de remplir ce vide.

Mais il avait échoué. Il n'avait pas pu aider sa mère et avait même aggravé son état en allant la voir alors qu'elle n'y était pas encore prête. En l'obligeant à se confronter à lui, il l'avait obligée à se confronter à son échec en tant que mère, et ce choc avait suffi pour la faire basculer définitivement hors de la réalité. Dès lors, elle avait refusé de s'alimenter, refusé de quitter son lit — jusqu'au jour où on l'avait retrouvée sans vie au petit matin. Morte avec son angoisse. Seule.

Il avait été responsable du choix de sa mère, qui avait préféré la mort à la vie. Et même s'il se sentait coupable de ne pas aider Tamsyn à retrouver sa mère à elle, il refusait de prendre le risque que la jeune femme ait à porter, elle aussi, le poids d'une pareille responsabilité.

19

Le trajet en quad sur la piste défoncée, avec les bras de Tamsyn timidement serrés autour de lui, fut une expérience douce-amère. A chaque cahot du chemin, il sentait la douceur de ses seins pressés contre son dos, la poussée involontaire de ses hanches contre lui. Elle avait commencé ce voyage les mains crispées sur l'arrière du siège, mais la piste de plus en plus défoncée l'avait vite obligée à se cramponner à sa taille et, à présent, tout son corps était collé contre lui.

Il respira mieux lorsqu'ils arrivèrent sur une portion de chemin plat et qu'elle ne fit aucun effort pour reprendre ses distances. Il comprit qu'il avait attendu cet instant en retenant son souffle. La route, désormais, ne présentait plus aucune difficulté, mais les bras délicats de Tamsyn l'enlaçaient toujours en un cercle de douceur. Il s'autorisa le luxe d'y prendre un plaisir immense, sachant que cela ne durerait pas.

Elle lui avait à peine adressé la parole ce matin. Il savait qu'elle était encore en colère à cause de l'histoire du cottage, des secrets qu'il avait refusé de lui dévoiler et de toute cette situation en général. Il ne pouvait l'en blâmer, mais il n'avait aucune solution à lui proposer. Aucune, si ce n'est peut-être de faire de son mieux pour rendre son séjour le plus agréable possible.

Certaines façons d'y parvenir s'imposèrent aussitôt à son esprit, mais il les refoula. Pour l'heure, il était plus urgent de regagner la confiance de Tamsyn. Il l'avait blessée, il le savait, et cette idée lui causait une douleur presque physique.

Il accéléra encore et ils couvrirent rapidement les dernières centaines de mètres qui les séparaient encore de la rive du lac, où il avait déjà, d'une façon peut-être un peu optimiste, commencé à matérialiser les surfaces des futurs bâtiments avec des piquets de bois. Plus vite ils descendraient du quad et plus vite il se débarrasserait de la sensation de leurs deux corps unis l'un à l'autre et du plaisir que cela lui procurait.

— Ce site est magnifique, commenta Tamsyn en mettant pied à terre pour marcher jusqu'au bord de l'eau. N'as-tu jamais songé à y construire une maison pour toi-même ?

— La maison de mes parents était là-bas, dit-il en indiquant un bouquet d'arbres où seule une cheminée de briques s'élevait à l'emplacement de l'ancienne maison. Une nuit, alors que je vivais déjà dans le foyer des services sociaux, un court-circuit a provoqué un incendie et tout a brûlé. Je m'étais toujours promis de la rebâtir, mais, avec les années, j'ai commencé à comprendre qu'il valait mieux prendre un nouveau départ. Et puis, je dois l'avouer, j'adore la vue que l'on a de ma maison actuelle.

— Un roi dans son château, avec son domaine étalé à ses pieds ! commenta Tamsyn, non sans une certaine froideur.

— Ce n'est pas du tout cela, se défendit-il.

Etait-ce ainsi qu'elle le voyait ? songea-t-il. Un tyran déterminé à tout contrôler autour de lui ?

— Je crois que c'est la sensation de liberté et d'espace qui m'a séduit là-bas, précisa-t-il. Ne pas être enfermé dans une boîte. De plus, c'était le symbole d'un nouveau départ après avoir vendu ma société. De nouveaux horizons, en quelque sorte.

Elle hocha la tête et commença à marcher le long de

la rive, les mains au fond de ses poches. Finn suivit à quelques pas derrière elle.

— Je pensais que ce voyage en Nouvelle-Zélande m'ouvrirait de nouveaux horizons, à moi aussi, remarqua-t-elle, un ton plus bas.

Il devina la souffrance dans sa voix. Elle s'interrompit un instant, avant de poursuivre :

— Tu sais, il aurait peut-être mieux valu pour moi que je n'apprenne pas que ma mère était encore en vie. En vie et, selon toute apparence, bien déterminée à m'éviter. Elle ne veut rien avoir à faire avec moi, c'est aussi simple que cela…

A ces mots, Finn la rejoignit et la prit par le bras pour la forcer à se retourner. Il ne pouvait continuer à se taire. Il devait lui donner *quelque chose*, un espoir auquel s'accrocher.

— Ta mère t'a aimée toute sa vie. Je l'ai connue pendant une grande partie de ma propre existence et elle n'a jamais cessé de penser à toi et à ton frère. *Jamais*. Tu dois me croire.

Il avait mis toute la sincérité dont il était capable dans ces paroles. Il fallait qu'elle le croie ! Pourtant, il comprit qu'il avait échoué en voyant Tamsyn s'assombrir et la colère briller de nouveau dans ses yeux.

— Si c'est le cas, elle a une étrange façon de me le montrer. Je suis ici depuis plusieurs semaines et pas une seule personne n'a jamais voulu me dire où elle était. Et en plus, je me suis fait expulser de sa maison. On ne dirait pas vraiment qu'elle a très envie de me voir.

— C'est une éventualité que tu vas devoir accepter, Tamsyn, dit-il, incapable de lui mentir. Même si c'est difficile, même si c'est douloureux, toi et moi n'y pouvons plus rien.

Il lui prit la main et entremêla ses doigts aux siens.

Elle ne résista pas et cette petite victoire emplit Finn d'un délicieux sentiment de triomphe.

— Viens, je vais te montrer le site des futurs chalets. C'est là-bas, près de la jetée que mon père et moi avons construite autrefois et qui est toujours solide. J'ai passé des moments merveilleux avec lui sur ce lac. C'est pourquoi j'ai eu envie de donner aux familles qui viendront ici l'opportunité d'y jouer ensemble. De se créer de bons souvenirs.

Il désirait désespérément lui offrir, *à elle aussi*, de bons souvenirs de son séjour en Nouvelle-Zélande, adoucir le chagrin qu'avait éveillé en elle sa quête malheureuse d'Ellen. Mais le lui permettrait-elle ?

Ils firent le tour du site du futur centre de loisirs sous un soleil de plomb. Tamsyn sentait la sueur ruisseler dans son dos. Elle releva ses cheveux pour laisser la brise légère rafraîchir son cou et sa nuque. Le lac devant eux paraissait merveilleusement frais et invitait à la baignade.

— Dommage que nous n'ayons pas emporté nos maillots, soupira-t-elle.

— Nous n'avons pas besoin de maillots.

Elle se retourna vivement pour le dévisager. Il lui renvoya un sourire nonchalant.

— Ce site est privé, la rassura-t-il. Même de chez moi, on ne voit pas cette rive du lac. Si tu as envie de te baigner, ne t'en prive pas !

— Mais…

Le reste de sa phrase mourut sur ses lèvres lorsqu'elle le vit se débarrasser de son T-shirt. Fascinée, elle observa le jeu des muscles des épaules et de son torse alors qu'il se penchait pour se déchausser. Puis il se redressa, les mains sur la ceinture du jean.

— Qu'attends-tu ? lança-t-il, une lueur malicieuse dans le regard. Le dernier dans l'eau est un escargot !

Il défaisait déjà le premier bouton du jean et, répondant au challenge, Tamsyn fit passer son petit haut par-dessus sa tête, ôta ses chaussures de sport d'un coup de pied tout en déboutonnant prestement son jean et en le faisant glisser au sol. Elle se précipita ensuite vers l'eau, le bousculant au passage et l'envoyant à terre, son pantalon autour des chevilles.

— Tu triches ! protesta-t-il dans son dos.

Il atteignit les planches de la jetée juste après elle et elle poussa un petit cri en entendant ses pas rapides se rapprocher derrière elle. Elle était à un mètre à peine de l'extrémité de la jetée de bois lorsqu'elle sentit des bras vigoureux se refermer autour de sa taille. Finn la souleva alors et, pivotant sur lui-même, il plongea en arrière dans le lac, l'entraînant avec lui.

L'eau glacée se referma au-dessus d'elle, lui coupant la respiration, mais elle ne paniqua pas, ne se débattit pas. Elle sentait d'instinct qu'elle ne courait aucun danger. Les bras de Finn l'entouraient comme un étau de fer et ses jambes puissantes les catapultèrent bientôt tous les deux à la surface. Et ce n'était pas tout ce qu'elle sentait. Le corps masculin avait ses propres réactions et Finn n'essayait même pas de les dissimuler.

Ils émergèrent à la surface et il la relâcha.

— C'est fabuleux, non ? s'exclama-t-il avec un large sourire.

Tamsyn était forcée d'en convenir. La chaleur écrasante qui l'avait tant gênée n'était plus qu'un souvenir. Loin de la faire frissonner, l'eau était comme une caresse de soie sur son corps et elle faisait réagir toutes ses terminaisons nerveuses, presque autant que la présence de cet homme quasiment nu dans l'eau à ses côtés.

— Quelquefois, pendant les vacances d'été, lorsque papa rentrait déjeuner à la maison, nous faisions la course jusqu'au bout de la jetée. Je ne vivais que pour ces moments-là. Maman nous apportait un pique-nique et nous restions assis au bord de l'eau jusqu'à ce qu'il soit l'heure pour lui de repartir travailler.

— Apparemment, vous aviez une merveilleuse relation, remarqua Tamsyn, nageant une brasse lente autour de lui.

— Oui, c'est vrai. J'ai de la chance. Même si mon père n'est plus là aujourd'hui, il m'a laissé une foule de bons souvenirs. Toi, tu n'as pas eu un tel bonheur, n'est-ce pas ? D'après ce que tu m'as raconté, ton propre père n'avait pas beaucoup de temps à consacrer à ses enfants.

— Non, en effet. Mais nous n'avons pas tout manqué. Nous avons grandi avec nos cousins, Judd, Raif, Cade et Cathleen. Nous étions toujours fourrés dans une aventure ou une autre quand nous ne travaillions pas sur l'exploitation.

Bien que, dans le secret de son cœur, elle ait envié ses cousins, qui, eux, avaient une mère, elle avait tout de même vécu une enfance relativement insouciante. Ethan s'en était assuré. Il avait veillé sur elle, l'avait protégée. Il avait été son roc et, de bien des manières, il le restait encore aujourd'hui. Et son père avait été là aussi. Bourru et préoccupé par son travail, certes, mais présent, tout comme son oncle et sa tante. Seul un élément vital avait manqué à sa vie.

L'eau lui semblait froide à présent et elle frissonna.

— Viens, dit-il comme s'il devinait son malaise. Sortons et allons nous sécher au soleil. Ensuite, nous déjeunerons.

— Tu as apporté le déjeuner ?

— Et aussi du vin, acquiesça-t-il. Mais il y a également du jus de fruits et de l'eau, si tu préfères.

— Le vin sera parfait, assura-t-elle en nageant vers l'échelle fixée à la jetée.

En gravissant les degrés de bois, elle était intensément consciente de la présence de Finn juste derrière elle. L'échelle était glissante et elle-même n'était pas très concentrée sur ce qu'elle faisait. Tout à coup, son pied glissa sur l'un des barreaux et elle bascula en arrière. Les mains de Finn lui saisirent aussitôt les hanches, l'empêchant de retomber dans l'eau. La sensation de cette force qui la retenait l'électrisa tout entière, provoquant une intense vague de chaleur dans tout son corps.

— Tout va bien ? s'enquit-il.

— Euh… oui, oui, bredouilla-t-elle.

Elle reprit sa lente progression sur l'échelle de bois, déterminée à se mettre hors de portée de ses mains, mais le répit fut de courte durée, car le magnifique spécimen masculin ruisselant d'eau gravit l'échelle juste derrière elle.

En regagnant l'extrémité de la jetée où ils avaient laissé leurs vêtements, elle ne put s'empêcher de penser qu'il avait dû avoir un très bon aperçu de son anatomie pendant l'ascension. Dans ses dessous mouillés, elle se sentit soudain très vulnérable. Elle ramassa ses affaires et les plaça devant elle comme un bouclier tandis qu'il approchait.

Il la parcourut d'un regard brûlant et elle serra ses vêtements plus fort contre sa poitrine.

— Tiens, essaie cela, dit-il en lui tendant son propre T-shirt. Ce sera peut-être plus confortable.

— Mais je vais te le mouiller, protesta-t-elle.

Finn haussa les épaules.

— Il séchera. Ce n'est que de l'eau pure.

Il ramassa alors son jean et le secoua, avant d'ajouter :

— Puis-je te demander de te retourner une seconde, s'il te plaît ?

Le sang aux joues, Tamsyn s'exécuta précipitamment. Un instant plus tard, elle entendait le caleçon mouillé atterrir sur les planches de la jetée, puis perçut le froissement du jean remontant le long des jambes humides.

— Tu peux regarder, maintenant. Il n'y a plus de danger.

Plus de danger ? Elle n'en était pas aussi sûre. Avec ses cheveux humides, son torse sculptural luisant d'eau et ce jean qu'il portait très bas sur ses hanches, il représentait une menace pour la tranquillité de n'importe quelle femme.

— Euh… et si tu te retournais toi aussi ? suggéra-t-elle d'une voix mal assurée.

— Bien sûr. D'ailleurs, je vais aller préparer le pique-nique là-bas, près de la cheminée de l'ancienne maison. Rejoins-moi quand tu seras prête.

Il se dirigea vers le quad, ses chaussures à la main, et elle éprouva une sorte de regret. Elle dut lutter contre l'impression qu'il lui manquait déjà.

C'était ridicule, songea-t-elle. Elle était encore furieuse contre cet homme qui lui avait menti effrontément… Mais il avait aussi fait en sorte qu'elle ait un toit au-dessus de sa tête et un repas à se mettre sous la dent. Et, d'après ce qu'elle avait surpris de sa conversation avec Lorenzo Fabrini tout à l'heure, il essayait de convaincre ce dernier de la laisser voir Ellen.

Un nuage voila le soleil et la brise du lac lui caressa la peau, lui rappelant qu'elle allait se refroidir si elle restait là immobile, quasiment nue. Elle leva le T-shirt de Finn vers son visage et, après s'être assurée qu'il ne la regardait pas, le huma avec délices. Sa fragrance d'épices et de bois lui causa une véritable révolution des sens. Soudain, tout son corps le réclama avec une intensité presque douloureuse.

Déjà, il avait atteint le quad et sorti un grand carton du coffre arrière. Lui tournant toujours le dos, il se dirigeait vers les ruines de son ancienne maison. Profitant de cet instant d'intimité, elle dégrafa son soutien-gorge et enfila le T-shirt avant de s'extraire de sa culotte humide. Presque instantanément, elle sentit une agréable chaleur s'irradier dans tout son corps, comme si c'était Finn lui-même qui la serrait dans ses bras. Comment faisait-il cela ? Comment s'y prenait-il pour qu'elle se sente aussi totalement rassurée et à la fois tellement vulnérable ? C'était injuste !

Ses cheveux ruisselaient encore et elle les tordit sur

une épaule pour les essorer un peu, puis elle les attacha en chignon humide sur le haut de sa tête à l'aide d'une brindille d'une vingtaine de centimètres. Désormais plus à l'aise, elle alla rejoindre Finn.

Celui-ci avait étalé une couverture sur l'herbe et était en train d'y disposer plusieurs récipients fermés et une bouteille de vin avec deux verres.

— Cela va mieux ? s'enquit-il.

— Oui, beaucoup mieux, merci, répondit-elle tout en étalant ses sous-vêtements au soleil sur les briques de la cheminée.

— Tu dois avoir faim. Cela fait une éternité que je t'ai apporté ton petit déjeuner.

— Oui, un peu, reconnut-elle, s'apercevant soudain qu'elle était affamée.

— Sers-toi, je remplis les verres.

Tamsyn le regarda ensuite retirer les couvercles des plats qu'il avait apportés : tranches de poulet fumé, salade de chou cru, petits pains frais, olives, cornichons et tomates confites. Elle en eut l'eau à la bouche.

— Cela a l'air délicieux, commenta-t-elle en garnissant l'assiette qu'il venait de lui tendre. C'est toi qui as préparé ce festin ?

— Oh ! j'aimerais pouvoir m'en vanter, mais en vérité, j'ai demandé à Bill, au café, de le faire.

Il la détailla un instant avant de lancer :

— Tu me fais beaucoup penser à elle, tu sais… A Ellen.

— Vraiment ?

— Oui. Tu lui ressembles physiquement, bien sûr, mais aussi dans ta façon de marcher, de t'asseoir… Il lui arrivait parfois de décider que le dîner serait un pique-nique, même en plein hiver. Ellen, Lorenzo, Alexis et moi, nous nous installions alors par terre, dans la salle à manger, et nous mangions avec les doigts. Et Ellen riait. Oh ! comme elle riait !

Ces paroles eurent d'abord pour effet de raviver la souffrance en rappelant à Tamsyn tout ce qu'elle avait manqué
dès l'instant où sa mère était partie. Puis elle éprouva un
sentiment différent, qui ressemblait à de la tendresse,
tandis qu'une autre image surgissait dans son esprit :
celle de sa mère, avec Ethan et elle, toute petite, assis
ensemble devant un bon feu de cheminée à The Masters.
La pluie tambourinait sur les vitres, mais ils se sentaient
bien ensemble et prenaient un repas tout simple comme
s'il s'était agi d'un festin somptueux. L'écho du rire de sa
mère résonnait encore à ses oreilles, accompagné de la
sensation de sa main essuyant une miette sur sa joue. Une
vague d'émotion lui obstrua la gorge et Finn s'en aperçut.

— Tamsyn, murmura-t-il, je n'avais pas l'intention de
te faire de la peine. Je pensais seulement...

— Non, ce n'est pas cela, assura-t-elle d'une voix
étranglée.

— Alors pourquoi as-tu l'air si triste ?

— Je viens de me souvenir d'une scène de mon enfance.
C'était une image très fugace, mais un vrai souvenir. Ça
ne venait pas de mon imagination.

Elle s'approcha de lui et ajouta, sincère :

— Merci.

— De quoi ? fit-il en lui prenant doucement la main.

— De l'avoir partagée avec moi, même un tout petit peu.

Il leva jusqu'à ses lèvres la main qu'il avait prise et y
déposa un baiser.

— J'aurais aimé faire bien davantage pour toi, Tamsyn,
affirma-t-il.

— Je sais, répondit-elle.

Et c'était vrai. Son orgueil souffrait encore un peu de
n'avoir pas eu la première place dans ses préoccupations,
mais elle comprenait sa profonde loyauté envers Lorenzo.
Et elle devait reconnaître qu'il l'avait aidée de toutes
les façons possibles, dès lors que cette aide n'allait pas

à l'encontre de cette loyauté. Cela signifiait forcément quelque chose.

Il rassembla les assiettes, puis la regarda de nouveau. Le cœur de Tamsyn manqua un battement. Alors, du bout des doigts, il suivit le contour de son visage avec une tendresse infinie, presque avec révérence.

— Je désirerais faire de nouveau l'amour avec toi, dit-il d'une voix un peu rauque. Me feras-tu cet honneur ?

20

Tamsyn sentit un frisson de désir la parcourir. Elle pouvait dire non, bien sûr, et le repousser. Finn respecterait sa décision, elle n'en doutait pas. C'était un homme honorable, même s'il lui avait dissimulé certaines vérités. Mais son corps avait ses propres exigences et, malgré tous ses efforts pour rester en colère contre lui, elle se trouva incapable de refuser.

— Oui, répondit-elle dans un souffle.

Elle vit une lueur de surprise dans les yeux de Finn, sentit que celui-ci retenait son souffle et comprit en un éclair qu'il s'attendait à un refus, et aussi ce que ce « oui » signifiait pour lui.

— Merci, murmura-t-il en l'attirant à lui pour l'embrasser.

Ce baiser fut d'abord tendre, un jeu très doux de sa bouche sur les lèvres de Tamsyn, qu'il picorait, agaçait, soumettait à la tentation. Elle sentit le bout de ses seins durcir sous le coton du T-shirt masculin et un besoin lancinant irradier au centre de son être. Un gémissement monta dans sa gorge et elle se blottit contre lui, pressant sa féminité contre la preuve incontestable que son désir était réciproque. Les mains de Finn étaient à présent sur sa taille, elles repoussaient le bas du T-shirt, remontaient avec une lenteur affolante jusqu'à sa poitrine et recueillaient ses seins épanouis au creux des paumes.

Lorsque Finn effleura des pouces les boutons de rose durcis, elle frissonna tout entière et se serra plus fort contre lui, cambrant les reins pour aller à la rencontre de son désir. La bouche brûlante de Finn traça alors un chemin de feu sur sa gorge et descendit jusqu'à sa poitrine pour s'emparer, l'une après l'autre, des pointes devenues très sensibles et les soumettre à une douce torture.

Elle lui agrippa convulsivement les épaules, enfonçant les ongles dans sa peau, tremblant de tout son corps sous la caresse de ces lèvres magiques. Elle avait besoin de lui — en elle, autour d'elle, partout à la fois... et pour toujours. Une idée qui l'emplissait de joie et de terreur à la fois. Ce qu'ils vivaient ensemble n'était plus une simple aventure, du moins pour elle. Plus maintenant. Sans qu'elle sache trop comment c'était arrivé, ils avaient traversé une limite invisible. Ils n'étaient plus de simples amants. A un moment indéterminé de leur histoire, elle était tombée irrévocablement amoureuse de cet homme.

Cette découverte la laissa consternée. Etait-elle condamnée pour l'éternité à tomber amoureuse d'hommes qui pensaient à d'autres avant de se préoccuper d'elle ?

La réponse à cette question allait devoir attendre. L'heure était à l'échange, au partage. Donner et recevoir. Et c'est ce qu'ils firent. Ils ôtèrent fiévreusement leurs vêtements et se retrouvèrent nus sur la couverture, caressés par un soleil radieux que venait adoucir l'ombre mouchetée du grand chêne, à la limite des ruines. Il était hautement symbolique que leur rencontre amoureuse ait lieu ici, maintenant, dans les ruines d'un foyer et d'une existence détruits par le feu. N'était-ce pas aussi l'histoire de sa famille à elle ? Ne s'étaient-ils pas relevés l'un et l'autre de ces cendres plus forts, plus déterminés que par le passé ?

Elle ne pouvait qu'espérer que ce qu'elle partageait avec Finn connaîtrait le même destin. Que leur histoire résisterait aux éléments qui semblaient s'être déchaînés contre elle. Et qu'ils se relèveraient, ensemble, après la tempête. Une unité, plutôt que deux individus distincts.

Et elle s'abandonna donc au rythme de leur doux corps-à-corps. Lorsqu'il entra en elle, un cri de bonheur monta du fond de sa gorge et elle l'accueillit avec délices, souhaitant que ce moment dure l'éternité.

Après l'amour, ils demeurèrent dans les bras l'un de l'autre, étroitement enlacés, leurs cœurs battant encore à grands coups l'un contre l'autre, la sueur s'évaporant lentement sur leurs corps. De petites vagues de plaisir parcouraient encore Tamsyn. Peu à peu, sa respiration retrouva son rythme normal et une immense lassitude se répandit dans tous ses membres. Elle aurait voulu rester là avec lui jusqu'à la fin des temps. Sans avoir à se soucier du monde extérieur, des gens qui l'habitent et des décisions qu'ils prennent.

Le soleil disparut derrière un nuage et l'air fraîchit. La nature venait leur rappeler que rien ne dure. Elle se souvint alors des paroles de Finn : elle devait envisager la possibilité de ne jamais revoir sa mère. Pouvait-elle accepter cela ? Pouvait-elle renoncer au besoin de poser des questions auxquelles seule Ellen était à même de répondre ? Et pouvait-elle, malgré cela, être heureuse et vivre pleinement sa vie ?

Seul l'avenir le dirait…

De retour à la maison, Finn proposa à Tamsyn de venir s'installer dans sa chambre à coucher et, à son grand soulagement, elle accepta. Il ne pouvait pas lui offrir ce qu'elle désirait le plus au monde, mais au moins, il allait lui offrir sa personne. Totalement et aussi souvent qu'elle voudrait bien l'accepter…

Au cours des deux semaines qui suivirent, ils s'installèrent dans une agréable routine ensemble. Elle ne le quittait que pour se rendre à son travail de bénévole à l'hôtel de ville. Le reste du temps, il l'avait invitée à réfléchir avec lui aux phases préliminaires de son projet du centre familial.

Contre toute attente, l'expérience de Tamsyn à The Masters se révéla utile lorsqu'il fut question de la construction et de l'équipement des chalets individuels. La restauration complète des anciens cottages des ouvriers agricoles de l'exploitation de sa famille et leur conversion en locations de luxe avait été son œuvre et elle fourmillait d'idées originales sur le sujet.

Ils formaient donc une équipe formidable. Tellement formidable que Finn n'en dormait plus la nuit, se demandant à quel moment tout s'écroulerait. Comment réagirait Tamsyn en apprenant le dernier secret ? Quand elle saurait qu'en fait, Ellen n'avait pas choisi d'empêcher sa fille de l'approcher, mais qu'elle se mourait ? Et que *lui* l'avait toujours su ? Lui pardonnerait-elle jamais, une fois que la vérité aurait éclaté au grand jour ? Comment pourrait-il éviter de la perdre ?

On n'était qu'à dix jours de Noël. Il avait pensé voir Tamsyn rentrer chez elle pour les fêtes, mais elle n'en avait manifesté aucun désir. Au lieu de cela, elle l'avait encouragé à acheter un grand sapin, qu'elle avait somptueusement décoré. Une partie des guirlandes et des lumières étaient celles que sa mère à lui avait sauvées de l'incendie de leur maison et qu'elle conservait précieusement dans une grande boîte.

A vrai dire, Finn avait oublié leur existence jusqu'à ce que Tamsyn lance son idée de sapin. En décorant l'arbre avec elle, il avait renoué avec les souvenirs de ces jours heureux, lorsque ses parents et lui attendaient avec une joyeuse impatience les fêtes de fin d'année. Les souvenirs, aussi, de Lorenzo, Ellen, Alexis et lui assis autour de la table du réveillon, partageant le repas et l'esprit de Noël…

Chaque soir, Tamsyn et lui avaient leur propre petit rituel. Dès qu'ils arrêtaient de travailler, ils allaient allumer les guirlandes lumineuses du sapin, bien qu'il ne fasse nuit que bien plus tard, vers 20 h 30. Avant de préparer le dîner ensemble, ils buvaient un verre de vin et bavardaient amicalement près du sapin. Et Finn émaillait ses récits d'anecdotes de sa vie avec Ellen et Lorenzo.

Ce soir-là, toutefois, Tamsyn se montrait étrangement silencieuse. Elle finit par lui demander de cesser de parler d'Ellen.

— Je ne pourrai jamais accepter l'idée qu'elle ne veut pas me connaître si je passe mon temps à t'envier pour tout ce qu'elle t'a donné — et qu'elle m'a toujours refusé.

Ces paroles firent à Finn l'effet d'un coup de poignard et il se sentit de nouveau submergé par la culpabilité. Il se demanda si le cadeau qu'il avait choisi pour elle, et qu'il n'avait pas encore posé au pied du sapin, était encore approprié. Un autoportrait qu'Ellen avait peint une dizaine d'années plus tôt. C'était l'un de ses tableaux préférés et il avait pensé que Tamsyn l'apprécierait, mais à présent, il n'en était plus aussi sûr. Ne contribuerait-il pas à renforcer le sentiment de perte qu'elle éprouvait déjà ?

Il avait maudit en son for intérieur les exigences de Lorenzo et la promesse qu'il avait dû lui faire. Mais il avait gardé le silence et il tiendrait ses engagements, tant envers Tamsyn qu'envers Lorenzo, dans la limite de ses capacités.

Dans son esprit toutefois, une certitude dominait toutes les autres : il aimait Tamsyn. La jeune femme s'était immiscée dans sa vie sans qu'il ait souhaité sa présence, mais il l'avait accueillie dans son cœur et dans sa maison et, désormais, son unique désir était de la voir rester pour toujours. Le problème allait être de préserver ce lien précieux au cours des semaines et des mois à venir.

Lorsqu'il s'endormit, Finn n'était pas plus près de trouver la solution qu'il cherchait déjà depuis des jours et des nuits.

Le vibreur de son téléphone portable sur la table de

nuit le tira du sommeil quelques heures plus tard. Il se glissa hors du lit pour ne pas réveiller Tamsyn et quitta la chambre.

— Finn ?

Il s'était passé quelque chose, songea-t-il aussitôt. Il y avait une tension inhabituelle dans la voix de Lorenzo.

— Oui, Lorenzo ? Tout va bien ? Est-ce qu'Ellen…

— Elle est en train de mourir, Finn. Elle ne lutte plus. Chaque heure, chaque minute, elle s'éloigne de nous…

La voix du vieil homme se brisa. La gorge serrée, Finn sentit des larmes lui brûler les paupières. Depuis toujours, Lorenzo s'était montré fort. Fort pour Ellen, fort pour Alexis et fort pour lui. A présent, confronté à la perte la plus dévastatrice de sa vie, il s'effondrait et avait besoin d'une épaule sur laquelle s'appuyer.

— J'arrive tout de suite, promit Finn en refoulant ses larmes.

— Viens vite, mon garçon, répondit Lorenzo, confirmant ses pires craintes. Le temps presse.

Finn coupa la communication, passa dans son bureau et alluma l'ordinateur. Le prochain avion pour Wellington décollait à 7 h 05 de Blenheim. Un coup d'œil à sa montre lui indiqua qu'il était déjà 5 heures. Compte tenu du temps de trajet jusqu'à l'aéroport et des formalités d'embarquement, il devait partir sans perdre une minute. Il réserva une place dans l'avion, imprima son billet et sa carte d'embarquement, puis remonta rapidement dans sa chambre pour prendre les quelques affaires dont il aurait besoin.

Tamsyn.

Finn se figea. Comment la protéger de l'inévitable souffrance ? Que devait-il lui dire ? Que *pouvait*-il lui dire ?

La réponse s'imposa dans son esprit comme une évidence : *rien.*

Il ne pouvait absolument rien lui dire.

21

Tamsyn se retourna dans son sommeil et tendit le bras vers la place près d'elle dans le lit. Le drap était froid. Aussitôt réveillée, elle se redressa, à l'affût. Aucun bruit : Finn n'était pas dans la salle de bains. Un coup d'œil au réveil lui confirma qu'il était encore tôt, à peine 6 h 45. Alors, où pouvait-il bien être ?

Elle se leva et enfila un peignoir. Finn n'était pas non plus dans la cuisine. Le percolateur était froid et il n'y avait pas la moindre vaisselle dans l'évier. Son bureau se révéla désert lui aussi. Elle réfléchit un instant, mais elle ne se souvint pas que Finn ait mentionné un voyage quelconque la veille.

Son téléphone portable, resté posé sur le plan de travail de la cuisine, sonna au même instant. Elle le ramassa vivement. Le numéro affiché sur l'écran était celui de Finn.

— Finn ? Tout va bien ?

— Je suis désolé, répondit-il, sa voix se détachant sur un fond sonore de bruits de moteur et d'éclats de voix. J'ai été appelé pour une urgence. J'ignore combien de temps je devrai rester absent. Ecoute, on nous demande d'embarquer dans l'avion. Je dois te quitter. Prends bien soin de toi.

— Et qui va nourrir Lucy ?

— Fichtre, j'avais oublié ce détail ! Pourrais-tu t'en charger, s'il te plaît ?

— Oui, bien entendu, répondit-elle. Je sais où se trouve

la clé. Tu devrais te dépêcher de monter dans ton avion. Je te verrai à ton retour. Tu vas me manquer.

— Tu me manqueras aussi, affirma-t-il. A mon retour, nous parlerons. J'ai beaucoup réfléchi… J'ai réfléchi à l'avenir. A *notre* avenir.

— Notre avenir ?

Le cœur de Tamsyn manqua un battement. L'amour qu'elle éprouvait pour Finn se renforçait chaque jour. L'entendre prononcer le mot « avenir » faisait l'effet d'une lumière dans les ténèbres. Le germe d'un espoir. Tout finirait par s'arranger.

— Je… je n'avais pas l'intention de t'avouer mes sentiments pour la première fois au téléphone, reprit-il d'un ton embarrassé, mais là, j'ai besoin de t'ouvrir mon cœur. Je t'aime, Tamsyn. Je serai de retour très bientôt.

Il coupa la communication sans lui laisser le temps de répondre, mais elle resta là, le téléphone collé à l'oreille, comme si ce contact pouvait prolonger cet instant délicieux. Puis elle reposa l'appareil et, submergée par une vague de pur bonheur, se mit à danser autour du plan de travail central de la cuisine. Tout allait effectivement s'arranger. Elle le sentait.

Le repas buffet au club des seniors, une semaine avant Noël, fut un événement très festif. La salle était pleine à craquer, car les habitués avaient été rejoints par une foule de nouveaux visages. Personne, même ceux qui étaient souffrants, n'avait voulu manquer ce dernier festin en commun de l'année. Chacun avait apporté un plat et les tables étaient chargées de victuailles. Les « Cadeaux secrets » du Père Noël s'entassaient sous le sapin artificiel que Tamsyn avait monté rapidement et décoré le matin même.

Ce serait une journée merveilleuse, songea-t-elle en contemplant tous ces visages heureux. Circulant parmi la foule pour s'assurer que personne n'avait besoin de rien, elle entendit des bribes de conversation qui la firent sourire. Visiblement, les grands-parents aussi avaient des rapports de rivalité entre eux. Soudain, un nom cité dans l'une de ces conversations lui fit dresser l'oreille.

— Comment va Ellen ? avait demandé l'une des nouvelles venues à une habituée.

— Elle est toujours à l'hôpital, répondit cette dernière en secouant tristement la tête. A ce qu'on m'a dit, elle ne va pas bien du tout.

— Oh ! mon Dieu ! C'est terrible ! Pauvre Lorenzo !

Sa mère était donc à l'hôpital ! Tamsyn s'était arrêtée net. Etait-ce pour cette raison que Lorenzo voulait tant la protéger ? Elle chercha son souffle, incapable de respirer normalement.

— Peut-on lui rendre visite ? s'enquit la femme inconnue. Est-elle ici, en ville ?

— Non. Elle a été transportée à Wellington en avion sanitaire il y a quelques semaines. Le cœur, les reins, le foie — elle est très diminuée physiquement. C'est tragique.

— Oui, soupira l'autre femme. C'est bien triste…

Tamsyn s'éloigna. Elle avait besoin de se retrouver seule un instant pour réfléchir. Elle qui espérait depuis le départ recueillir des informations sur sa mère en travaillant avec des retraités, elle ne s'attendait certes pas à ce qu'elles prennent cette forme.

— Vous les avez entendues, n'est-ce pas ? fit la voix éraillée de Gladys derrière d'elle. Vous allez bien ?

Tamsyn ne put que secouer la tête en silence.

— Je savais que quelqu'un finirait par parler, enchaîna Gladys d'un ton désolé. Ce n'était qu'une question de temps.

— Je dois rentrer, déclara Tamsyn d'une voix sans timbre.

— D'accord. Ne vous faites aucun souci, je m'occupe de tout, assura la vieille dame. Et, pour ce que cela vaut, je veux que vous sachiez que nous tous, ici, sommes sincèrement navrés pour votre maman.

Tamsyn retourna chez Finn au volant de sa voiture dans un état second. Arrivée à destination, elle gagna directement le bureau de l'homme qui avait toujours su que sa mère était mourante dans un hôpital de Wellington et qui lui avait dissimulé cette information. Honneur ? Promesses ? Amour ? Balivernes que tout cela ! Cette situation allait bien au-delà d'une parole donnée, au-delà de la simple loyauté envers un autre homme.

Portée par sa colère, elle contacta un à un tous les hôpitaux de Wellington et finit par découvrir ce qu'elle cherchait. Mais son triomphe fut de courte durée : on lui indiqua que l'on n'était pas autorisé à lui communiquer des informations au sujet de la patiente en question, car son nom n'apparaissait pas sur la liste des membres de sa famille.

Une seconde recherche en ligne lui apprit que Wellington ne se trouvait qu'à une demi-heure d'avion. Ainsi donc, sa mère avait été tout près d'elle durant tout ce temps. Elle réserva sans hésiter une place sur le premier vol en partance pour la capitale et remonta dans sa voiture pour gagner l'aéroport de Blenheim.

— Je suis navrée, mademoiselle, déclara la jeune femme à l'accueil, mais nous ne sommes pas autorisés à communiquer des informations sur nos patients.

— Pouvez-vous au moins me dire si elle est encore en vie ? insista Tamsyn d'un ton suppliant.

— Mademoiselle, je vous en prie… Je vais devoir appeler la sécurité si vous ne partez pas. Je vous ai déjà dit tout ce que j'étais en droit de vous révéler.

— Mais vous ne m'avez rien dit du tout ! Cette patiente est ma mère et elle est en train de mourir. Je voudrais simplement savoir s'il n'est pas trop tard pour la revoir, ne serait-ce qu'une dernière fois. Est-ce trop vous demander?

Au bord de la crise de nerfs, Tamsyn avait élevé la voix. L'employée tendit la main vers le bouton rouge de son téléphone.

— Mademoiselle, je comprends combien tout ceci doit être pénible pour vous, mais j'ai des consignes formelles.

Tamsyn se détourna du guichet, abattue. Elle envisagea alors de parcourir tous les étages de l'hôpital en cherchant le nom de sa mère sur chaque porte de chambre, mais à cet instant, un ascenseur s'ouvrit et son cœur fit un bond dans sa poitrine.

Finn…

Il était accompagné d'un homme d'un certain âge et d'une jeune femme d'une vingtaine d'années. Tamsyn reconnut aussitôt Lorenzo Fabrini et sa fille, Alexis d'après les photos qu'elle avait vues dans la maison et un frisson glacé la parcourut. Elle venait de poser les yeux sur sa sœur pour la toute première fois de sa vie. Au bras de son père, Alexis se tamponnait les yeux avec un mouchoir en papier. A cette distance, il était difficile de déterminer lequel des deux soutenait l'autre. Alors, Tamsyn comprit le sens de cette scène. Les yeux du vieil homme étaient rouges et gonflés, tout comme ceux de Finn, et Alexis pleurait encore. Les heures de visite n'étaient pas terminées — ils n'auraient pas laissé Ellen toute seule, à moins, à moins…

Arrivait-elle trop tard? Etait-elle venue d'aussi loin pour échouer? Cette possibilité lui fit l'effet d'un coup de massue; elle tituba et manqua perdre l'équilibre. Ce mouvement attira l'attention du groupe éploré qui venait dans sa direction. Lorenzo la vit, puis se tourna vers Finn et son visage, jusque-là ravagé par la douleur, s'assombrit sous l'effet d'une colère manifeste.

— Je t'avais pourtant bien demandé de la tenir à l'écart, s'exclama-t-il d'une voix tranchante.

— Papa ! protesta Alexis en s'accrochant à son bras.

Mais les mots avaient été dits. Et ils confirmaient que Finn ne s'était pas contenté de dissimuler des informations à Tamsyn. Il avait activement veillé à ce qu'elle ne puisse pas retrouver sa mère. Une blessure sur une autre blessure…

Elle s'avança vers le petit groupe.

— Je n'ai besoin de personne pour me dicter ce que je dois faire, Monsieur, déclara-t-elle d'une voix tremblante. Vous ne pouvez pas continuer à me tenir dans l'ignorance en espérant me voir disparaître. J'exige de voir ma mère.

— Vous arrivez trop tard, intervint Alexis d'une voix douce. Notre mère est décédée il y a deux heures. Je suis désolée. Si j'avais su que vous étiez ici…

— Si tu l'avais su, cela n'aurait rien changé, protesta Lorenzo. C'est une Masters. Tu sais ce que ces gens-là ont fait à ta mère ! Ils l'ont brisée.

— Assez ! coupa Finn en s'interposant entre Tamsyn et Lorenzo. Ce n'est pas le moment de régler des comptes ! Alexis, ramène ton père à l'hôtel, s'il te plaît. Moi, je vais m'occuper de Tamsyn.

Tamsyn demeura figée sur place. Sa mère était décédée ! Son dernier espoir d'obtenir des réponses aux questions qu'elle se posait, d'entendre les histoires qu'elle avait besoin de connaître venait de s'évanouir. A tout jamais. Finn lui saisit le bras et l'entraîna vers la file de taxis. Elle se laissa faire sans réagir. Le trajet jusqu'à l'hôtel fut bref et, avant de comprendre ce qui lui arrivait, Tamsyn se retrouva dans la chambre de Finn, un verre de cognac à la main.

— Bois, commanda-t-il. Tu as reçu un choc.

Elle obéit comme un automate, avalant le liquide fort qui coula en elle comme une traînée de feu. Cela eut pour effet d'apporter un peu de chaleur à ses sens glacés.

— Pourquoi ? demanda-t-elle d'une voix blanche. Pourquoi m'as-tu empêchée de la revoir ? Je ne lui aurais pas fait de mal. J'avais seulement besoin de parler à… à ma maman…

Sa voix se brisa sur ces dernières paroles et de grosses larmes roulèrent sur ses joues.

— Cela n'aurait rien changé, Tamsyn. Ce que tu attendais d'elle, Ellen était incapable de te le donner. Elle était trop malade.

— Comment peux-tu affirmer cela ? Tu ne m'as jamais laissé la moindre chance.

Avec un profond soupir, Finn prit place dans le fauteuil en face d'elle. Il demeura un instant pensif, les coudes sur les genoux, puis releva les yeux vers elle.

— Cela fait déjà dix ans qu'Ellen luttait contre une forme précoce de démence sénile. Son état s'était aggravé de façon dramatique depuis un an. Elle souffrait en outre d'autres problèmes de santé qui résultaient de son passé d'alcoolique. Sa vie était un combat depuis très longtemps. Un combat qu'elle a mené avec courage.

Il marqua une pause, avant d'ajouter d'un ton désolé :

— Ellen ne t'aurait pas reconnue, Tamsyn. Depuis quelques semaines, elle ne reconnaissait même plus Lorenzo ni Alexis. Elle s'était réfugiée dans un coin de son esprit où elle est restée cachée jusqu'à ce que la vie s'éteigne en elle.

— Et toi, tu savais tout cela depuis le début ? articula-t-elle, éperdue de chagrin.

— Oui.

Elle frissonna et il tendit un instant la main vers elle, pour renoncer à la toucher au dernier moment, devinant sans doute qu'un contact physique ne serait pas le bienvenu.

— Ce n'est pas moi qui ai choisi de te garder dans l'ignorance, ajouta-t-il. Pas après avoir fait ta connaissance, pas après avoir appris que tu n'avais pas délibérément ignoré ta mère.

— Délibérément ignoré ma mère ? répéta-t-elle en fronçant les sourcils. Que veux-tu dire ?

— Nous avons toujours pensé que tu savais qu'elle était en vie.

— Mais je t'ai déjà dit la vérité il y a une éternité !

— Je le sais. Et, après cela, j'ai supplié Lorenzo de te laisser venir près d'elle, ne serait-ce que pour une brève visite, mais il est demeuré inflexible.

— Pourquoi ?

— Il y a une chose que je dois t'expliquer, Tamsyn : après la mort de mon père, ma mère n'a plus réussi à vivre avec ce qu'elle considérait comme un échec en tant qu'épouse et en tant que mère. Alors pendant des mois, on m'a interdit de la voir. Et, le jour où j'ai enfin pu y aller, elle a eu tellement honte d'elle-même en me voyant qu'elle a cessé de s'alimenter, cessé de quitter son lit — jusqu'au jour où elle a cessé de vivre.

Il marqua un temps d'arrêt, avant de poursuivre :

— C'est moi qui lui ai fait cela, Tamsyn. C'est moi qui ai provoqué en elle un terrible déclic auquel je n'ai rien compris à l'époque. Et Ellen, comment aurait-elle réagi en te voyant ? En admettant même qu'elle t'ait reconnue ? Elle avait été traumatisée par la façon dont elle avait dû quitter l'Australie en vous laissant derrière elle, ton frère et toi. Cette séparation avait été une souffrance constante pour elle. Qui sait ce qui se serait passé si tu lui étais apparue tout à coup ? Ton retour aurait peut-être réveillé sa douleur, son sentiment de culpabilité, ses regrets. En revoyant ta mère, tu aurais peut-être hâté sa fin. Et moi, je ne voulais pas que tu souffres comme j'avais souffert. Que tu aies à porter toute ta vie ce fardeau de culpabilité.

Tamsyn se leva et alla prendre la bouteille de cognac posée sur un bureau ancien. Elle s'en versa une dose généreuse et en sirota pensivement une gorgée, avant de répondre :

— C'est donc pour cela que tu ne voulais pas qu'elle me voie… Seulement, tu ne me l'as pas dit. Tu ne m'as rien expliqué. Tu t'es simplement arrangé pour m'empêcher de la retrouver. Or, tu n'avais pas le droit de décider à ma place.

— Non, c'est vrai. Cette décision de t'empêcher de la voir venait de Lorenzo. Et je l'ai soutenu pour ce que je pensais être de bonnes raisons. Crois-moi, Tamsyn, il vaut mieux pour toi que tu n'aies pas revu Ellen telle qu'elle était juste avant sa mort. Et je pense qu'elle-même n'aurait pas voulu non plus que tu la voies ainsi.

— Mais je ne le saurai jamais, n'est-ce pas ? répliqua-t-elle d'un ton lourd de sarcasme. Tu me pardonneras si j'ai peine à croire que tu as fait tout cela pour mon bien. Tu m'as menti depuis le premier jour. Ce que j'aimerais savoir, c'est si ce qui s'est passé entre nous existe réellement, ou si tu ne m'as séduite que pour servir tes plans. Tout ce que nous avons vécu ensemble, tout ce que nous avons partagé… ce n'étaient que des mensonges ?

Finn soutint son regard et ce qu'elle y lut vint confirmer ses pires craintes.

— Au début, peut-être, reconnut-il. Mais pas par la suite, Tamsyn. Certainement pas par la suite.

Elle poussa un soupir. Pour elle, cela n'avait plus aucune importance. Depuis le départ, les intentions de cet homme avaient été claires : outre les mensonges, outre les souffrances qu'il lui avait infligées, ce qu'il venait de faire, c'était confirmer qu'elle n'était rien. Il la voyait comme quantité négligeable — de même que son père et Trent avant lui. Sans un mot de plus, elle reposa son verre sur le bureau, ramassa son sac et sortit sans se retourner.

22

— Tu l'aimes, n'est-ce pas ?

Occupé à régler les formalités du retour du corps d'Ellen pour les obsèques, Finn leva les yeux pour dévisager Alexis, surpris. Il ne pouvait pas mentir à la petite fille, devenue une ravissante jeune femme, qu'il considérait comme sa sœur.

— Oui, répondit-il simplement, glissant dans une enveloppe les documents qu'ils venaient de remplir.

— Dans ce cas, que fais-tu encore ici ?

— Que veux-tu dire ?

— Cours la rejoindre ! Je peux me charger de ces papiers, Finn. Nous nous préparions depuis longtemps à ce deuil. Je sais que papa souffre énormément, qu'il a voulu croire jusqu'au bout qu'elle recouvrerait la santé. Quant à moi, j'ai fait mon deuil depuis bien longtemps de la maman que nous avons connue tous les deux. Aujourd'hui, je suis triste, mais je sais qu'elle repose en paix. Son calvaire durait depuis longtemps. Trop longtemps.

La gorge de Finn se serra. Alexis avait raison. Elle n'avait pas besoin de lui pour accomplir cette tâche. Et lui, il devait absolument parler à Tamsyn. Il n'avait pas eu le courage d'essayer de l'arrêter ce matin-là lorsqu'elle l'avait quitté. Il savait qu'il avait trahi la fragile confiance qui s'était établie entre eux après des débuts difficiles. Mais il lui devait au moins une explication. Et des excuses. Il devait au moins tenter de la convaincre…

Y parviendrait-il ? Réussirait-il à lui dire que son amour pour elle était sincère ? Qu'il avait cru agir dans son intérêt à elle aussi ? Il voulait croire qu'elle l'écouterait… et craignait le contraire. Voilà pourquoi il avait cherché à gagner du temps. Comme s'il pouvait continuer à se convaincre qu'elle était retournée chez lui et qu'elle l'attendait, le cœur rempli d'amour. Mais, tôt ou tard, il allait devoir rentrer à son tour et découvrir de ses propres yeux qu'elle n'était plus là.

— Je file à l'aéroport ! résolut-il.

Sans plus attendre, il fourra ses maigres affaires dans son sac de voyage et gagna la porte, non sans avoir déposé un baiser sur la joue d'Alexis.

— Merci, lui dit-il.

— C'est pour cela que je suis ici. Pour te rappeler que tu n'as pas toujours raison.

Il répondit par un petit rire étranglé. Rien n'avait changé entre eux. Elle savait parfaitement qu'il s'était conduit comme un idiot vis-à-vis de Tamsyn et elle n'avait pas hésité à le lui signaler, mais il y avait toujours entre eux ce lien que rien ne pouvait briser, pas même leurs huit années de différence d'âge. Elle était son amie, sa sœur. Les lignes, là-dessus, avaient toujours été floues, mais une chose était sûre : ils s'étaient toujours soutenus l'un l'autre et montrés totalement sincères l'un envers l'autre.

— Tu es en train de prendre racine, ironisa-t-elle.

— Je suis parti. Souhaite-moi bonne chance !

— Tu vas avoir besoin de bien plus que cela, mais je te souhaite tout de même la meilleure chance du monde.

Et il sortit.

Son billet, pris à la dernière minute, lui coûta une fortune, mais peu importait. L'argent, en cet instant, ne comptait pas. Il aurait tout donné pour être sûr de réussir à retenir Tamsyn. Il ne recommença à respirer qu'en apercevant la voiture de location garée devant le perron de sa maison. Le coffre était ouvert. Visiblement, il arrivait juste à temps.

Il s'approcha du véhicule et, pour plus de sûreté, retira la clé de contact et la glissa dans sa poche. Si, après ce qu'il s'apprêtait à lui dire, elle désirait toujours le quitter, il n'aurait d'autre solution que de la regarder partir. Mais, entre-temps, il devait l'obliger à l'écouter.

Il la trouva dans la chambre, occupée à boucler sa valise. Elle était très pâle et, lorsqu'elle se tourna vers lui, il vit que ses yeux étaient noyés de souffrance. Elle se concentra de nouveau sur la fermeture à glissière de sa valise et, lorsque celle-ci se brisa tout à coup entre ses doigts, se laissa choir sur le sol, dans une attitude de total abattement.

— As-tu besoin d'aide ? s'enquit-il en approchant.

— Va-t'en ! répondit-elle d'une voix tremblant de larmes contenues.

Il eut l'impression que, s'il la touchait en cet instant, elle se briserait en mille morceaux. Visiblement, elle puisait dans ses toutes dernières réserves.

— Ne pars pas, Tamsyn ! S'il te plaît !

— Il n'y a plus rien ici pour me retenir, répliqua-t-elle en pivotant vers lui, le visage ravagé par la souffrance. M'entends-tu ? *Rien !*

— Je suis désolé. Si tu savais à quel point...

— Ce ne sont que des mots. Des mots vides ! Je ne veux plus rester ici. Je ne veux plus jamais te revoir !

— Je comprends, assura-t-il. Tu as parfaitement le droit d'éprouver de tels sentiments. Mais reste, je t'en prie ! Au moins jusqu'aux obsèques d'Ellen.

— Ton cher Lorenzo s'est opposé à ce que je la voie de son vivant, répliqua-t-elle avec un rire amer. Qu'est-ce qui te laisse croire qu'il tolérera ma présence après sa mort ?

— Il essayait seulement de protéger l'amour de sa vie, tout comme moi, j'essayais de protéger le mien.

— Qu'est-ce que tu racontes ? rétorqua-t-elle d'une voix brisée. Les choix que tu as faits depuis le début n'ont jamais visé à servir mes intérêts. Tu as toujours été la docile marionnette de Lorenzo. Il a dû te féliciter d'avoir fait bien plus que ton devoir vis-à-vis de lui ! Il faut dire que tu as été parfait !

— Tu avais le droit de voir Ellen, je suis d'accord avec toi, et nous avons tous les deux eu tort de t'en empêcher, Lorenzo et moi. Je l'avais compris depuis longtemps, mais je n'ai pas réussi à le convaincre, lui. Il aimait trop Ellen et je ne pouvais pas aller contre sa volonté. S'il était arrivé quoi que ce soit à Ellen, il ne me l'aurait jamais pardonné — tout comme je ne me pardonnerai jamais le mal que je t'ai fait à toi.

— Je ne te crois pas, marmonna-t-elle en se redressant pour s'affairer de nouveau sur la fermeture de sa valise, qu'elle réussit enfin à tirer. Pourquoi commencerais-tu tout à coup à me dire la vérité ?

— Parce que je t'aime et que je désire que tu restes.

Tamsyn secoua la tête.

— Bien essayé, mais c'est trop tard.

Sur ces mots, elle se leva d'un mouvement fluide et saisit la poignée extensible de la valise. Finn alla lui barrer la route en se postant devant elle.

— Reste, s'il te plaît ! Au moins pour Alexis. Elle a envie de faire plus ample connaissance avec toi.

Elle s'apprêtait déjà à le contourner, mais ces derniers mots avaient dû toucher juste, car elle s'immobilisa net et le dévisagea.

— Alexis ? Elle a demandé à me parler ?

— Plus que cela, assura-t-il. Elle désire vraiment te connaître.

Il vit les épaules de Tamsyn s'affaisser. Son attitude de bravade s'écroula d'un coup comme un château de cartes.

— Très bien, acquiesça-t-elle. Je vais rester. Pour elle.

Mais pas ici. Je serais bien allée à l'hôtel, mais il ne reste malheureusement plus un seul lit de disponible dans toute la ville. Je vais donc retourner dormir dans la chambre d'amis que tu m'avais octroyée au début.

— Merci.

— Je ne le fais pas pour toi, rappela-t-elle, levant vers lui des yeux noyés de chagrin.

Il en était douloureusement conscient, mais c'était néanmoins une petite victoire. Elle allait rester ici, sous son toit ! Alors qu'elle sortait de la chambre et s'éloignait dans le couloir, il ferma les yeux en remerciant sa bonne étoile. A présent, du moins l'espérait-il de tout son cœur, il disposait de temps pour convaincre Tamsyn de rester avec lui pour de bon.

Postée à l'écart de la foule venue assister aux obsèques d'Ellen, Tamsyn ne s'était jamais sentie aussi seule. Ethan et Isobel auraient bien aimé venir, mais avec l'effervescence des fêtes de fin d'année, ils n'avaient pas trouvé de vol leur permettant d'arriver à temps.

La population locale rendait un vibrant hommage à Ellen. Son cercueil était exposé dans le grand hall de la maison, où se pressait une multitude de gens. Des chaises, des écrans et des enceintes avaient été installés à l'extérieur pour les habitants venus présenter leurs condoléances et qui n'avaient pas trouvé de place à l'intérieur. Plusieurs personnes étaient venues parler à Tamsyn et quelques-unes s'étaient excusées de lui avoir dissimulé la vérité au sujet de sa mère.

Et Tamsyn était toujours ramenée à la même conclusion : même si tous ces gens avaient très bien connu sa mère, même s'ils l'avaient tous aimée, aucun d'eux ne pouvait répondre à ses questions. Aucun d'eux ne pouvait lui expliquer pourquoi Ellen avait abandonné ses enfants et les avait laissés grandir, persuadés qu'elle était morte. La seule personne qui aurait pu l'éclairer reposerait bientôt dans le petit cimetière attenant à l'église.

Durant le service funèbre, Tamsyn s'était assise entre Finn et Alexis — stoïque, les yeux secs — et avait découvert pour la première fois sa mère à travers les éloges funèbres : avec ses faiblesses, bien sûr, sa longue lutte contre l'alcool, mais aussi, lorsque ses forces le lui permettaient, une merveilleuse générosité qui avait laissé un souvenir indélébile dans la mémoire des habitants de la région. Tamsyn apprit qu'elle avait enseigné la peinture au centre social de la ville. Elle se souvint alors du tableau qu'elle avait vu chez Finn, signé des initiales de sa mère. Elle brûlait de posséder un souvenir de ce genre. Ce qui s'en rapprochait le plus, c'était cette nouvelle sœur qui venait d'entrer dans sa vie.

Alexis avait été une surprise pour elle. Sa demi-sœur était une personne solaire, sans une once de méchanceté en elle. Tamsyn l'avait tout de suite appréciée et elle commençait même à l'aimer. Sa vénération pour Finn lui rappelait les rapports qu'elle avait eus elle-même avec son grand frère durant son enfance. Et, tout comme Tamsyn avec Ethan, Alexis n'était pas aveugle aux quelques défauts de son frère d'adoption.

La jeune femme avait fait déferler sur elle une véritable avalanche d'affection au cours de ces cinq derniers jours et Tamsyn en était venue à rationaliser les raisons qu'avait eues Finn de lui cacher la vérité. Toutefois, cela ne diminuait en rien la souffrance et la sensation de vide qu'elle portait en elle chaque jour. Sans compter qu'elle était encore en colère contre lui. Quelle qu'ait été la validité des raisons qu'il avait invoquées, c'était à elle de décider si elle devait ou non revoir sa mère, ne fût-ce que pour un dernier regard, une dernière chance de tenir sa main, une ultime occasion de sentir enfin le lien qui lui avait tant manqué tout au long de sa vie. Finn lui avait volé son droit de choisir et elle n'avait pas encore réussi à le lui pardonner tout à fait.

A l'heure actuelle, elle avait surtout besoin de temps et de distance pour réfléchir. Elle était en liste d'attente sur plusieurs vols à destination de l'Australie et espérait être rentrée pour Noël, afin de soigner les blessures de son âme parmi les siens.

— Mademoiselle Masters ?

La voix, teintée d'un léger accent étranger, la tira de ses réflexions et elle se retourna. Lorenzo l'ignorait totalement depuis son retour au cottage, et elle ne put dissimuler la surprise qu'elle éprouva en le voyant venir vers elle.

— J'aimerais vous parler, dit-il. Voulez-vous faire quelques pas avec moi ?

Malgré le chagrin qui voilait son regard et marquait ses traits, Lorenzo était resté bel homme. Il lui offrit son bras avec une courtoisie cérémonieuse d'un autre âge. Le premier réflexe de Tamsyn fut de refuser de parler à l'homme qui avait annihilé tous les efforts qu'elle avait déployés pour retrouver sa mère. Comme s'il avait deviné ses pensées, il insista d'un ton solennel :

— S'il vous plaît, Tamsyn. Au nom de la mémoire de votre mère. Je vous supplie de m'écouter !

Elle céda et ils s'éloignèrent de la maison en silence pour gagner l'extrémité de la pelouse parfaitement entretenue, là où commençaient les premiers rangs de vignes. Tamsyn se sentait vaguement mal à l'aise et se demandait quel sujet Lorenzo avait l'intention d'aborder.

— Je suis désolé de ce que je vous ai fait, déclara-t-il soudain d'un air grave en s'arrêtant pour se tourner vers elle. J'ai eu tort et je m'en aperçois maintenant. Je n'ai écouté que ma peur à un moment où j'aurais dû faire preuve de compassion. Pire encore, j'ai contraint Finn à tenir la promesse qu'il m'avait faite en sachant que cela le détruisait. Je me suis comporté comme un vieil imbécile désespéré. J'espère que vous trouverez un jour dans votre cœur la force de me pardonner, et de pardonner à Finn, pour ce que nous vous avons fait l'un et l'autre. Dès qu'il a commencé à se rapprocher de vous, il n'a plus été un complice volontaire de notre complot, sachez-le.

— Je… sincèrement, je ne sais pas encore si j'aurai la force de pardonner, M. Fabrini. Je suis navrée.

— Je comprends, murmura-t-il en baissant la tête. Je vous ai apporté quelque chose. Je tenais à ce que vous l'ayez avant de repartir chez vous.

Il plongea la main dans sa poche et en sortit une épaisse liasse d'enveloppes attachées avec un ruban de satin mauve décoloré par le temps.

— Ce sont des lettres de votre mère, adressées à vous et à votre frère, expliqua-t-il. Elle les a écrites sur une période de plusieurs années, mais ne les a jamais postées, car elle avait juré à votre père de ne plus avoir aucun contact avec sa famille. Cela ne l'a pas empêchée de coucher sur le papier tout ce qu'elle avait besoin d'exprimer. Tenez !

Tamsyn accepta les lettres d'une main tremblante. En découvrant pour la première fois l'écriture de sa mère à l'encre lilas sur un vélin d'excellente qualité, elle sentit ses yeux s'emplir de larmes. Les murs de la chambre de son enfance étaient peints de plusieurs tons de violet — c'était, à l'évidence, le choix de sa mère, et cette idée ramena un peu de chaleur en elle pour la première fois depuis des jours.

— Merci, murmura-t-elle.

— J'espère que tous ces mots qu'elle a écrits ramèneront la paix dans votre cœur. Et que vous comprendrez la femme qu'elle a été avant de succomber à la maladie.

— Je les conserverai comme un trésor.

Lorenzo hocha la tête et elle vit que ses yeux brillaient de nouveau. Il se détourna, trop fier sans doute pour la laisser voir ses larmes.

— Je vais aller m'asseoir là-bas, au soleil. Je n'ai aucune hâte de retourner dans cette foule. Quand vous aurez terminé votre lecture, je serai heureux de répondre à toutes les questions que vous voudrez me poser. Prenez votre temps, d'accord ?

Elle acquiesça et le suivit des yeux, tandis qu'il allait s'asseoir sur un banc de bois d'où il pouvait contempler les vignes et le cottage d'Ellen niché au pied de la colline.

Tamsyn s'assit sur le sol et posa la liasse de lettres sur ses genoux pour en défaire délicatement le ruban. Elle leva la première lettre jusqu'à son visage et, fermant les yeux, inhala profondément pour tenter de capturer le parfum de sa mère sur le papier, une trace de la personne qu'elle avait été.

Et elle la sentit, à peine perceptible. Une fragrance qui lui rappela les rires de son enfance, le soleil de l'été, la douceur de l'étreinte de deux bras de femme. Les bras de sa mère.

Puis Tamsyn ouvrit l'enveloppe et commença sa lecture.

23

Tamsyn pleura à chaudes larmes en lisant les lettres de sa mère, des lettres pleines du remords de n'avoir su protéger ses enfants contre ses propres faiblesses. Elle fuyait The Masters — son mariage raté et les échecs avec lesquels elle s'était efforcée de vivre. Elle était en route pour rejoindre Lorenzo, qui l'attendait à l'aéroport avec des billets d'avion pour eux quatre à destination de la Nouvelle-Zélande, lorsqu'elle avait perdu le contrôle de sa voiture.

Arrivé sur les lieux de l'accident, John, son mari, avait découvert ses enfants blessés et son épouse ivre en train de sangloter, assise sur le bord de la route. Furieux et bouleversé, il avait utilisé tout le poids du nom des Masters pour obtenir de la police que celle-ci n'entame pas de poursuites contre Ellen, à condition que cette dernière promette de partir sans ses enfants et pour toujours. Enfin, soucieux de s'assurer qu'elle disparaîtrait à tout jamais de leurs vies, il avait pris des dispositions pour qu'une pension mensuelle lui soit versée.

Après cela, Ellen avait mené une très longue bataille perdue d'avance contre son sentiment de culpabilité, et contre l'alcool, mais elle avait continué à accepter l'argent de John Masters mois après mois, année après année. Lorenzo refusait que l'argent des Masters vienne corrompre la nouvelle vie qu'ils s'étaient construite, aussi plaçait-elle ces sommes sur un compte séparé. Par la suite, elle s'en était servie pour acheter des terres, placées en fidéicommis au nom d'Ethan et de Tamsyn. Le plus grand regret de sa vie avait été de ne pas avoir lutté avec suffisamment d'énergie pour préserver le lien avec ses enfants. Elle avait tenu à leur laisser au moins un souvenir tangible de son amour pour eux.

Elle terminait sa dernière lettre avec l'adresse du cabinet d'avocats d'Auckland qui gérait l'héritage.

Tamsyn se releva, étira ses muscles endoloris, puis se dirigea vers Lorenzo, qui quitta son banc en la voyant approcher.

— Nous n'avons pas besoin de ces terres, Lorenzo, dit-elle après lui avoir expliqué ce que sa mère avait fait. Elles doivent vous revenir. Nous possédons déjà plus de terres qu'il nous en faut chez nous et vous êtes bien placé pour le savoir.

— Oui, je le sais. J'ai travaillé pour votre famille pendant des années et je sais ce que ce domaine signifie pour vous tous. C'est pourquoi vous devriez comprendre ce que cela signifiait pour Ellen d'être en mesure de vous faire ce cadeau personnel, d'elle à vous. Votre frère et vous êtes libres d'en disposer à votre guise, mais souvenez-vous que c'était l'unique façon qu'elle avait trouvée de vous laisser un souvenir d'elle. Réfléchissez-y et prenez votre décision après en avoir parlé avec votre frère. D'accord ?

— D'accord.

Elle retourna à la maison et attendit le départ du dernier visiteur pour rassembler ses affaires afin d'aller prendre l'avion qui l'emporterait loin d'ici. Loin de la souffrance, loin des souvenirs, bons et mauvais. Finn l'attendait près de la porte, un paquet rectangulaire à la main. Elle avait fait de son mieux pour ne jamais se retrouver seule avec lui depuis la mort d'Ellen et, comme elle passait beaucoup de temps avec Alexis, cela n'avait pas été très difficile. D'autant que Finn, de son côté, était souvent absent, occupé avec les formalités des obsèques ou tenant compagnie à Lorenzo pour le soutenir dans ces moments douloureux. Tamsyn aurait voulu se sentir soulagée que cette distance entre eux lui ait évité de mettre à l'épreuve sa fragile détermination, mais à cet instant, elle avait la sensation que son cœur se déchirait.

— Avant que tu ne t'en ailles, j'aimerais que tu acceptes ceci, dit-il en lui tendant le paquet.

Elle regarda l'emballage aux couleurs vives et secoua la tête.

— Non, Finn, s'il te plaît, pas un cadeau de Noël… Nous ne sommes pas… je ne peux pas…

— Il est à toi. Tu dois le prendre.

— Bon… Si tu veux…

Elle lui prit brusquement le paquet des mains et le glissa sous son bras, puis elle contourna Finn et sortit.

Elle n'ouvrirait pas ce cadeau, décida-t-elle en montant dans sa voiture. Sans un regard en arrière, elle descendit la colline jusqu'à la route qui la conduirait à l'aéroport.

A son arrivée à Auckland, elle aurait pu compter sur l'hospitalité de ses cousins. Judd Wilson, qui avait grandi à The Masters avec Ethan et elle, vivait en ville avec son épouse Anna. C'était aussi le cas de Nicole, la sœur de Judd, qui avait été élevée chez son père et que Tamsyn ne connaissait que depuis un an, de même que Nate, son nouveau mari. Mais la perspective d'avoir à leur raconter ce qu'elle avait vécu ces dernières semaines suffit à l'en dissuader. Ce qu'il lui fallait, c'était l'anonymat d'un hôtel et elle avait pu, grâce à une annulation de dernière minute, obtenir une chambre dans l'un des établissements les plus prestigieux d'Auckland.

Le lendemain matin, elle appela toutes les compagnies aériennes possibles et imaginables sans trouver un seul siège de libre, même sur les vols avec escale. Il semblait que le monde entier ait décidé de passer Noël en Australie. Pour ne plus ressentir cette affreuse impression d'avoir laissé une partie vitale de son être derrière elle à Marlborough, elle appela alors les avocats que sa mère mentionnait dans sa dernière lettre. A sa grande surprise, elle obtint un rendez-vous sur-le-champ.

Plus tard, assise devant un espresso à la terrasse d'un petit café du front de mer, elle commença enfin à assimiler la nouvelle qu'elle venait d'apprendre. Une nouvelle dont il importait d'informer Ethan. Elle sortit son téléphone et composa le numéro de son frère.

— Alors, as-tu enfin réussi à trouver une place sur un vol ? s'enquit-il. Nous sommes tous impatients de te revoir ici, car c'est là qu'est ta vraie place !

Avait-elle réellement sa place à The Masters ? se demanda-t-elle. Bien sûr, car c'était là-bas qu'elle avait grandi. Toutefois, elle s'y sentait mal à l'aise et anxieuse, et ce, depuis longtemps déjà.

Ce sentiment avait commencé à disparaître à Marlborough. Auprès de Finn. Elle refoula cette dernière pensée avant de répondre à son frère :

— Aucun résultat pour l'instant, mais je suis en stand-by. Souhaite-moi bonne chance, d'accord ? Entre-temps, il y a un sujet dont je dois parler avec toi.

— De quoi s'agit-il ?

— Figure-toi que notre mère nous a légué des terres ici, en Nouvelle-Zélande. Il semble qu'elle ait utilisé une grande partie de l'argent que lui envoyait papa pour acheter une propriété dans la région où elle vivait. Le reste est sur un compte à nos deux noms.

— Sérieusement ? Elle a fait ça ?

— Et il y a plus : elle nous a écrit des lettres, des tas de lettres. Des lettres qui expliquent tout.

Tamsyn lui fit alors un résumé détaillé du contenu

de cette correspondance qui n'était jamais partie. Ethan demeura un long moment silencieux, puis il interrogea :

— Et maintenant, tu te sens mieux ? As-tu fait la paix avec toute la situation ? Avec elle ?

— Je crois que je la comprends un peu mieux. Elle menait une vie misérable quand elle était chez nous. Elle a commis de terribles erreurs et elle les payées au prix fort. Je regrette encore que nous n'ayons pas eu la chance de la connaître, mais je ne peux pas passer le reste de ma vie à me lamenter pour une chose que je ne peux pas changer. Alors, la réponse est oui. Je me sens mieux. Plus forte.

— Devrais-je m'en inquiéter ?

Cette taquinerie de grand frère la fit sourire. C'était la première fois qu'elle souriait depuis presque une semaine.

— Très amusant Ethan, répliqua-t-elle. Maintenant, revenons à cette propriété : je ne m'attends pas à ce que tu me donnes une réponse immédiate, bien entendu, mais nous devons bien réfléchir à ce qu'il convient d'en faire.

— Personnellement, je ne crois pas que nous ayons besoin d'autres terres, Tamsyn. Et toi, qu'en penses-tu ?

— Je suis du même avis. C'est ce que j'ai répondu à Lorenzo, mais il a insisté. D'après lui, maman désirait que nous acceptions cet héritage, pour en disposer à notre guise.

— Hum ! Dans ce cas, pourquoi ne pas vendre ces terres ? Nous pourrions peut-être faire don de l'argent à une œuvre caritative en son nom, afin de venir en aide aux personnes qui ont à affronter une situation similaire à la sienne.

— Excellente idée. Je vais jongler avec quelques idées et nous en reparlerons plus en détail à mon retour à la maison, d'accord ?

Ils conclurent leur conversation et Tamsyn décida de rentrer à pied à son hôtel. Une pensée dérangeante revenait en boucle dans son esprit : elle avait ressenti une impression d'étrangeté en prononçant les mots « à la maison ».

Comme si la vaste propriété familiale était liée à une autre Tamsyn, à une époque différente, à des années-lumière du lieu où elle avait commencé à se sentir chez elle. Sa place était-elle vraiment là-bas ? Et d'ailleurs, y avait-il une place pour elle dans le monde ?

De la fenêtre de sa chambre d'hôtel, face au port de plaisance, elle observa les mouettes qui tournaient en cercles paresseux dans l'azur du ciel. Elle ne se sentait à sa place nulle part, en fait. N'était-ce pas justement la raison qui l'avait poussée à partir à la recherche de sa mère ? Les seuls instants où elle avait réellement cru trouver sa vraie place, c'était lorsqu'elle s'était retrouvée dans les bras de Finn. Ces deux dernières semaines, en travaillant avec lui, en étant simplement près de lui, elle avait éprouvé quelque chose qui ressemblait fort au bonheur.

Son cœur se serra à cette idée. Finn lui manquait déjà, même s'il l'avait fait souffrir, même s'il lui avait menti. Comme l'avait souligné Alexis, il avait agi ainsi avec les meilleures intentions du monde — et pas seulement envers Lorenzo : envers elle, aussi.

Son téléphone tinta sur la table près d'elle, annonçant l'arrivée d'un nouveau texto. Elle l'afficha et constata avec surprise qu'il venait d'Alexis et contenait un lien vers une chaîne d'informations nationale.

> Salut, sœurette. J'espère que tu es encore en NZ. Tu dois ABSOLUMENT voir cette émission. Je t'embrasse très fort. Alex.

Tamsyn se connecta aussitôt en espérant que ce ne serait pas un gaspillage total de son crédit de communications. Les premières paroles du présentateur retinrent cependant toute son attention :

— Ce soir, nous recevons Finn Gallagher, le philanthrope bien connu, qui va nous parler de son tout nouveau et très intéressant projet. Finn, qu'est-ce qui vous a fait choisir ce challenge plutôt qu'un autre ?

Tamsyn contempla, fascinée, le visage de Finn qui venait d'apparaître sur l'écran du smartphone. Elle reconnut son complet, celui-là même qu'il portait en rentrant de son voyage d'une journée à Wellington, la semaine précédente. Cela signifiait que l'interview était récente.

Au cours de l'entretien, Finn exposa avec éloquence son projet de centre familial, parla des familles et des enfants qu'il espérait voir profiter de ce nouveau service et en expliqua l'utilité. Exposer d'une façon aussi publique l'un de ses projets les plus personnels semblait lui coûter beaucoup, ce qui venait confirmer ce qu'Alexis avait dit de lui à Tamsyn : Finn avait réellement à cœur d'aider les plus défavorisés.

C'était une souffrance de le voir sur l'écran, mais aussi un merveilleux soulagement. Finn était un homme honorable et son cœur battait pour ceux qu'il aimait. Il lui avait déclaré qu'elle en faisait partie, mais, avec tout ce qui s'était produit par la suite, elle avait été trop en colère, trop blessée, trop vulnérable pour s'autoriser à le croire.

Elle se souvenait à présent de son expression lorsqu'il avait prononcé ces paroles, avant de se rendre au chevet d'Ellen mourante. Il était visiblement bouleversé à l'idée que la femme qui lui avait servi de mère, qui avait été là pour lui année après année était sur le point de les quitter pour toujours et pourtant, il avait pris le temps de l'appeler et de lui offrir son cœur.

L'émission arrivait à son terme et Tamsyn se concentra sur l'écran.

— Et avez-vous déjà donné un nom à ce futur centre de loisirs destiné aux familles ? s'enquit le présentateur.

— Oui. Je l'ai nommé en pensant à une femme qui a beaucoup d'importance pour moi. Pour célébrer sa force, l'amour et l'admiration que je lui porte, ce centre s'appellera : La Maison de Tamsyn.

Tamsyn n'entendit pas la réponse du présentateur. Tout ce qu'elle entendait, c'était l'écho des paroles de Finn qui résonnaient dans sa tête, tandis qu'elle s'efforçait d'en assimiler la portée. Finn avait donné son nom à son projet le plus cher ! Elle ne méritait pas cette distinction. Elle aurait cru qu'après tous les moments pénibles qu'ils avaient partagés, ce rappel constant serait la dernière chose au monde qu'il souhaiterait. A l'évidence, elle s'était trompée. Et, si elle s'était trompée à ce sujet, elle s'était peut-être aussi trompée sur tout le reste.

Elle tourna le regard vers les documents qui dépassaient un peu de son sac, posé sur le lit de l'hôtel — la copie du titre de propriété des terres que sa mère leur avait léguées. Alors, soudain, elle comprit pourquoi ces lieux lui avaient semblé étrangement familiers. Ces terrains étaient ceux dont Finn avait besoin pour créer sa route d'accès à la Maison de Tamsyn ! Il ne lui fallut qu'un instant pour décider de ce qu'elle devait faire.

Mieux encore, elle savait désormais avec exactitude où était sa vraie place dans l'univers. Et pourquoi ne pas l'occuper ? Après tout, elle pouvait peut-être se permettre de laisser libre cours à sa spontanéité, une toute dernière fois…

24

Ce furent des coups insistants frappés à la porte qui réveillèrent Finn ce matin-là, comme un écho du martèlement à l'intérieur de sa tête.

La veille au soir, tous ses devoirs envers autrui accomplis, il avait sérieusement entamé une bouteille de whisky, avant de finir la nuit tout habillé sur le sofa, et il en payait le prix. Mais cela en valait la peine, car il y avait au moins gagné un moment d'oubli. Il était tenaillé par la souffrance en pensant à la façon dont il avait traité Tamsyn. Et maintenant, suite aux choix qu'il avait dû faire, il l'avait perdue à tout jamais.

Le miroir lui renvoya une image déprimante de lui-même. Il avait une mine affreuse, les cheveux en désordre, ses vêtements étaient froissés et ses joues hérissées de barbe. Son seul aspect suffirait peut-être à faire fuir ce visiteur sans qu'il ait à parler — car cet effort ferait sûrement flamber sa migraine.

Il alla ouvrir la porte en traînant les pieds et se figea, incrédule, en découvrant Tamsyn plantée devant lui sur le seuil.

— Tu as une mine épouvantable, lança-t-elle en le contournant pour entrer. Nous avons à parler, tous les deux.

— Je t'en prie, entre donc, dit-il, ironique, en refermant la porte avant de lui emboîter le pas.

Tandis qu'il restait là à la dévorer du regard en silence, Tamsyn s'affaira dans la cuisine pour préparer du café.

Elle était un régal pour les yeux et il se réjouissait que sa migraine ne l'ait pas rendu aveugle. Mais que diable faisait-elle ici ?

Lorsque le café fut prêt, elle remplit deux tasses et lui en tendit une.

— Bois ! ordonna-t-elle, avant de s'asseoir à la table installée devant les portes-fenêtres.

Il alla la rejoindre et avala une longue gorgée du liquide revigorant. Le café qu'elle avait préparé était très fort et il s'en réjouit. Il pressentait qu'il allait avoir besoin de toutes ses capacités mentales pour affronter ce qui allait suivre.

— J'ai une proposition à te faire, déclara-t-elle tout en extrayant une liasse de papiers de son volumineux sac à main pour la poser sur la table.

— Une proposition ?

Ce n'était certes pas ce à quoi il s'attendait. Il se redressa un peu sur sa chaise et constata que la femme assise en face de lui ne ressemblait en rien à la malheureuse qui l'avait quitté au comble du désespoir deux jours plus tôt. Quelque chose l'avait transformée. Mais quoi ? Au fond, cela importait peu. Il s'en réjouissait, puisque cet événement la ramenait vers lui, ne serait-ce que pour quelques instants. Et, dans sa gratitude, il était prêt à entendre toutes les propositions qu'elle voudrait bien lui faire en oubliant son épouvantable migraine.

— En fait, il s'agit d'une proposition commerciale. J'ignore si Lorenzo t'a parlé de...

— Je n'ai pas vu Lorenzo depuis le jour des obsèques, lundi dernier, l'interrompit-il.

— Bien, dit-elle en hochant la tête. Alors, voilà : il semble que mon frère et moi soyons propriétaires de ceci.

Elle poussa vers lui un acte de propriété qui comprenait les plans des terres mitoyennes avec sa propriété et posa le doigt sur les parcelles dont il avait besoin pour réaliser enfin son rêve de centre familial... La migraine de Finn prit des proportions monumentales. Par quel miracle Ethan et elle étaient-ils entrés en possession de ces terres que lui-même avait vainement tenté d'acquérir ? Et pourquoi Tamsyn était-elle venue le lui annoncer ? Voulait-elle le narguer ? Lui signifier qu'après la façon dont il l'avait traitée, il pouvait renoncer pour toujours à son espoir d'obtenir un droit de passage ?

— Je ne comprends pas. Cela fait des mois que j'essaie de convaincre les administrateurs de cette propriété sans aucun résultat. Comment as-tu fait ?

— Ellen nous a laissé ces terres en héritage.

Elle le dévisagea comme si elle jaugeait sa réaction et ne fut probablement pas déçue, car il ne put que la contempler bouche bée.

— Ellen ? articula-t-il.

— Oui. Apparemment, elle a acheté ces parcelles il y a de nombreuses années, en économisant l'argent que lui envoyait mon père. Il s'était montré très généreux avec elle pour s'assurer qu'elle ne reviendrait pas et Lorenzo ne voulait absolument pas la voir utiliser cet argent pour leur vie commune. Je pense que c'est pour cette raison que les avocats de mon père envoyaient les chèques à ton adresse.

Soudain, Finn comprit tout. Ses parents avaient long-temps partagé avec Lorenzo une boîte aux lettres au bord de la route et, lorsque Finn avait fait bâtir sa maison au sommet de la colline, il n'avait pas vu l'utilité de modifier un arrangement qui fonctionnait parfaitement depuis deux décennies. Il s'empressa de l'expliquer à Tamsyn.

— Voilà donc pourquoi les chèques de ma mère arrivaient ici. Mais je suppose que tu l'ignorais ?

— Chacun prenait son propre courrier dans la boîte et ne se préoccupait pas de celui des autres. C'était aussi simple que cela.

— Ellen était déterminée à nous laisser un héritage qui ait du sens pour elle, en espérant qu'il en ait pour nous aussi. Ethan et moi n'avons eu qu'une brève conversation à ce sujet, mais nous sommes 100 % d'accord là-dessus. Nous désirons tous deux honorer sa mémoire et, dans cet esprit, nous souhaitons offrir ces terres à ton centre familial.

— En es-tu certaine ? Tu sais ce que ce droit de passage va signifier pour le développement de mon projet, mais…

— Finn, tu ne m'as pas bien comprise. Nous ne t'offrons pas le droit de passage.

Il ne comprenait plus où elle voulait en venir. Son esprit nageait dans le brouillard et la migraine qui battait à ses tempes n'arrangeait rien. Il avait certainement mérité qu'elle lui refuse ce droit de passage, mais quel était le sens de cette conversation ?

— Qu'essaies-tu de me dire, exactement ?

— Ce que nous t'offrons, c'est le tout. La propriété de toutes les terres en question.

Finn se figea et fronça les sourcils, ne sachant s'il comprenait tout à fait.

— Quoi ? dit-il. *Tout ?* Mais où est le « mais » ?

— Il y en a un, en effet. Ou, à vrai dire, deux.

Il s'y attendait un peu.

— D'accord, soupira-t-il. Finissons-en. Enumère-moi tes conditions.

— En premier lieu, je veux avoir le droit de nommer le centre familial moi-même.

— Pas question ! Le centre a déjà un nom et je n'ai pas l'intention de le changer.

Elle s'adossa à sa chaise et il vit un lent sourire s'épanouir sur ses lèvres.

— Très bien, répondit-elle. Je crois que je pourrai vivre avec cela. Mais ma seconde condition n'est pas négociable.

— Et de quoi s'agit-il ?

— Je veux que tu me laisses travailler avec toi sur la conception du projet.

— Parles-tu sérieusement ? Ne me dis pas que tu as l'intention de rester ?

— Si. Avec toi. Si tu veux bien de moi, évidemment.

Avant de comprendre ce qu'il faisait, Finn s'était levé d'un bond et avait arraché Tamsyn à sa chaise pour la serrer dans ses bras.

— Si je veux bien de toi ? s'écria-t-il. Comment peux-tu en douter ? J'ai cru que je ne te reverrais jamais, que j'avais détruit ma dernière chance de te garder auprès de moi !

— Finn, répondit-elle en recueillant son visage entre ses mains, je sais comme cela a dû être difficile pour toi. Surtout vers la fin, j'imagine que tu as dû te sentir déchiré. Moi, je n'avais qu'un seul but depuis des mois, retrouver ma mère, et tu étais celui qui se chargeait de m'en empêcher. J'ai pensé que tu ne pouvais pas m'aimer, puisque tu refusais de me donner ce que je désirais. Je n'ai compris que tout récemment ce que cela avait dû signifier pour toi. Tiraillé entre les exigences de ton honneur et celles de ton cœur. Tu n'as pas perdu une mère, mais deux. Et cette idée ne m'avait pas effleuré l'esprit parce que moi, je ne pensais qu'à retrouver la mienne. Je suis restée aveugle à toutes les preuves de ton amour parce que j'étais obnubilée par la seule chose que tu me refusais. Je me suis montrée entêtée et égoïste et je te demande pardon.

— Non, protesta-t-il. Lorenzo et moi avons mal agi. C'est à moi de te demander pardon, Tamsyn. Tu ne sauras jamais à quel point je regrette ce que j'ai fait.

— Chut ! fit-elle en lui posant un doigt sur les lèvres. Il est temps de tourner la page. De classer cette histoire dans le passé, là où est sa place. Nous devons honorer ces femmes qui nous ont permis d'être ici, ensemble, en cet instant.

— Pourras-tu jamais me pardonner ?

— C'est déjà fait, Finn. Bien sûr, je regrette que les

choses ne se soient pas passées autrement, mais on ne peut pas changer le passé. La seule solution est d'avancer.

Elle leva ses lèvres vers les siennes et, incapable de résister à cette tendre invitation, il l'embrassa en y mettant tout son cœur.

— Comment ai-je pu me tromper à ce point à ton sujet ? s'exclama-t-il quand leurs bouches finirent par se séparer. Je me suis conduit comme un parfait imbécile.

— Que veux-tu dire ?

— Depuis l'âge de quinze ans, je collectais des informations sur ton frère et sur toi, sur le train de vie de votre famille. Vous sembliez tous très heureux sans elle et je m'indignais de vous voir mener une vie aussi facile, alors qu'Ellen, de son côté, possédait si peu et travaillait si dur. C'est ce jugement, formé à un âge où j'étais trop jeune pour comprendre toute la situation, qui m'a poussé à te traiter injustement à ton arrivée ici.

— Un accueil plutôt froid, j'en conviens, acquiesça Tamsyn en souriant. Mais la glace a fondu depuis.

— Elle a fondu grâce à ta chaleur, Tamsyn. Tu m'as montré qui tu étais : une femme merveilleuse qui se dissimule derrière cet extérieur de perfection. C'est la raison pour laquelle je tiens à conserver le droit de nommer le centre.

— Alors, tu vas réellement l'appeler La maison de Tamsyn ?

— Tu es déjà au courant ?

— Alexis m'a envoyé un lien vers une certaine émission de télévision.

Finn sourit. Il aurait dû s'y attendre.

— Et que penses-tu de ce nom ?

— Personnellement, j'aurais préféré lui donner le nom d'Ellen, mais peut-être pourrons-nous nommer ainsi le prochain.

— Cela me paraît une excellente idée, Tamsyn. C'est

ainsi que je conçois notre avenir. Ensemble ! Travaillant main dans la main à tous nos projets ! Sans aucun secret, et sans aucun mensonge.

— Moi de même, répondit-elle d'une voix douce.

— Dans ce cas, consens-tu à m'épouser ? A fonder une famille avec moi et à vieillir à mes côtés ?

— Oh ! Finn, oui ! Mille fois oui !

Beaucoup plus tard, après avoir scellé leur réconciliation avec une abondance de promesses sensuelles, alors qu'ils reposaient, comblés, dans les bras l'un de l'autre, Tamsyn comprit que, pour la première fois de sa vie, elle avait trouvé sa place dans l'univers. Le lendemain serait le jour de Noël et, même si sa famille lui manquait, elle savait qu'elle était exactement là où elle désirait être. Avec cet homme. Pour le restant de sa vie.

Et en pensant à Noël, elle se souvint du cadeau que Finn lui avait fourré dans les mains après les obsèques, alors qu'elle s'apprêtait à partir pour Auckland. Elle avait refusé de le déballer, mais n'avait pu se résoudre à le jeter.

— Finn, que contenait le paquet que tu m'as donné hier ?

— Tu ne l'as pas encore ouvert ?

— Non.

— Dans ce cas, pourquoi ne pas le faire tout de suite ?

Elle se glissa hors du lit, enfila l'un des T-shirts de Finn et sortit pour ouvrir le coffre de sa nouvelle voiture de location et en extraire sa valise. Elle monta celle-ci dans la chambre, l'ouvrit et récupéra le paquet plat bien protégé sous ses vêtements. Assise en tailleur sur le lit près de Finn, elle déchira le papier et ses yeux s'emplirent de larmes lorsqu'elle découvrit l'autoportrait de sa mère.

— Oh ! Finn ! Elle était si belle !

— A l'extérieur, et aussi à l'intérieur, répondit-il en lui déposant un baiser sur l'épaule. Exactement comme toi.

— Mais ce tableau devait avoir une valeur spéciale pour toi. Pourquoi me l'avoir offert ?

— Parce que tu mérites d'avoir un souvenir d'elle. Un trésor que tu pourras conserver toute ta vie pour te souvenir d'Ellen, et dont je sais qu'elle était très fière.

Tamsyn reposa précautionneusement le portrait sur la table de nuit, puis se tourna vers l'homme qui était près d'elle. S'il lui était resté le moindre doute, celui-ci était désormais balayé. Elle avait fait le bon choix en revenant vers Finn, en revenant ici, où elle était chez elle. Pour la première fois de sa vie, elle avait réellement sa place quelque part et cette idée lui procurait une satisfaction infinie.

Dans les bras de l'homme qui occupait la première place dans son cœur. Dans sa vie.

Pour toujours.

Découvrez un nouveau roman d'Yvonne Lindsay dès le moins de mars dans votre collection Passions *!*

JANICE MAYNARD

Les flocons de la passion

Passions

HARLEQUIN

Titre original : A BILLIONAIRE FOR CHRISTMAS

Traduction française de LAURENCE LENGLET

- 1 -

Léo Cavallo avait mal à la tête. En fait, il avait mal partout. Le trajet d'Atlanta aux monts Great Smoky, situés dans le Tennessee, ne semblait pas très long sur la carte, mais il avait sous-estimé la difficulté de conduire sur les petites routes de montagne dans l'obscurité. Et en ce début décembre, la nuit était tombée depuis un bon moment déjà.

Il jeta un œil à l'horloge du tableau de bord et poussa un grognement. *21 heures passées.* Il ne savait même pas s'il était proche ou non de sa destination. Le GPS l'avait lâché vingt kilomètres plus tôt. Le thermomètre de la voiture indiquait à peine 2°, ce qui voulait dire que la pluie qui martelait le pare-brise ne tarderait pas à se changer en neige, et là il serait vraiment coincé. Les Jaguar n'étaient pas faites pour rouler dans des conditions extrêmes.

Sentant une douleur au creux de l'estomac, il prit une pastille antiacide. Sans crier gare, la voix de son frère se fit entendre dans son esprit.

« — Je suis sérieux, Léo. Tu dois faire des changements. Tu viens d'avoir une crise cardiaque, quand même !

— Un simple incident cardiaque, répondait Léo. Arrête de dramatiser. Le médecin a dit que ma condition physique était excellente.

— Peut-être. Mais il a ajouté que tu subissais un niveau de stress largement supérieur à la moyenne. Ce qui est un problème étant donné tes antécédents familiaux.

Souviens-toi que notre père est mort à quarante-deux ans. Je n'ai pas envie de t'enterrer prématurément... »

Mâchonnant sa pastille, Léo émit un juron tandis que les pneus de la voiture crissaient sur du gravier. Il venait manifestement de s'engager dans un sentier. Il plissa les yeux, cherchant un signe de vie alentour.

Mais il n'y avait rien à voir, hormis les parois rocheuses qui encadraient le sentier. Le faisceau des phares balaya quelques plants de rhododendrons sur le bas-côté. L'obscurité était totale, créant une atmosphère oppressante dans l'habitacle. Il était habitué aux vives lumières d'Atlanta. Depuis son appartement, il avait une vue dégagée sur l'agglomération. Les néons de la ville et le dynamisme des habitants étaient ce qui le motivait au quotidien. Mais qu'est-ce qui l'avait poussé à s'exiler volontairement dans un lieu si isolé ? se demanda-t-il — une fois de plus.

Cinq minutes plus tard, alors qu'il s'apprêtait à faire demi-tour, il aperçut une lumière dans l'obscurité. Il en fut tellement soulagé que c'en était presque inquiétant. Lorsqu'il s'arrêta enfin devant la maison illuminée comme par miracle, il se rendit compte que tous ses muscles lui faisaient mal. Il n'y avait plus qu'à espérer que quelqu'un l'attende...

Enfilant son blouson de cuir, il sortit de la voiture et frissonna. La pluie avait enfin cessé, mais il faisait un froid de chien. Ne sachant pas où était situé son chalet, il décida de laisser ses bagages dans le coffre, pour le moment.

Il se dirigea vers la porte, sentant ses luxueuses chaussures en cuir s'enfoncer dans la boue. La maison était un petit chalet traditionnel qui semblait sorti tout droit d'un conte de Noël.

Apparemment, il n'y avait pas d'étage. Il avança sur la terrasse couverte qui semblait se prolonger sur le côté du chalet. Il ne trouva pas de sonnette, mais un heurtoir à tête d'ours. Il l'actionna trois fois de suite, peut-être un peu trop fort. Plusieurs lampes s'allumèrent à l'intérieur. Tandis qu'il s'impatientait devant la porte, quelqu'un écarta un rideau. Une jeune femme jeta un œil à l'extérieur puis disparut aussi vite qu'elle était apparue.

— Qui est-ce ? fit une voix étouffée provenant de l'intérieur.

— Léo. Léo Cavallo, lança-t-il, à travers la porte. Est-ce que je peux entrer ? ajouta-t-il d'un ton plus aimable.

Phoebe ouvrit, le cœur battant. Elle savait pourtant qu'elle n'avait rien à craindre de l'homme qui se présentait à sa porte. Elle l'attendait depuis plusieurs heures. Mais elle allait devoir lui dire la vérité.

S'effaçant pour le laisser entrer, elle tressaillit lorsqu'il franchit le seuil. Son intérieur semblait minuscule en présence d'un tel homme. Massif, large d'épaules, il la dominait d'au moins une quinzaine de centimètres. Son regard fut attiré par les beaux cheveux châtains, où le feu de la cheminée projetait des reflets dorés.

Elle profita de ce qu'il ôtait son blouson et se passait la main dans les cheveux pour détailler sa tenue : un chandail bleu foncé et un jean noir. Simple mais élégant. Une agréable odeur d'eau de toilette vint lui picoter les narines. Elle avait beau ne pas être petite, une fois de plus, elle ne put s'empêcher d'être impressionnée par la stature de cet homme.

Elle reprit ses esprits et alluma le plafonnier. Elle se sentit soulagée lorsque la vive lumière se substitua à l'atmosphère trop intime du feu de bois.

— Pourriez-vous enlever vos chaussures, s'il vous plaît, lui demanda-t-elle, en se mordillant les lèvres. J'ai fait le grand ménage ce matin.

Il tiqua, mais s'exécuta. Ce fut au tour du nouveau venu de l'examiner. Son regard la balaya de bas en haut avant de se fixer sur son visage. Une fois de plus, elle fut frappée par l'incroyable virilité qui se dégageait de lui. Ses traits n'en étaient pas moins harmonieux. Elle admira le nez droit, le front haut, le menton volontaire, et tomba en arrêt sur les lèvres pleines qui semblaient faites pour embrasser une femme. Mais Léo Cavallo semblait à cran.

— Ecoutez, je suis épuisé et littéralement mort de faim. Pourriez-vous m'indiquer mon chalet, je vous prie, j'aimerais décharger mes bagages au plus vite, mademoiselle… ?

— Kemper. Phoebe Kemper. Vous pouvez m'appeler Phoebe.

La voix grave, légèrement rocailleuse du nouveau venu lui avait fait l'effet d'une caresse — mais elle n'était pas dénuée d'autorité. Apparemment, il avait l'habitude de se faire obéir.

— J'ai dîné un peu tard, ce soir, reprit-elle, surmontant son trouble. Si vous voulez, je peux vous proposer une assiette de ragoût de bœuf. Il est encore chaud. J'ai aussi du pain de maïs.

Un léger sourire apparut enfin sur le visage fatigué de Léo Cavallo.

— Avec grand plaisir.

— Alors, venez, fit-elle avec un signe de la main. La salle de bains se trouve dans le couloir, première porte à droite. Je vous prépare une assiette.

— J'espère qu'ensuite, vous me montrerez mon chalet.

Elle déglutit avec peine.

— Bien sûr, répondit-elle vivement.

Peut-être n'aurait-elle pas dû insister pour qu'il enlève ses chaussures… Cela créait une ambiance un peu trop décontractée pour une première rencontre. La dernière chose dont elle avait besoin en ce moment était de se sentir attirée par quelqu'un qui, très probablement, allait très mal prendre la mauvaise nouvelle qu'elle avait à lui annoncer.

Il ne s'absenta que très peu de temps, mais la table était prête lorsqu'il fut de retour : un set, des couverts en argent et une assiette de ragoût fumant flanqué d'une tranche de pain de maïs et d'une serviette en vichy jaune et blanc.

— Je ne savais pas ce que vous vouliez boire, dit-elle. J'ai du thé glacé, mais étant donné le temps…

— Je prendrai bien un déca, si vous en avez…

— Bien sûr.

Tandis que Léo attaquait son repas, elle fit couler un café et lui en versa une tasse. Apparemment, il n'était pas du genre à prendre son café avec un quelconque coulis aromatisé. Comme prévu, il ne toucha à aucun de ceux qu'elle lui présentait, et avala son café noir et sans sucre. On ne plaisantait pas avec ces choses-là.

Phoebe entreprit de ranger la cuisine et de charger le lave-vaisselle. Apparemment, ce que lui avait dit son invité était vrai : il mourait littéralement de faim, car il engloutit tour à tour deux assiettes de ragoût, trois tranches de pain et plusieurs cookies faits maison.

Tandis qu'il finissait son dessert, elle s'excusa.

— Je reviens dans quelques instants, dit-elle en posant la cafetière sur la table. N'hésitez pas à vous resservir.

Léo était de bien meilleure humeur depuis qu'il avait mangé. En réalité, il se réjouissait de n'avoir pas eu à chercher un restaurant. Certes, le frigo de son chalet était censé être plein à son arrivée, mais il n'était pas très bon cuisinier. A Atlanta, il était facile de se nourrir : les restaurants étaient ouverts à toute heure. S'il avait envie de sushis à 3 heures du matin, ce n'était pas un problème. Il n'avait généralement pas plus d'une centaine de mètres à faire.

Lorsqu'il eut avalé les dernières miettes des cookies, il s'essuya les lèvres avec sa serviette et se leva pour s'étirer. Après le long trajet en voiture, il était perclus de courbatures. Il se souvint soudain de l'injonction de son médecin : surtout s'épargner le plus possible. Léo avait beau être d'accord avec lui, ce n'était pas si simple.

Il allait devoir revoir entièrement son hygiène de vie. C'était une certitude, même si lorsqu'il avait eu son malaise, l'inquiétude de son entourage, médecins, proches et collègues, l'avait passablement irrité. Il avait compris maintenant qu'ils avaient réagi sous le coup du choc. Il est vrai qu'il s'était effondré en plein discours devant un parterre d'investisseurs venus des quatre coins du monde.

Léo n'avait qu'un souvenir très flou de ce qui s'était passé ensuite. Il se souvenait de son incapacité à respirer. Du poids qui semblait peser sur sa poitrine. Mais de pas grand-chose d'autre. Perturbé par cette réminiscence, il se mit à arpenter le salon sur lequel donnait la cuisine ouverte.

En sentant les épais tapis sous ses pieds, il regarda autour de lui : manifestement, Phoebe Kemper s'était créé un petit nid douillet au milieu de nulle part. A l'aide de plusieurs tapis disposés sur le parquet de bois verni, la jeune femme avait créé un espace salon particulièrement accueillant, au-dessus duquel un plafonnier de bois d'élan projetait un cercle de lumière des plus chaleureux. Contre le mur du fond, des étagères chargées de livres encadraient joliment la cheminée de pierre. Il parcourut du regard les ouvrages de Phoebe, et sourit. Il allait enfin avoir tout le temps de lire.

Un léger craquement lui signala que son hôtesse était de retour. Il fit volte-face — et marqua un temps d'arrêt. Il ne l'avait pas vraiment regardé en arrivant, mais elle était d'une beauté à couper le souffle. Elle avait des cheveux magnifiques, d'un noir de jais, rassemblés en une longue natte qui retombait souplement sur son épaule, puis il remarqua le corps mince, élancé, et les longues jambes fuselées. Il n'émanait d'elle aucune fragilité, pourtant il imaginait sans peine les hommes se précipitant vers elle pour lui proposer leur aide, ne serait-ce que pour faire naître un sourire sur ses lèvres rose pâle.

Elle portait un jean délavé et une tunique fluide couleur corail qui semblait exalter son teint et tranchait avec ses yeux d'un noir profond. Elle avait les yeux si sombres qu'il se demanda un instant si elle n'était pas d'origine cherokee. Il se souvint que plusieurs tribus amérindiennes avaient effectivement trouvé refuge dans ces montagnes au XIXe siècle.

— Vous vous sentez mieux ? fit-elle avec un charmant sourire. Je me réjouis de voir que vous avez repris figure humaine.

— Désolé, fit-il, embarrassé. Mais j'ai eu une journée épuisante.

— Malheureusement, fit-elle soudain d'un ton grave, je crains d'avoir une mauvaise nouvelle à vous annoncer. Il y a un problème avec votre réservation.

— Impossible, répondit-il avec fermeté. Ma belle-sœur s'est occupée de tout. Et elle m'a donné votre mail de confirmation.

— J'ai essayé de l'appeler toute la journée, mais elle n'a pas répondu. Et personne ne m'avait donné votre numéro de portable.

— J'en suis navré. Figurez-vous que ma nièce a fait tomber le téléphone de sa mère dans la baignoire. Ils ont passé toute la journée à essayer de le changer. C'est pourquoi vous n'avez pas pu la joindre. Mais il n'y a pas de problème, puisque je suis là. De plus, ce n'est pas comme si les clients se bousculaient au portillon, remarqua-t-il avec un sourire.

Phoebe ne releva pas la plaisanterie.

— Il y a eu une forte tempête la nuit dernière, reprit-elle. Votre chalet a été endommagé.

— Rassurez-vous, Phoebe, répondit-il d'un ton insouciant. Je ne suis pas un client difficile. Je suis sûr que ça ira très bien.

Elle secoua la tête, sceptique.

— Puisque vous ne me croyez pas, venez, je vais vous montrer. Suivez-moi.

— Dois-je rapprocher ma voiture du chalet ? demanda-t-il en laçant ses chaussures.

Phoebe fourra dans sa poche quelque chose qui ressemblait à un appareil photo numérique.

— Pas la peine, lui répondit-elle, en enfilant un blouson de cuir presque identique à celui de Léo. Allons-y.

Sous la véranda, elle alluma une grosse lampe torche, dont le puissant faisceau vint percer l'obscurité compacte qui régnait alentour.

Le temps ne s'était pas amélioré. Il était heureux que Luc et Hattie aient insisté pour faire ses bagages à sa place. Prévoyante comme elle était, sa belle-sœur avait sans nul doute paré à toute éventualité. Qu'il pleuve, vente ou neige, il serait prêt. Mais pour l'instant, toutes ses affaires étaient enfermées dans le coffre de sa voiture. Et il devrait attendre pour décharger.

Grâce à la lampe torche, ils trouvèrent sans difficulté le sentier de gravier menant au chalet voisin.

Luc évalua la distance. C'était idiot d'y aller à pied alors qu'il aurait pu avancer sa voiture de plusieurs dizaines de mètres. Il marqua une pause.

— Ecoutez, je vais aller chercher la voiture, dit-il. Je suis sûr que je retrouverai mon chemin.

A cet instant précis, Phoebe s'arrêta si brusquement qu'il faillit la percuter.

— Nous y sommes, annonça-t-elle. Et voici ce qui reste du chalet que vous avez loué pour deux mois.

Le puissant faisceau de la lampe ne tarda pas à révéler l'ampleur de la catastrophe causée par la tempête de la veille. Un arbre s'était abattu sur le chalet qui se dressait devant eux, littéralement éventré. De là où ils étaient, il était clair que la structure était ouverte à tous les vents.

— Oh ! bon sang ! lâcha-t-il en lançant un coup d'œil derrière lui, car le chalet de Phoebe aurait pu subir le même sort. Vous avez dû avoir une peur bleue.

— J'ai eu des nuits plus tranquilles, en effet, lui répondit-elle, avec une grimace. Ça s'est produit vers 3 heures du matin. J'ai été réveillée par ce bruit épouvantable. Je ne suis pas sortie sur le coup, bien sûr. J'ai dû attendre le lever du jour pour constater l'étendue des dégâts.

— Vous n'avez pas essayé de couvrir le toit ?

Elle eut un petit rire.

— Vous me prenez pour Superwoman ? Je connais mes limites, monsieur Cavallo. J'ai appelé ma compagnie d'assurances, mais inutile de dire qu'ils ont été submergés d'appels suite à la tempête. Normalement, un agent devrait passer demain après-midi, mais je n'y crois qu'à moitié. La pluie était si violente que l'intérieur du chalet est complètement détrempé. Le mal est fait. Quoi que je fasse, ça n'aurait servi à rien.

Elle n'avait pas tout à fait tort. Mais tout cela ne lui disait pas où il serait hébergé. Malgré les protestations adressées à Luc et Hattie, l'idée de lever le pied ne lui semblait plus aussi désagréable maintenant qu'il était arrivé à destination. Peut-être cela lui ferait-il du bien de passer du temps en pleine nature. Peut-être même en viendrait-il à considérer la vie un peu différemment, maintenant qu'il savait à quel point elle était fragile et précieuse.

Phoebe lui effleura le bras.

— Si vous en avez vu suffisamment, rentrons. Rassurez-vous, je ne vais pas vous demander de reprendre la route par ce temps épouvantable. Si vous voulez, vous pouvez passer la nuit dans mon chalet.

Ils firent demi-tour, et Léo laissa Phoebe passer devant avec la lampe. Ils retournèrent ainsi sans encombre jusqu'à la voiture. La lumière de la véranda brillait toujours dans la nuit, et il se sentit une fois de plus réconforté. Phoebe lui fit signe d'entrer.

— Venez vite vous réchauffer. Votre belle-sœur m'a dit que vous avez été hospitalisé. Si vous voulez, je peux aller chercher vos bagages.

Léo la regarda, scandalisé. *Ah, sa belle-sœur et ses maudits instincts de mère poule !*

— Je n'ai pas besoin d'aide, maugréa-t-il. Mais merci quand même.

La pauvre Phoebe ne pouvait pas savoir que son récent incident de santé était un sujet sensible pour lui. Il n'était pas un vieillard, tout de même ! Etre traité comme un semi-handicapé l'irritait au plus haut point. De plus, sans bien savoir pourquoi, il lui semblait particulièrement important que sa charmante hôtesse voie en lui un homme au sommet de sa forme et non quelqu'un à materner.

Au moment même où cette idée lui traversait l'esprit, les pleurs d'un nourrisson se firent entendre. Il fit volte-face, s'attendant à voir une voiture s'arrêter au bord du sentier. Mais Phoebe et lui étaient seuls dans la nuit.

Une autre idée lui traversa l'esprit. Il avait lu quelque part que le cri du lynx pouvait faire penser à des pleurs d'enfant. Or, cet animal nocturne était assez répandu dans les monts Great Smoky. Il n'eut pas le temps de s'interroger davantage, car le cri résonna une fois de plus dans la nuit.

Phoebe lui fourra la lampe torche entre les mains.

— Prenez ça. Il faut que je rentre tout de suite.

— Alors, comme ça, fit-il avec un petit sourire, vous m'abandonnez en pleine nuit au milieu des bêtes sauvages ?

Elle secoua la tête, interloquée.

— Que voulez-vous dire ?

— N'est-ce pas un lynx qu'on entend là ?

Phoebe émit un petit rire de gorge, dont la sensualité

lui fit dresser les poils des bras encore plus nettement que l'étrange cri qu'il venait d'entendre.

— Je vois que vous avez beaucoup d'imagination, répondit-elle, amusée, mais je peux vous assurer que ce n'est pas un lynx.

Elle sortit de sa poche l'appareil électronique qu'il avait remarqué précédemment. Ce n'était pas un appareil photo mais un petit récepteur.

— Les cris que vous venez d'entendre et qui ressemblent à des pleurs de bébé sont *bel et bien* des pleurs de bébé. Et je ferais mieux de rentrer en vitesse avant qu'une nouvelle tempête se déchaîne.

2

Bouche bée, Léo la regarda s'engouffrer dans la maison et claquer la porte derrière elle. Ce ne fut que lorsqu'il ressentit la morsure du froid sur ses mains qu'il se remit en mouvement. D'un geste vif, il sortit du coffre le plus petit de ses deux sacs. Passant la bandoulière sur son épaule, il récupéra la sacoche contenant son ordinateur et son autre sac de vêtements.

Après avoir verrouillé la voiture, il se dirigea vers le chalet. A peine eut-il franchi le seuil qu'il tomba en arrêt : debout devant la cheminée, Phoebe tapotait doucement le dos d'un nourrisson qui gémissait contre son épaule. Une bouffée d'émotion l'envahit. Sans doute était-ce la lumière du feu qui rendait cette vision aussi touchante. Sa belle-sœur Hattie avait exactement la même expression lorsqu'elle serrait ses deux petits dans ses bras.

Mais la présence d'un bébé impliquait aussi celle d'un père, et Léo avait beau ne connaître cette Madone à l'enfant que depuis quelques heures, il ne put s'empêcher de ressentir un profond sentiment de déception. Phoebe ne portait pas d'alliance, mais la nette ressemblance entre elle et l'enfant en disait long.

Eh bien, il ne lui resterait plus qu'à ignorer cette malencontreuse attirance… Manifestement, Phoebe n'était pas disponible. De plus, il avait beau adorer ses neveux, il n'était pas le genre d'homme à faire sauter un enfant sur ses genoux et à jouer à « Trois petits chats ».

Phoebe lui adressa un sourire.

— Voici Teddy. C'est le diminutif de Théodore, mais ce prénom est un peu trop sérieux pour un enfant de six mois.

Otant une fois de plus ses chaussures, Léo posa ses bagages.

— Il est adorable, dit-il en s'approchant du feu.

— C'est vrai, mais un peu moins quand il me réveille à 3 heures du matin, lui répondit Phoebe, qui malgré ce reproche, semblait littéralement sous le charme.

— Il ne fait pas encore ses nuits ?

Elle tiqua aussitôt à cette infime critique.

— Pour son âge, il dort très bien. N'est-ce pas, mon ange ?

Blotti contre Phoebe, Teddy suçait paisiblement son pouce. Elle resserra son étreinte avec douceur.

— En général, reprit-elle, il s'endort vers 22 heures et se réveille vers 6 ou 7 heures du matin. Mais je crois qu'il commence à faire ses dents.

— Mmm, très douloureux, ça.

— Venez, dit Phoebe, en posant le bébé sur sa hanche, je vais vous montrer la chambre d'amis. Je ne crois pas que nous vous dérangerons, même s'il pleure pendant la nuit.

Il la suivit dans le couloir, où ils passèrent devant la vaste chambre occupée sans aucun doute par Phoebe et le bébé. Le froid le saisit dès qu'il entra dans la chambre d'amis.

— Désolée, fit-elle, mais j'avais coupé les radiateurs. Rassurez-vous, la chambre ne tardera pas à se réchauffer.

— C'est charmant, fit-il en regardant autour de lui avec intérêt, impressionné par le grand lit en rondins qui dominait la pièce. D'épais rideaux vert foncé masquaient la fenêtre, qui devait être une baie vitrée vu sa taille. La salle de bains attenante, dans les tons beige et sable, contenait un Jacuzzi et un grand espace douche. Hormis la salle de bains carrelée, le sol était recouvert du même parquet qu'il avait remarqué dans le reste de la maison, égayé ici et là d'un tapis de couleur vive.

Phoebe marchait de long en large, continuant à bercer le bébé désormais endormi.

— Faites comme chez vous. Si vous souhaitez rester dans la région, je vous donnerai quelques numéros de téléphone demain matin.

— Mais j'ai déjà réglé la moitié de mon séjour, lui rappela Léo. Je n'ai pas envie de loger ailleurs.

Bien qu'agacée par cette remarque, Phoebe répondit avec calme.

— Je vous rembourserai, bien sûr. Vous avez vu le chalet, il est inhabitable. Même si je touche l'assurance rapidement, ce ne sera pas facile de trouver une entreprise pour réaliser les travaux. En réalité, je crois que ça va prendre un temps fou pour tout remettre sur pied.

Léo songea au voyage éprouvant qui l'avait amené dans ces montagnes reculées. Hier encore, il n'avait aucune envie de ces vacances forcées. Les dégâts causés par la tempête lui offraient une porte de sortie inespérée. La seule chose qui lui restait à faire était d'expliquer à Luc, Hattie et son médecin, que les circonstances s'étaient liguées contre lui. Il pouvait être de retour à Atlanta dès le lendemain soir.

Mais quelque chose en lui — l'obstination peut-être ? — l'empêchait de céder à la facilité.

— Et où est M. Kemper, dans tout ça ? fit-il soudain. Ne devrait-il pas se charger des travaux du chalet ?

Phoebe le dévisagea, stupéfaite.

— M. Kemper ? répéta-t-elle, avant de se mettre à rire. Je ne suis pas mariée, monsieur Cavallo.

— Et le bébé ?

Elle fronça légèrement les sourcils.

— Quelle question ! A moins que vous ne jugiez les femmes incapables d'élever un enfant seules.

— J'ai toujours pensé qu'un enfant avait besoin de deux

parents, fit-il avec un haussement d'épaules. Cela dit, je crois aussi que les femmes sont libres de mener leur vie comme elles l'entendent. Mais j'ai du mal à croire qu'une femme comme vous aspire à devenir mère célibataire.

Elle ne put s'empêcher de le foudroyer du regard.

— Que voulez-vous dire, « une femme comme moi » ?

Il s'adossa au mur et croisa les bras sans la quitter du regard. Maintenant qu'il savait qu'elle était célibataire, tout devenait possible.

— Vous êtes incroyablement belle. Les hommes du coin ne vous l'ont jamais dit ?

Elle pinça les lèvres.

— C'est la remarque la plus stéréotypée que j'aie jamais entendue.

— Peut-être. Vous vivez au milieu de nulle part. Et votre enfant n'a pas de père. Il est normal que je me pose des questions.

Phoebe le dévisagea. Il soutint son regard avec patience. Ils savaient peu de choses l'un de l'autre, finalement, réalisa-t-il soudain. Sans la tempête de la veille, Phoebe se serait sans doute contentée de lui remettre ses clés et ils auraient peut-être échangé quelques plaisanteries et rien d'autre. Au cours des semaines suivantes, ils se seraient à la rigueur croisés dehors de temps à autre et salués de la main.

Mais le destin s'en était mêlé. Issu d'une famille d'origine italienne, Léo croyait à la puissance du destin et de l'amour. Et puisqu'il en était réduit à l'oisiveté, il était déterminé à explorer la fascination naissante que lui inspirait cette mystérieuse jeune femme.

Il ne la quitta pas des yeux lorsqu'elle déposa le bébé au milieu du lit. L'enfant se tourna doucement sur le côté et continua de dormir paisiblement. Mimant l'attitude de Léo, Phoebe alla s'adosser face à lui contre la grande garde-robe.

Elle le dévisagea quelques instants en se mordillant les lèvres.

— Premièrement, fit-elle enfin avec un soupir, vous n'êtes pas au milieu de nulle part. Mais vous avez voyagé de nuit et dans de très mauvaises conditions météo. Il est normal que vous ayez cette impression. Pour votre information, Gatlinburg se trouve à une quinzaine de kilomètres d'ici à peine. Et Pigeon Forge à moins d'une dizaine. Et l'on peut trouver ici tout ce dont on peut avoir besoin : épiceries, stations-service, et bien d'autres choses encore. Pour ma part, je préfère vivre un peu à l'écart des zones les plus habitées. C'est beaucoup plus tranquille.

— Je vous crois sur parole.

— Deuxièmement, poursuivit-elle, Teddy n'est pas mon fils, mais mon neveu.

A ces mots, Léo ressentit un tel soulagement à l'idée que la jeune femme soit finalement libre comme l'air... *Etrange.*

— Ma sœur et son mari John sont partis pour six semaines au Portugal. Ils ont préféré ne pas emmener Teddy car ils ont du rangement et des travaux à faire dans la maison du père de John. J'ai donc proposé de garder Teddy en leur absence.

— Vous devez beaucoup aimer les enfants.

Une ombre passa sur le visage de Phoebe.

— J'adore mon neveu, précisa-t-elle en retrouvant l'éclat qui avait disparu l'espace d'un instant. Mais là n'est pas la question. Je ne peux pas vous louer un chalet endommagé. Vous devez loger ailleurs.

Il mit dans son sourire tout le charme dont il était capable.

— Vous pouvez toujours me louer *cette* chambre-là.

**
*

Elle devait bien l'admettre : Léo Cavallo avait de la suite dans les idées. Ses yeux d'un brun profond étaient trompeurs. Une femme pouvait se laisser complètement abuser par leur chaleur, alors qu'ils n'étaient pour lui qu'un instrument pour parvenir à ses fins. Son apparence ne trahissait aucun signe de la maladie évoquée par sa belle-sœur, quelle qu'elle soit. Son teint mat, de même que la consonance italienne de son nom, laissaient penser qu'il avait du sang méditerranéen. Et cette belle génétique conférait à Léo un charme tout bonnement ravageur.

Elle se borna d'autant plus à rester neutre et à répéter :

— Vous n'êtes pas dans une chambre d'hôte. J'ai un chalet que je loue à des vacanciers. Or, ce chalet est actuellement inhabitable. Je ne vois pas ce que je peux faire pour vous.

— Ne prenez pas de décision hâtive, fit-il d'une voix rauque et charmeuse. Je n'ai pas mon pareil pour changer une ampoule électrique et chasser les insectes nuisibles d'une maison.

— Figurez-vous que je suis assez grande, moi aussi, pour changer une ampoule. Quant aux insectes, j'ai quelqu'un qui passe inspecter les lieux chaque mois.

— Ce n'est pas rien de s'occuper d'un enfant. Peut-être apprécieriez-vous d'avoir un peu d'aide.

— Je ne sais pas pourquoi, mais j'ai l'impression que changer des couches n'est pas trop votre truc.

— Finement observé.

Etaient-ils dans une impasse ? Allait-il renoncer ? Elle regarda Teddy qui dormait si paisiblement. Les bébés étaient une part importante de sa vie, mais elle était aussi une femme et il était clair qu'il y avait bien longtemps qu'elle n'avait pas profité de la compagnie d'un homme.

— Ecoutez, je vais vous faire une proposition, dit-elle lentement, se demandant si elle n'avait pas perdu la tête. Dites-moi pourquoi vous voulez vraiment rester, et j'examinerai votre demande.

Pour la première fois, elle perçut une certaine gêne dans l'expression de Léo. C'était apparemment le genre d'homme qui commandait sa vie comme un capitaine son navire, distribuant les ordres et habitué à se faire obéir. Mais en cet instant, le masque était tombé, révélant une part de vulnérabilité.

— Que vous a dit ma belle-sœur en faisant la réservation ?

Parade classique : répondre à une question par une autre question.

— Elle m'a dit que vous aviez été malade. Rien de plus. Mais pour être honnête, vous n'avez pas l'air d'être à l'article de la mort.

Léo esquissa un sourire teinté d'autodérision.

— Tant mieux.

De plus en plus curieux.

— Maintenant que j'y pense, reprit-elle, essayant de résoudre l'énigme tout en parlant, vous ne m'avez pas l'air non plus d'un homme qui prend un ou deux mois de congé sabbatique sans raison. A moins, bien sûr, que vous soyez artiste ou musicien. Ou romancier peut-être ? Alors, je chauffe ?

Léo fit une moue, évitant son regard.

— J'ai besoin de faire une pause, dit-il. N'est-ce pas une raison suffisante ?

Quelque chose dans sa voix la toucha... une note de découragement ou de détresse. A ce moment précis, elle se sentit proche de Léo Cavallo. N'avait-elle pas choisi de s'exiler dans ces montagnes et fait construire ses deux chalets exactement pour la même raison ? Un jour, elle en avait eu assez de son travail qui ne lui laissait aucun répit, et avait dû surmonter une grave désillusion sur le plan personnel. Son isolement lui avait apporté la paix.

— Très bien, dit-elle, capitulant sans chercher à en

savoir davantage. Vous pouvez rester. Mais si vous me tapez sur les nerfs, je n'hésiterai pas à vous mettre dehors.

Il sourit, visiblement soulagé.

— C'est d'accord.

— Et je vous demanderai mille dollars de plus par semaine pour les repas que nous aurons à partager.

Elle prenait un risque en augmentant son tarif de la sorte, elle le savait. Mais Léo se contenta d'un hochement de tête.

— A votre guise, fit-il, le regard brillant. Merci, Phoebe, ajouta-t-il sur un ton plus sérieux. J'apprécie votre hospitalité.

Le nourrisson changea de position, brisant la bulle d'intimité qui semblait envelopper la pièce. Phoebe prit doucement l'enfant dans ses bras, ressentant soudain le besoin de se protéger du charismatique Léo Cavallo.

— Alors je vous souhaite bonne nuit.

Son nouveau pensionnaire acquiesça, fixant de ses paupières lourdes le bébé endormi.

— Dormez bien, dit-il. Et si vous entendez un peu de bruit pendant la nuit, ne vous inquiétez pas. J'ai eu quelques insomnies, dernièrement.

— Si vous voulez, je peux vous préparer un lait chaud.

— Ça ira, merci. A demain.

Léo la regarda quitter la pièce et ressentit comme un pincement de culpabilité d'avoir ainsi envahi son intimité. Mais il n'avait aucune envie de rentrer à Atlanta. Il songea à la façon dont ses collaborateurs l'avaient ménagé dernièrement, comme si le moindre bruit, la moindre contrariété risquait de le faire rechuter. Son frère avait beau faire son possible pour masquer son inquiétude, Léo avait besoin de prendre du recul après ce qui lui était arrivé.

Après son malaise, sa première impulsion avait été de se replonger dans le travail. Mais le médecin n'avait accepté de le laisser sortir de l'hôpital qu'à condition qu'il prenne du repos. Une option que Léo n'avait acceptée que contraint et forcé.

En début de soirée, lorsqu'il avait quitté l'autoroute, il avait appelé son frère pour l'informer qu'il était presque arrivé. Il avait beau avoir besoin d'échapper à l'étouffante sollicitude de son cadet, il était hors de question pour lui de l'inquiéter inutilement. Il aurait fait n'importe quoi pour Luc, et il savait que la réciproque était tout aussi vraie. Les deux frères s'étaient toujours serré les coudes, depuis qu'ils avaient dû s'exiler à l'étranger durant leur adolescence pour s'installer chez leur grand-père.

Léo bâilla et s'étira, soudain épuisé. Peut-être était-il en train de payer toutes ces années durant lesquelles il avait dépensé son énergie sans compter. Tant ses médecins que sa famille lui avaient imposé une guérison totale et l'avaient contraint à se mettre au vert. Et peut-être son récent séjour à l'hôpital l'avait-il affecté beaucoup plus qu'il ne l'imaginait. Quoi qu'il en soit, il se sentait accablé de fatigue et n'aspirait plus qu'à s'étendre dans le grand lit rustique qui serait le sien pour de longues semaines.

Dommage d'en être réduit à dormir seul... Son corps réagit au quart de tour lorsque des visions de Phoebe traversèrent son esprit — ce qui était bon signe, après tout. Il y avait quelque chose d'infiniment séduisant dans le sourire de la jeune femme, qui semblait masquer une exquise sensualité. Le médecin de Léo ne lui avait interdit ni l'exercice physique ni l'activité sexuelle. Cela dit, ce dernier point était sujet à caution... S'efforçant d'ignorer le désir puissant mais vain qui s'était emparé de son corps, il sortit la trousse de toilette de son sac et se dirigea vers la douche.

Au grand soulagement de Phoebe, le bébé ne se réveilla pas lorsqu'elle le déposa dans son berceau. Elle resta un long moment à son côté, observant ses moindres mouvements jusqu'à ce qu'elle soit sûre qu'il dormait à poings fermés. Elle avait beau savoir que Teddy manquait terriblement à sa sœur, égoïstement, Phoebe se réjouissait de pouvoir passer Noël en compagnie du bébé.

Un léger tiraillement se fit sentir au creux de son ventre à l'idée que Léo serait peut-être là, lui aussi. Mais peut-être rentrerait-il à Atlanta pour les fêtes et reviendrait-il ensuite terminer son séjour ?

Lorsque la belle-sœur de Léo avait fait la réservation, elle avait réalisé quelques recherches sur Google au sujet de la famille Cavallo. Elle avait appris que Léo était riche et célibataire, et qu'il occupait le poste de directeur financier de la grande entreprise textile fondée naguère par son grand-père en Italie. Elle avait également découvert qu'il contribuait à plusieurs causes humanitaires, non seulement financièrement mais comme bénévole. En réalité, Léo aurait pu vivre de ses rentes, car la fortune familiale se comptait en millions de dollars. Mais elle comprenait ce qui le poussait à travailler : un homme comme lui avait besoin de relever des défis, de se confronter à des adversaires, tant dans les affaires que dans la vie.

Phoebe ne prenait pas à proprement parler un risque en acceptant de l'héberger chez elle. C'était de toute évidence un gentleman et, lorsqu'elle y songeait, elle savait bien plus de choses sur lui que sur certains hommes à qui elle avait autrefois accordé ses faveurs. La seule chose qui la gênait, c'était son état de santé et cette sensation qu'il avait besoin d'aide. Il est vrai qu'elle avait déjà son lot de responsabilités.

Elle avait beau ne pas avoir de vraies raisons de s'inquiéter, elle ressentait chez lui une certaine souffrance. Léo semblait avoir perdu ses repères. Cette idée lui serra le cœur. Elle avait elle-même souffert d'une longue dépression et ne souhaitait à personne d'avoir à traverser une telle épreuve. Peut-être au cours de son séjour, pourrait-elle comprendre un peu mieux pourquoi un homme apparemment aussi solide que lui semblait vaciller sur ses bases.

Alors qu'elle s'apprêtait à se mettre au lit, des images de lui ne cessaient de se bousculer dans son esprit. Enfin, elle se blottit sous sa couette et ferma les yeux, mais le visage de Léo resta imprimé dans son esprit tout au long de la nuit.

3

Léo fut réveillé par un rayon de soleil qui perçait par une ouverture dans les rideaux. Il bâilla puis se passa la main sur le visage avant de se rendre compte, avec plaisir, qu'il avait dormi toute la nuit. A croire que le bon air de la montagne avait ses vertus, après tout.

La plupart de ses vêtements étant encore dans la voiture, il sortit de son sac un jean délavé et son pull en cachemire préféré — de chez Cavallo, bien sûr. Une douce chaleur régnait à présent dans la chambre, mais Léo était pressé de sortir pour voir à quoi ressemblait le paysage à la lumière du jour.

Enfilant le couloir sur la pointe des pieds au cas où le bébé dormirait encore, il s'arrêta sans même y penser devant la chambre de Phoebe. Par la porte entrebâillée, il distingua une forme sous les couvertures en désordre. Pauvre Phoebe. Le bébé n'avait dû lui laisser aucun répit cette nuit.

Résistant à l'envie de s'attarder davantage, il se dirigea vers la cuisine et localisa rapidement la cafetière. Phoebe était quelqu'un d'organisé, et il trouva sans problème ce qu'il cherchait dans l'élément de cuisine situé juste au-dessus. Lorsque le café fut prêt et qu'il s'en fut servi une tasse, il prit une banane sur le comptoir et alla se poster devant la fenêtre du salon.

L'un des objectifs de cette convalescence était d'acquérir l'habitude de prendre un petit déjeuner. En temps normal, il n'avait ni le temps ni l'envie d'avaler quoi que ce soit le matin. Il se rendait à la salle de sport à 6 h 30 et arrivait au bureau avant 8 heures. Après quoi, il travaillait sans interruption jusqu'à 19 heures et parfois plus tard.

Il n'avait jamais songé à son rythme de travail par le passé. Cette façon de vivre lui convenait, et il faisait ainsi tout ce qu'il avait à faire. Pour un homme dans la force de l'âge, l'idée même de prendre le temps ou de profiter de la vie revenait à avouer que l'on était vieux. Maintenant qu'on lui avait ordonné de le faire, il se sentait mécontent et frustré. Et dire qu'il n'avait que trente-six ans ! Le moment était-il déjà venu de jeter l'éponge ?

Ouvrant les rideaux, il découvrit un univers scintillant comme des diamants sous le soleil matinal. Toutes les branches, et jusqu'à la moindre feuille d'arbre, étaient couvertes de givre. A l'évidence, les températures avaient chuté comme prévu, et à présent l'étroite vallée où était niché le chalet de Phoebe ressemblait au pays de la princesse des neiges.

Ce qui compromettait sérieusement ses envies d'exploration. Seul un idiot serait sorti par un temps pareil, au risque de se rompre le cou sur la première plaque de verglas venue. *Patience, Léo. Patience.* Son médecin, qui était aussi son partenaire de squash, lui conseillait sans cesse de se refréner, de prendre son temps, mais Léo doutait d'en être capable un jour. Il venait à peine d'arriver, mais il ne tenait déjà plus en place, rêvant d'un projet dont il aurait à s'occuper, d'un problème à résoudre.

— Vous êtes bien matinal.

Léo sursauta si violemment en entendant la voix de Phoebe qu'il se renversa du café brûlant sur la main. Il poussa un cri de douleur.

L'embarras de la jeune femme sautait aux yeux tandis qu'il se précipitait dans la cuisine pour faire couler de l'eau froide sur sa brûlure.

— Désolée, dit-elle. J'ai cru que vous m'aviez entendue.

Léo était certes perdu dans ses pensées à l'arrivée de Phoebe, mais il avait totalement retrouvé ses esprits, à présent. D'autant que celle-ci portait un pyjama qui moulait ses formes de façon tout à fait exquise, révélant la fermeté de ses seins et de ses fesses, et la finesse de ses jambes.

Mais au-delà de son désir égoïste, il lui apparut très vite que Phoebe était totalement épuisée, comme en témoignaient les cernes qui soulignaient ses yeux.

— Nuit difficile avec le petit ? demanda-t-il.

Elle acquiesça, réprimant un bâillement avant de prendre une tasse dans l'un des éléments de cuisine. Lorsqu'elle tendit le bras, son haut de pyjama se souleva légèrement, révélant une bande de peau soyeuse et dorée. Il détourna le regard, gêné de se trouver en position de voyeur, mais curieusement, la vision persista dans son esprit.

Phoebe se servit une tasse de café et en but une longue gorgée, avant d'aller s'asseoir dans un fauteuil en cuir et de se couvrir d'un plaid.

— Ça n'avait rien à voir avec le bébé, lui expliqua-t-elle. C'était moi. Je pensais à mon chalet détruit, au casse-tête que ça va être, ne serait-ce que de trouver une entreprise désireuse de se charger des travaux.

— Je pourrais m'en charger, dit-il, sans même réfléchir.

Manifestement, les habitudes avaient la vie dure. Mais après tout, aider son prochain n'était-il pas aussi bénéfique que de prendre le temps de vivre, comme on le lui avait recommandé ? Par chance, sa belle-sœur n'était pas là pour le réprimander, elle qui, depuis le problème cardiaque de Léo, passait son temps à lui expliquer que la vie n'était pas seulement faite pour travailler.

Bien sûr, Hattie était mariée avec Luc, qui, par miracle, avait réussi à trouver un équilibre entre sa vie de famille et la direction du Département recherche et développement de l'entreprise familiale. Les innovations de Luc, à la fois en matière de textile et de mode, avaient permis à leur société de rester compétitive dans le monde changeant du XXIe siècle. Les maisons de couture du monde entier demandaient les textiles Cavallo pour leurs collections les plus prestigieuses.

Léo était heureux de répondre à leurs besoins. Mais cela avait bien sûr un prix.

Phoebe poussa un profond soupir.

— Je ne peux pas vous demander une chose pareille, répondit-elle, l'air sombre. C'est à moi de régler ce problème, et de plus, vous êtes en vacances.

— Pas exactement en vacances, corrigea-t-il. Ma famille a décidé qu'elle ne voulait plus de moi au travail pour quelque temps, nuance.

— Léo a été un méchant garçon ? fit-elle avec un sourire.

Cette remarque eut sur lui un effet ravageur. Il rougit et dut réprimer une envie irrépressible de se jeter sur elle et de l'embrasser à perdre haleine. Par chance, comprenant que ce n'était là qu'une plaisanterie, il s'abstint.

— Non, pas méchant, répondit-il, simplement on me reproche de trop travailler, et de ne pas assez m'amuser.

Phoebe passa les deux jambes au-dessus de l'accoudoir du fauteuil, tenant son mug contre son ventre. Pour la première fois, il remarqua qu'elle portait des chaussons Hello Kitty. Il aurait été difficile de trouver un accessoire moins sexy. Pourtant, Léo était fasciné.

— Donc, vous êtes victime d'épuisement professionnel, si je comprends bien ?

Elle était décidément perspicace.

— On peut dire ça, lui répondit-il. Même si ce n'était pas le seul problème. On m'a en quelque sorte envoyé en pénitence dans cette province reculée, pour que je réfléchisse à mes erreurs.

— Et qui vous en a convaincu ? Vous n'êtes apparemment pas le genre d'homme à vous laisser dicter votre conduite.

Il se resservit une tasse de café et alla s'asseoir en face d'elle.

— C'est clair, admit-il. Mais mon petit frère, qui est, lui, très heureux en ménage, pense que j'ai besoin de repos.

— Et vous l'avez écouté ?

— J'ai eu du mal.

Elle étudia son visage avec attention, comme si elle essayait de voir clair à travers ses semi-vérités.

— Et comment envisagiez-vous de vous occuper pendant ces deux mois ?

— Ça reste à voir. J'ai une caisse de romans policiers à l'arrière de ma voiture, une année de grilles de mots croisés en retard à faire sur mon iPad, et une caméra numérique toute neuve que je n'ai même pas encore sortie de son emballage.

— Impressionnant.

— Vous voyez, j'ai largement le temps de rechercher des entreprises pour vos travaux.

— Pourquoi voudriez-vous vous en charger ?

— Je suis quelqu'un d'actif.

Elle le jaugea du regard.

— Justement, vous êtes là pour faire exactement le contraire : ne *pas* être actif. Je n'ai pas envie d'être responsable de votre rechute.

— Croyez-moi, Phoebe, recruter des entreprises et établir un planning de travaux sont des choses que je pourrais faire même dans mon sommeil. Et comme je ne suis pas propriétaire de ce chalet, cela ne générera aucun stress.

Elle eut une moue sceptique :

— Jamais je n'envisagerais une chose pareille s'il n'y avait pas le bébé.

— Je comprends.

— Si vous vous sentez fatigué, promettez-moi de me le dire.

— Parole de scout, lui répondit-il, en serrant l'index et le majeur.

— Dans ce cas, comment puis-je refuser ?

A ces mots, Léo sentit déferler en lui une bouffée d'allégresse totalement disproportionnée. Il comprit alors à quel point l'idée de passer deux mois sans activité définie avait été source de stress pour lui. Il décida sur-le-champ de consacrer ses matinées à la réfection du chalet et envisagea soudain ses deux mois d'exil dans les montagnes d'un œil beaucoup plus optimiste.

Il songea soudain à son frère. Qu'est-ce que ce dernier aurait pensé de ce nouveau développement ? Luc l'imaginait sans doute passant ses journées auprès d'une belle flambée et lisant un roman de John Grisham… Mais Léo avait beau aimer la lecture et en particulier cet auteur de romans policiers, passer toutes ses journées à lire aurait fini par le rendre fou.

Déjà, l'inactivité qui lui avait été imposée depuis l'accident cardiaque avait été difficile à supporter. Son médecin l'avait certes autorisé à faire du sport pendant sa convalescence, mais il n'y avait pas ici le moindre équipement, et la météo était bien trop mauvaise ne serait-ce que pour faire un peu de jogging. Cette idée conforta Léo dans sa décision : la mission qu'il venait de se trouver était bien la seule solution.

Soudain, des pleurs se firent entendre du fin fond du couloir : le bébé était de méchante humeur, à ce qu'il semblait.

Phoebe jaillit de son fauteuil, manquant renverser son café.

— Zut, j'ai oublié de prendre le récepteur, dit-elle, en posant sa tasse dans l'évier avec un bruit sec, avant de se précipiter vers la chambre.

Léo eut à peine le temps de se resservir une tasse de café que Phoebe était de retour, le petit Teddy calé sur la hanche. Le nourrisson avait le visage congestionné par les pleurs. Phoebe écarta avec douceur une mèche de cheveux de son front.

— Pauvre bébé, dit-elle, comme ce doit être difficile pour lui de ne pas voir sa mère et son père quand il se réveille.

— Mais il vous connaît bien, n'est-ce pas ?

— Oui, il me connaît bien, soupira Phoebe. Il n'empêche… Je me fais du souci pour lui jour et nuit. Jamais encore on ne m'avait confié la garde exclusive d'un bébé, et je vous avoue que c'est très angoissant.

— Je trouve que vous vous en sortez à merveille. Cet enfant a l'air en excellente santé et parfaitement heureux.

Phoebe lui lança un regard sceptique, mais les paroles de Léo semblaient l'avoir réconfortée.

— J'espère que vous avez raison.

Sans crier gare, elle lui tendit l'enfant.

— Ça vous ennuierait de lui donner son biberon le temps que je me prépare ?

Léo ne put réprimer un mouvement de recul.

— Ecoutez, Phoebe. J'ai peur que ça ne plaise pas à Teddy. Je n'ai pas votre expérience. De plus, ma stature fait peur aux enfants, en général.

Phoebe le dévisagea, stupéfaite.

— C'est absurde, lança-t-elle en le foudroyant du regard. Hier encore, vous me proposiez de me donner un coup de main pour le bébé en échange de votre hébergement.

Léo haussa les épaules, déterminé à ne pas montrer son embarras.

— C'est vrai, mais je me voyais plutôt jeter les couches à la poubelle ou attraper le récepteur au cas où vous seriez occupée. Je suis trop maladroit pour prendre un bébé dans mes bras.

— Il n'y a pas d'enfants dans votre entourage ?

— Si, mon frère en a deux, un garçon et une fille. Je

les vois plusieurs fois par mois, mais je ne fais pas grand-chose hormis leur faire la bise et m'extasier en voyant combien ils ont grandi. J'avoue qu'il m'arrive de les faire sauter sur mes genoux, mais c'est rare. Tout le monde ne peut pas avoir un bon contact avec les enfants.

Le petit Teddy, que Phoebe tenait toujours à bout de bras, agitait frénétiquement ses jambes potelées. Comblant l'espace qui la séparait de Léo, elle lui fourra d'office le nourrisson dans les bras.

— Alors, il est grand temps d'apprendre. N'oubliez pas que ça fait partie de notre accord.

Léo réceptionna l'enfant, resserrant fermement son étreinte. Le petit corps était tout chaud entre ses bras. Le nourrisson sentait la lotion et un parfum indéfinissable de nurserie qui caractérisait les bébés du monde entier.

— Je pensais que devenir votre contremaître allait m'exempter des missions de baby-sitting.

Phoebe croisa les bras, ce qui eut pour résultat de faire pigeonner ses seins sous son haut de pyjama moulant.

— Eh bien, non. Un accord est un accord. Faut-il que je rédige un contrat ?

Léo était vaincu, il le savait. Lui qui avait pris Phoebe pour une sorte de baba-cool facile à vivre, voilà qu'il était soudain confronté à une négociatrice au regard d'acier, qui n'hésiterait pas à le jeter dehors s'il lui donnait la moindre raison de le faire.

— Je lèverais bien les bras pour vous montrer que je capitule, répondit-il en souriant, mais je crains que ça ne plaise pas à votre neveu.

Phoebe émit une sorte de grognement de satisfaction. Tout en souriant intérieurement, Léo alla s'asseoir sur le canapé en compagnie de Teddy et la regarda préparer le biberon.

— Il préfère boire assis, dit-elle en lui tendant le biberon. Faites-lui faire son rot au bout de la moitié.

— A vos ordres.

Phoebe le dévisagea, les mains sur les hanches.

— Ne vous moquez pas de moi. N'oubliez pas que vous n'êtes pas en position de force.

Léo s'efforça de prendre un air contrit — faisant au passage un effort surhumain pour ne pas fixer ses seins. Il s'éclaircit la gorge.

— Allez prendre votre douche, dit-il. Je contrôle la situation, je vous assure.

Phoebe se mordilla les lèvres.

— En cas de problème, entrouvrez la porte de ma chambre et appelez-moi, d'accord ?

A la simple idée d'être autorisé à s'immiscer dans sa chambre, Léo sentit le désir revenir en force. Par chance, il avait un biberon à donner, comme le lui rappelait le petit garçon manifestement affamé.

— Allez-y, répéta Léo, en prenant le biberon. Nous nous en sortons à merveille.

Lorsque Phoebe fut sortie de la pièce, Léo ajusta la position de Teddy, le plaçant au creux de son bras gauche afin de pouvoir lui offrir le biberon de la main droite. Le nourrisson semblait capable de le tenir tout seul, mais s'il le lâchait, il serait impuissant.

Léo se cala confortablement au fond du canapé et posa les pieds sur une ottomane assortie, agréablement surpris par la sensation de l'enfant niché contre lui. Teddy ne semblait pas le moins du monde effarouché par la présence d'un étranger. La seule chose qui comptait sans doute pour lui était de pouvoir téter tout son soûl. Du reste, il sembla mécontent lorsque Léo lui ôta le biberon et le plaça sur son épaule pour lui faire faire son rot.

Malgré tout, le changement de position apporta le résultat souhaité, et Léo lui administra sans problème la deuxième moitié du biberon. Lorsque ce dernier fut vide, Léo le posa et prit l'anneau de dentition posé sur la table basse voisine. Le nourrisson se saisit de l'objet et s'en donna à cœur joie, ce qui permit à Léo d'observer en détail la pièce où il se trouvait.

Il aimait la façon dont Phoebe avait meublé le chalet. Ses choix de décoration donnaient à l'endroit un côté à la fois sophistiqué et moderne. Le mobilier et les lampes semblaient solides et faits pour durer, et devaient donc valoir assez cher. Le parquet était aussi d'excellente qualité.

Côté cuisine, les plans de travail en granit brun clair mettaient en valeur les placards de bois d'érable couleur miel. La personnalité de Phoebe se reflétait dans le choix des objets : la série de boîtes de rangement vert et or, ou encore la photo fixée par un aimant à la porte du réfrigérateur, la montrant, elle et sa sœur, en compagnie de Teddy.

Léo regarda le bébé. Le petit garçon le dévisageait de ses grands yeux bleus, l'air de dire : « A quoi tu joues ? » Léo se mit à rire.

— Tu en as de la chance d'avoir une tante aussi jolie, mon petit bonhomme. Alors, je t'en prie, ne me grille pas avec elle, et nous serons les meilleurs copains du monde.

A ces mots, Teddy se remit à mordiller paisiblement son anneau.

Léo n'était pas le genre d'homme à se laisser facilement divertir. Atlanta lui manquait, le travail lui manquait, il avait, avant toute chose, besoin de sentir qu'il était pleinement aux commandes de son navire. Pourtant, il y avait dans le fait de donner le biberon à un enfant quelque chose qui permettait de goûter l'instant présent et éclipsait toutes les urgences de la vie.

Comme il l'avait dit à Phoebe, il n'était pas tout à fait novice en matière d'enfants. L'année précédente, Luc et Hattie avaient adopté la nièce de celle-ci après leur mariage. La petite fille avait maintenant presque deux ans. Et dernièrement, Hattie avait donné naissance à un petit garçon aux cheveux et aux yeux sombres, un pur Cavallo.

Léo appréciait la compagnie des enfants. Ils représentaient la certitude la plus concrète que la Terre continuerait à tourner. Toutefois, il n'avait jamais eu envie d'être père. Son mode de vie était complexe, très organisé, et surtout il n'avait pas le temps. Or, les enfants devaient pouvoir profiter de leurs parents dans une certaine mesure. En réalité, l'empire Cavallo était l'enfant de Léo. Il suivait chaque jour l'évolution des bénéfices. Dans les moments difficiles, il redistribuait les investissements et remaniait la stratégie commerciale du groupe jusqu'à ce que les pertes se transforment en profits.

Il était parfaitement conscient de passer pour quelqu'un de dur, d'insensible. Mais les dizaines de milliers de salariés qui dépendaient de lui de par le monde justifiaient ses actes. L'idée qu'un autre homme avait pris les commandes en son absence l'agaçait profondément. Mais Luc avait recruté un directeur financier des plus compétents.

Léo ne s'en sentait pas moins mis sur la touche.

Il consulta sa montre. Oh bon sang ! Il n'était que 10 h 30. Comment allait-il supporter de mijoter ainsi pendant deux mois ? Avait-il même la volonté de devenir ce nouvel homme que sa famille appelait de ses vœux ? Cet homme équilibré, décontracté et facile à vivre ?

Il étendit son bras libre sur le dossier du canapé et ferma les yeux, en quête de pensées apaisantes.

Non, il n'avait aucune envie de changer. Il voulait rentrer chez lui. Du moins, jusqu'à sa rencontre avec Phoebe. A présent, il n'en était plus si sûr.

Espérant que le nourrisson ne perçoive pas son état d'esprit négatif, Léo s'efforça de se concentrer sur la seule chose capable de le détourner de ses problèmes : Phoebe. Phoebe et sa silhouette élancée et ses longues jambes. Phoebe, sa chevelure sombre et ses yeux noirs. L'irrésistible Phoebe.

S'il parvenait à la séduire, alors sa convalescence prendrait une tout autre dimension. Du reste, il y avait comme une étincelle entre eux. Il le sentait. Il se trompait rarement sur ce genre de choses. Lorsqu'un homme était riche, puissant, et qu'il n'était pas trop mal de sa personne, les femmes tombaient en règle générale comme des mouches. Ce n'était pas de l'orgueil, mais la simple vérité.

Au cours de leur adolescence en Italie, Luc et lui avaient enchaîné les conquêtes jusqu'au jour où ils avaient compris à quel point il était vain d'être désiré pour des raisons si superficielles. Luc avait finalement rencontré l'âme sœur à l'université. Mais il lui avait fallu des années pour trouver véritablement le bonheur et l'équilibre avec celle qui était désormais sa femme.

Léo, en revanche, n'en était jamais arrivé à ce stade. Il n'avait jamais rencontré la moindre femme qui s'intéresse à lui pour sa personnalité. Les candidates au rôle d'épouse se laissaient généralement abuser par des facteurs extérieurs : la fortune et la position sociale de Léo, et elles ne visaient qu'à se faire passer la bague au doigt.

Phoebe Kemper était-elle, elle aussi, ce genre de femme ? Pour l'instant, il n'en savait strictement rien — mais il était bien décidé à le découvrir.

4

Phoebe prit tout son temps pour se doucher, se sécher les cheveux et s'habiller. Si Léo n'avait pas l'intention de respecter leur accord, elle voulait le savoir au plus vite. Toutefois, lui confier Teddy pour une demi-heure n'était pas une grosse prise de risque, et cela lui permettait d'échapper quelques instants à ses lourdes responsabilités de maman par intérim. Léo avait eu beau s'en défendre, il savait manifestement gérer les situations difficiles.

Elle avait peine à imaginer qu'il avait été malade. Il semblait si imperméable aux maux qui frappaient les autres mortels… Elle lui enviait sa confiance. La sienne avait été sérieusement ébranlée trois ans plus tôt, et elle n'était toujours pas remise pour de bon. Plus jeune, Phoebe avait pourtant connu une réussite insolente, et à l'époque le doute ne lui effleurait même pas l'esprit.

Mais elle avait payé cher son orgueil. Tout son univers s'était effondré. Elle avait alors décidé de se retirer du monde, et cela faisait quelques mois à peine qu'elle avait commencé à comprendre ce qu'elle attendait vraiment de la vie. La leçon avait été douloureuse, plus qu'il n'était possible de l'exprimer, mais elle sortait petit à petit la tête de l'eau.

Malheureusement, sa prise de conscience s'accompagnait à présent d'un excès de prudence, alors qu'autrefois, elle se serait lancée sans hésiter sur des voies où peu de femmes osaient s'aventurer.

A l'époque, elle aurait considéré un homme comme Léo comme un défi tant au plan professionnel que personnel.

Perspicace et sûre d'elle, elle faisait triomphalement son chemin dans la vie, sans imaginer un seul instant qu'elle pouvait, comme n'importe quel autre être humain, être victime d'un coup du sort. Et pourtant... Sa vie parfaite s'était désintégrée telle une comète stoppée net dans sa course par un obstacle imprévu. Rien ne serait jamais plus comme avant. Mais peut-être la vie lui réserverait-elle encore quelques bonnes choses...

Elle s'habilla avec plus de soin qu'à l'accoutumée. Au lieu de son jean, elle passa un pantalon en velours côtelé crème et un pull décolleté rouge vif qui soulignait ses formes à la perfection. Noël était proche, et un peu de couleur faisait toujours du bien.

Otant l'élastique qui maintenait son chignon, elle décida de se lâcher les cheveux et regarda la masse sombre de sa chevelure cascader sur ses épaules. Il était plus pratique de s'attacher les cheveux lorsqu'on s'occupait d'un bébé, mais elle avait envie d'être à son avantage pour son invité.

Lorsqu'elle retourna dans le salon, Teddy dormait dans les bras de son baby-sitter, lequel semblait aussi somnoler. Elle s'attarda quelques instants sur le seuil pour contempler la touchante vision que formaient cet homme puissant et ce bébé sans défense.

Une douleur se fit aussitôt sentir dans sa poitrine. Elle la massa instinctivement. Combien de temps encore souffrirait-elle de la perte qu'elle avait subie ? L'isolement lui avait apporté une forme de sérénité, mais elle savait que ce n'était qu'une illusion résultant de son choix de se protéger de la vie.

Car vivre faisait mal. Et si Phoebe devait un jour rejoindre les rangs des vivants, elle devrait accepter d'être de nouveau vulnérable. Cette idée la terrifiait. La souffrance était toujours le revers de l'amour et du bonheur.

Et elle ne savait pas encore si elle était prête à prendre un tel risque.

Elle s'approcha à pas feutrés du canapé et posa la main sur le bras de Léo. Il ouvrit les yeux à l'instant. A croire qu'il ne dormait pas, finalement. Elle tendit les bras pour lui prendre le bébé, mais Léo fit non de la tête.

— Dites-moi où le poser, chuchota-t-il. Je ne voudrais pas le réveiller.

Ils traversèrent la chambre de Phoebe et la salle de bains attenante puis débouchèrent dans une petite pièce qu'elle utilisait comme débarras avant l'arrivée de Teddy. Lorsqu'elle avait emménagé dans le chalet, elle y avait entreposé une quantité d'objets qu'elle n'avait jamais eu ni l'envie ni le cœur de trier.

C'était presque chose faite à présent. La moitié de la pièce était remplie de grandes boîtes en plastique empilées avec soin, l'autre moitié étant consacrée au coin nurserie, avec un lit à barreaux, un rocking-chair et une table à langer. Quelques éléments de décoration rendaient cet espace douillet et agréable.

Léo se pencha au-dessus du lit et déposa avec douceur l'enfant sur le dos. Le nourrisson se tourna aussitôt sur le côté et se mit à sucer son pouce. Les deux adultes sourirent. Phoebe alluma le récepteur et fit signe à Léo de la suivre.

— A présent, détendez-vous, dit-elle lorsqu'ils furent de retour dans le salon. Faites ce que vous voulez. N'hésitez pas à faire du feu, il y a une quantité de bûches.

— Je vous l'ai dit : je ne suis pas malade.

Bien qu'agacée par cette réponse cassante, Phoebe n'en laissa rien paraître. Il était clair que Léo avait dû subir un grave revers de santé. Un cancer, peut-être. Mais n'étant pas dans la confidence, mieux valait éviter avec soin ce sujet de conversation.

La plupart des hommes étaient des patients épouvantables. Le plus souvent parce que dans leur esprit, leur santé et leur vigueur étaient liées de manière indissociable à leur amour-propre. Manifestement, Léo avait accepté ce séjour parce qu'il avait besoin de repos — mais il n'avait aucune envie d'en discuter avec elle. Très bien, décida Phoebe, elle éviterait donc à l'avenir ce terrain miné. Mais cela ne l'empêcherait pas de surveiller Léo de près, se promit-elle. Après tout, ce problème de santé, quel qu'il soit, avait été assez sérieux pour nécessiter un arrêt de travail de deux mois.

Phoebe comprenait cet excès de pudeur. Par le passé, elle avait connu beaucoup d'hommes comme Léo. Ils vivaient comme des chefs de meute dans l'univers du travail. Et même lorsqu'ils se mariaient, les relations familiales demeuraient un aspect périphérique de leur existence.

Autrefois, Phoebe avait été habitée du même instinct. Négociatrice impitoyable, elle était devenue accro à ces montées d'adrénaline accompagnant les prises de risque. Plus on réussissait, plus on avait envie de réussir. Approcher quelqu'un comme Léo n'était donc pas sans risque pour elle. Et elle devrait veiller à ne pas être aspirée par ses problématiques et son stress professionnels.

Oui, il lui faudrait se méfier de lui comme de la peste. Et garder en tête qu'elle était heureuse telle qu'elle était. Elle avait assez d'économies pour vivre paisiblement de longues années durant. Mieux valait se contenter de ce mode de vie.

S'approchant de la cheminée, Léo se mit à empiler bûches et petit bois avec la précision d'un scout. Phoebe se dirigea dans la cuisine et se lança dans la préparation du déjeuner, qui serait constitué d'un assortiment de crudités et de sandwichs. Ce fut elle qui rompit le silence.

— Je fais parfois appel à une jeune fille pour garder Teddy lorsque je dois m'absenter. Si vous voulez, je peux l'appeler. Cela nous permettrait d'aller évaluer les dégâts de l'autre chalet.

— Vous me semblez d'une rare efficacité, dites-moi, remarqua-t-il en jetant un coup d'œil par-dessus son épaule.

— Autrefois, je travaillais dans une grande entreprise. Je n'ai pas peur d'affronter les difficultés.

Il jeta une allumette dans les brindilles et recula le temps que le feu prenne. Lorsque ce fut chose faite, il remit le pare-feu en place et frotta ses mains couvertes de suie.

— Et quelle était cette entreprise ?

Elle se mordit la lèvre, regrettant déjà de s'être aventurée sur un terrain qu'elle aurait mieux fait d'éviter.

— Un bureau d'agents de change à Charlotte, en Caroline du Nord.

— Etes-vous venue ici parce qu'il a fait faillite ?

La supposition était logique, mais erronée.

— Le bureau a survécu à la crise économique et il est actuellement florissant.

— Vous ne répondez pas tout à fait à ma question.

— Lorsque nous nous connaîtrons un peu mieux, peut-être vous confierais-je les terribles secrets de mon existence. Mais pas aujourd'hui.

Léo comprenait sa réticence, ou du moins le croyait-il. Après tout, personne n'avait envie de parler de ses échecs. Et rationnel ou pas, il considérait sa crise cardiaque comme un échec. Il n'était pas en surpoids. Il ne fumait pas. Et en toute objectivité, il n'avait que peu de vices, si ce n'est sa personnalité elle-même. Il était l'incarnation même du type A, un hyperactif qui vivait dans un état de stress tel que c'en était devenu une seconde nature. Son médecin lui avait dit que son incapacité à se relaxer était devenue pathologique. Il avait beau se nourrir d'une manière saine et avoir une activité physique régulière, cela n'y changeait rien.

Léo rejoignit son hôtesse dans la cuisine, cherchant un prétexte pour s'approcher d'elle.

— Ça sent bon, dites-moi, fit-il.

Du calme, Léo. Ne t'emballe pas.

La nuit dernière, il avait rêvé de la tresse de Phoebe. Mais aujourd'hui… Qui aurait cru que cette coiffure désuète cachait cette masse soyeuse couleur ébène ?

Phoebe passa ses légumes sous l'eau et fit volte-face.

— Au fait, êtes-vous soumis à des restrictions alimentaires ? Avez-vous des allergies ?

Léo esquissa une moue.

— Je ne vous demande pas de cuisiner pour moi à tous les repas, vous savez. Vous m'avez dit qu'il y avait quelques bourgades aux alentours. Je pourrais vous inviter au restaurant, si vous voulez.

Elle leva les yeux au ciel.

— Avez-vous déjà essayé d'aller au restaurant avec un bébé ? lui fit-elle. Non seulement ces endroits sont terriblement bruyants, mais il y aurait des projections de nourriture dans tous les coins, y compris sur votre joli pull-over.

— Je suis au courant, lui répliqua-t-il.

Par le passé, il avait déjà accompagné Luc, Hattie et leurs jeunes enfants au restaurant. Mais en y réfléchissant à deux fois, il se souvint qu'à l'époque, ils prenaient presque toujours leurs repas à la maison. Ce n'était sans doute pas par hasard.

— Très bien, reprit-il, c'est une mauvaise idée. Mais je pourrais au moins aller nous chercher des pizzas de temps en temps.

Phoebe lui adressa un charmant sourire.

— Ce serait très gentil de votre part, Léo.

L'appréciation de la jeune femme lui donna envie de se rendre encore plus indispensable, et pas seulement sur un plan pratique… Elle avait vraiment un sourire irrésistible. La force de cette soudaine attirance étonnait un peu Léo, mais à bien y réfléchir, c'était somme toute logique. Deux adultes dans la force de l'âge s'apprêtant à passer plusieurs semaines ensemble ne pouvaient éviter le terrain de la séduction.

Il s'éclaircit la gorge et se fourra les mains au fond des poches.

— Avez-vous un petit ami quelque part qui pourrait trouver à redire à ma présence chez vous ?

A cette question, une ombre passa une fois de plus dans les yeux de la jeune femme.

— Non, vous n'avez rien à craindre. Cela dit, ajouta-t-elle d'un air sombre, j'aurais dû vous dire le contraire. Je ne voudrais pas que vous vous fassiez des idées.

— Quelles idées ? fit-il, d'un ton innocent.

Blague à part, il n'était pas tout à fait serein à l'idée de reprendre une activité sexuelle, car il n'avait pas mis une femme dans son lit depuis… Seigneur… Il n'osait même pas prononcer le mot en esprit. *Depuis sa crise cardiaque.* Voilà, c'était dit. Non, il n'avait pas peur de ces deux mots ridicules.

Son médecin lui avait assuré qu'il n'y avait aucune restriction sur ce plan. Mais il faut dire que ce dernier n'avait pas vu Phoebe Kemper revêtue de ce pull écarlate littéralement affolant. Elle lui rappelait à la fois Wonder Woman et Pocahontas, deux héroïnes qui l'avaient fait beaucoup fantasmer dans son enfance. Comment allait-il pouvoir se contrôler dans ses conditions ?

Elle lui fit signe de s'éloigner.

— Allez ouste, allez défaire vos valises. Et lisez un peu. Nous déjeunerons dans une heure.

Léo appréciait les talents de cuisinière de Phoebe presque autant que son enivrante féminité. S'il pouvait manger aussi bien tous les jours, peut-être cesserait-il de sauter les repas, comme il le faisait habituellement, ou de se précipiter chez le premier traiteur venu. Assis dans sa chaise haute, le petit Teddy jouait avec un trousseau de clés en plastique. Comme ce n'était pas encore l'heure du biberon, le pauvre enfant dut se résoudre à regarder les adultes manger.

A la fin du repas, Allison, la baby-sitter, fit son apparition. La jeune étudiante arrondissait ses fins de mois en gardant de temps à autre le petit Teddy, qu'elle adorait par ailleurs.

Les températures s'étaient réchauffées suffisamment pour faire fondre le verglas. Léo en profita pour sortir sa grosse valise de la voiture. Il y trouva toutes les tenues nécessaires pour affronter les grands froids. Ce genre d'attirail n'était pas nécessaire à Atlanta, où il neigeait rarement.

Lorsqu'il regagna le salon, il trouva Phoebe qui jouait avec Teddy, cachant ses mains dans les manches de sa grosse veste doublée avant de les faire jaillir en s'écriant « coucou ». Malgré l'épaisseur du vêtement, elle était toujours aussi séduisante. Elle fourra un calepin et un stylo dans sa poche.

— N'hésitez pas à me faire remarquer tout ce que vous voyez, précisa-t-elle. La construction n'est pas mon fort.

— Moi non plus. Mais j'ai construit une cabane avec mon frère, autrefois. Ce n'est pas si mal, hein ?

Lorsqu'ils furent dehors, il découvrit un ciel d'un bleu délavé et inspira goulûment une grande bouffée d'air frais. Il faisait encore glacial, malgré le réchauffement des températures et l'humidité ambiante. S'arrêtant un instant pour contempler le paysage, il se sentit curieusement exalté par la vision des pics neigeux et de la forêt de conifères environnante. Seule la propriété de Phoebe, où la plupart des pins avaient été abattus, semblait émerger de cet océan de verdure. Dans le ciel bleu pâle, il distingua une traînée de condensation émise par un avion. Hormis ce détail, rien n'indiquait que l'on était au XXIe siècle.

— Avez-vous fait construire lorsque vous vous êtes

installée dans la région ? lui demanda-t-il alors qu'ils s'engageaient côte à côte sur l'étroit sentier conduisant au second chalet.

Resserrant son écharpe, Phoebe offrit son visage à la caresse du soleil.

— Ma grand-mère m'a laissé cette propriété à son décès, il y a une dizaine d'années. A l'époque, je venais de commencer mes études. Pendant des années, je l'ai conservée pour des raisons sentimentales, et puis bien des années plus tard…

— Bien des années plus tard ?

Elle portait des lunettes de soleil, si bien qu'il ne vit pas son regard lorsqu'elle se tourna vers lui.

— Eh bien, j'ai décidé de vivre en ermite, à l'exemple de Thoreau[1].

Léo préféra ne pas la questionner davantage. Après tout, ils auraient tout le temps d'échanger des confidences. De plus, il n'était guère pressé de révéler ses propres secrets.

A la lumière du jour, les dégâts infligés au chalet étaient bien plus impressionnants qu'il ne l'avait anticipé. Il posa la main sur le bras de Phoebe.

— Laissez-moi y aller le premier. Je crains des effondrements.

Non sans peine, ils entrouvrirent la porte et pénétrèrent dans ce qui restait du salon. Un chêne gigantesque avait littéralement éventré le chalet, dont le sol s'était affaissé sous le poids de l'énorme tronc. La totalité de l'équipement intérieur et du mobilier avait été réduite en miettes.

Otant ses lunettes de soleil, Phoebe leva la tête pour voir ce qu'il restait du toit.

— C'est une véritable catastrophe, commenta-t-elle d'une voix légèrement tremblante. C'est une chance que l'arbre ne soit pas tombé sur mon chalet.

---

1. Henry David Thoreau est un écrivain américain du XIXe siècle qui a vécu un temps retiré du monde au beau milieu de la nature.

Léo frémit en imaginant que Phoebe et Teddy auraient pu être grièvement blessés, en particulier dans cette zone reculée, où les secours auraient mis un temps fou à arriver. Vivre en ermite était sans doute apaisant, mais ce n'était pas sans risques, surtout pour une femme célibataire, songea-t-il. C'était sans doute une idée rétrograde, mais justifiée dans les circonstances présentes.

Il se garda bien, toutefois, d'en faire part à Phoebe.

Prenant la jeune femme par le bras, ils traversèrent le salon dévasté pour voir ce qu'il restait des pièces situées à l'arrière. Une chambre avait échappé à la dévastation, mais dans les deux autres, seul le mobilier avait survécu. Il ne faudrait pas tarder à récupérer tout ce qui pouvait l'être, avant que l'humidité ou les animaux sauvages fassent leur œuvre.

Phoebe affichait une expression indéchiffrable.

— Peut-être ferais-je mieux de le faire raser, soupira-t-elle.

Elle s'accroupit pour ramasser une fleur de verre qui avait miraculeusement échappé à la destruction.

— Mes amis m'avaient pourtant prévenue de ne pas acheter du mobilier de qualité. J'aurais dû les écouter, je suppose.

— Vous êtes bien assurée ? lui demanda-t-il.

Il venait de calculer approximativement le montant des réparations et était arrivé à une somme assez ahurissante.

— Je ne me souviens pas précisément de toutes les clauses du contrat, mais mon agent est un bon ami de ma sœur, donc j'imagine qu'il a tout prévu.

Malgré cette réponse optimiste, le découragement de Phoebe était presque palpable.

— Il y a souvent quelque chose de positif dans une catastrophe, dit-il pour la réconforter, même s'il était conscient qu'elle n'avait aucune raison de se reposer sur lui. J'ai besoin d'une occupation pour rester sain d'esprit.

Quant à vous, vous avez Teddy. Laissez-moi prendre les choses en mains, lancer les demandes de devis auprès des entreprises. Je vous en prie. Vous me rendriez un fier service.

5

Phoebe était tentée. Et même plus que cela. Léo lui faisait face, les deux pieds solidement ancrés au sol, comme s'il était là pour toujours. Avec sa grosse veste noire et ses lunettes de soleil masquant son expression, il lui apparut soudain comme une énigme. Par quel miracle un homme aussi vigoureux, aussi remarquablement viril avait-il atterri dans cette région reculée où elle avait élu domicile ?

Pourquoi était-il là ? Pour se soigner ? Pour se reposer ? Il avait à la fois la stature d'un boxeur et l'allure d'un richissime play-boy. Avait-il réellement été malade ? Devait-elle lui confier cette charge ?

— Je ne voudrais pas avoir l'air de profiter de la situation, dit-elle enfin. Mais je dois avouer que je trouve votre proposition terriblement séduisante. Il est clair que j'ai sous-estimé la fatigue que représente la garde de mon neveu. J'aime Teddy, et c'est un enfant facile, mais l'idée d'avoir à gérer tout cela en plus…, fit-elle en tendant le bras vers le chalet en ruines, eh bien, j'en suis accablée d'avance.

— Alors, acceptez mon aide, insista Léo. Rassurez-vous, je ne vous demanderai pas de vous charger vous-même des travaux, ajouta-t-il en ôtant ses lunettes et en lui décochant un sourire ravageur, qui le rendit cent fois plus séduisant encore. J'ai bien conscience que les hommes sont parfois des vantards, mais votre chalet, ou plutôt ce

qu'il en reste, entre dans la catégorie des catastrophes.
Mieux vaut laisser faire les experts.

Elle tourna la tête, considérant le grand lit encore
recouvert de son édredon bordeaux qui trônait parmi les
décombres.

— C'était censé être votre chambre. Vous y auriez été
confortablement installé, soupira-t-elle en se tournant de
nouveau vers lui. Je suis navrée de n'avoir pu honorer la
prestation que je vous ai vendue.

Il lui effleura le bras. Son sourire avait disparu, mais
son regard était toujours aussi pétillant.

— Je suis parfaitement bien là où je suis, lui répondit-il.
Un chalet confortable. Une hôtesse remarquablement séduisante... J'ai plutôt l'impression d'avoir gagné le gros lot.

— Vous essayez de me séduire..., fit-elle, tandis que
son souffle s'accélérait.

Il la dévisageait avec intensité, avec sensualité, sans
chercher à dissimuler ses intentions.

— On m'a prescrit de prendre le temps de humer le
parfum des roses... et vous voilà.

Soudain saisie d'une bouffée de chaleur, Phoebe ôta
son manteau et s'adossa au montant de la porte. Etre à
l'intérieur du chalet et sentir en même temps la chaleur
du soleil créait une sensation déconcertante.

— Peut-être, mais sachez que je ne suis pas dépourvue
d'épines. A en croire ma sœur, la vie de recluse m'aurait
rendue quelque peu revêche.

Et c'était sans doute vrai. Elle était pourtant naguère ce
que l'on aurait pu appeler un animal social, tant dans les
cocktails que dans les dîners d'affaires. Mais aujourd'hui,
elle préférait la compagnie des écureuils, des piverts et
des renards.

Léo écarta du pied un éclat de miroir particulièrement
coupant.

— Je prends le risque, lui répondit-il. Je n'ai nulle part

où aller et personne à voir. Teddy et vous illuminez d'une manière considérable les perspectives de mon long exil.

— Allez-vous enfin me dire pourquoi vous êtes ici ? demanda-t-elle soudain.

Il haussa les épaules.

— Ce n'est pas une histoire très intéressante, mais peut-être, quand le moment sera venu…

— Et quand viendra-t-il, vous pouvez me dire ?

Sa question effaça d'un coup le sourire de Léo.

— Vous êtes vraiment casse-pieds, vous savez ? grommela-t-il.

— Je vous l'ai dit, je ne suis pas une rose.

Il lui prit le bras et la guida vers la porte d'entrée.

— Alors, faites semblant, marmonna-t-il. C'est possible ?

Leur chamaillerie fut interrompue par l'arrivée de l'agent d'assurance, à qui Phoebe présenta Léo. Durant l'heure qui suivit, ils répondirent à ses questions et prirent des photos des dégâts. Alors que les deux hommes s'apprêtaient à entamer le tour du chalet détruit, elle s'excusa, sachant que sa baby-sitter, Allison, devait rentrer chez elle. Lorsque Phoebe poussa la porte, elle fut accueillie par les éclats rire de Teddy. Elle ressentit un pincement de jalousie, qui s'effaça aussitôt lorsque l'enfant lui fit fête en la reconnaissant.

La sœur de Phoebe avait beaucoup hésité à lui confier Teddy, sachant à quel point elle avait souffert par le passé. Phoebe s'était employée à la rassurer, et au bout du compte, sa sœur et son beau-frère avaient fini par céder. Imposer à Teddy ce long voyage était effectivement une mauvaise idée, d'autant qu'une fois sur place, ils seraient débordés par leurs tâches.

Phoebe savait toutefois que Teddy leur manquait terriblement. Elle leur donnait de temps en temps des nouvelles par webcam ou par texto lorsqu'elle allait en ville avec lui, car Phoebe n'avait pas de connexion internet chez elle, et la couverture téléphonique était loin d'être parfaite dans la région. Les jeunes parents regrettaient sans doute de ne pas avoir emmené leur fils et devaient faire tout leur possible pour rentrer plus vite que prévu.

Une fois Allison partie, Phoebe s'approcha de la fenêtre, Teddy dans les bras. Léo et l'agent d'assurance évaluaient toujours les dégâts. Elle caressa doucement le dos du bébé.

— Je crois que le Père Noël nous a apporté notre cadeau avec un peu d'avance, mon ange. Ce Léo est une véritable bénédiction. Maintenant, il ne me reste plus qu'à éviter de penser que c'est l'homme le plus séduisant que j'aie vu depuis bien longtemps, et tout ira bien.

Teddy continua de sucer son pouce, sans réagir.

— Merci pour tes conseils, grommela-t-elle gentiment.

Resserrant son étreinte, elle plongea le nez dans le cou du bébé, se demandant avec un pincement au cœur quel genre de père serait Léo si elle devait avoir un enfant avec lui.

L'intéressé poussa soudain la porte, entraînant dans son sillage une bouffée d'air frais.

— Me voilà, chérie ! lança-t-il, manifestement ravi de sa petite plaisanterie.

Phoebe lui rendit son sourire.

— Otez donc vos chaussures, *chéri*.

Oui, elle allait devoir se méfier de lui comme de la peste. Léo Cavallo avait l'art de se faire passer pour quelqu'un d'inoffensif. Ce qui était un pur mensonge. En l'espace de quelques heures, elle avait pu percevoir chez lui un potentiel de séduction absolument hors norme.

Certains hommes étaient des tombeurs-nés. Et Léo en faisait partie.

Ce n'était pas seulement à cause de sa stature impression-nante. Il émanait de lui une virilité brute qui, curieusement, réveillait en elle les désirs charnels les plus enfouis. Elle aurait aimé croire que c'était parce qu'ils se trouvaient seuls dans cet endroit isolé, mais elle savait qu'il lui aurait fait exactement le même effet s'ils s'étaient rencontrés à l'opéra ou sur le pont d'un yacht.

Léo était l'incarnation même de la virilité. Le genre d'homme qui prenait les femmes dans ses filets sans même en avoir conscience. Jusque-là, Phoebe s'était crue immunisée des émissions de phéromones, mais elle avait radicalement changé d'avis depuis que Léo s'était installé chez elle. Sa présence révélait une terrible vérité, à savoir qu'elle était « en manque de sexe ». Or, elle venait de trouver le partenaire idéal pour assouvir ses besoins les plus primaires. Se sentant rougir jusqu'à la racine des cheveux, elle replongea la tête dans le cou du bébé. Léo par chance ne perçut pas son embarras. Otant son manteau, il sortit une feuille de papier de sa poche.

— Tenez. Lisez ça pendant que je prends le petit.

Phoebe n'eut pas le temps de protester. Il lui prit l'enfant des bras et se mit à le faire sauter en l'air. Teddy, qui dormait à moitié quelques instants plus tôt, hurla de joie. Phoebe leva les yeux au ciel : manifestement, les deux hommes de la maisonnée étaient en parfait accord pour ce qui était de ce genre de bêtises. Phoebe se cala au fond de son fauteuil et parcourut rapidement la liste.

— Aïe, fit-elle en prenant une profonde inspiration. Si j'en crois votre liste, je ferais peut-être mieux de faire raser ce chalet, comme je l'ai suggéré tout à l'heure.

— Je ne crois pas, lui répondit Léo. Certes, la somme finale paraît assez élevée, mais ce serait pire de faire reconstruire le chalet. Votre agent estime que vous obtiendrez un remboursement conséquent. Vous aurez simplement besoin d'une bonne dose de patience.

— Pas de chance, fit-elle avec un sourire. Ce n'est pas mon point fort.

Voyant que le T-shirt de l'enfant s'était relevé, Léo planta une bise sonore sur son ventre rebondi.

— Je ferai tout mon possible pour vous épargner les

détails du chantier, à moins que vous ne teniez à être mise au courant des moindres évolutions.

— Absolument pas, lui répondit Phoebe avec un haussement d'épaules. Je ne vais pas faire la fine bouche, alors que vous me proposez de prendre en charge la totalité du chantier sans que j'aie à lever le petit doigt.

Entre les bras de Léo, Teddy sombrait lentement dans le sommeil. Une fois de plus, la vision de cet homme massif et du bébé somnolent l'émut plus qu'elle n'aurait su dire. Elle se sentait un peu bête de faire preuve d'une telle sensiblerie, mais elle ne pouvait s'en empêcher. Le simple fait de les voir ensemble l'emplissait à la fois d'envie et de regret. Elle les voulait tous les deux. L'homme. Le bébé. Etait-ce trop demander ?

Léo la considéra — par chance, sans remarquer son regard embué.

— Vous voulez que j'aille le mettre au lit ? lui demanda-t-il.

— Allez-y. Il dormira sans doute pendant moins d'une heure. J'ai remarqué qu'il préférait faire deux courtes siestes, plutôt qu'une longue.

Léo marqua une pause dans le couloir.

— Depuis combien de temps est-il sous votre garde ?

— Deux semaines. Nous avons fini par trouver notre petite routine.

— Jusqu'au moment où je suis arrivé pour tout gâcher.

Elle esquissa une moue moqueuse.

— Vous ne m'extorquerez aucun compliment. Sachez toutefois que vous avez gagné votre hébergement. Et ce en moins de vingt-quatre heures.

Il lui décocha un grand sourire.

— Et encore, vous êtes loin d'avoir tout vu…

Bien qu'assise, elle sentit ses genoux se dérober sous elle.

— Allez donc le mettre au lit et cessez de dire des bêtises.

Avec un sourire, il déposa une bise sur le crane du bébé.

— Je sais, fiston, elle est impitoyable, mais je saurai la faire fondre.

Lorsque Léo disparut dans la chambre, Phoebe expira un grand coup. Elle avait retenu son souffle bien trop longtemps sans même s'en rendre compte. Elle se leva et, d'un pas peu assuré, entreprit de faire le tour de la pièce pour fermer les rideaux. Le soleil se couchait de bonne heure dans ces montagnes, et ce serait bientôt la nuit la plus longue de l'année.

Phoebe avait appris à redouter les mois d'hiver. Non pas seulement à cause du froid et de la glace, mais de la solitude, car elle se souvenait alors que c'était à Noël qu'elle avait tout perdu, quelques années plus tôt. Chaque année, elle ne pouvait s'empêcher de revivre le cauchemar. Mais cette fois, elle avait décidé de réagir. D'autant plus que grâce à Teddy, et à présent Léo, elle n'était pas seule, pour une fois. Peut-être parviendraient-ils ensemble à faire vivre l'esprit de Noël et goûterait-elle de nouveau la joie de faire partie du monde des vivants.

Léo revint dans le salon, son ordinateur portable sous le bras, et s'installa sur le canapé.

— Pourriez-vous me donner votre code wifi ? demanda-t-il, en allumant sa machine.

Elle le dévisagea, embarrassée.

— Il se trouve que je n'ai pas de connexion internet…

Une consternation totale se peignit sur le visage de Léo.

— Comment cela, vous n'avez pas de connexion internet ?

— Eh bien… j'ai décidé de m'en passer.

D'un geste nerveux, il se passa la main dans les cheveux, manifestement sur le point de perdre son sang-froid.

— Mais nous sommes au XXIe siècle, enfin ! dit-il avec le plus de calme possible. Tout le monde a une connexion internet. Hormis les Amish, peut-être… Seriez-vous membre de cette communauté ?

Elle redressa le menton, refusant de justifier une décision qui lui avait semblé absolument nécessaire à l'époque.

— Non. J'ai fait un choix. C'est tout.

— Jamais ma belle-sœur ne m'aurait réservé ce chalet dans ces conditions, insista-t-il.

— Vous avez parfaitement raison, lui répliqua-t-elle. Votre chalet disposait d'une antenne satellite, mais comme vous l'avez sans doute remarqué, elle a été détruite.

La bonne humeur de Léo s'évapora à mesure qu'il évaluait ce qu'impliquait pour lui cette mauvaise nouvelle. Puis tout à coup, il sortit son smartphone de sa poche.

— Je pourrai au moins consulter mes e-mails avec ça, dit-il.

— Vous oubliez que nous sommes en pleine montagne. Seul mon téléphone a accès au réseau. Pour utiliser le vôtre, il faudra aller en ville…

— Je ne crois pas. J'ai un modèle haut de gamme…

En regardant son écran, il dut pourtant se rendre à l'évidence.

— Incroyable. Même les régions les plus reculées d'Afrique sont mieux desservies ! Jamais je ne pourrai séjourner dans un endroit complètement coupé du monde.

Phoebe le dévisagea, atterrée. Elle avait espéré en secret que Léo finirait par apprécier la simplicité de son mode de vie.

— Est-ce vraiment si crucial ? Si oui, sachez que j'ai une ligne fixe. N'hésitez pas à l'utiliser. Je suis prête également à vous prêter mon téléphone. Par ailleurs, j'ai une antenne satellite, mais je ne reçois que la télévision. Si vous voulez faire ajouter l'option internet, faites-le, si c'est si important pour vous.

S'il était incapable de comprendre et d'accepter ses choix de vie, alors autant mettre fin tout de suite à l'attirance qu'ils commençaient à ressentir l'un pour l'autre. Il n'était pas question pour elle de s'exposer à l'agressivité de qui que ce soit.

Léo ferma les yeux.

— Je suis désolé, dit-il enfin. J'ai été surpris, voilà tout. D'habitude, j'ai accès à ma boîte mail vingt-quatre heures sur vingt-quatre.

Elle eut l'impression de toucher du doigt le cœur de son problème. Etait-ce pour cette raison que sa famille lui avait imposé cet exil ? Parce qu'il était trop connecté ? Avait-il fait une dépression ? Cela semblait improbable, mais elle était bien placée pour connaître les ravages que pouvaient produire le stress et la pression professionnelle sur un individu.

Sortant son téléphone de sa poche, elle traversa la pièce pour le lui donner.

— Utilisez le mien pour l'instant. Ce n'est pas un problème.

Leurs doigts se frôlèrent lorsqu'elle lui tendit l'appareil. Léo hésita quelques instants avant de le prendre.

— Merci, grommela-t-il. C'est très gentil de votre part.

Phoebe regagna la cuisine pour le laisser téléphoner tranquillement. Inspectant le frigo, elle se rendit compte qu'il ne contenait rien de bien tentant pour le dîner. Peut-être devrait-elle se procurer des produits un peu plus haut de gamme tant que Léo logerait chez elle. Elle opta au final pour une poêlée de légumes et de poulet.

Elle cuisinait depuis une vingtaine de minutes lorsqu'un juron retentit dans le salon. Elle fit volte-face : Léo était manifestement furieux, comme en témoignait la crispation de ses mâchoires. Ses yeux avaient pris la teinte d'un ciel d'orage.

— Comment ont-ils pu me faire une chose pareille ? s'exclama-t-il, hors-de-lui.

— De quoi parlez-vous, Léo ? Qu'y a-t-il ?

Il se leva d'un bond.

— C'est mon frère ! Ce traître, ce judas de la pire espèce !

Sous les yeux ébahis de Phoebe, il se mit à faire les cent pas sans cesser de tempêter.

— Je vais le tuer ! Empoisonner son café ! Le réduire en bouillie ! Lui broyer les os !

— Mais je croyais qu'il avait une femme et deux enfants, intervint Phoebe, qui ne put se retenir plus longtemps. Vous n'allez tout de même pas trucider votre propre frère, dites-moi ? Qu'a-t-il fait de si impardonnable ?

Léo se laissa tomber dans un fauteuil, les bras ballants.

— Il a bloqué mon accès à l'intranet, et donc à ma boîte mail.

— Apparemment, il vous connaît bien. Car c'est ce que vous tentiez de faire à tout prix, à savoir consulter vos e-mails professionnels, n'est-ce pas ?

Léo la foudroya du regard, oubliant momentanément les crimes abjects de son frère.

— De quel côté êtes-vous donc ? lui lança-t-il. Vous ne connaissez même pas mon frère.

— Quand vous parliez de lui tout à l'heure… et de votre belle-sœur et leurs enfants… j'ai perçu de l'amour dans votre voix, Léo. Et si vous l'aimez, c'est qu'il vous aime, lui aussi. On peut donc en conclure qu'il avait une très bonne raison de faire ce qu'il a fait.

Un silence pesant accueillit cette déclaration. Léo la dévisageait avec une telle hargne que ses poils se dressèrent sur sa nuque. Il était réellement hors de lui. Et en l'absence du frère en question, elle risquait de faire les frais de ses mouvements d'humeur.

Elle prit son courage à deux mains et vint se percher sur un accoudoir, face à lui.

— Pourquoi votre frère cherche-t-il à toutes fins à vous empêcher de contacter le bureau ? Et pourquoi votre belle-sœur vous a-t-elle envoyé ici ? Quelle que soit la réponse à ces questions, vous n'êtes pas prisonnier. Et si le fait de séjourner ici en ma compagnie vous est si pénible, alors faites-nous plaisir à tous les deux : rentrez chez vous.

6

Léo avait honte. Il s'était comporté comme un enfant gâté. Mais la situation avait de quoi le perturber. D'habitude, il était seul aux commandes de sa vie, tant personnelle que professionnelle. Certes, il faisait pleinement confiance à son frère. D'autant plus qu'il savait, au fond de lui, que le groupe ne souffrirait pas de son absence.

C'était sans doute ce qui le perturbait le plus. Si le groupe auquel il avait consacré toute sa vie pouvait fonctionner sans lui pendant ses deux mois de convalescence, alors quelle était son utilité ? Il s'était toujours nourri de ses succès professionnels. Chaque nouvelle acquisition, chaque augmentation des bénéfices lui procurait une montée d'adrénaline littéralement enivrante. Comment pourrait-il s'en passer ?

L'idée de faire prochainement partie des 500 plus grandes fortunes des Etats-Unis était aussi profondément gratifiante. Avant l'âge de trente ans, il avait gagné plus d'argent que la plupart des gens en l'espace d'une vie. Il était un as de la finance. Même lorsque la conjoncture était mauvaise, il ne faisait pas le moindre faux pas. Son grand-père lui-même portait son génie aux nues. Léo avait tiré une grande fierté de cette marque d'appréciation, car son aïeul avait toujours été plus qu'avare de compliments.

Sauf qu'à présent, il était privé du groupe, de son magnifique bureau high-tech, de ces prises de décisions vertigineuses qu'impliquaient jour après jour ses fonctions… Qui était-il sans cela ? Un homme encore jeune mais dépourvu de toutes perspectives, et rien d'autre. Cette idée était tout bonnement insupportable.

Comme il était insupportable que Phoebe ait assisté à cette crise. Mortifié, il se leva, attrapa son manteau et sortit.

Phoebe prépara le dîner en guettant à la fois le réveil du bébé et le retour de son invité. La voiture de ce dernier étant toujours garée au même endroit, elle savait qu'il était parti à pied. Par chance, il faisait relativement doux, du moins pour une soirée de décembre. Mais il était possible de se perdre dans ces montagnes. Cela arrivait tout le temps.

Une bouffée de soulagement l'envahit, lorsque, enfin, Léo poussa la porte. Son expression était indéchiffrable, mais ses mouvements indiquaient qu'il était plus détendu.

— J'ai eu un petit creux, dit-il comme si de rien n'était, alors je suis rentré.

— C'est presque prêt. Avec un peu de chance, nous aurons le temps de manger avant que Teddy se réveille.

— Il dort encore ?

Elle hocha la tête.

— Décidément, ses rythmes sont imprévisibles. Sans doute parce qu'il est encore trop jeune. Mais puisque je suis flexible, ça ne me dérange pas.

Il l'aida à s'asseoir avant de s'attabler à son tour. Phoebe avait dressé une table magnifique. Sets et serviettes étaient du même vert amande, couleur qui faisait ressortir joliment les assiettes en grès brun et les verres soufflés à la bouche ornés de gracieuses arabesques vert et or, dans lesquels elle versa du pinot.

— Il y a de la bière au frigo, si vous préférez.

Il goûta le vin.

— Non. C'est parfait. Un cru local ?

— Oui. Nous avons plusieurs exploitations viticoles dans le secteur.

Leur conversation était d'une platitude désolante. On se serait cru dans un speed dating. Même si dans leur cas, l'entretien était dépourvu de tout aspect sentimental. Phoebe se contenterait sans doute de lui souhaiter bonne nuit, sans espérer ou craindre quoi que ce soit de sa part.

Ce qui ne l'empêchait pas d'être nerveuse. Léo Cavallo était si séduisant que cela donnait des idées à une femme, inévitablement. Il y avait si longtemps qu'elle n'avait pas embrassé un homme, ni partagé une étreinte passionnée avec un amant. Elle pensait avoir enfoui avec soin ces désirs au fond de son inconscient, mais la présence chez elle d'un partenaire potentiel aussi désirable commençait à éveiller ses instincts.

Tel un membre endormi où la circulation sanguine reprenait soudain son activité, le corps de Phoebe fourmillait de désir. C'était comme si ses sens s'éveillaient l'un après l'autre : la vue lorsque ses yeux se fixaient sur les mouvements de la pomme d'Adam de Léo, l'odorat lorsqu'elle humait son odeur éminemment virile, le toucher lorsqu'elle l'effleurait par inadvertance ou encore l'ouïe, lorsque sa voix traînante faisait naître en elle des visions de corps nus, enchevêtrés au milieu de draps froissés.

Seul le goût n'avait pas été sollicité pour l'instant. En y songeant, une envie foudroyante de l'embrasser s'emparait d'elle, au point que ses mains se mettaient à trembler. Elle fixait alors la courbe de ses lèvres lorsqu'il parlait. Des lèvres pleines bien que viriles, qui ne demandaient qu'à être goûtées.

Lorsqu'elle imaginait le goût de ses lèvres, tous les muscles de son corps se contractaient et elle était alors saisie d'un désir vertigineux. Elle se leva soudain, préférant s'affairer dans la cuisine.

A peine sortie de la pièce, elle sentit sa présence, juste derrière elle.

— Laissez, je vais ranger, dit-il dans un souffle qui lui caressa le cou.

Elle se figea. Percevait-il sa nervosité, son désir ? Elle déglutit avec peine, crispant les doigts sur le bord du comptoir.

— Ce n'est pas la peine, merci. Allez plutôt nous faire une flambée.

Après d'interminables secondes, durant lesquelles la pièce sembla se vider de toute molécule d'oxygène, il s'éloigna.

— Comme vous voudrez, dit-il. Je suis à votre service.

Léo n'était ni naïf ni aveugle. Phoebe était attirée par lui. Il le savait, car il ressentait le même désir irrépressible. Mais il ne la connaissait que depuis vingt-quatre heures… Cela aurait peut-être suffi pour une liaison d'un soir, mais ils avaient *deux mois* à passer ensemble.

Avec une autre femme ou à un autre moment, il aurait profité de la situation. Mais il était dépendant de Phoebe. Au moindre faux pas, elle le mettrait à la porte. Il aurait pu s'installer ailleurs, bien sûr, louer un autre chalet, mais l'idée de passer ces deux mois sans elle lui paraissait déjà inconcevable. Il commençait à voir en elle comme une sorte de talisman, sa seule chance de survivre à ces longues semaines sans perdre la raison.

Le feu prit aussitôt qu'il eut jeté une allumette sur le bois sec. Lorsqu'il se retourna, Phoebe l'observait de ses grands yeux sombres.

— Venez vous asseoir avec moi sur le canapé, proposa-t-il avec un sourire. Nous allons passer pas mal de temps ensemble. Essayons de faire un peu mieux connaissance.

A cet instant, Teddy proclama son mécontentement à grand bruit. Le soulagement qui se peignit sur les traits de Phoebe était presque comique.

— Désolée, je reviens tout de suite.

En son absence, il s'assit au bord de la cheminée, plongeant les pieds dans la peau d'ours posée au sol. C'était sans doute de la fausse fourrure, mais sa douceur ne tarda pas à faire naître dans son esprit un scénario bien trop réel. Phoebe, nue, sa peau chatoyant à la lumière des flammes…

La netteté de la vision ne tarda pas à déclencher une érection. Se levant d'un bond, il se dirigea vers la cuisine et se servit un verre de vin, qu'il se força à boire lentement pour apaiser le feu qui couvait en lui. Peut-être se passerait-il quelque chose avec Phoebe. Peut-être deviendraient-ils amis. Ou amants… Mais il n'était pas bon de précipiter les choses. Il devait prendre le temps de gagner sa confiance.

Au-delà des désirs de Phoebe, et même des siens, la situation exigeait la prudence. Ce qui n'était guère dans son tempérament. Mais s'il voulait avoir une chance de la mettre dans son lit, il devrait se montrer patient.

Le retour de Phoebe l'arracha à ses rêveries.

— Vous voici, enfin, dit-il. Je croyais que Teddy vous avait kidnappée.

— J'ai dû changer sa couche, expliqua-t-elle avec une grimace, en se dirigeant vers la cuisine pour préparer un biberon. Il est affamé, le pauvre chéri.

Léo s'installa sur le canapé et se réjouit de voir que Phoebe suivait son exemple. Elle tenait le bébé comme une barrière entre eux, mais il avait tout son temps. L'enfant n'était pas assez grand pour être réellement un obstacle.

— Alors, dites-moi, commença-t-il. Que faisiez-vous avant l'arrivée de Teddy ?

Posant le bébé sur ses genoux, Phoebe lui donna le biberon.

— Je me suis installée ici il y a trois ans. La décoration et l'ameublement des chalets m'ont beaucoup occupée, au départ. J'ai pris le temps de chercher de belles choses. Pendant ce temps, je me suis fait quelques amis, des femmes rencontrées à la salle de sport, pour l'essentiel.

— Et quand avez-vous mis la touche finale aux chalets ?

Les yeux fixés sur le bébé, elle lui caressa la tête avec un sourire mélancolique. Etait-elle consciente de laisser transparaître à ce point ses sentiments ? Une chose était sûre, en tout cas : elle adorait le petit garçon.

— Je me suis mis en tête de créer un potager, poursuivit-elle. J'ai engagé pour cela un vieux monsieur du nom de Buford, qui habite au bout du sentier, au bord de la route. Un homme charmant. Sa femme m'a appris à faire du pain et des conserves de légumes et de fruits. Je savais déjà faire des confitures. Et je peux même faire du beurre, bien que cela puisse paraître absolument superflu de nos jours.

Il l'observait avec attention, essayant de déchiffrer le message caché entre les lignes.

— Je comprends tout cela, dit-il. Mais il me semble que vous n'êtes pas juste une adepte du retour à la terre… Qu'est-ce qui a pu amener l'agent de change que vous étiez à changer aussi radicalement de vie ?

Il était logique qu'il soit perplexe. Rien de ce qu'elle disait n'expliquait réellement sa situation. Mais était-elle prête à exposer ses secrets les plus intimes à un homme qu'elle connaissait à peine ?

Elle choisit ses mots avec soin pour lui répondre, restant volontairement dans le vague.

— J'ai eu des déceptions tant au plan personnel que professionnel. J'ai été amenée à me demander si j'avais fait les bons choix de vie. Sur le coup, j'étais incapable de répondre à cette question. Alors, j'ai décidé de me mettre au vert. Je me suis installée ici et j'ai décidé de vivre une existence plus simple. De me recentrer sur les choses essentielles de la vie.

— Et quel est votre verdict ? Avez-vous eu la révélation ?

Elle haussa un sourcil.

— Seriez-vous en train de vous moquer de moi ?

— Absolument pas, je vous assure. Au contraire, je vous admire d'avoir su prendre le taureau par les cornes. La plupart des gens se contentent de vivoter sans quitter leur travail parce qu'ils n'ont pas le courage de changer de vie.

— Si seulement les choses avaient été aussi simples... Mais dans mon cas, il faudrait plutôt parler d'une fuite. Je cherchais plutôt à disparaître de la face du monde.

— Pourquoi êtes-vous si dure envers vous-même ?

— J'étais au fond du trou quand je suis arrivée ici.

— Et à présent ?

Elle réfléchit quelques instants. Personne ne lui avait jamais demandé d'une façon si directe si elle était satisfaite de sa nouvelle vie.

— A présent, je commence à comprendre ce que j'attends de l'existence. Et je me suis pardonné mes erreurs. Quant à me relancer dans cette course au succès qui caractérisait ma vie autrefois, il est clair que je n'en ai aucune envie.

— Permettez-moi de poser une question qui vous paraîtra sans doute un peu grossière. De quoi vivez-vous, puisque vous ne travaillez pas ?

— Je suis sûre que des tas de gens se posent la question, lui répondit-elle, en posant le bébé contre son épaule pour lui faire faire son rot. En réalité, Léo, j'ai toujours été très douée pour gagner de l'argent. Ce qui m'a permis de faire pas mal d'économies. Il se trouve aussi que je vis très modestement depuis que je suis arrivée ici. Certes, je ne pourrai pas continuer comme ça toute ma vie, mais pour l'instant j'ai de quoi voir venir.

— Diriez-vous que tout cela en valait la peine ?

— Absolument.

— Alors peut-être y a-t-il un peu d'espoir pour moi aussi.

Heureusement que Teddy était là pour faire office de bouclier, songea Phoebe. Discuter au coin du feu avec Léo était bien trop agréable. Mais lorsque Teddy eut terminé son biberon et fut prêt à jouer, elle dut se résoudre à s'asseoir sur la peau d'ours pour s'amuser avec lui. Le nourrisson était maintenant capable de se retourner sur le ventre.

Elle écarquilla les yeux lorsqu'elle vit Léo s'étendre sur la peau d'ours à leurs côtés et glisser la main sous son menton pour les regarder jouer.

— Quand commencera-t-il à marcher à quatre pattes ?

— Incessamment sous peu. Il est déjà capable de prendre appui sur ses genoux, donc je dirais que c'est une question de semaines.

Léo paraissait totalement détendu. Le cœur de Phoebe, en revanche, battait à tout rompre. En les voyant, un observateur extérieur aurait pu croire qu'ils formaient une famille. Alors qu'en réalité, ils n'étaient que trois individus solitaires que le hasard avait réunis dans un même lieu.

Certes, Teddy était son neveu. Mais sa présence chez elle n'était que provisoire. C'était une joie de le nourrir, de jouer avec lui, de le câliner, mais le soir venu, elle était bien obligée de s'avouer que ce n'était pas son enfant.

Elle ramena ses genoux contre sa poitrine et passa les bras autour de ses jambes. En temps normal, elle se serait allongée à plat ventre pour jouer avec Teddy. Mais la position horizontale n'était pas conseillée en présence d'un homme tel que Léo Cavallo, d'autant qu'elle ne se trouvait qu'à quelques dizaines de centimètres de lui… Pourtant, malgré ses craintes, elle ne pouvait s'empêcher de penser combien il serait agréable de passer une heure en tête à tête avec son invité.

Un peu de musique douce à la radio, une autre bouteille de vin, deux ou trois bûches de plus dans la cheminée. Et après ça…

Le corps de Phoebe réagit aussitôt à ces fantasmes. Le souffle court, elle sentit son rythme cardiaque s'emballer et une bouffée de chaleur envahit de manière irrésistible les zones les plus inavouables de sa personne. Elle gardait les yeux rivés sur Teddy — tout valait mieux que de regarder

Léo en cet instant. Pour rien au monde elle n'aurait voulu qu'il croie qu'elle était tellement privée de sexe qu'elle était prête à lui tomber dans les bras.

Alors même que les images d'un scénario sensuel se succédaient follement dans l'esprit de Phoebe, Léo se tourna sur le dos et posa le bras sur ses yeux. Au bout de quelques instants, sa respiration se fit plus régulière. Il dormait.

Epuisé par sa séance de gymnastique, Teddy semblait suivre le même chemin. Il s'endormit, les fesses en l'air et le nez dans la fourrure.

Phoebe les contempla quelques instants, le cœur serré, submergée par un mélange de peur et d'espoir. L'espoir qu'un jour peut-être, elle aurait elle aussi la chance de construire une famille.

Phoebe ne tarda pas à être rattrapée par la fatigue. Installant Teddy à son côté, elle s'étendit à son tour. L'odeur du feu, mêlée au parfum sucré de Teddy, et celui, plus piquant, de Léo, ne tardèrent pas à la conduire aux portes du sommeil.

Avec un profond soupir, elle ferma les yeux…

7

Léo se réveilla en pleine nuit, complètement désorienté. Son lit était dur comme de la pierre, et son oreiller semblait avoir disparu. Peu à peu, il finit par se souvenir où il était. Il tourna la tête : Phoebe et Teddy dormaient paisiblement à ses côtés.

Le bébé était l'image même de l'innocence, mais Phoebe… Il inspira profondément. Elle était pelotonnée sur le côté, position qui faisait bayer son décolleté, offrant à Léo une vue plongeante sur ses seins ronds et sa peau soyeuse. Ses cheveux étaient en désordre, donnant l'impression qu'elle venait de se livrer à une étreinte passionnée. En tendant la main, il aurait pu lui caresser le ventre, que découvrait son haut légèrement retroussé.

L'érection fut immédiate et presque douloureuse. Il ne savait pas s'il devait remercier le ciel de la présence de l'enfant ou maudire ce mauvais timing. La force de son désir était aussi surprenante qu'inquiétante. Réagissait-il de la sorte parce qu'il était en exil et qu'elle était la seule femme des environs, ou sa longue période de célibat l'avait-elle prédisposé à la désirer ? Quoi qu'il en soit, le désir qu'elle lui inspirait était suspect. Ç'aurait été le summum de l'égoïsme de la séduire par désœuvrement ou simplement parce qu'il l'avait sous la main. Car il appréciait sa personnalité. Elle était aimante, généreuse et douce, mais pas dénuée de caractère pour autant.

Malgré d'évidentes compétences dans des domaines

non spécifiquement féminins, elle semblait très à l'aise dans les rôles plus traditionnels de femme d'intérieur et même de maman.

Phoebe était mystérieuse, aussi. C'était du reste cet aspect de sa personnalité qui l'attirait le plus. A cet instant, un léger pli de contrariété se forma entre les sourcils de celle-ci. Il aurait tant voulu l'effacer d'un baiser... Les cernes qui se dessinaient sous ses yeux trahissaient son épuisement. Il était assez proche de son frère et de sa belle-sœur pour savoir à quel point s'occuper d'enfants en bas âge pouvait être éreintant.

Mais tous ces sacrifices ne les empêchaient pas d'être infiniment fiers de leurs enfants, un trait qu'il retrouvait chez Phoebe. Même dans son sommeil, ses bras formaient un cercle aimant et protecteur autour du petit Teddy.

Se levant tout doucement pour ne pas les réveiller, il écarta le pare-feu et déposa une bûche sur les braises. Par précaution, il ajouta une poignée de petit bois et se mit à souffler sur les flammes. Il ne lui fallut qu'une petite minute pour ranimer le feu.

Curieusement, cette tâche prosaïque le plongea dans des abîmes de réflexion. Combien de fois lui était-il arrivé de marquer une pause dans son quotidien surchargé, pour prendre le temps d'apprécier une chose aussi élémentaire et magique qu'une bonne flambée ?

Il faisait de plus en plus chaud. Pourtant, comme hypnotisé, il ne parvenait pas à s'écarter du feu, superposant l'image des flammes à celle de Phoebe et du désir brûlant qu'elle lui inspirait.

Jamais aucune femme n'avait produit ce genre d'effet sur lui. A Atlanta, la plupart de ses liaisons avaient été brèves, car il consacrait la majeure partie de son énergie à son travail. Si le sexe était à ses yeux un élément important de son existence, il n'avait jamais été tenté de faire le nécessaire pour conserver une femme dans son lit nuit après nuit.

Il s'agenouilla à côté de Phoebe. Devait-il la réveiller ou mettre le bébé au lit ? Contrairement à son habitude, Léo ne savait que faire. Au bout du compte, posant un coussin contre le rebord de la cheminée, il s'allongea à côté de la jeune femme et de l'enfant et les regarda dormir.

Lorsque Phoebe se réveilla, elle avait les idées parfaitement claires : elle s'était fourrée dans un joli guêpier ! Lâchement, elle garda les yeux fermés, bien que tout à fait consciente que Léo la regardait. Il n'en fut pas dupe. Il lui toucha la jambe du bout du pied.

— Allons, Phoebe, ouvrez les yeux.

Phoebe savait bien qu'elle était en position de faiblesse. Elle n'avait aucun moyen de se sortir dignement de cette situation. Avec un soupir, elle ouvrit les yeux et le brava du regard. Elle s'allongea ensuite sur le dos, glissant les mains derrière la tête.

— Aurais-je invité un voyeur au sein de mon foyer ? demanda-t-elle d'un ton glacial pour masquer son trouble.

Léo bâilla et s'étira, posant sur elle un regard endormi.

— Ce n'est pas ma faute si vous avez bu trop de vin au dîner.

— C'est absolument faux ! s'exclama-t-elle, indignée. Si je suis fatiguée, c'est parce que le bébé…

— Je vous ai eue ! lança-t-il, avec un regard malicieux.

Se redressant, elle se passa la main dans les cheveux et croisa les jambes en veillant à ne pas heurter Teddy.

— Très drôle. Combien de temps ai-je dormi ?

— Pas très longtemps.

L'intensité de son regard lui faisait comprendre mieux que des mots ce qu'il pensait. Comment avaient-ils pu passer si vite du statut de simples connaissances à celui de… partenaires de sieste ?

Phoebe était, elle aussi, littéralement tenaillée par le désir. C'était à croire qu'ils avaient avalé un philtre d'amour, tant l'attirance qui existait entre eux semblait palpable et irrésistible dans la pénombre.

— Restez ici, si vous le souhaitez, mais n'oubliez pas d'éteindre le feu lorsque vous irez vous coucher.

Il la dévisagea avec intensité tandis qu'elle prenait Teddy dans ses bras et ramassait ses affaires.

— Il faut absolument que nous parlions de ce qu'il s'est passé, dit-il enfin, comme un défi.

Phoebe fit de son mieux pour le regarder posément.

— Je ne vois pas ce que vous voulez dire. Bonne nuit, Léo.

A 2 heures du matin, il se glissa enfin dans son lit. Il était fébrile, et son corps tout entier vibrait encore de désir. Jamais il ne pourrait s'endormir. Il songea à la lecture, mais le roman qu'il venait de commencer l'ennuyait déjà au bout d'un chapitre. Excédé, il se leva et se mit à faire les cent pas. Soudain, les pleurs du bébé se firent entendre de l'autre côté du couloir.

Il ne lui en fallut pas davantage. Après avoir enfilé un fin peignoir de laine au-dessus de son bas de pyjama en satin bleu marine, il se glissa dans le couloir, remerciant mentalement sa belle-sœur d'avoir mis dans sa valise d'épaisses chaussettes de ski. C'était l'accessoire idéal pour se déplacer dans une maison à pas de loup.

Il marqua une pause au milieu du couloir, se demandant où pouvait se trouver son hôtesse. Il y avait un fin rai de lumière sous sa porte, contrairement à celle de Teddy. Le nourrisson se remit à pleurer. Léo toqua à la porte, sans songer aux conséquences.

Quelques instants plus tard, la porte s'ouvrit avec un grincement. Le visage de Phoebe apparut, son expression indéchiffrable dans la pénombre.

— Que se passe-t-il ? Que voulez-vous ?

Pourquoi tenait-elle tant à parler à voix basse alors que Teddy était manifestement réveillé ?

— Je me demandais… Avez-vous besoin d'aide ?

— Ça ira, merci.

Alors qu'elle s'apprêtait à refermer la porte, il glissa le pied à l'intérieur — et se souvint un peu tard qu'il ne portait pas de chaussures.

Elle la referma avec beaucoup plus d'énergie que prévu, et ses chaussettes, bien qu'épaisses, ne purent amortir le choc. Il poussa un cri de douleur, lâchant une bordée de jurons hauts en couleur.

Phoebe réapparut, consternée.

— Je vous ai fait mal ? Oh mon Dieu ! Tenez, prenez-le, je vais chercher de la glace.

Sans crier gare, elle lui fourra Teddy entre les bras.

— Mais, je…, protesta-t-il faiblement, tandis qu'il la suivait clopin-clopant dans le salon.

De toute évidence, Teddy était de plus méchante humeur encore que lui.

Lorsqu'il arriva dans le salon, Phoebe avait allumé quelques lampes et préparé une poche de glace. Ses doigts s'enroulèrent autour de ses biceps :

— Passez-moi le bébé et asseyez-vous, fit-elle d'un ton qui n'avait rien de sentimental, en le poussant vers le canapé.

— Posez la jambe sur le divan, je vais voir si vous avez quelque chose de cassé.

Mécontent de changer de porteur, Teddy se mit à pleurer pour de bon, s'accrochant désespérément à Léo. Déséquilibré, ce dernier s'affala sur le sofa, heurtant par inadvertance le crâne du bébé avec son menton.

— Nom d'un chien !

Tandis qu'il gisait, étourdi, sur le canapé, Phoebe lui prit Teddy des bras et s'assit à son côté. Avant qu'il puisse objecter quoi que ce soit, elle posa d'office sa jambe sur ses genoux et lui enleva sa chaussette.

Il se sentit soudain de bien meilleure humeur lorsque les doigts frais et agiles de la jeune femme se mirent à lui palper la voûte plantaire. Malgré la douleur, c'était on ne peut plus agréable. Elle appuyait les pouces à divers endroits pour tenter d'évaluer les dégâts.

Léo tressaillit d'une manière bien involontaire lorsqu'elle toucha un point *particulièrement* sensible.

— Désolée. Je vous fais mal ?

Alors qu'elle tournait la tête dans sa direction, elle n'en crut pas ses yeux. Lorsque Léo s'était effondré sur le canapé, son peignoir s'était ouvert. Il était presque torse nu — et surtout, il était impossible de ne pas remarquer le renflement caractéristique qui s'était formé sous le fin tissu de son pantalon de pyjama…

— Mmm, ça fait du bien, murmura-t-il. N'arrêtez pas.

A cet instant précis, Teddy poussa un cri déchirant et se mit à sangloter. Phoebe lâcha le pied de Léo comme si elle venait de mettre la main sur un serpent et se leva en trombe.

— Posez la poche de glace dessus, fit-elle, embarrassée. Je reviens.

Dans la chambre de Teddy, Phoebe se laissa tomber sur le rocking-chair, toute palpitante de désir. Le bébé se nicha contre son épaule tandis qu'elle lui caressait le dos et fredonnait une chanson. Il n'avait pas faim. Il avait pris son biberon moins d'une heure plus tôt. Son inconfort était lié à la poussée dentaire, comme en témoignait la petite pointe qu'elle sentait sous sa gencive.

— Pauvre chéri, murmura-t-elle, en frottant un peu de gel apaisant sur la gencive enflée.

Teddy téta son doigt quelques instants avant de s'assoupir. Elle le berça cinq minutes de plus en guise d'assurance, après quoi elle le déposa dans son lit et sortit de la pièce à pas de loup.

Epuisée, elle passa devant son lit et fut tentée de se recoucher aussitôt. Mais elle avait promis à Léo de revenir. Elle aurait dû jouer la carte de la prudence, elle le savait, mais elle décida malgré tout de tenir sa promesse.

Le salon était plongé dans la pénombre, hormis le faible halo d'une lampe et du feu de cheminée. Il regardait la télévision, mais l'éteignit dès qu'elle apparut. Elle s'attarda à l'entrée, décontenancée par l'attirance que lui inspirait cet homme énigmatique.

— Et ce pied ?

— Voyez par vous-même.

Il cherchait à l'attirer, c'était une évidence. Pourtant ses jambes se mirent en marche, alors même que sa raison tirait le signal d'alarme. Elle ne commettrait pas l'erreur, cette fois, de s'asseoir sur le canapé. Posant un genou à terre, elle ôta la poche de glace et la posa sur la table basse. Un sérieux hématome se formait déjà sur le pied de Léo, où la marque laissée par le coin de la porte était nettement visible.

— Ça fait mal ? demanda-t-elle.

Léo se redressa avec une grimace et remit sa chaussette.

— Je survivrai.

Il s'assit au bord du canapé et, croisant les bras sur ses genoux, plongea son regard dans le sien.

— A moins que vous ayez une objection, commença-t-il, je vais vous embrasser. Maintenant.

Une boucle de cheveux tombait sur son front. En entendant sa voix rauque et grave, des frissons parcoururent la colonne vertébrale de Phoebe. Il était tard, et la nuit semblait s'étirer devant eux à l'infini.

Elle s'humecta les lèvres, tandis que ses mamelons se durcissaient, alors même que le reste de son corps semblait baigner dans un flot de miel.

— Aucune objection, murmura-t-elle.

A croire qu'il lui avait jeté un sort pendant son sommeil.

Lentement, doucement, peut-être pour lui laisser le temps de se dérober, il prit délicatement son visage entre ses mains et, glissant les doigts dans ses cheveux, se mit à lui masser la tête avant de lui effleurer le menton du bout des pouces.

— Tu es si belle, murmura-t-il en appuyant son front contre le sien.

Enivrée par la chaleur qui émanait de lui, elle laissa ses mains errer sur son torse nu et goûter le moindre centimètre carré de peau douce et ferme. Des pectoraux aux abdominaux, elles rejoignirent la fine ligne de duvet qui disparaissait sous le pantalon.

Elle était ivre de désir. Cela faisait si longtemps… Elle avait beau avoir partagé quelques moments intimes avec des hommes au cours des trois dernières années, ce n'était rien comparé à celui qui s'offrait à elle ce soir.

— Que faisons-nous ? fit-elle, le souffle court, prenant soudain conscience qu'elle était sur le point de franchir le point de non-retour.

Plongeant la main dans la masse soyeuse de sa chevelure, il l'attira au creux de ses bras.

— Nous apprenons à nous connaître, lui dit-il dans un souffle.

Marquant une pause, il s'empara doucement mais résolument de ses lèvres. Elle s'offrit à son exploration, avide de satisfaire le désir qui montait en elle d'une manière inexorable.

Lorsque la langue de Léo s'insinua entre ses lèvres, elle y goûta sans la moindre hésitation, lui prodiguant de petits coups de langue qui arrachèrent à celui-ci des grognements de plaisir. Resserrant son étreinte, il lui inclina la tête en arrière, bien décidé à approfondir son exploration. S'agrippant à lui, elle se laissa emporter par son audace.

— On ne t'a jamais dit que tu embrassais comme un dieu ? chuchota-t-elle, hors d'haleine.

— C'est toi qui m'inspires.

Il se laissa glisser à terre et se plaqua contre elle.

— Dis-moi d'arrêter, Phoebe…

Il l'embrassa avec fougue, laissant ses mains errer passionnément le long de son dos et de ses hanches.

Elle portait son pyjama habituel, qui n'avait rien de particulièrement sexy. Mais lorsque les mains massives de Léo franchirent l'élastique du pantalon pour s'emparer de ses fesses, elle eut l'impression d'être la femme la plus désirable au monde. Il y avait si longtemps qu'un homme ne l'avait pas touchée ainsi. Et ce n'était pas n'importe quel homme…

C'était Léo. Grand, fort, qui paraissait pouvoir déplacer des montagnes pour une femme, mais qui, paradoxalement, la touchait avec tant de douceur qu'elle aurait voulu se fondre en lui et ne jamais quitter son étreinte.

— Fais-moi l'amour, Léo. Je t'en prie. J'ai tellement besoin de toi…

L'aidant à se relever, il l'attira près de la cheminée. Debout sur la peau d'ours, il lui ôta son haut de pyjama et se mit à prodiguer un traitement de choix à ses seins, caressant, pétrissant chacun d'eux avec une dévotion qui libérait en elle les instincts les plus torrides.

Sans cesser de lui titiller les mamelons, il déversa une pluie de baisers sur son visage, son nez, ses joues, ses yeux, avec une tendresse enivrante.

— Tu es si désirable…, lui murmura-t-il à l'oreille. J'ai envie de te faire tout un tas de choses, mais je ne sais pas par où commencer…

Elle aurait dû se sentir mal à l'aise, embarrassée. Au lieu de cela, une sorte d'euphorie irrépressible s'empara d'elle et son souffle s'accéléra. Aussi délicieuses que soient ses caresses, ce n'était pas assez. Nouant les bras autour de son cou, elle frotta son bas-ventre contre le sien.

— Par-là, fit-elle. Tout simplement.

8

Léo était paralysé par le doute. Phoebe était là… dans ses bras… consentante. Mais quelque chose en lui, une parcelle de moralité, l'empêchait d'aller plus loin. Le moment était mal choisi. Ce qu'il faisait n'était pas bien.

Avec un grognement de frustration, il se résigna à stopper le train en marche. Détachant les bras de Phoebe agrippés à son cou, il fit un pas en arrière.

— Nous n'irons pas plus loin, dit-il. Il n'est pas question que je profite de toi.

A peine capable de regarder l'objet de son renoncement, il tendit à Phoebe son haut de pyjama.

— Rhabille-toi.

Bien que furieuse et mortifiée, Phoebe s'exécuta sans protester.

— Je ne suis pas une enfant, Léo. Je prends mes propres décisions.

Il voulut la réconforter, mais il était hors de question de porter la main sur elle de nouveau. Il devrait se contenter de s'expliquer avec des mots. Restait à espérer qu'elle le comprendrait.

— Un de tes chalets a été détruit par un arbre. Tu t'occupes d'un nourrisson qui fait ses dents. Tu en es à ta deuxième nuit blanche. Tu es trop épuisée et stressée pour savoir ce que tu souhaites vraiment. Je n'ai pas envie que tu regrettes tes actes demain matin.

Les bras croisés sur la poitrine, elle lui jeta un regard noir quoique blessé.

— J'ai envie de te frapper, dit-elle, d'une voix tremblante.

A ces mots, le cœur de Léo se serra.

— J'espère que tu ne le feras pas.

Il avait des choses à lui dire avant qu'ils ne deviennent intimes. Et s'il n'était pas prêt à lui avouer la vérité, c'est qu'il n'était pas prêt à lui faire l'amour. Le simple fait de la regarder lui faisait mal. Avec ses cheveux en désordre et sa position défensive, elle semblait beaucoup plus jeune, incroyablement vulnérable.

Elle redressa le menton.

— Sache que cette situation ne se reproduira jamais. Tu feras ce que tu as à faire de ton côté, et moi je me contenterai de respecter ma part du contrat. Bonne nuit, Léo.

Sur ce, elle tourna les talons et disparut.

Le salon lui parut vide et solitaire sans elle. Avait-il commis l'erreur la plus colossale de sa vie ? Il existait entre eux une alchimie incroyable. Sensuelle, sincère, et totalement spontanée, elle était faite pour lui.

Mais malgré sa frustration, il savait qu'il avait pris la bonne décision. Phoebe n'était pas le genre de femme qui se donnait à un homme de manière irréfléchie. Et même si elle avait paru consentante ce soir, il savait qu'elle aurait regretté ses actes après coup.

Ce qu'il attendait d'elle, s'il avait une chance de l'approcher de nouveau, c'était avant tout la confiance. Il avait des secrets à lui confier. Et elle aussi, manifestement. Dans ces conditions, le plaisir charnel pouvait attendre.

Phoebe se mit au lit, versant des larmes de rage. Jamais elle ne s'était sentie autant humiliée. Léo avait beau dire, il l'avait rejetée. Quel genre d'homme était capable de se refréner de la sorte, si près du passage à l'acte ? Sans doute n'avait-il pas réellement envie d'elle.

Peut-être l'avait-elle stimulé sans le vouloir lorsqu'elle lui avait massé les pieds. Et peut-être les quelques heures de sommeil partagé devant la cheminée la veille lui avaient-elles donné des idées. Mais finalement, elle n'était pas son genre de femme.

Mais quand même… Pourquoi était-ce si douloureux ? Après tout, elle ne connaissait Léo que depuis quelques jours. Etait-elle si désespérée ? Si seule ? La débâcle de ce soir révélait tant de douloureuses vérités.

Mais le moment n'était pas encore venu d'y songer, car en dépit de sa détresse, elle pouvait à peine garder les yeux ouverts…

Léo se leva tard, le lendemain matin, non pas intention-nellement, mais parce qu'il avait passé une bonne partie de la nuit à faire les cent pas. Peu avant l'aube, il avait pris une douche et s'était masturbé d'une manière mécanique, espérant ainsi trouver plus facilement le sommeil. Il était 10 heures lorsqu'il fit son entrée dans le salon. C'était une bonne chose que la cuisine ouvre sur le salon, d'ailleurs, cela offrait moins d'endroits à Phoebe pour se cacher.

Mais ce matin, Phoebe n'était pas dans la maison, constata-t-il, stupéfait. Pas plus que Teddy, du reste.

Un sentiment de panique l'envahit jusqu'au moment où il les trouva tous deux sous la galerie, à l'extérieur de la maison. Phoebe bavardait avec un homme venu procéder à l'enlèvement de l'arbre abattu par la tempête. Lorsqu'il les rejoignit, le regard désapprobateur qu'elle lui lança lui rappela qu'il ne s'était ni rasé ni coiffé.

L'ouvrier grisonnant était d'un âge indéfinissable, compris entre cinquante et soixante-dix ans. Il les salua d'un signe de ses doigts tachés de tabac lorsqu'il descendit l'allée en direction de son camion.

— Je suis navré, commença Léo. C'était à moi de m'occuper de ça.

Phoebe esquissa un sourire, mais son regard était glacial.

— Pas de problème. Teddy et moi avons fait le nécessaire. Si tu veux bien m'excuser, je vais aller le coucher, c'est l'heure de sa sieste.

— Mais je…

Sur ce, elle lui claqua la porte au nez, le laissant dehors dans le froid.

Au lieu de lui emboîter le pas, il compta jusqu'à dix, ou peut-être cent, histoire de se calmer. Après quoi, il gagna directement la cuisine pour se composer un rapide petit déjeuner. Sur une assiette, il trouva deux toasts froids, qu'il couvrit de confiture de fraises maison avant de s'attabler. Lorsque Phoebe fut de retour, il avait terminé de manger. Il avait aussi un service à lui demander. Ce n'était pas le moment idéal, mais tant pis.

Elle l'ignora ostensiblement, mais il était déterminé à ne pas se laisser impressionner.

— Pourrais-je utiliser ton téléphone ? demanda-t-il poliment.

— Pourquoi ?

— Je voudrais en commander un chez ton opérateur téléphonique puisque je ne peux pas me servir du mien. J'ai aussi l'intention de demander une connexion à internet. Un abonnement d'un an, que je paierai en totalité. Tu pourras le conserver après mon départ, si tu le souhaites.

— C'est plutôt cher pour une solution à court terme. Ça doit être sympa d'être plein aux as…

Il serra les dents, se souvenant qu'elle lui en voulait toujours de ce qu'il s'était passé la veille.

— Je ne vais tout de même pas m'excuser d'avoir de l'argent, répondit-il avec calme. D'autant que je travaille dur.

— Est-ce si important pour toi, cette connexion ? Ne pourrais-tu pas essayer de t'en passer pendant deux mois ?

Phoebe était plus pâle qu'à l'accoutumée. Et elle le

regardait comme si elle était sur le point de le mettre à la porte.

Comment avaient-ils pu en arriver là ? Il la dévisagea jusqu'à ce qu'elle rougisse et détourne le regard.

— Ça ne sert à rien de diaboliser la technologie, remarqua-t-il. Nous sommes au XXIᵉ siècle.

— Sauf que tu es là pour te reposer. Tu y penses ? Je croyais que tu étais censé décrocher de ton travail le temps de ta convalescence.

— Avoir une connexion à internet n'est pas incompatible avec le repos, que je sache.

Elle fit un pas dans sa direction.

— Ah oui ? Tu crois vraiment ? De mon point de vue, tu ne fais que te comporter comme un enfant gâté, déterminé à obtenir ce qu'il veut par tous les moyens. Tu te fiches bien des conseils donnés par ton médecin ou par ton frère. A croire que tu n'as pas le moindre respect pour eux.

Ce jugement sans concession était un peu trop proche de la vérité.

— J'applique les recommandations de mon médecin, je t'assure. Cela dit, ça ne te regarde absolument pas.

Il s'en voulut aussitôt de son agressivité. Etait-il réellement aussi stupide qu'elle l'avait dit ?

— Fais ce que tu crois bon de faire, lui dit-elle d'un ton résigné en lui tendant son téléphone. Mais je trouve que tu devrais faire beaucoup plus attention aux gens qui t'aiment. Et aux raisons qui les ont poussés à t'envoyer ici.

A cet instant, un camion de livraison se gara devant le chalet. Bien, sa « surprise » était arrivée. Peut-être cela lui permettrait-il de remonter un peu dans l'estime de Phoebe. Et peut-être celle-ci cesserait-elle un moment de le harceler au sujet de sa convalescence.

Elle se dirigea vers la porte en entendant le heurtoir.

— Mais je n'ai rien commandé, protesta-t-elle, lorsque le livreur eut déposé un imposant carton dans le salon.

— Une signature, ma p'tite dame, dit l'homme avec patience.

Lorsque la porte se referma, Phoebe se mit à fixer le carton comme s'il était rempli de dynamite.

— Ouvre-le, insista Léo.

Bien que toujours un peu anxieuse, Phoebe s'exécuta. Apparemment, ce n'était pas un envoi de sa sœur puisque rien n'indiquait qu'il venait de l'étranger. Lorsqu'elle releva les rabats, elle en resta littéralement médusée. Le carton était rempli de denrées diverses : jambon, plats mijotés sous vide, desserts, fruits frais… Il y en avait pléthore.

Elle se retourna pour regarder Léo, qui s'était installé confortablement sur le canapé.

— C'est toi qui as commandé tout ça ?

Il haussa les épaules, étendant les deux bras sur le dossier du canapé.

— Il se trouve qu'hier, quand tu m'as prêté ton téléphone, j'ai décidé de contacter un bon ami à moi, qui est chef dans un grand restaurant d'Atlanta. Comme il me devait un service, je lui ai demandé de nous envoyer quelques bonnes choses. Nous recevrons notre carton une fois par semaine. Je commençais à culpabiliser de t'obliger à cuisiner tous les jours.

Phoebe ne savait que dire. L'intention était certes adorable, mais cela devait coûter les yeux de la tête. La vue de toutes ces victuailles finit pourtant par la réconforter. Léo serait sans aucun doute un charmant compagnon le temps que durerait son séjour… même s'il n'attendait d'elle que de l'amitié. Un peu rassérénée, elle traversa la pièce et lui planta une grosse bise sur la joue. Il la regarda, stupéfait.

— Ne t'inquiète pas, fit-elle, ironique. C'était purement platonique. Simplement une façon de te remercier pour cet adorable cadeau.

Sans lui laisser le temps de s'éloigner, il lui agrippa le

poignet, et une onde de chaleur se propagea dans le bras de Phoebe.

— De rien, Phoebe. Cela dit, j'ai bien conscience que je l'ai fait aussi pour moi. Je profiterai moi aussi de toutes ces bonnes choses, dit-il avec un sourire ravageur.

C'était incroyable, songea-t-elle, à quel point les traits de Léo pouvaient paraître austères, voire intimidants, au repos, et à quel point il devenait irrésistible lorsqu'il souriait.

Quoi qu'il en soit, cela marquait sans doute la fin des hostilités, et elle en fut soulagée. Elle lui rendit donc son sourire, non s'en s'être préalablement éloignée du canapé. Elle ne savait que trop bien l'effet que Léo pouvait produire sur elle, et il n'était pas question pour elle de se ridiculiser une seconde fois. Certes, elle n'aurait jamais eu le cœur de le mettre à la porte, et elle n'en avait franchement pas envie. Elle avait beau être ravie de s'occuper de Teddy, elle était heureuse de pouvoir aussi profiter de la compagnie d'un adulte.

Soudain, la question qu'elle voulait poser à Léo avant le fiasco de la veille lui revint à l'esprit.

— Dis-moi, j'ai l'intention de décorer le chalet pour Noël. Tu n'as rien contre ?

— Je ne vois pas pourquoi, lui répondit-il, étonné. Je ne suis pas rabat-joie.

— Ce n'est pas ce que je voulais dire… Mais tu es peut-être d'une autre religion…

— Pas du tout, ne t'inquiète pas, lui répondit-il en riant. Faudra-t-il acheter le nécessaire ?

— Non. J'ai une quantité de décorations au grenier. Quand j'ai emménagé ici, je n'étais pas d'humeur à célébrer Noël. Mais, aujourd'hui, avec Teddy, j'ai envie de bien faire les choses. Je n'ai pas réussi à descendre tous les cartons toute seule. Tu voudrais bien m'aider ? Je te préviens, il y a vraiment beaucoup de choses.

— Un sapin aussi ?

— J'ai un sapin artificiel, oui, mais il n'est pas très beau. Je me suis dit que ça pourrait être amusant d'en trouver un dans la forêt.

— Sérieusement ?

— Sache que je suis propriétaire d'une parcelle de douze hectares. Sans doute pourrons-nous trouver l'arbre qu'il nous faut.

— Nous ? répéta-t-il en haussant un sourcil.

— Absolument. Ne crains rien. Je ne vais pas t'envoyer seul dans le froid abattre un arbre. J'ai un porte-bébé. Teddy et moi t'accompagnerons. De plus, je ne crois pas que les hommes soient les mieux à même de choisir un sapin.

— Tu me vexes, lui répondit-il, portant la main au cœur. J'ai beaucoup de goût.

— Il faut tenir compte de la hauteur de plafond du chalet. Et admets-le, les hommes pensent toujours que plus c'est grand, mieux c'est.

— Les femmes aussi, en règle générale, fit-il le plus sérieusement du monde, mais avec un regard malicieux.

Phoebe, qui avait parfaitement saisi l'allusion, savait qu'elle était devenue rouge pivoine.

— Parlons-nous toujours de sapin de Noël ? lui demanda-t-elle, la gorge sèche comme le Sahara.

— A toi de me le dire.

— Je pense que tu t'es montré on ne peut plus clair, la nuit dernière, lui rétorqua-t-elle.

Il la regarda, décontenancé.

— Je n'aurais jamais dû laisser les choses aller aussi loin. Nous devons avancer à tout petits pas, Phoebe. La proximité forcée favorise une certaine intimité, et je te respecte trop pour profiter de la situation.

— Et si c'était moi qui voulais profiter de la situation ?

Elle fut consternée d'entendre les mots qui sortaient de sa bouche. Manifestement, sa libido était en train de prendre le dessus sur la dignité et la raison.

Léo lui jeta un regard contrarié, croisant les bras sur sa poitrine et plantant les jambes solidement dans le sol. Dans cette position, il semblait soudain beaucoup plus dangereux.

Il portait un vieux jean délavé et un pull marin couleur crème. Pourtant, tout chez lui respirait l'aisance et la richesse. Pourquoi n'était-il pas allé se reposer dans une station balnéaire de luxe ? Un hôtel équipé de courts de tennis et de terrains de golf ?

Il n'avait toujours pas répondu à sa question. Le désir qu'elle sentait monter en elle se figea soudain. Et si c'était le genre d'homme qui prenait une sorte de plaisir sadique à flirter avec les femmes puis à les éconduire ?

— Ce n'est rien, dit-elle enfin. Je comprends.

Il s'approcha brusquement, le visage sombre.

— Non, tu ne comprends strictement rien, lança-t-il.

Sans crier gare, il l'attira contre lui, glissant un bras derrière son dos et lui prenant le menton de sa main libre pour l'obliger à le regarder.

Ses yeux bruns aux cils épais étincelaient d'un feu qu'elle n'y avait jamais vu jusque-là, comme s'ils avaient le pouvoir de lire dans son âme.

— Ne t'y trompe pas, Phoebe, dit-il. Je te désire. Et une chose est sûre : je te mettrai dans mon lit. Et quand ce jour arrivera, que ce soit d'ailleurs dans un lit ou sur toute autre surface plane, car je ne suis pas sourcilleux, j'ai bien l'intention de te faire l'amour jusqu'à l'épuisement. Mais en attendant, nous allons nous montrer très sages, toi et moi. Compris ?

Le temps s'était arrêté. Comme dans les films. Tous les sens de Phoebe étaient en état d'alerte maximale. Quant à lui, il semblait au comble de l'émotion, comme en témoignait sa respiration rapide. Lorsqu'il l'avait saisie par la taille, elle avait instinctivement tendu le bras pour se protéger. En y songeant, c'était absurde. Comment aurait-elle pu l'empêcher de faire quoi que ce soit ? Il avait beau être en convalescence, il semblait d'une force herculéenne.

Avec sa barbe de deux jours, il ressemblait à un pirate, à un bandit de grand chemin ou à n'importe quel héros renégat des romans historiques que dévorait sa sœur. Serrée contre lui, Phoebe était grisée par l'odeur de sa peau. En cet instant, il lui faisait penser à un lion triomphant. L'emporterait-il dans sa tanière ?

Elle s'humecta les lèvres, tremblant si fort que ses jambes se seraient dérobées sous elle si elle n'avait pas été dans ses bras.

— Que veux-tu dire par sage ? lui murmura-t-elle, en lui embrassant le menton, le poignet, puis en glissant une main sous sa chemise.

Cette fois, en dépit de ses efforts manifestes, il ne put résister à la provocation. Avec un rugissement guttural, il la souleva de terre et, s'emparant de ses lèvres, l'emporta bel et bien dans sa tanière. Elle se laissa griser par sa force masculine, répondant à ses baisers avec passion.

Au diable la sagesse, les convenances, la tendresse et les mots doux. Comme chez les peuplades préhistoriques qui avaient vécu dans ces montagnes des milliers d'années auparavant, seul comptait à présent le désir de s'accoupler sous sa forme la plus crue.

Le moment était venu de laisser libre cours à l'instinct et à la passion. Elle se frotta contre lui, éperdue, cherchant le contact le plus intime possible.

— Léo, marmonna-t-elle, incapable d'articuler le moindre mot, la moindre phrase. Léo…

- 9 -

Il était perdu, paralysé par le doute. Après des mois de célibat et l'accident cardiaque dont il avait été victime, serait-il aussi performant qu'il l'avait toujours été ? *Un seul baiser, un seul baiser*, se répétait-il frénétiquement, sans pour autant se rassurer.

Son corps manifestait quelques signes inquiétants. Son sexe était dur, certes, mais douloureux. Ses poumons s'étaient contractés, réduisant sa capacité respiratoire de moitié, et des papillons noirs dansaient devant ses yeux.

Mais Phoebe, toute en courbes délicieusement féminines, était une bénédiction au creux de ses bras. De plus, elle n'était pas fragile ou timide. Elle l'embrassait sans fausse pudeur, avec une ardeur renversante. Il décela sur sa peau le parfum d'un gel douche parfumé et une odeur de talc. Ce matin, elle s'était tressé les cheveux. Saisissant sa natte, il lui tira la tête en arrière et lui mordilla le cou.

Le gémissement qu'elle émit lui fit l'effet d'un coup de poing à l'estomac. Il la souleva de terre, grognant lorsqu'elle lui enserra la taille de ses jambes. Ils étaient encore entièrement vêtus, mais il lui imprimait de véritables coups de boutoirs, anticipant la pénétration prochaine.

Sans crier gare, Phoebe tenta de s'extraire de son étreinte. Il resserra les bras pour la retenir, tenaillé par le désir de la pénétrer enfin.

Elle le repoussa.

— Léo, j'entends le bébé. Il est réveillé.

L'explication finit par atteindre son cerveau embrumé par le désir. Il la reposa par terre et recula d'un pas chancelant, le cœur battant à tout rompre.

Effrayé par la force de ses propres émotions, il se dirigea vers la porte, enfila ses chaussures et sortit du chalet sans un regard derrière lui.

Phoebe avait toujours considéré la présence de Teddy dans sa vie comme une bénédiction. Mais peut-être pas *là maintenant*. S'efforçant de reprendre ses esprits, elle entra dans la chambre et le sortit de son berceau.

— Eh bien, c'était une courte sieste, remarqua-t-elle avec un petit rire nerveux.

Avec un gloussement ravi, Teddy agrippa sa tresse. Manifestement, sa couche était sale, comme en témoignait l'odeur caractéristique qui émanait de lui. C'était sans doute ce qui l'avait réveillé.

Elle le changea puis le posa par terre sur une couverture pendant qu'elle rangeait sa chambre. Tout en s'acquittant automatiquement de ces tâches quotidiennes, elle prit conscience que Léo était sorti. Il avait quitté le chalet sans manteau. Par chance, il portait un gros pull et les températures étaient un peu plus clémentes aujourd'hui.

Elle ne pouvait s'empêcher de culpabiliser. Ce qu'il s'était passé était entièrement sa faute. En vrai gentleman, Léo avait fait de son mieux pour garder la tête froide, craignant que ce huis clos n'ait fait qu'exacerber d'une manière artificielle l'attirance qui existait entre eux. Mais Phoebe lui avait littéralement sauté dessus.

La plupart du temps, les hommes étaient incapables de résister aux avances des femmes, surtout lorsqu'elles étaient aussi explicites. Or, elle s'était offerte beaucoup trop facilement.

Et bien sûr, Léo avait réagi. Tout homme normalement constitué, célibataire de surcroît, n'aurait pas fait autre chose. Comment oserait-elle le regarder en face, à présent ? Et comment allaient-ils gérer cette attirance qui existait malgré tout entre eux ?

Une demi-heure plus tard, Teddy calé sur la hanche, elle se dirigea vers la cuisine et se mit à ranger les produits envoyés par l'ami cuisinier de Léo. C'était pour l'essentiel des plats cuisinés qu'il lui suffirait de réchauffer. Elle n'aurait qu'à se charger des accompagnements.

Une heure passa, puis deux. Elle regarda par la fenêtre pas moins d'une centaine de fois. Et s'il s'était perdu ou blessé ? Et s'il avait eu un malaise ? Son cœur se serra à cette idée.

Léo marcha à travers la forêt et ne s'arrêta que lorsqu'il eut mal aux jambes. Cela lui faisait un bien fou de repousser ses limites physiques et de se rendre compte que son corps réagissait au quart de tour. Toutefois, rien de tout cela ne pouvait effacer son désir pour Phoebe. Au départ, la fascination qu'il avait ressentie pour elle lui avait paru suspecte. Sa vie avait pris récemment un tour difficile, au point que toute idée de relation amoureuse lui était sortie de l'esprit. C'était la raison pour laquelle il avait tout fait pour relativiser son attirance pour elle.

Il savait maintenant que c'était beaucoup plus qu'une simple attirance. Elle imprégnait son sang tel un virus qui pouvait s'avérer aussi dangereux que la crise cardiaque qui l'avait frappé. Dans ce cas, peut-être ferait-il mieux de couper court à toute relation.

Mais son esprit et son corps s'insurgeaient à cette idée. Car sa décision était prise. Phoebe et lui seraient amants. Ce n'était qu'une question de temps et de lieu.

A force de marcher, son esprit finit par s'éclaircir. Il s'était suffisamment dépensé pour rentrer. Il avait suivi le cours d'un ruisseau, afin de ne pas se perdre. Lorsqu'il fit halte, il avait gravi une partie de la montagne. A sa surprise, il aperçut au loin la cheminée fumante du chalet de Phoebe.

Peut-être Luc avait-il raison. Ici, dans un environnement si radicalement différent du sien, il se voyait sous un nouveau jour. Son univers n'était ni meilleur ni pire que celui de Phoebe. Il était simplement différent.

Mais pourquoi celle-ci s'était-elle installée ici ? Pour prendre du recul ? Et dans ce cas, y était-elle parvenue ? Reprendrait-elle un jour son ancienne vie ?

Il s'assit sur un rocher, rassuré d'entendre les battements réguliers de son cœur. Et dire que cette attaque aurait pu lui faire perdre tout ce à quoi il tenait tant... Peut-être était-ce dans la nature humaine de croire que la vie était un dû. Maintenant qu'il avait échappé de justesse à la catastrophe, il se demandait si tout ce qu'il avait gagné méritait réellement d'y laisser la santé et avait envie de trouver un sens à sa vie.

Malgré ces bonnes résolutions, il savait au fond de lui qu'il aspirait à reprendre le travail. Il dirigeait une grande société qui dégageait d'énormes profits, et il la dirigeait bien. Il était Léo Cavallo, directeur financier d'une multinationale spécialisée dans le textile, et tel un drogué, il avait besoin de toutes les stimulations qu'apportaient ses hautes responsabilités.

Oui, il était ce que les gens appelaient de manière péjorative un « accro du boulot », mais pour sa part, il ne voyait absolument pas ce qu'il y avait de mal à se passionner pour son travail et à lui donner le meilleur de soi-même. Du reste, il trouvait cela profondément irritant d'imaginer que les décisions engageant l'avenir de l'entreprise puissent se prendre sans lui, comme c'était le cas actuellement, même s'il savait que le groupe était entre les mains de professionnels extrêmement compétents.

Le problème n'était pas là. Le problème était que Léo faisait littéralement *corps* avec l'entreprise.

En décembre, il commençait à préparer les rapports financiers de fin d'année. Qui se chargeait de ce travail en son absence ? Il fallait parfois vendre une division de l'entreprise ou procéder à un achat afin de bénéficier d'un avantage fiscal.

Sentant tous les muscles de son corps se crisper, il se força à prendre de profondes inspirations pour se calmer. Tandis qu'il se débattait avec ses démons, un petit écureuil s'approcha de lui et se mit à gratter la terre en quête d'un gland. Sans doute mécontent de voir son territoire envahi par un humain, le petit animal creusait furieusement. Il s'enfuit à toute allure lorsqu'il eut trouvé son trésor.

Léo sourit. Et ce faisant, le poids qu'il portait sembla s'alléger. Une fois de plus, il inspira à fond, emplissant ses poumons d'air pur. En règle générale, il vivait au rythme des bruits incessants de la ville. En dépit du silence, il nota que l'immobilité de la forêt n'était qu'apparente. Avec un peu d'attention, on décelait la présence d'une quantité de petites créatures vaquant sans relâche à leurs affaires.

Elles avaient bien de la chance, songea Léo, de se contenter de faire ce pour quoi elles avaient été créées, sans se poser la moindre question.

Il enviait la simplicité de leur vie, même s'il n'aspirait nullement à devenir un hamster galopant dans sa roue. Dans son enfance, ses professeurs avaient très vite vu en lui un élève doué. Ses parents lui faisaient prendre une quantité de cours particuliers ou l'envoyaient dans des camps de vacances à thème — astrophysique, géologie, ou des choses dans le genre.

S'il avait toujours trouvé cela intéressant, il n'avait pas toujours été très à l'aise au milieu des petits génies qui regardaient d'un œil soupçonneux ce camarade bien bâti qui se distinguait également dans toutes les disciplines sportives.

C'est ainsi que son frère était devenu son meilleur ami,

et l'était resté. Comme tous les frères, ils se disputaient et se jalousaient, mais ils étaient profondément attachés l'un à l'autre. Et c'était la raison pour laquelle Léo se retrouvait maintenant bloqué ici, au fin fond de la montagne… C'était Luc qui avait exigé qu'il prenne du repos. Et si Luc le lui avait imposé, c'était qu'il avait probablement raison.

Léo s'étira, prenant conscience qu'il avait froid. Soudain, le visage de Phoebe apparut dans son esprit et il n'eut plus qu'une seule envie : la retrouver. Il aurait voulu pouvoir lui confier ses questions existentielles, mais c'était impossible tant qu'il ne lui aurait pas dit la vérité quant à son état de santé. Mais une chose était sûre : il avait envie d'être avec elle, et pour longtemps.

Pour cela, il devrait cesser de songer sans cesse au calendrier et se concentrer sur le moment présent. C'était ce qu'il ferait, promis, même si ce n'était pas dans ses habitudes. Peut-être y avait-il des ressources cachées en lui. Si c'était le cas, il lui restait deux mois pour le découvrir.

Lorsque Phoebe distingua enfin la large carrure de Léo dans l'encadrement de la porte, elle ne sut comment réagir. D'un côté, elle avait envie de pleurer de soulagement, de l'autre de lui sauter à la gorge pour avoir disparu sans explication. Bien sûr, s'il avait eu son propre chalet, elle n'aurait pas eu son mot à dire. Mais ils étaient colocataires, et cette situation lui conférait certains droits, non ? N'ayant pas le courage de le réprimander, elle se résolut finalement à ravaler sa colère.

— Tu as déjeuné ? fit-il avec un sourire contrit.

— Je t'ai gardé une assiette au chaud, répondit-elle en lui rendant son sourire, mais sans se lever de sa chaise.

Elle n'allait tout de même pas se précipiter vers lui comme une bonne petite épouse inquiète. Après tout, Léo était un grand garçon.

Teddy jouait avec une paille en plastique pendant que

Phoebe dégustait sa deuxième tasse de café. Léo les rejoignit à table, où l'attendait son assiette.

— Ton ami est un véritable cordon-bleu. Tu le remercieras de ma part. Même si je risque de prendre quelques kilos.

Léo attaqua son repas avec appétit, ce qui suggérait qu'il revenait d'une longue marche.

— Absolument. J'ai eu l'occasion de lui commander quelques dîners lorsque j'avais des invités chez moi. J'ai eu un succès fou, grâce à lui.

Tandis qu'il terminait son repas, Phoebe s'excusa pour aller mettre Teddy au lit.

— J'ai un appareil à bruits de fond que j'utilise parfois dans sa chambre. Cela nous permettra de descendre les cartons sans le déranger, expliqua-t-elle. Et s'il dort une bonne partie de l'après-midi, nous pourrions en profiter pour décorer le chalet, si tu es toujours partant.

Léo se balança sur sa chaise.

— Tu sais bien que je suis toujours partant, quoi que tu proposes, fit-il avec un sourire entendu.

— Ce n'est pas drôle, lui répliqua-t-elle, furieuse de l'entendre plaisanter au sujet de leur petit moment à deux.

— C'est clair, fit-il, moqueur. Théoriquement, je sais que les jeunes couples avec enfants ont une activité sexuelle. Simplement, je ne comprends pas comment ils arrivent à trouver un créneau.

A la vue de son air de chien battu, elle éclata de rire, faisant tressaillir Teddy, qui s'était presque endormi sur son épaule.

— Quoi qu'il en soit, lui répondit-elle d'un ton faussement sévère, tu n'as plus à t'en soucier. Cet après-midi, il n'y a que deux activités au programme : descente des cartons et décoration du chalet.

C'était la première fois que Léo passait autant de temps en tête à tête avec une femme. Il commençait déjà à connaître les expressions de Phoebe et à les déchiffrer avec une certaine précision.

Lorsqu'elle fut de retour dans le salon, elle semblait tout excitée.

— Pourrais-tu m'aider à installer l'escalier escamotable qui permet d'accéder au grenier ? lui demanda-t-elle. Je tirerai sur la corde et tu réceptionneras les marches, d'accord ?

Il fit ce qu'elle demandait, mais ne put s'empêcher d'avoir un pincement au cœur lorsqu'elle monta sur la chaise et qu'il se retrouva nez à nez avec ses seins.

— Que veux-tu que je descende en premier ? lui demanda-t-il, une fois l'escalier en place.

— Peu importe, répondit-elle. Descends tous les cartons, sauf celui du sapin. Tiens, fit-elle en lui tendant une lampe torche. J'ai failli oublier.

Après avoir écarté quelques toiles d'araignée, Léo émergea dans le grenier armé de sa lampe torche. L'endroit n'avait rien du nid à poussière que l'on aurait pu imaginer, peut-être parce que le chalet était récent ou que Phoebe était particulièrement organisée. Cartons et boîtes plastiques avaient été dûment étiquetés et soigneusement empilés à portée de main autour de la trappe.

Certains d'entre eux s'avérèrent assez lourds. Comment Phoebe avait-elle pu les monter toute seule là-haut ? Celle-ci poussa soudain un cri perçant au bas de l'échelle.

— Que t'arrive-t-il ?

— Une araignée, répondit-elle d'une voix tremblante. Je n'aurais jamais imaginé que ces cartons se saliraient si vite.

— J'arrête ?

— Non, continue. Je prendrai une douche lorsque nous aurons fini.

Il lui passa un carton léger comme une plume, où

figurait, au marqueur noir, la mention « Ange à mettre au sommet du sapin ».

— Je pourrais t'aider à vérifier tes vêtements et tes cheveux, après, si tu veux…, fit-il avec un regard malicieux. On ne sait jamais, il pourrait y avoir tout un tas de bestioles.

— Quel humour, décidément ! Ça me rappelle les nuisibles dont tu promettais de me débarrasser, lorsque tu voulais me convaincre de t'héberger dans ce chalet.

— Eh bien, tu vois, j'avais raison ! lui lança-t-il en se remettant à la tâche, ravi de sa plaisanterie.

Il ne s'était jamais beaucoup préoccupé des fêtes de fin d'année. Mais avec Phoebe, toutes les menues tâches liées à la célébration de Noël prenaient une tout autre dimension.

Lorsqu'il eut descendu la dernière boîte et replié l'escalier, il trouva Phoebe le nez plongé dans un carton de décoration. Elle en sortit un petit bonhomme de neige en verre.

— Ma grand-mère me l'a donné quand j'avais huit ans, expliqua-t-elle.

Il s'assit par terre à côté d'elle.

— Est-elle toujours parmi nous ?

— Non, malheureusement.

— Et tes parents ?

Il était si près d'elle qu'il aurait pu lui effleurer la nuque de ses lèvres, mais il s'abstint. S'asseyant en tailleur, Phoebe entreprit de démêler une guirlande lumineuse.

— Mes parents sont morts dans un accident de voiture lorsque j'étais encore au lycée. Le type qui les a percutés était ivre. Ma sœur et moi avons été placées en famille d'accueil, des gens charmants qui se sont occupés de nous jusqu'à la fin de nos études.

— Et depuis ?

— Dana et moi sommes très proches.

— C'est tout ?

Elle esquissa une grimace tandis qu'une boule se formait au creux de son estomac.

— Et toi, Léo, qu'en est-il de ta famille ?

Il la laissa détourner la conversation sans protester.

— Curieusement, toi et moi avons un point commun, commença-t-il. Luc et moi avions dix-sept et dix-huit ans quand nous avons perdu nos parents dans un accident de bateau. Mon père avait une passion pour les hors-bords et la vitesse. C'était en Italie, pendant les vacances de printemps. Mon père avait emmené ma mère et un ami en promenade. Au retour, ils se sont encastrés à pleine vitesse sur un pilier en béton en approchant des docks.

— Oh ! mon Dieu, murmura-t-elle, portant les mains à sa bouche. Quelle horreur !

Il acquiesça. Malgré les années, le souvenir semblait toujours aussi douloureux.

— Mon grand-père a fait pratiquer des autopsies. Ma mère ne portait pas de gilet de sauvetage. Elle s'est noyée lorsqu'elle a été éjectée du bateau. Cela m'a un peu réconforté de savoir qu'elle était inconsciente quand elle est morte, car elle avait une grave blessure à la tête.

— Et ton père ?

Léo déglutit avec peine.

— Il a fait une crise cardiaque. C'est pourquoi il a perdu le contrôle du bateau, expliqua-t-il, accablé une fois de plus de constater la similitude entre l'état de santé de son père à l'époque et le sien aujourd'hui.

— Mais n'était-il pas terriblement jeune ?

— Quarante-deux ans.

— Oh ! Léo. Je suis vraiment navrée…

— Le temps a passé, reprit-il, avec un haussement d'épaules. Après les funérailles, Luc et moi sommes allés vivre chez mon grand-père en Italie. Nous avons fréquenté les meilleures universités de Rome. C'était peut-être une chance de bénéficier d'une telle éducation, mais mon frère et moi avons mis un temps fou à faire notre deuil. D'autant que notre grand-père était plutôt quelqu'un de strict et de renfermé.

Il hésita un instant avant d'ajouter :

— Il est très rare que je raconte cette histoire. Mais tu as vécu la même chose. Alors je sais que tu me comprends.

— Je te comprends très bien. Mes parents étaient des gens merveilleux. Ils nous ont toujours encouragées, ma sœur et moi, à suivre notre voie, quelle qu'elle soit. Notre vie a basculé à jamais quand nous les avons perdus.

Un long silence suivit ces mots. Léo lui tira doucement la tresse.

— Désolé. Je ne pensais pas que cette conversation nous entraînerait si loin.

Elle posa la joue contre la main de Léo.

— C'est difficile de ne pas penser à la famille à cette époque de l'année, en particulier aux proches que nous avons perdus. Je suis heureuse que tu sois là, Léo.

10

Elle n'aurait su dire qui avait été à l'origine de ce contact intime. Leurs lèvres se rencontrèrent brièvement, tendrement. Il avait le goût d'une pluie d'été chaude et délicieuse. Malgré la force de son désir, elle parvint à se contenir, et comme par consentement tacite, le baiser resta doux et modéré.

Se nichant contre lui, elle se laissa griser par sa force. Il la soutenait de son bras puissant. Il était viril et sexy. Qui aurait pu lui reprocher de le désirer autant ?

— Léo…, murmura-t-elle.

Elle ne faisait que dire son nom, mais elle le sentait frémir chaque fois.

— Qu'y a-t-il ? demanda-t-il d'une voix rauque. Que veux-tu, Phoebe ?

Un million de réponses différentes lui venait aux lèvres. *Déshabille-moi. Caresse-moi. Fais-moi l'amour.* Mais elle parvint à se raisonner.

— Et si je mettais un peu de musique ? Ça nous mettra dans l'ambiance pour décorer le chalet.

— Je suis déjà dans l'ambiance, dit-il avec un sourire, en lui embrassant le bout du nez. Que les choses soient claires entre nous, reprit-il d'un ton grave. Ce soir, je compte bien te mettre dans mon lit. Une fois que le petit sera profondément endormi et que plus rien ne risquera de nous interrompre.

Il la dévorait de ses yeux sombres, gourmands, qui

auraient fait fondre n'importe quelle femme. Elle le dévisagea, pesant le pour et le contre. Autrefois, lorsqu'elle travaillait dans la finance et devait faire des placements, elle se basait sur son instinct, et cela s'avérait souvent payant. Mais prendre Léo comme amant était un pari beaucoup plus risqué.

Tout d'abord, parce qu'il n'était que de passage. Si, de son côté, Phoebe avait fait la paix avec ses démons et embrassé un nouveau mode de vie, ce n'était manifestement pas le cas de Léo. Il était pressé de retrouver son univers. Il vivait son séjour dans les montagnes comme une sorte de pénitence, une convalescence qu'il n'avait acceptée que contraint et forcé.

Jamais Léo ne supporterait de stagner. Il avait trop d'énergie, trop de vitalité.

Elle lui effleura la joue, sachant que son assentiment était couru d'avance.

— Tu sais que je suis partante, même si je regrette ce manque de spontanéité. Toute nouvelle relation devrait être totalement passionnée. Comme ce matin, lorsque tu étais sur le point de me prendre contre un mur.

A ce souvenir, un délicieux frémissement lui parcourut la colonne vertébrale et son pouls s'accéléra.

Léo prit son visage au creux de ses grandes mains.

— N'aie crainte, Phoebe, je te donnerai toute la passion dont tu peux rêver.

A la surprise et au ravissement de celle-ci, l'après-midi se transforma en une longue séance préliminaire. Léo empila tellement de bûches dans la cheminée que la chaleur les obligea à passer un T-shirt. Phoebe trouva une station de radio qui diffusait des chants de Noël traditionnels. Elle ne cessa plus de le harceler lorsqu'elle s'aperçut qu'il ne connaissait en général que la première strophe, et que le reste du temps il inventait les paroles.

Au fond d'un carton, ils dénichèrent des bougies parfumées qu'ils allumèrent et disposèrent sur la table basse. Durant l'été, quelques-unes avaient fondu du fait de la chaleur qui régnait dans le grenier et ne ressemblaient absolument plus à des sapins.

— Je devrais peut-être les jeter, remarqua Phoebe en riant.

— Je suis contre. Elles ont du caractère, je trouve.

— Si tu le dis. Pour moi, elles sont surtout complètement fichues.

— Les apparences sont parfois trompeuses.

Une nuance inhabituelle dans sa voix attira l'attention de Phoebe. Il fixait les pauvres bougies comme si toutes les réponses aux grandes questions de la vie étaient enfermées dans la cire verte.

Que savait au juste Léo Cavallo des accidents de la vie ? Pour autant qu'elle puisse en juger, il était au sommet de sa force physique et de son acuité intellectuelle. La fermeté de ses muscles témoignait de sa capacité à prendre une femme dans ses bras... à la protéger. Et en matière d'humour, il était imbattable. Ses yeux brillaient d'intelligence, tout comme ses reparties.

Léo était tout cela à la fois. Et c'est ce qui le rendait si désirable.

La pièce se transformait peu à peu. Avec l'aide de Léo, Phoebe accrocha des guirlandes lumineuses sur la cheminée et autour des portes. Elle aurait aimé ajouter des feuilles de houx et de pin, mais il ne fallait pas trop en demander.

Léo passa plus d'une heure à fixer au plafond des flocons de neige argent, vert et or. Bien plus méticuleux qu'elle ne l'aurait été, il prit des mesures et repositionna plusieurs fois les autocollants scintillants jusqu'à obtenir une disposition parfaite. Elle s'amusa de le voir contempler son œuvre avec une satisfaction toute masculine, mais ne manqua pas de le couvrir de louanges.

Outre les bougies, la table du salon arborait une nappe brodée de rênes. Quant au tapis « Joyeux Noël » qu'elle utilisait autrefois à son domicile de Charlotte, il avait trouvé sa place devant une nouvelle porte.

La table de la salle à manger fut bientôt ornée de sets de table vert forêt et de couverts dorés. En fin d'après-midi, Léo se laissa tomber sur le canapé avec un grognement de soulagement.

— Tu aimes vraiment Noël, dis donc.

Elle le rejoignit, se glissant entre ses bras aussi naturellement que s'ils avaient été de vieux amis.

— J'ai fait l'impasse pendant quelques années, mais pour Teddy, j'ai envie d'en faire un moment vraiment magique.

Elle marqua une pause avant de lui poser la question qui lui brûlait les lèvres.

— Et toi, Léo ? Je sais que tu es ici pour deux mois. Mais je suppose que tu vas rentrer à Atlanta pour les fêtes, n'est-ce pas ?

Jouant paresseusement avec sa tresse, il poussa un soupir.

— Je n'y ai pas encore vraiment pensé. Pendant plusieurs années, Luc et moi avons pris l'habitude de passer les fêtes avec notre grand-père, en Italie. Mais lorsque mon frère a épousé Hattie il y a deux ans, notre grand-père a décidé de faire le voyage dans l'autre sens. Mais il a juré de ne pas le faire tous les ans car c'est trop fatigant pour lui. Maintenant que Luc et Hattie ont deux enfants, je pense qu'ils méritent de passer Noël en famille. Quant à moi, j'aurai bien une ou deux invitations. Et toi, que comptes-tu faire ?

— Eh bien, je pourrais t'inviter, justement.

Ce ne fut que lorsqu'elle eut prononcé ces mots qu'elle comprit à quel point elle brûlait d'envie qu'il accepte.

Il la dévisagea, étonné.

— Tu en es sûre ? Je ne voudrais pas m'imposer.

Parlait-il sérieusement ? Elle était une femme célibataire

qui gardait un bébé qui n'était pas le sien dans un chalet perdu au beau milieu des montagnes !

— Eh bien, nous te ferons une petite place, le taquina-t-elle.

Sans réellement penser où pouvait mener son geste, elle lui passa doucement la main dans les cheveux, admirant les reflets dorés qui illuminaient les épaisses mèches châtaines.

Fermant les yeux, Léo inclina la tête et esquissa un sourire peut-être un peu embarrassé.

— Ce serait super…, commença-t-il, marquant une pause comme pour goûter le massage qu'elle lui prodiguait.

Elle posa la tête contre son torse. A travers son fin T-shirt bleu marine, elle entendait le battement régulier de son cœur.

— Attendons peut-être de voir comment les choses vont se passer ce soir, murmura-t-elle. J'aime autant t'avouer que je manque de pratique.

En l'espace d'un instant, il opéra un renversement de situation spectaculaire et elle se retrouva allongée sur le canapé, son corps puissant au-dessus du sien. Tout en lui embrassant le cou, il glissa le genou entre ses jambes, ouvrant la voie à de torrides perspectives.

— N'arrête pas, implora-t-elle, en se cambrant d'instinct sous la pression.

A travers le fin tissu de sa chemise et de son soutien-gorge, il se mit à lui mordiller les mamelons sans relâche, allumant en elle un incendie ravageur.

Tout à coup, Léo fit machine arrière et se mit à jurer en riant.

Folle de désir, elle le dévisagea sans comprendre.

— Que se passe-t-il, Léo ?

— Ecoute, le bébé est réveillé…

Lorsqu'on frappa à la porte quelques minutes plus tard, Léo comprit que Phoebe et lui avaient échappé de justesse à une situation embarrassante. Comme elle était sortie de la pièce pour s'occuper de Teddy, il alla ouvrir.

— Puis-je vous aider ? demanda-t-il avec un sourire au vieil homme vêtu d'une salopette qui se tenait devant la porte.

— Moi, c'est Buford, expliqua l'homme en le regardant de la tête aux pieds. Ma femme envoie ces noix de pécan caramélisées. Comme elle sait que Mlle Phoebe les adore, elle lui en a fait une fournée, en plus de celles qu'elle a préparées pour la kermesse de l'église. Vous voulez bien lui donner ?

— Avec plaisir, répondit Léo en prenant le sac en papier. Elle est en train de donner le biberon au petit, je crois, mais elle n'en a pas pour longtemps. Vous voulez entrer ?

— Pas la peine. Merci. Vous êtes le gars qui devait louer l'autre chalet ?

— Tout à fait.

— N'allez pas vous faire des idées. Ici, on apprécie beaucoup Mlle Phoebe. On fait attention à elle.

— Je comprends.

— J'vous conseille de rentrer du bois. Il va neiger ce soir.

— Vraiment ?

Le soleil de l'après-midi avait pourtant une douceur printanière.

— Le temps change vite dans le coin.

— Merci pour le conseil, Buford.

Avec un signe de tête, l'homme regagna sa vieille camionnette rouillée, fit demi-tour et s'éloigna sur le sentier.

Léo referma la porte et ne put s'empêcher de piquer quelques noix de pécan.

Phoebe le surprit la main dans le sac, dans tous les sens du terme.

— Qu'est-ce que c'est ? fit-elle, tapotant le dos de Teddy pour lui faire faire son rot.

— C'est de la part de Buford, expliqua-t-il, résistant à

grand-peine à l'envie de voler une autre poignée de noix. Au fait, quel âge a-t-il ?

— Buford a quatre-vingt-dix-huit ans, et sa femme quatre-vingt-dix-sept. Tous deux sont nés dans les monts Great Smoky avant qu'ils ne deviennent un parc national. Ils habitent toujours dans la maison qu'il a construite de ses mains au début des années 1930, juste avant la Grande Dépression.

— Un chalet en rondin ?

— Oui. Il y a eu quelques extensions anarchiques. Jusqu'au milieu des années 1980, ils ont utilisé des toilettes extérieures. Leurs enfants et leurs petits-enfants ont fini par leur dire qu'ils étaient trop âgés pour se soulager dehors en plein hiver.

— Et alors ?

— Ils leur ont installé la plomberie.

— Ce qui veut dire, reprit Léo, que s'ils se sont mariés au début des années 1930…

— Ils vont célébrer leur quatre-vingtième anniversaire de mariage en mars.

— Ça paraît impossible.

— Elle avait dix-sept ans, Buford un an de plus. On se mariait jeune à l'époque.

— Ce n'est pas leur âge qui m'impressionne, mais le temps qu'ils ont passé ensemble. Comment un mariage peut-il durer si longtemps ?

— Je me suis posé la question, moi aussi. Après tout, chez les parents de mes amis, un mariage dure rarement plus de trente-cinq ans.

Léo regarda Phoebe, essayant d'imaginer ses épaules voûtées par l'âge et sa jolie peau parcourue de rides. Elle serait toujours séduisante à soixante et même à soixante-dix ans. Mais quand elle approcherait d'un siècle ? Comment pouvait-on envisager de passer 85 % de sa vie assis face à la même personne chaque matin devant son café ? Voilà qui le laissait perplexe.

Léo, quant à lui, n'était encore jamais vraiment tombé amoureux. Pour qu'une relation fonctionne, il fallait du temps et de la détermination. Jusqu'à maintenant, il n'avait jamais rencontré une femme qui lui donne envie de penser à long terme.

Mais Phoebe était différente du tout au tout. S'il ne comprenait pas encore pleinement les raisons qui l'avaient poussée à s'installer dans ces montagnes, il envisageait en tout cas de passer le temps qu'il faudrait auprès d'elle pour le découvrir. Elle l'intriguait, l'amusait, le séduisait. Peut-être était-ce dû à leur isolement, mais il avait l'impression qu'un lien particulier s'était établi entre eux et qu'elle avait touché son cœur. Il était encore incapable de se projeter à long terme avec elle, mais le programme de la soirée était en tout cas clair comme de l'eau de roche.

Il désirait Phoebe. C'était une certitude. Aussi passionnément et douloureusement qu'un homme pouvait désirer une femme. Si rien ne venait contrarier leurs plans, cette fois, il la ferait sienne ce soir.

Aux yeux de Phoebe, Léo semblait perdu dans ses pensées. Mais elle n'osa pas l'interroger.

— Teddy vient de manger et il est bien reposé. C'est le moment idéal pour aller chercher un sapin, qu'en dis-tu ?

Léo redescendit soudain sur Terre.

— Tu ne crois pas qu'il fait un peu trop froid pour lui ?

— Il a une combinaison très efficace contre le froid. Bien, je vais l'habiller. Pendant ce temps, peux-tu aller chercher la hache dans l'appentis ?

— Tu as une hache ? lui demanda-t-il, étonné.

— Bien sûr. C'est indispensable pour couper les arbres.

— Mais je croyais que tu n'avais pas fait de sapin de

Noël depuis que tu t'es installée ici. A quoi peut bien te servir une hache ?

— Eh bien, figure-toi que je coupe mon bois moi-même. Du moins, je le faisais avant l'arrivée de Teddy. A présent, je préfère ne prendre aucun risque. Et je paye un étudiant pour s'en charger à ma place.

— Ce n'est pas raisonnable de vivre dans un tel isolement, tu sais. Que ferais-tu en cas d'urgence ?

— Je pourrais appeler les pompiers. En outre, j'ai une ligne fixe, en plus de mon téléphone portable. Et les voisins n'habitent pas très loin.

— Mais une femme seule est toujours plus vulnérable qu'un homme.

Il n'avait pas tout à fait tort. Elle s'était du reste posé beaucoup de questions lorsqu'elle s'était installée dans le chalet. Elle avait même eu du mal à dormir les premiers mois, imaginant sans cesse que des violeurs ou des assassins se cachaient peut-être dans les bois en attendant de l'attaquer. A la longue, pourtant, elle avait fini par se dire que vivre en ville présentait exactement les mêmes risques.

— Je comprends, répondit-elle. C'est vrai, par moment, il m'est arrivé de regretter ma décision de m'installer ici, comme lors de la récente tempête. Mais j'en suis venue à penser que mon style de vie avait plus d'avantages que d'inconvénients, alors je suis restée.

Léo semblait encore sceptique, mais il ne poursuivit pas la conversation. Finalement, il enfila son manteau et sortit.

Il fallut plus de temps que prévu pour préparer Teddy à affronter les grands froids. C'était d'ailleurs ce qu'il se produisait depuis le début. S'occuper d'un bébé prenait toujours deux fois plus de temps que prévu. Mais elle s'était fait une raison, et déjà, c'était à peine si elle se souvenait de la vie qu'elle menait avant l'arrivée du petit garçon.

11

C'était une journée idéale pour une balade en forêt. Aujourd'hui, le chalet endommagé était envahi par des ouvriers, qui ramassaient les derniers débris avant de bâcher la structure. Phoebe prit donc la direction opposée. Ils remontèrent le sentier et tournèrent à gauche dans un chemin qui s'enfonçait dans les bois.

Teddy était solidement arrimé dans le porte-bébé. Phoebe avait beau adorer la marche, il lui fallut plusieurs centaines de mètres pour s'habituer au poids de l'enfant confortablement niché contre sa poitrine.

Léo portait la lourde hache comme si elle était légère comme une plume. Il paraissait heureux de prendre l'air et sifflotait tout en marchant.

L'endroit où elle espérait dénicher le sapin de Noël de ses rêves avait abrité autrefois une habitation, dont il ne restait plus aujourd'hui que des ruines. Ils ne tardèrent pas à déboucher dans le petit cimetière familial aux pierres tombales érodées par les intempéries. Certaines inscriptions étaient encore lisibles, dont certaines, à la mémoire d'un bébé, lui serreraient le cœur. Les maladies faisaient encore des ravages en ces temps reculés. Ayant connu, elle aussi, son lot de malheurs, elle ne pouvait que s'identifier aux épreuves endurées par cette famille disparue. Léo semblait lui aussi profondément ému.

— Cette parcelle est à toi ? lui demanda-t-il.

Le vent murmurait dans les arbres, comme s'il portait l'écho de rires lointains.

— Oui, si tant est que l'on puisse être propriétaire d'un cimetière. Certes, il se trouve sur ma propriété, mais si des descendants voulaient y accéder, je les laisserais faire, bien sûr. Mais je pense que plus personne ne connaît l'existence de ce lieu.

L'une des inscriptions à la mémoire d'un bébé attira l'attention de Léo.

— Ce doit être terrible de perdre un enfant, remarqua-t-il. Quand je vois l'amour que Luc et Hattie portent aux leurs, et bien que je ne sois pas père, je suis parfois terrifié à l'idée des dangers que recèle ce monde.

— As-tu envie d'avoir des enfants, un jour ? lui demanda-t-elle, le souffle court, tout en prenant conscience de l'importance que revêtirait la réponse qu'il s'apprêtait à lui faire.

Il s'accroupit pour arracher des mauvaises herbes qui avaient élu domicile à la base de la petite pierre tombale couverte de mousse.

— Je n'en sais rien. Je n'ai pas le temps et, franchement, cette idée me terrifie, ajouta-t-il avec un petit sourire.

Malgré cette note de légèreté, elle savait qu'il était absolument sincère.

La déception lui noua l'estomac.

— Tu es encore jeune...

— Je n'ai qu'un seul enfant : l'entreprise. Que Luc se charge de perpétuer la lignée familiale me convient parfaitement.

Comme il n'y avait rien à ajouter, ils laissèrent tomber le sujet. Phoebe y vit toutefois une sérieuse mise en garde. Non que cela ait été intentionnel de la part de Léo. C'était entièrement sa faute à elle. Elle avait eu tort de se projeter dans l'avenir et de se mettre à tirer des plans sur la comète. Mais peut-être cela signifiait-il simplement que son cœur était en voie de guérison et qu'elle commençait à se sentir prête pour une nouvelle vie.

Malheureusement, elle n'avait apparemment pas tiré la bonne carte avec Léo. Leur relation naissante ressemblait déjà à une impasse.

Elle caressa les cheveux de Teddy, ravie de voir à quel point il semblait curieux de ce nouvel environnement. C'était un enfant joyeux, éveillé. Elle s'était prise de passion pour lui dès sa naissance. Mais maintenant qu'elle avait vécu avec lui, d'abord seule puis en compagnie de Léo, elle avait l'impression qu'il faisait partie de sa vie. Ce serait un crève-cœur de devoir le rendre à ses parents. Elle préféra écarter cette terrible pensée.

Léo se releva et s'étira. Il roula des épaules comme pour s'échauffer, prêt à saisir la hache qu'il tenait à son côté.

— Je suis prêt. Vas-y, choisis un arbre.

— Laisse-moi un peu de temps, tu veux ? Choisir un sapin n'est pas une mince affaire.

— Allons donc, il n'y a que l'embarras du choix. Regarde. Que dirais-tu de celui-ci ? fit-il en désignant un cèdre d'environ un mètre cinquante.

— Trop petit, et en plus ce n'est pas la bonne espèce. Laisse-moi regarder.

Léo la prit par le bras et la guida vers un bosquet de conifères.

— Alors ?

Malgré ses épais vêtements d'hiver, elle eut l'impression de sentir la chaleur de ses doigts sur sa peau. Un siècle plus tôt, Léo aurait travaillé toute la sainte journée pour nourrir sa famille. La nuit venue, il aurait fait l'amour à sa femme sur un confortable édredon en plume étendu devant la cheminée. Elle aurait bien sûr été cette femme et il l'aurait pénétrée avec toute l'ardeur qu'il aurait sentie monter en lui tout au long de la journée.

Cette vision torride lui donna envie de se dépouiller de

son manteau, de son écharpe et de ses gants. La vision d'un Léo plus primitif lui semblait si réelle que ses mamelons se durcirent en s'imaginant offerte à ses caresses brutes. Elle était trop couverte, voilà tout. Les températures étaient d'une douceur inhabituelle. Ce qui expliquait sans doute pourquoi ses fantasmes lui avaient donné la fièvre.

Elle s'éclaircit la gorge, espérant qu'il ne remarquerait pas la rougeur qui avait gagné ses joues et son cou.

— Laisse-moi réfléchir, dit-elle, feignant de s'absorber dans la contemplation des conifères tout en se laissant griser par leur parfum caractéristique. Celui-là, dit-elle enfin d'une voix enrouée, en s'agrippant à l'aveugle aux branches d'un imposant sapin de Fraser.

Derrière elle, elle entendit Léo approcher.

— Loin de moi l'idée de te contredire, Phoebe. Mais pour ma part, il me semble un peu gros, lui chuchota-t-il à l'oreille avant de déposer un petit baiser dans son cou. Mais si tu es sûre de ton choix, je m'efforcerai de raccourcir le tronc.

Elle acquiesça, les jambes tremblantes.

La forçant à reculer, il s'empara de la hache.

— Recule encore. Je n'ai pas envie que vous receviez des éclats de bois.

Teddy s'était endormi, adorable avec ses joues rosies par le bon air de la montagne. Elle resserra son étreinte tout en regardant Léo pratiquer une entaille sur le tronc à l'endroit où il voulait frapper.

Avant de se mettre au travail, il se dépouilla de sa parka, ne gardant que sa polaire couleur vert forêt parfaitement assortie à l'environnement.

Phoebe n'avait jamais été le genre de femme à se laisser impressionner par une démonstration de force primaire. Mais lorsque Léo assena un premier coup de hache sur le tronc, elle se sentit presque défaillir.

De son côté, Léo était déterminé à faire plaisir à Phoebe.

Mais le tronc du sapin était épais et devrait sans doute être biseauté. Il faudrait aussi trouver un support adapté. Un seau rempli de gravier pourrait faire l'affaire, songea-t-il. Mais avant cela, il faudrait venir à bout de ce tronc et transporter l'arbre jusque chez Phoebe.

Au cinquième coup de hache, il ressentit comme un tiraillement au creux de la poitrine. La sensation fut si inattendue et si nette qu'il hésita une demi-seconde avant de frapper. La lame manqua sa cible, raccourcissant accidentellement une branche basse.

— Tout va bien ? demanda Phoebe, qui se tenait à une bonne dizaine de mètres derrière lui.

— Très bien, lança-t-il en s'essuyant le front du revers de la main.

Cela dit, jamais il n'aurait imaginé qu'abattre un arbre soit si dur. Sachant qu'elle ne perdait pas une miette du spectacle, il retrouva son rythme et assena quatre coups de suite au bon endroit. La douleur qu'il avait ressentie dans la poitrine avait déjà disparu. Sans doute une simple crampe. Son médecin ne lui avait-il pas répété à maintes reprises qu'il était en parfaite santé ? Mais on avait tendance à devenir un peu nerveux lorsqu'on avait été frappé par un ennemi invisible.

Il marqua une pause avant l'ultime coup de hache, inclinant l'arbre au maximum. Il émanait du sapin un parfum entêtant, piquant, qui raviva dans son esprit des souvenirs effacés depuis bien longtemps.

Soudain, au beau milieu de cette forêt, les mains collant de sève, il sentit une vague de nostalgie monter en lui et se tourna vers Phoebe.

— Je suis ravi que tu m'aies imposé cette mission. Ça me rappelle les Noëls de mon enfance, quand je suppliais mes parents d'acheter un vrai sapin. Mais mon père était allergique. Nos arbres artificiels étaient toujours splendides, car ma mère avait un véritable talent pour la décoration, mais là, tout à coup, il a suffi d'un courant d'air pour faire renaître les souvenirs. C'est le parfum des vacances.

— Si tu es ravi, alors moi aussi, lui répondit-elle avec un sourire radieux.

Debout dans un rayon de soleil, elle était magnifique, avec ses cheveux noirs luisant comme une aile de corbeau et le bébé blotti contre sa poitrine. Il ressentit comme un pincement de jalousie — mais qu'est-ce qu'une telle réaction révélait sur sa propre vie ? se demanda Léo. La main de Phoebe enveloppait la tête de Teddy presque inconsciemment. Chacun de ses gestes témoignait avec éloquence de l'amour qu'elle portait à son neveu.

Phoebe aurait dû avoir des enfants. Et un mari. Cette pensée le frappa comme une révélation, sans qu'il comprenne ce que cela pouvait avoir de si étonnant. A l'âge de Phoebe, bien des femmes s'apprêtaient généralement à fonder une famille. Mais peut-être n'était-elle pas prête, justement. N'avait-elle pas passé ces dernières années recluse dans une tour, telle une princesse de conte de fées ? A ceci près que dans le cas de Phoebe, l'enfermement avait été volontaire.

Qu'est-ce qui avait pu pousser cette femme intelligente et séduisante à s'isoler ainsi du monde ? Depuis combien de temps n'avait-elle pas eu de rendez-vous amoureux ? Rien dans la vie de Phoebe ne semblait logique, surtout depuis qu'elle avait évoqué la brillante carrière qu'elle avait naguère menée dans la finance.

Le ciel s'était couvert et la température commençait à baisser. Il assena le dernier coup de hache et le tronc céda enfin avec un craquement caractéristique.

— Bravo, monsieur le bûcheron ! applaudit Phoebe.

— Tu te moques de moi ? fit-il avec un haussement de sourcil, en enfilant sa parka.

Le rejoignant près de l'arbre, elle se hissa sur la pointe

des pieds pour lui déposer une bise sur la joue, le bébé pris en sandwich entre eux.

— Absolument pas. Tu es mon héros. Jamais je n'y serais parvenue toute seule.

— C'est un plaisir de te rendre service, lui répondit-il, réconforté par sa gratitude, mais aussitôt refroidi par la suite du programme.

— Si nous dînons de bonne heure, nous aurons peut-être le temps de le décorer entièrement avant d'aller au lit.

— Tout doux, mon ange. Je te rappelle que nous avons *déjà* des projets pour ce soir, lui murmura-t-il en glissant la main derrière sa nuque et l'attirant vers lui pour lui prodiguer le plus langoureux des baisers.

Courtiser sa belle en présence d'un enfant n'était peut-être pas facile, mais il était motivé.

— Je n'ai pas oublié, lui murmura-t-elle en clignant des yeux et en se nichant dans ses bras.

Non seulement elle lui avait rendu son baiser, mais elle semblait enthousiaste à l'idée de ce qui s'annonçait. Fantastique. Une fois de plus, elle se hissa sur la pointe des pieds et lorsque leurs lèvres furent parfaitement alignées, elle lui prodigua un baiser si sensuel qu'il en frémit de la tête aux pieds.

— Tu veux ma mort ?

— Serait-ce un reproche, monsieur Cavallo ? fit-elle, replaçant de ses doigts fins et déliés une mèche tombée sur le front de Léo.

— Pas du tout. Allons, rentrons.

Au retour, à l'instar de Phoebe, qui portait le bébé depuis un bon moment maintenant, Léo dut porter son propre fardeau. Marchant dans les herbes qui bordaient la route afin de ne pas arracher les branches sur le gravier, il traîna le sapin jusqu'à la maison. Lorsqu'ils arrivèrent à destination, il était à bout de souffle.

— Je suis sûr que ce truc doit peser une bonne cinquantaine de kilos.

Phoebe lui lança un regard malicieux par-dessus son épaule.

— J'ai vu tes biceps, Léo. Ne me dis pas que tu ne peux pas soulever un malheureux sapin, dit-elle en déverrouillant la porte. J'ai fait de la place à côté de la cheminée, ajouta-t-elle en s'effaçant pour le laisser passer. Si tu as besoin d'un coup de main, n'hésite pas.

Il y avait bien longtemps que Phoebe ne s'était pas autant amusée. Léo avait joué le jeu. Abattre un arbre n'était pas chose facile, mais il ne s'était pas plaint. Il avait même semblé plutôt satisfait d'avoir conquis le roi des forêts, comme disait la chanson.

Sans vergogne, Phoebe utilisa Teddy en guise de bouclier jusqu'à la fin de la journée. Ce n'était pas qu'elle fuyait la présence de Léo. Mais il y avait quelque chose d'un peu embarrassant à badiner avec un homme tout en s'occupant d'un bébé.

Les choses auraient sans doute été différentes si cet enfant avait été le leur. Dans ce cas, ils auraient pu échanger des sourires et des regards amoureux au-dessus de la tête de Teddy en se souvenant de la nuit durant laquelle ils avaient conçu leur petit trésor. Mais en l'absence d'un tel scénario, Phoebe préférait cloisonner clairement les deux relations, un peu comme elle l'avait fait lorsqu'elle était étudiante et que son petit ami avait débarqué alors qu'elle faisait du baby-sitting. A l'époque, elle avait préféré se concentrer sur sa mission.

Plus de dix ans s'étaient écoulés depuis lors, mais elle eut exactement la même réaction et préféra se concentrer sur son neveu.

Par chance, le bébé était d'excellente humeur. Pendant que Phoebe préparait le dîner, il joua gentiment sur sa chaise haute. Grâce aux nombreuses victuailles envoyées par le cuisinier-chef ami de Léo, la confection des repas était devenue une véritable partie de plaisir. Elle composa le menu en un tournemain : aiguillettes de poulet à la sauce Alfredo, salade d'épinards et crêpes aux fruits frais en dessert. Mais elle tempéra son enthousiasme : tout comme la présence de Léo, ces repas royaux n'étaient que temporaires.

Pour finir, après force jurons, ce dernier se déclara satisfait de la fixation de leur sapin. De son côté, Phoebe changea le bébé, après quoi elle garnit les assiettes et les posa sur la table.

— Dépêche-toi, avant que ça refroidisse.

Léo s'attabla avec un grognement.

— Chaud ou froid, peu importe. Je meurs de faim.

Elle finit par donner le biberon à Teddy d'une main tout en mangeant de l'autre. A la fin du repas, elle le prit dans ses bras et le tendit à Léo.

— Pourrais-tu jouer avec lui un moment sur le canapé pendant que je range la cuisine ? Nous attaquerons ensuite la décoration de l'arbre.

Une expression de malaise se peignit sur le visage de Léo.

— Je préfère observer les bébés de loin. Je crois qu'ils ne m'apprécient pas particulièrement.

— Ne sois pas ridicule. De plus, c'est toi qui as proposé de t'occuper un peu de Teddy quand tu as demandé à t'installer chez moi. Tu as oublié ?

— Buford a dit qu'il allait neiger ce soir. Il faut que j'aille chercher des bûches sous l'appentis et que je les empile dans la galerie. S'il neige beaucoup, nous aurons besoin de réserves.

Avant que Phoebe ait eu le temps de protester, il enfila sa parka et sortit.

Elle eut l'impression que toute la joie s'était évaporée de la pièce. Elle aurait voulu que Léo aime Teddy autant qu'elle, mais c'était idiot. Léo avait déjà une famille, un frère, une belle-sœur, des neveux et un grand-père. En outre, il ne souhaitait pas particulièrement avoir d'enfants. Les bébés n'étaient pas forcément très attirants aux yeux de tous les adultes.

Elle était pourtant déçue au plus profond d'elle-même. Léo était un homme merveilleux. Ses réticences envers les bébés n'enlevaient rien à ses qualités, mais…

Elle rassit Teddy dans sa chaise.

— Désolée, trésor. Mais c'est corvée de vaisselle, ce soir. Je me dépêche et après ça, je te lirai un livre. Hein, qu'est-ce que tu en dis ?

Attrapant l'extrémité de la bretelle de sécurité, Teddy se mit à la mâchonner tranquillement, se contentant de répondre par quelques adorables babillements.

Ce soir, Phoebe allait franchir une nouvelle étape. Elle était prête. Elle désirait Léo, c'était indiscutable. Mais elle ne pouvait s'empêcher d'envisager l'avenir avec inquiétude. En s'installant dans ces montagnes, elle avait appris à vivre seule. Allait-elle revenir à la case départ en devenant la maîtresse de Léo ? Et comment réagirait-elle à son départ inéluctable ?

Malgré toutes ces questions, l'issue de cette soirée était cousue de fil blanc. Léo serait bel et bien son cadeau de Noël.

12

Léo s'infligea un gros effort, transportant cinq ou six bûches à la fois. Il prenait l'avertissement de Buford très au sérieux, mais s'il était sorti du chalet, c'était surtout parce que rester avec Phoebe était une vraie torture. C'était une chose de décider d'attendre que le bébé soit endormi. C'en était une autre de devoir constamment se refréner.

Chaque fois qu'elle se penchait pour jouer avec le bébé ou mettre un plat au four, son jean lui moulait les fesses d'une façon tellement affolante que c'en était intolérable. D'autant que des visions de ses seins nus ne cessaient de tourner en boucle dans son esprit.

Un peu plus tôt dans la journée, il avait pris le temps d'appeler Luc pour lui expliquer que le chalet de Phoebe était isolé et qu'il lui donnerait de plus amples nouvelles par la suite. Son nouveau téléphone devait arriver le lendemain, et il aurait enfin internet. Demain matin, au saut du lit, il reprendrait les commandes de sa vie. Quelques jours plus tôt, cette perspective l'aurait réjoui. Mais ce n'était plus vraiment le cas. Maintenant il ne pensait plus qu'à une chose : mettre Phoebe dans son lit.

Lorsqu'il eut empilé suffisamment de bûches à côté de la porte, il sut que le grand moment était proche. Il avait la gorge sèche comme du carton. Et son cœur battait plus vite que ne l'exigeait l'effort qu'il venait de fournir. Mais le pire était l'état d'excitation sexuelle permanent dans laquelle il se trouvait. Le désir que lui inspirait Phoebe était presque devenu une souffrance.

Encore une soirée, une toute petite soirée, et il pourrait enfin assouvir ce désir. Mais son excitation était chargée de stress négatif. Des flots de testostérone semblaient avoir envahi son système nerveux, exacerbant l'instinct plus que la tendresse.

Phoebe était toute à lui. Elle l'avait admis elle-même. Encore quelques heures, et il parviendrait à ses fins.

Phoebe installa le lit parapluie dans le salon près de la cheminée, espérant que le sapin amuserait le bébé pendant un moment. Il était repu, propre, et jouait avec ses anneaux de dentition préférés.

L'estomac de Phoebe se noua dès que Léo poussa la porte. *Garde ton calme*, s'intima-t-elle. Il n'avait pas besoin de savoir combien elle était agitée à la perspective de la soirée qui s'annonçait.

C'était la première fois de sa vie qu'elle s'apprêtait à passer la nuit avec un homme qu'elle connaissait si peu. De même, elle n'avait jamais envisagé le sexe d'un point de vue purement… récréatif. Mais sans doute était-ce le résultat de leur isolement. Ni l'un ni l'autre n'avait du reste osé affirmer qu'il puisse s'agir d'autre chose que cela. Il n'y avait pas eu la moindre déclaration d'amour. Ni d'évocation d'un possible avenir commun.

Ce ne serait que du sexe. Cela dévalorisait-il ce qu'elle ressentait pour lui ? Elle l'observa à la dérobée tandis qu'il ôtait son manteau et ses chaussures. Elle décela dans son regard une lueur de concupiscence, et un frisson lui parcourut la colonne vertébrale. Léo était un homme imposant à tous points de vue. Son charisme la séduisait autant que son incroyable virilité.

— J'ai préparé du chocolat chaud. Tu en veux ? dit-elle enfin.

— Merci, lui répondit-il d'un ton bourru, en se frottant les mains pour se réchauffer.

Léo était aussi nerveux qu'elle à l'idée de ce qui les attendait, comme elle le comprit alors. C'était rassurant. Elle qui avait craint de paraître gauche ou maladroite… La nervosité de Léo révélait qu'il était aussi déstabilisé qu'elle.

Il se servit un chocolat, mais au lieu de la rejoindre sur le canapé, comme elle l'avait anticipé, il s'attarda dans la cuisine. Elle en profita pour apporter un grand bac en plastique rouge près du sapin.

— Pendant que tu te chargeras des guirlandes électriques, je commencerai à sélectionner les autres décorations. Ça devrait aller assez vite.

— Des guirlandes électriques ? fit-il en déposant sa tasse vide dans l'évier.

Elle lui lança un regard innocent.

— C'est toujours la mission des hommes.

— Et lorsqu'il n'y en a pas ?

— Dans ce cas, les femmes s'en chargent. Mais ce n'est jamais aussi réussi.

Il la rejoignit enfin, apparemment un peu plus détendu.

— Tu prends cela tellement au sérieux, railla-t-il gentiment. Te rends-tu compte que la plupart des gens se contentent d'acheter des sapins à fibre optique, de nos jours ?

— Justement, lui répondit-elle. J'aime être à contre-courant. Pense à la fierté, à la satisfaction que tu ressentiras quand tu contempleras ton œuvre.

Il lui tira la tresse, effleurant délibérément sa nuque.

— Je suis encore très loin d'être satisfait.

Son souffle au parfum de chocolat lui caressa la joue. Si elle tournait la tête ne serait-ce que de quelques centimètres, leurs lèvres se toucheraient. Elle ferma les yeux bien malgré elle, accablée de désir. Léo était parfaitement conscient de l'effet qu'il produisait sur elle en cet instant. Et à en juger par le petit sourire satisfait qu'il affichait lorsqu'elle osa enfin le regarder, il se délectait de sa faiblesse.

— A savoir attendre, il y a tout à gagner, murmura-t-elle.

Ce disant, elle laissa glisser sa main le long de son torse puis de son estomac, stoppant juste au-dessus de la boucle de la ceinture. Léo retint son souffle, et les mains de celui-ci se crispèrent sur ses épaules.

— Phoebe… je croyais que…

Jouant avec le rebord de sa chemise, elle la souleva et caressa sa peau nue du bout des doigts. C'était un plaisir infini que de le torturer ainsi, comme si son côté joueur, enfoui depuis si longtemps, venait de reprendre le dessus. Elle s'approcha, se pressant contre lui, et posa la joue contre sa poitrine. Les battements de son cœur étaient réguliers, bien qu'un peu rapides.

Elle sentait contre son ventre la pression de son membre dressé à tout rompre. Elle s'était si longtemps privée des plaisirs de la vie, de crainte de commettre une nouvelle erreur tragique. A présent, elle avait compris la leçon. Peu importaient les erreurs commises, aussi graves soient-elles, peu importait le temps nécessaire pour s'en relever, le monde continuait à tourner.

Et Léo serait très probablement sa prochaine erreur. Mais au moins, elle était vivante. Elle aimait. Elle désirait. Déjà, l'arrivée de Teddy avait ravivé ses émotions. Et celle de Léo n'avait fait qu'accélérer un processus déjà en marche. Six mois plus tôt, jamais elle n'aurait cédé à son désir.

Alors que les derniers lambeaux de sa souffrance glissaient irrémédiablement dans le royaume du passé, son cœur se gonfla de gratitude en réalisant que la Phoebe Kemper d'autrefois n'était pas morte. La route avait été longue. Mais à présent, il n'était plus question de revenir en arrière.

A présent, elle était prête à aller de l'avant. Avec Léo.

Mais au lieu de répondre à son appel, il la repoussa gentiment.

— Passe-moi ces fichues guirlandes, exigea-t-il.

Léo nageait dans la confusion la plus totale. Des milliers de pensées se bousculaient dans son esprit. Le désir qu'il ressentait était tel qu'il le paralysait. Par chance, Phoebe était quelqu'un de méticuleux. Il n'aurait pas à démêler les guirlandes, puisque c'était déjà fait. Il devinait que ce rituel décoratif revêtait plus d'importance aux yeux de Phoebe qu'elle ne voulait l'admettre, même s'il ne comprenait pas vraiment de quelle façon. C'est pourquoi, malgré sa fébrilité, il avait décidé de se mettre au travail.

Phoebe s'activait à ses côtés, déballant, triant les décorations, et veillant en même temps sur le petit Teddy. Le fond musical rythmait agréablement la soirée. Une chanson attira particulièrement l'attention de Léo : *All I want for Christmas is you*, de Mariah Carey. C'était cependant la première fois qu'il comprenait pleinement toute la justesse des paroles.

La chanson disait vrai. Il n'avait pas besoin d'autre cadeau que Phoebe. Lorsqu'un homme était assez riche pour s'offrir tout ce qu'il voulait, l'échange des cadeaux revêtait une autre signification. Avec son frère, ils avaient pris l'habitude de s'offrir des objets parfois insignifiants, mais pourtant chargés de sens, témoignant ainsi de l'affection qu'ils éprouvaient l'un pour l'autre.

N'était-ce pas, du reste, la signification profonde de Noël, à savoir : témoigner son amour à ses proches ?

Cette pensée le frappa par son côté fleur bleue. Etait-il possible qu'un homme de son âge et de son expérience soit tombé, inconsciemment, dans le panneau de l'amour ? Si c'était le cas, c'était donc ce qu'on appelait le coup de foudre et que sa crise cardiaque l'avait changé. Au sortir de cette épreuve, il s'était rendu compte de la fragilité de son univers, et sa rencontre avec Phoebe avait fait le reste.

Il s'empressa d'écarter ces pensées dérangeantes pour revenir aux fondamentaux : il désirait Phoebe, un point c'est tout. Ce n'était pas le moment de se torturer l'esprit. Lorsqu'il eut terminé d'accrocher les guirlandes, il posa une autre boîte sur la table basse pour en inspecter le contenu. Malgré la taille imposante de leur sapin, il n'y aurait sans doute pas assez de place sur les branches pour accrocher toutes les décorations.

C'est alors qu'il remarqua une petite boîte verte que personne n'avait encore ouverte. A travers le plastique, il distingua un petit pendentif en argent en forme de cheval à bascule. Il le sortit de la boîte. Une inscription était gravée à la base : *A mon bébé, pour son premier Noël.* Il y avait aussi une date. Ancienne. Un nœud se forma au creux de son estomac.

Lorsqu'il leva les yeux, Phoebe, pâle comme une morte, avait le regard rivé sur le pendentif. Les mâchoires de Léo se crispèrent. Mais pourquoi n'avait-il pas eu la présence d'esprit de cacher l'objet ? C'était trop tard, hélas. Une dizaine d'explications lui vinrent à l'esprit. Mais une seule était possible.

De grosses larmes se formèrent dans les grands yeux douloureux de Phoebe. Il comprit qu'elle pleurait sans même s'en rendre compte. Elle était figée, comme un animal sentant un danger et ne sachant de quel côté fuir.

Il s'approcha pour la prendre dans ses bras.

— Phoebe, s'il te plaît, parle-moi…

Son regard resta inexpressif, même lorsqu'elle se fut essuyée les yeux du revers de la main.

— Laisse-moi le regarder, bredouilla-t-elle, en se dirigeant vers la petite boîte verte.

Il lui barra le passage, prenant son visage entre ses mains.

— Pas question. Tu trembles.

Il l'accueillit avec douceur au creux de ses bras et l'étreignit, s'efforçant d'apaiser les terribles tremblements qui secouaient le corps de Phoebe.

Elle ne s'effondra pas. Droite comme un i entre ses bras, elle semblait insensible à toutes ses tentatives de réconfort. Il avait l'impression de tenir une statue tout contre lui. Reculant d'un pas, il plongea son regard dans le sien :

— Je vais te chercher quelque chose à boire, d'accord ?

— Non, dit-elle en s'essuyant le nez.

Léo sortit un mouchoir de sa poche et le lui tendit. Il ne savait que faire. La questionner ne ferait sans doute qu'aggraver les choses. Alors qu'il s'efforçait de trouver une solution pour sortir du gouffre qui venait de s'ouvrir sous ses pieds, le bébé se mit à pleurer.

Phoebe fit demi-tour comme une toupie.

— Oh ! Teddy, nous t'avions oublié !

Elle se précipita pour le prendre dans ses bras. Mais lorsque ce fut chose faite, elle se remit à pleurer.

— C'est l'heure du dodo, n'est-ce pas, mon ange. Ne t'inquiète pas. Tante Phoebe est là.

Léo tenta de lui prendre le petit garçon.

— Va t'asseoir un peu, Phoebe, dit-il, certain qu'elle était en état de choc.

Elle le repoussa.

— Non. Tu n'aimes pas les bébés. Je peux m'en occuper.

L'agressivité qu'il lut dans son regard le cloua sur place.

— Je n'ai jamais dit ça, lui répondit-il. Laisse-moi t'aider.

Ignorant sa demande, elle sortit de la pièce, Teddy dans les bras. Il les suivit dans le couloir et entra dans la chambre du bébé. Elle posa celui-ci sur la table à langer et s'immobilisa soudain. Elle était dans un état second, comme le comprit Léo.

Tout doucement, il détacha la grenouillère suspendue à un cintre à portée de main. Les couches étaient rangées dans un joli panier jaune sur une étagère du meuble. Ecartant

Phoebe d'un léger coup de hanche, il entreprit de défaire une impressionnante quantité de boutons-pressions, après quoi il déshabilla sans peine le petit garçon. Allongé sur la table à langer, le petit se mit à agiter joyeusement ses jambes potelées.

La couche laissa Léo perplexe moins de dix secondes, après quoi il en découvrit toutes les subtilités. Tandis qu'il nettoyait les petites fesses à l'aide d'une lingette, il remercia le ciel d'avoir échappé au pire.

Après avoir jeté la couche, Léo passa à la grenouillère. Il ne voyait pas ce qui distinguait ce vêtement des combinaisons que Teddy portait le jour, mais apparemment il y avait une différence — à commencer par le nombre de boutons-pressions qui couraient ici de haut en bas du vêtement. Il dut s'y reprendre à trois fois pour les fixer correctement.

Phoebe était toujours dans le brouillard. Du moins, en apparence. Soulevant le bébé d'un bras, il la guida hors de la pièce de sa main libre.

— Tu vas devoir m'aider un peu pour le biberon, dit-il d'une voix douce.

A son soulagement, elle hocha la tête.

Après avoir aidé Phoebe à s'asseoir sur une chaise de cuisine, il s'accroupit face à elle, attendant de croiser son regard.

— Peux-tu le tenir un instant ?

Hochant la tête, elle prit l'enfant tandis que quelques larmes s'écrasaient sur la grenouillère.

— Il y a un biberon tout prêt au frigo, dit-elle d'une voix blanche. Fais-le tiédir dans un grand bol d'eau bouillante. Pour vérifier la température, verse une goutte de lait à l'intérieur de ton poignet.

L'ayant vue faire plusieurs fois, il appliqua les consignes sans problème. Une fois le biberon prêt, il se retourna vers

Phoebe, qui, bien que tenant toujours fermement le bébé, semblait une fois de plus complètement absente.

Léo posa doucement la main sur son épaule.

— Si tu ne te sens pas d'attaque pour le nourrir, je peux le faire, si tu veux.

Plusieurs secondes s'écoulèrent. Phoebe se leva brusquement et lui tendit le bébé.

— D'accord. Je vais dans ma chambre.

Il la retint avec fermeté par le poignet.

— Il n'en est pas question. Tu vas venir t'asseoir avec nous sur le canapé.

13

Phoebe n'eut pas l'énergie de s'opposer à lui. Elle le suivit donc dans le salon et se pelotonna sur le canapé. Léo prit place à son côté, Teddy dans les bras. Par chance, le bébé ne trouva rien à redire au changement de baby-sitter et se laissa nourrir comme si de rien n'était.

En dépit des flammes vigoureuses qui crépitaient dans l'âtre grâce aux bons soins de Léo, elle était glacée. Mais elle n'avait pas la force d'aller chercher un plaid.

Essayant d'échapper à ses pensées lugubres, elle étudia Léo du coin de l'œil. Une fois encore, l'image de cet homme massif tenant ce petit bébé dans ses bras l'émut au plus profond d'elle-même. Léo avait beau dire, il s'en sortait merveilleusement bien avec Teddy. Elle suivit les mouvements de ses mains puissantes, qui, de temps à autre, ajustaient avec douceur la position de l'enfant et du biberon.

La table du salon était toujours couverte de décorations. Mais la petite boîte verte avait disparu. Il avait dû la ranger quelque part.

Elle se souvenait précisément du jour où elle avait acheté le petit pendentif. Alors qu'elle sortait de chez son médecin et s'apprêtait à retourner au bureau, elle avait fait une halte dans un centre commercial pour manger un morceau. On n'était encore qu'en septembre, mais une boutique de Noël avait déjà ouvert ses portes. Et elle y avait acheté le pendentif sur un coup de tête.

Pourtant, jusqu'à aujourd'hui, elle avait banni ce souvenir de sa mémoire. En fait, elle avait oublié jusqu'à l'existence de l'objet.

Léo la prit dans ses bras et l'attira contre lui.

— Pose la tête sur mon épaule.

Elle obéit avec joie, se laissant griser par le parfum de son eau de toilette mêlée à l'odeur virile de sa peau. Peu à peu, bercée par le crépitement du feu et rassurée par la fermeté de son étreinte, elle ferma les yeux. Sa peine était toujours là, mais Phoebe la tenait à distance. Et dire qu'elle s'était crue guérie… Qu'elle avait cru que sa vie en solitaire avait adouci sa peine…

Comme c'était injuste de découvrir qu'elle s'était trompée. Comme c'était terrible de savoir qu'elle était toujours à la merci d'une simple réminiscence. Mais peut-être, suite à cet après-midi et cette soirée si agréables, avait-elle trop baissé sa garde. La chute dans le puits sans fond des souvenirs n'en avait été que plus vertigineuse.

Les yeux de Teddy commencèrent à se fermer dès qu'il eut terminé son biberon. Léo réussit à lui faire faire un petit rot.

— Est-ce que je peux aller le coucher, maintenant ?

— J'y vais, dit-elle d'une voix faible.

Il lui effleura la main.

— Ne bouge pas. Je reviens.

Elle resta de longues minutes à regarder dans le vide, et ne sortit de sa torpeur que lorsque Léo lui tendit un cacao fumant surmonté de chantilly. Serrant étroitement la tasse entre ses doigts glacés, elle se mit à boire à petites gorgées.

— Tu as une moustache, remarqua-t-il, amusé, en se rasseyant à son côté.

Du bout du pouce, il lui essuya la lèvre supérieure. Un sentiment de regret émergea alors dans la conscience de Phoebe. Elle avait gâché leur folle soirée.

Mais Léo ne semblait pas plus perturbé que cela. Les

pieds posés sur la table basse, il était confortablement installé, la tasse calée contre son torse.

— Quand tu seras prête, Phoebe, je veux que tu me racontes ton histoire, dit-il en lui jetant un regard en coin.

Elle hocha la tête, les yeux rivés sur les entrelacs blancs que formait la crème sur son chocolat. Il était temps. Plus que temps. Même sa propre sœur ne connaissait pas les détails de l'histoire. Lorsque l'impensable s'était produit, la peine était trop vive. Phoebe avait sombré dans un océan de tristesse et de confusion, ne trouvant rien à quoi se raccrocher.

Au bout du compte, elle s'était laissé porter par les flots déchaînés jusqu'à ce qu'ils se calment enfin. Une forme de paix s'était alors substituée à la peine. Même si l'équilibre si difficilement reconquis s'était avéré bien fragile… A en juger par l'incident qui s'était produit ce soir, il lui restait encore un long chemin à parcourir.

Léo se leva pour activer le feu et monter légèrement le volume de la musique. C'était une chance d'avoir un pensionnaire si agréable. C'était un homme facile à vivre, finalement, qui savait garder le silence quand les circonstances l'exigeaient, et se montrer follement amusant à l'occasion.

Il se rassit sur le canapé, les couvrant tous deux d'un plaid, qu'il palpa avec une moue sceptique.

— On devrait brûler ce truc, remarqua-t-il avec un sourire. C'est un tissu d'importation de bien piètre qualité. Je pourrais t'offrir quelque chose de beaucoup mieux.

— Je mettrai ça sur ma liste de Noël, lui dit-elle avec un petit sourire, espérant que cette note de légèreté le rassurerait sur son état mental. Au fait, désolée de t'avoir fait faux bond, murmura-t-elle.

— Ce sont des choses qui arrivent, dit-il avec une indulgence qui atténua sa gêne.

— Je te dois une explication.

— Tu ne me dois rien du tout, Phoebe. Simplement, parler fait toujours du bien. J'en sais quelque chose. A la mort de mes parents, notre grand-père a eu la bonne idée de nous faire suivre une thérapie. Il savait parfaitement que jamais nous ne nous serions confiés à lui. Car il était alors, et il est toujours d'ailleurs, le plus insupportable des tyrans. Mais il savait malgré tout que nous aurions besoin de parler.

— Ça a marché ?

— A la longue, oui. Nous étions jeunes, encore vulnérables. Ça a été difficile d'admettre que notre univers s'était effondré autour de nous.

Il lui prit la main et lui embrassa les doigts.

— Est-ce aussi ce qu'il t'est arrivé ?

En dépit de son angoisse, elle ne fut pas insensible au contact de ses lèvres sur sa peau. Des larmes brûlantes lui montèrent aux yeux, non pas parce qu'elle était triste, mais parce qu'elle était touchée de l'authentique empathie que Léo lui témoignait.

— On peut dire ça, oui.

— Parle-moi de ton bébé.

Il n'y avait rien à gagner à nier la vérité. Mais il comprendrait mieux si elle remettait l'histoire en contexte.

— Je vais commencer par le début, si tu veux bien.

— Ça me paraît judicieux, dit-il en portant la main à sa joue et en la posant ensuite sur son épaule.

La chaleur qui émanait de lui à travers ses vêtements la réconforta et l'apaisa.

— Comme je te l'ai dit, j'étais agent de change à Charlotte. J'étais très compétente dans mon travail, et la compétition était rude. Courtoise dans l'ensemble, mais inévitable. J'étais douée pour composer des portefeuilles d'actions, et les gens aimaient travailler avec moi parce que je ne leur faisais pas sentir qu'ils étaient ignares en matière de placements. Nous avions quelques clients fortunés qui n'avaient ni le temps ni l'envie de faire fructifier leur argent, alors nous le faisions à leur place.

— J'ai du mal à t'imaginer en financière de haut vol, quand je vois la vie rustique que tu mènes ici.

Elle ne put réprimer un petit rire à cette remarque.

— Je comprends. A l'époque, je ne cherchais qu'à évoluer dans ma carrière. Je voulais absolument réussir et gagner confortablement ma vie.

— Peut-être parce que la perte de tes parents t'avait plongée dans la précarité, y compris au plan émotionnel.

— Tu devrais t'installer comme psychologue, tu sais, dit-elle, impressionnée. Je suis sûre que des gens seraient prêts à payer pour ce genre d'analyse.

— Te moquerais-tu de moi ?

— Pas du tout.

— Je n'en tire aucune gloire, tu sais. Toi et moi avons beaucoup plus en commun que je ne l'avais imaginé. Lorsque l'univers d'un jeune s'effondre alors même qu'il ou elle s'apprête à faire ses premiers pas dans la vie, cela induit souvent une perte de confiance dans le système. C'est normalement le rôle des parents que de faciliter le passage des enfants vers l'âge adulte.

— Et en leur absence, la vie apparaît, au mieux, comme un jeu de hasard effrayant.

— Exactement. Mais ça n'a pas été le seul problème, n'est-ce pas ?

Elle fit non de la tête, sentant déjà une boule d'angoisse se former au creux de son ventre.

— J'étais fiancée…, poursuivit-elle d'une voix altérée. Avec un autre agent de change. Nous étions en concurrence, car nous étions les meilleurs chasseurs d'affaires du cabinet. J'ai longtemps cru que nous formions une équipe, tant au plan professionnel que personnel, mais il s'est avéré que j'avais tort.

— Que s'est-il passé ?

Elle prit une profonde inspiration, et se jeta à l'eau :

— Nous avions prévu de nous marier l'année suivante, mais sans fixer de date. Et puis, au début de l'automne, j'ai découvert que j'étais enceinte.

— Ce n'était pas prévu, j'imagine ?

— Absolument pas. Pour moi, la maternité était loin d'être une priorité à l'époque. Mais Rick et moi — c'était son nom — avons fini par surmonter le choc et nous réjouir à cette idée.

— Avez-vous fixé une date de mariage ?

— Pas tout de suite. Nous avons décidé d'attendre un peu, nous pensions annoncer la chose à nos collègues une fois que nous connaîtrions le sexe de l'enfant. J'étais persuadée que tout allait pour le mieux dans le meilleur des mondes, lorsque Rick a commencé à me suggérer, avec de plus en plus d'insistance, de prendre un congé de maternité.

— Pourquoi ? Ton travail n'était pas particulièrement pénible — physiquement, je veux dire…

— Non, mais à ses yeux, je devais éviter le stress, « protéger notre enfant des ondes négatives du travail ». Mais pour ma part, je ne voyais pas le problème.

— Et y en avait-il un ?

— Oui, mais pas celui dont il me rebattait chaque jour les oreilles. En réalité, Rick savait que mon absence serait pour lui l'occasion ou jamais de se distinguer professionnellement. Et même au retour de mon congé de maternité, il aurait tellement progressé que je ne serais plus en mesure de rivaliser avec lui.

— Aïe.

— Ça a été une sacrée claque, poursuivit-elle avec une grimace. Nous nous sommes violemment disputés. Il disait que mon ambition risquait de me porter préjudice. Je l'ai traité d'infect misogyne. A partir de là, tout a dégénéré…

— Lui as-tu rendu sa bague ?

— C'était impossible. Mon fiancé avait beau m'avoir trahie, il n'en était pas moins le père de mon enfant. Je me suis donc résolue à faire tout mon possible pour que cette relation fonctionne. Mais, en dépit de ma bonne volonté, la situation n'a cessé de s'aggraver.

— Tu as avorté ?

La question de Léo ne comportait pas l'ombre d'un jugement, seulement une profonde compassion. De son point de vue, cette option semblait simplement logique.

Elle déglutit avec difficulté. Les tremblements qu'elle avait réussi à maîtriser reprirent de plus belle.

— Non. Je *voulais* cet enfant, à ce stade. Envers et contre tout. J'étais enceinte de trois mois, et alors…

Sa gorge se serra. La main réconfortante de Léo lui serra l'épaule.

— Que s'est-il passé, Phoebe ?

En fermant les yeux, elle revit l'enchaînement des événements avec une douloureuse clarté.

— J'étais au travail, et tout à coup, j'ai fait une hémorragie. J'ai été hospitalisée d'urgence, mais j'ai perdu le bébé. Quand je me suis retrouvée seule sur ce lit d'hôpital, je me suis dit que j'aurais dû écouter Rick.

— Tu étais jeune et en bonne santé. Tu n'avais aucune raison d'arrêter de travailler.

— C'est ce que m'a dit ma gynécologue, pour me rassurer. Mais je n'étais pas révoltée : j'étais anéantie. On m'a expliqué que le bébé n'était pas viable. Qu'il ne serait jamais arrivé à terme. Un coup de malchance, autrement dit.

Elle ne se remit pas à pleurer. Le souvenir était encore trop douloureux.

Léo prit Phoebe dans ses bras et l'assit sur ses genoux, lui inclinant avec tendresse la tête contre son épaule.

— Je suis tellement navré, Phoebe.

— Perdre un bébé… cela arrive à des quantités de femmes…

— Peut-être, mais pas de perdre un fiancé au même moment. Tu as tout perdu. Et c'est ce qui t'a poussée à t'installer ici.

— Oui. J'ai été lâche. Je n'ai pas eu le courage d'affronter les regards de pitié des gens. De plus, Rick travaillait toujours au cabinet… Mon départ n'a pas fait plaisir à mon patron. Je crois qu'il aurait préféré me garder à la place de Rick. Mais on ne renvoie pas un collaborateur uniquement parce que c'est un salaud.

— Je ne m'en serais pas privé…, répliqua Léo, d'un ton glacial. Ton patron aurait dû te soutenir. Tu étais une remarquable collaboratrice, Phoebe. Si tu avais repris le travail, tu te serais remise de ton deuil beaucoup plus vite. Ça t'aurait stimulée. Et peut-être aidée à t'épanouir d'une autre façon.

Là était le cœur du problème.

— Tout au long de cette épreuve, poursuivit-elle, il m'est apparu que c'était mon obsession pour le travail qui m'avait menée à cela. C'est déjà terrible lorsqu'un homme se perd dans son travail. Mais les femmes sont traditionnellement les gardiennes du foyer. Ma gynécologue a eu beau me dire que je n'y étais pour rien, j'ai eu le sentiment d'avoir sacrifié mon enfant sur l'autel du travail.

Léo ne put s'empêcher de tressaillir à cette déclaration.

— Mais enfin, Phoebe, c'est parfaitement irrationnel ! Tu étais une femme libre de toute attache, en pleine ascension professionnelle. Les féministes se sont battues des décennies entières pour te permettre d'en arriver là.

— Peut-être. Mais aujourd'hui encore le combat fait rage entre les femmes qui ont choisi d'élever leurs enfants et celles qui travaillent. Comme si l'une de ces options pouvait avoir plus de vertu que l'autre.

— Je te l'accorde. Mais, en réalité, je crois que les femmes travaillent pour une quantité de raisons différentes. Pour l'épanouissement. Pour le plaisir. Et, parfois, simplement pour nourrir leur famille.

— Mais c'est une question d'équilibre, Léo. Et dans mon cas, c'était totalement déséquilibré. Il est faux de dire que les femmes peuvent tout avoir. La vie est une question de choix. Les journées ne comptent que vingt-quatre heures. Et ça ne changera jamais. Donc, tant que dans ma tête je serai incapable de caser le travail dans une boîte de taille raisonnable, mieux vaut me tenir à carreau.

— Et ne jamais retravailler ? lui répliqua Léo. En dépit de tes nombreuses compétences professionnelles ?

— J'aimerais fonder une famille, un jour. Mais surtout, ce qui compte pour moi, à présent, c'est de trouver une forme de paix dans la vie. Est-ce si critiquable ?

— Et comment comptes-tu atteindre cet objectif en te terrant dans ce trou ? Phoebe, tu as fait une croix sur tes talents… et emprunter un bébé à ta sœur ne t'aidera en aucun cas à te réaliser.

— Mais peut-être ne suis-je pas encore prête… C'est peut-être un cliché, mais j'essaye simplement de trouver ma voie. En espérant, à la longue, me construire une vie équilibrée.

— Mais nos vies sont avant tout gouvernées par le principe de réalité. En ce qui me concerne, ce sont les échecs qui m'ont le plus appris.

— Voilà qui n'est guère réjouissant.

— Il faut avoir confiance en soi, c'est tout.

— Et si je me brûle les ailes, une fois de plus ?

— Eh bien, tu te relèveras et tu te lanceras une nouvelle fois dans la mêlée. Tu as beaucoup plus de ressources que tu ne le crois.

14

Les confidences de Phoebe plongèrent Léo dans un abîme de réflexions. Elle faisait face aux vérités douloureuses avec beaucoup plus de courage que lui. Elle manquait néanmoins de recul sur sa situation. Phoebe avait été par le passé une collaboratrice hors pair, une femme qui évoluait dans son milieu professionnel comme un poisson dans l'eau, en dépit de la compétition — ou peut-être au contraire grâce à elle.

C'était une chance d'avoir pu financer comme elle l'avait fait cette longue retraite dans les montagnes. Mais réaliserait-elle un jour que le moment était venu de partir ? Et si elle décidait de rester ? Elle avait prouvé son indépendance. Et il voyait dans ses yeux qu'elle avait trouvé une forme de paix, ce dont témoignait aussi son intérieur. Cela signifiait-il pour autant qu'elle n'envisageait de trouver le bonheur, et peut-être de fonder une famille, nulle part ailleurs ?

Otant l'élastique qui maintenait la tresse de Phoebe, il regarda ses cheveux se défaire lentement et se répandre en une masse soyeuse sur ses épaules. La tenir ainsi dans ses bras comme une amie et non une amante était difficile, mais pas un instant il n'envisagea de la lâcher.

Phoebe se jugeait lâche, mais c'était loin de la vérité. Bien qu'en pleine ascension professionnelle, elle avait tenu à garder le bébé qui risquait de bouleverser sa vie. Bien que profondément déçue par son fiancé, elle avait tout fait pour reconstruire leur relation et tenté de fonder une famille.

C'était admirable.

Elle avait les yeux fermés et respirait paisiblement. La journée avait été longue, et particulièrement éprouvante pour elle. Une fois de plus, ils avaient raté le train en marche. Teddy dormait, certes, mais Phoebe n'était absolument pas en état d'avoir la moindre activité sexuelle, en particulier avec un nouveau partenaire. S'ils avaient formé un couple, peut-être Léo aurait-il pu recourir à l'intimité charnelle pour la réconforter et la rassurer. Mais dans la situation actuelle, il devrait se cantonner au rôle de protecteur.

Ce qui était un plaisir avec une femme telle que Phoebe Kemper.

Avec autant de délicatesse que possible, il la souleva dans ses bras pour la conduire dans sa chambre. A cet instant, Phoebe ouvrit de grands yeux magnifiques, bien que marqués par la fatigue.

— Qu'est-ce que tu fais ?

— Tu vas aller te coucher dans ton lit. *Seule*, précisa-t-il, au cas où elle aurait eu le moindre doute sur ses intentions.

Elle fit non de la tête, affichant une expression butée qu'il commençait déjà à bien connaître.

— Je veux dormir ici, à côté du sapin. Je garderai le récepteur à côté de moi. Va te coucher, toi. Je vais bien.

Il inclina la tête vers la sienne, résistant difficilement à l'envie de l'embrasser. Mais elle était trop vulnérable.

— Pas question, lui répondit-il d'une voix rauque. Je reste avec toi.

Il la posa par terre et se dirigea vers sa chambre pour aller chercher des couvertures et des oreillers. Il dormirait sur la peau d'ours, devant la cheminée, ce qui lui permettrait de surveiller facilement le feu. Il se brossa les dents et enfila son pantalon de pyjama ainsi qu'un peignoir.

A son retour dans le salon, il constata que Phoebe s'était

changée, elle aussi. Comme il faisait plus froid ce soir, elle avait troqué son pyjama contre une chemise de nuit en flanelle ivoire à col montant, qui la faisait ressembler à une héroïne de *La Petite Maison dans la prairie*.

La coupe particulièrement stricte du vêtement aurait dû neutraliser toute arrière-pensée sexuelle. Mais elle était si délicieuse avec ses longs cheveux soyeux répandus sur ses épaules et ses grands yeux sombres que cela ne fit qu'aiguiser la curiosité de Léo. Que pouvait bien recéler cette forteresse ? Portait-elle une petite culotte, ou pas ?

Si Phoebe avait revêtu cette chemise de nuit dans l'espoir de le décourager, elle connaissait bien mal les hommes. Plus la tour était inaccessible, plus cela décuplait l'ardeur du chevalier.

Se sentant rougir, elle pressa pudiquement un oreiller contre sa poitrine.

— Tu n'es pas obligé de rester avec moi. Je vais beaucoup mieux… Vraiment.

— Et si j'en ai envie ? fit-il d'un ton bourru.

Lorsque les yeux de Phoebe s'écarquillèrent, il remarqua malgré les précautions de celle-ci que ses mamelons s'étaient soudain dressés sous la chemise. Elle s'humecta les lèvres.

— Tu t'es montré réellement adorable avec moi, Léo. Je suis navrée que les choses ne se soient pas passées comme prévu. Mais peut-être est-ce mieux ainsi… Mieux vaut ne pas précipiter les choses…

— Tu n'as pas envie de moi ?

La question avait à peine franchi ses lèvres qu'il regretta sa franchise. Et la façon dont elle trahissait son impatience.

Phoebe ne put masquer son effarement.

— Je ne sais pas. Je veux dire… Si, bien sûr, que j'ai envie de toi. Je pense que ça saute aux yeux. Mais nous ne sommes pas…

— Pas quoi ? répliqua-t-il en lui prenant le coussin des mains et en le jetant sur le canapé.

Lorsqu'il la prit dans ses bras, il lutta de toutes ses forces pour brider ses instincts. Il avait l'impression de la désirer depuis des siècles…

— Seul un idiot t'obligerait à faire l'amour après le traumatisme que tu as subi ce soir. Mais ne t'y trompe pas, Phoebe. L'attente cessera bien un jour. Et ce jour-là, je serai prêt.

Il laissa glisser ses mains le long de son dos et attira ses hanches contre lui. Non, elle ne portait pas de petite culotte.

Eût-il détecté le moindre signe de résistance de sa part, il aurait reculé aussitôt. Mais elle se lova avec sensualité contre lui. Il se félicita d'avoir pris la peine de ceinturer étroitement son peignoir avant de quitter sa chambre.

A son immense surprise, il sentit une petite main s'insinuer entre les fines couches de cachemire. Lorsqu'elle toucha sa peau nue, elle déclencha une érection quasi-immédiate. Il voulut dire quelque chose, mais les mots restèrent coincés au fond de sa gorge.

La main de Phoebe se trouvait au niveau de son cœur, où elle s'attarda, comme pour en compter les battements. Avait-elle senti leur accélération ? Avait-elle senti la crispation de ses muscles ? Il retint son souffle. Une chose était sûre, elle finirait bien par sentir son érection.

Phoebe poussa un profond soupir.

— Tu devrais aller dormir dans ta chambre, murmura-t-elle. C'est dur, par terre.

— Ça ira.

Il s'éloigna, espérant qu'elle n'ait pas perçu, cette fois, sa précipitation. Le dos tourné, il ajouta quelques bûches dans la cheminée et se mit à préparer son lit de fortune. Du coin de l'œil, il vit Phoebe disposer quelques couvertures et un oreiller sur le canapé. Lorsqu'elle leva avec souplesse les jambes pour s'allonger, la chemise en flanelle se souleva l'espace d'une seconde, durant laquelle il entrevit ses cuisses fuselées. Son sang ne fit qu'un tour. Une rasade de whisky aurait été salutaire, mais il n'y avait que de la bière au frigo. Lentement, il fit le tour du salon pour éteindre les lumières, veillant à maintenir un périmètre de sécurité suffisamment large entre lui et la tentation. Bientôt, la pièce ne fut plus que pénombre, outre la lueur des flammes et le clignotement des guirlandes du sapin.

Il vérifia que la porte était bien verrouillée et tira une dernière fois sur un rideau mal fermé.

Lorsqu'il eut épuisé la liste d'activités annexes, il se tourna vers l'âtre et contempla la vision idyllique que Noël avait inspirée à Phoebe.

Tout, autour de lui, respirait la paix, le confort, le bonheur. Jamais, dans son souvenir, son luxueux appartement d'Atlanta n'avait paru aussi chaleureux.

Les yeux clos, Phoebe affichait un léger sourire. La main glissée sous la joue, elle était l'image même de l'innocence. S'était-elle endormie, ou humait-elle le parfum piquant de conifère qui embaumait la maison, depuis l'arrivée du sapin ? Il n'aurait su le dire. Peut-être se laissait-elle juste bercer par le crépitement des flammes, ce bruit joyeux qui, depuis toujours, réconfortait les humains.

L'épuisement finit par avoir raison de lui et il alla se coucher. Ce n'était certes pas le Ritz-Carlton, mais cette nuit, il n'aurait voulu être ailleurs pour rien au monde. Au bout de cinq minutes, il réalisa qu'il aurait bien trop chaud avec son peignoir devant la cheminée.

Il s'en dépouilla puis se rallongea avec un bâillement. Si, un mois auparavant, on lui avait dit qu'il camperait dans un salon à proximité d'une jeune femme fascinante qu'il désirait désespérément, il aurait éclaté de rire. Bien sûr, il aurait eu exactement la même réaction si on lui avait dit qu'il aurait une crise cardiaque à l'âge de trente-six ans.

Il devait avouer à Phoebe les véritables raisons de sa retraite dans les monts Great Smoky. Elle avait mis son âme à nu devant lui. Peut-être trouverait-il le lendemain l'occasion de lui parler. Cette idée le mettait mal à l'aise. Il détestait admettre ses faiblesses. Depuis toujours. Mais l'orgueil n'avait pas sa place dans une relation avec une femme qu'il en était venu à respecter au moins autant qu'il la désirait. Il s'agita sur son lit de fortune, cherchant une position confortable. Avec Phoebe dans la même pièce, il ne pourrait même pas se mettre à l'aise. Quelques heures parurent s'écouler ainsi, après quoi il s'endormit enfin.

Phoebe se réveilla en sursaut, le cœur battant comme après un cauchemar aux contours incertains. Il lui fallut plusieurs secondes pour comprendre où elle se trouvait. L'instant d'après, elle consulta le récepteur : sur le petit écran, Teddy dormait paisiblement dans sa position habituelle.

Avec un soupir tremblant, elle retrouva son calme et jeta un œil à l'horloge. 2 heures du matin. Le feu était toujours aussi vif, ce qui voulait dire que Léo avait dû s'en occuper peu avant. Il régnait dans la pièce une douce chaleur. Malgré ce lit inhabituel et l'heure avancée, elle se sentait calme, presque reposée.

Avec prudence, elle leva la tête pour jeter un œil du côté de Léo. Elle retint son souffle en le découvrant. Etendu sur le dos sur la peau d'ours, il gisait, abandonné, un bras écarté et l'autre replié sur les yeux.

Il était torse nu. A la lueur des flammes, sa peau prenait une nuance dorée. Elle suivit du regard la fine ligne duveteuse qui courait le long de sa cage thoracique. Avec ses muscles bien dessinés, son torse évoquait un buste de statue grecque aux proportions parfaites.

Une bouffée de désir se répandit en elle, balayant les derniers vestiges de tristesse. Déjà, son corps était prêt à le recevoir. Mais, elle le savait, jamais, après les confidences qu'elle lui avait faites, Léo ne tenterait quoi que ce soit ce soir.

Ce qui voulait dire que c'était à elle de prendre l'initiative.

Tenter de se convaincre que toute intimité entre eux était une mauvaise idée était aussi absurde que d'ordonner à la lune de ne pas briller la nuit. Car elle désirait Léo de tout son être. Il y avait des siècles qu'elle n'avait pas ressenti le moindre intérêt pour un homme, plus longtemps encore qu'elle occultait ses désirs sexuels.

Ç'aurait été ridicule de passer à côté d'une occasion qui ne se reproduirait peut-être jamais. Léo n'était pas seulement séduisant physiquement, c'était également un homme complexe et fascinant. Il l'attirait avec une force aussi irrésistible qu'inattendue. Certaines choses dans la vie ne s'expliquaient pas. Souvent, dans son ancienne vie, elle avait procédé à des achats d'actions uniquement sur la foi de son intuition. Neuf fois sur dix, elle ne se trompait pas.

Mais avec Léo, le pari était plus risqué. Tout engagement pouvait se solder par une déception ou une blessure irrémédiable. Mais au vu de la solitude qui était la sienne depuis si longtemps, elle était prête à prendre ce risque.

Sans se laisser le temps de changer d'avis, elle ôta sa chemise de nuit. La caresse de l'air sur sa peau nue lui parut délicieuse. Comme c'était bon de se libérer ainsi. Le moment était venu d'affronter de nouveau la vie avec courage.

Elle s'agenouilla à son côté, s'émerveillant de la beauté de son corps tellement viril. Son pantalon de pyjama tombait bas sur ses hanches, exposant son nombril. Mais les couvertures dissimulaient son sexe. Malgré son humeur audacieuse, elle n'eut pas le courage de les soulever.

La repousserait-il en expliquant que le moment était mal choisi, après ce qu'elle avait vécu ce soir ? Ou la désirait-il autant qu'elle ? La désirait-il suffisamment pour ignorer les avertissements et passer à l'acte sans arrière-pensées ?

Il n'y avait qu'une seule façon de le savoir. Plongeant la main sous les couvertures, elle la laissa glisser sur la soie tiède du pantalon et la posa sur son bas-ventre. A peine eut-elle effleuré le renflement du tissu qu'il doubla de volume.

15

Léo faisait un rêve des plus étranges. L'une des mains de Phoebe lui prodiguait une caresse intime, tandis que l'autre errait sur son torse, s'attardait sur son nombril ou lui titillait les tétons. Il grogna dans son sommeil, restant immobile de crainte de dissiper l'illusion.

Ses cheveux lui effleurèrent le torse, les épaules et le visage, et il comprit qu'elle se penchait sur lui. Elle s'emparait doucement de sa bouche, lui mordillait la lèvre inférieure. Il frémit, sentant déferler en lui un tsunami de désir qui lui coupa le souffle.

Son cœur se mit à battre de plus en plus vite, évoquant le martèlement des sabots d'un cheval dans la dernière ligne droite. L'espace d'un instant, une angoisse vint tempérer ses ardeurs. Il n'avait pas fait l'amour depuis sa crise cardiaque. Serait-il à la hauteur ? En dépit des paroles rassurantes de son médecin, il avait l'impression d'avancer en terre inconnue.

Mais ce n'était qu'une illusion. Ce n'était pas la peine de s'angoisser. Une fois de plus, il s'abandonna avec délices à son rêve érotique.

Son pantalon glissait le long de ses jambes, et Phoebe s'asseyait sur lui à califourchon. Il empoignait une de ses cuisses, lui faisait relever la jambe et l'attirait jusqu'à sa bouche. Lorsqu'il plongea la langue dans ses replis intimes, il passa du rêve à la torride réalité en une fraction de seconde.

Il lui maintint fermement les fesses, s'efforçant de reconstituer le fil des événements.

— Phoebe ? fit-il d'une voix rauque.

Mais aucun autre mot ne put franchir ses lèvres.

Clignant les yeux pour chasser les dernières brumes du sommeil, il distingua les pièces d'un puzzle intensément érotique dans la pénombre. Des seins nus. Un rideau soyeux de cheveux noirs cascadant sur son torse. Une taille fine. Des hanches aux courbes affolantes.

Le visage de Phoebe apparut dans le tableau. Elle se mordilla les lèvres, l'air inquiet.

— Je ne t'ai pas demandé la permission…, dit-elle d'un ton délicieusement coupable.

— Ce n'est rien, ma chérie. Au contraire. Aucun homme sur Terre n'aurait quoi que ce soit à redire à cela. Mais tu aurais dû me réveiller plus vite. Je n'ai pas envie de manquer quoi que ce soit.

Il était ravi qu'elle ait pris l'initiative, car cela signifiait qu'elle était aussi impliquée que lui dans cette folie. Il se remit à l'ouvrage avec joie, se délectant des gémissements de Phoebe.

Lorsqu'il glissa deux doigts en elle, il mesura toute l'intensité de son désir. Elle était humide à souhait. Prête. Mais au lieu de la pénétrer sans attendre comme le lui commandait son instinct, il se refréna, optant délibérément pour la lenteur. Une jeune femme aussi exquise devait être ménagée, portée délicatement au seuil de l'orgasme.

— Repousse tes cheveux derrière ton dos, ordonna-t-il.

Phoebe s'exécuta sans rien dire.

— Garde les mains derrière le dos.

Une fois de plus, elle obéit. Sa docilité ne faisait qu'aiguiser son désir. Ainsi agenouillée au-dessus de lui, les mains nouées derrière le dos, elle était à sa merci.

Guettant la moindre de ses réactions sur son visage, il poursuivit son exploration, jouant sur l'intensité et la vitesse des caresses intimes qu'il lui prodiguait. Au-dessus de lui, le corps de Phoebe s'ouvrait comme une fleur, exhalant des senteurs épicées qui le rendaient fou de désir. Accentuant la pression sur le clitoris, il inséra trois doigts en elle.

Elle jouit instantanément dans un cri déchirant. Les palpitations de son sexe autour de ses doigts lui donnèrent envie de la prendre sans plus attendre. Mais une fois encore, il se refréna.

Lorsque les derniers frissons de l'orgasme se furent dissipés, il se redressa et ils se retrouvèrent assis l'un au-dessus de l'autre en tailleur, son sexe dressé contre les fesses de Phoebe.

Il la serra tendrement au creux de ses bras. A cet instant, une émotion totalement inattendue l'étreignit : le regret. Pourquoi ne l'avait-il pas rencontrée avant ? Soudain, il craignit qu'elle ne fasse marche arrière, arguant qu'ils ne se connaissaient que depuis trop peu de temps.

Il attendit aussi longtemps que possible. Lorsque la respiration de Phoebe reprit un rythme normal, il recula pour observer son visage.

— Ne crois surtout pas que nous en avons terminé. Ce n'était qu'un minuscule prélude. Je vais tout faire pour te rendre folle de plaisir.

— Tu sembles bien sûr de toi, dit-elle, avec un sourire.

Léo savait que pour passer à l'étape suivante, il allait devoir se lever. Mais il n'osait pas rompre leur étreinte.

— Puis-je te poser une question importante, Phoebe ?

Elle posa le front sur son épaule.

— Vas-y.

— Si je vais chercher une boîte de préservatifs, changeras-tu d'avis en mon absence ?

Il ressentit sa surprise.

— Non, répondit-elle à voix basse mais avec fermeté.

— Et si Teddy se réveille sans crier gare, t'en servirastu comme excuse ? Ou comme un signe du ciel que nous devons arrêter là ?

Elle leva la tête, sondant son regard. Que cherchait-elle ? Un encouragement ? De la sincérité ?

— Si cela se produit, répondit-elle lentement, nous ferons en sorte qu'il se rendorme et reprendrons là où nous en étions.

— Parfait.

Il s'intima de la lâcher. Sans préservatif, il ne pouvait la prendre comme il le voulait. Mais la tenir ainsi lui procurait un bonheur indicible et totalement inattendu, car jamais il n'avait ressenti une chose pareille avec une autre femme. Un tel mélange de désir ravageur et de tendresse irrésistible.

— Veux-tu que j'aille les chercher ? lui demanda Phoebe en souriant.

— Pas la peine. Donne-moi juste une minute.

Dans la cheminée, le feu s'était éteint, et il devait s'occuper de cela aussi.

Alors qu'il était assis là, cherchant désespérément en lui la volonté de se lever, Phoebe glissa la main derrière son dos et, trouvant son membre dressé, le tira doucement. Ce léger contact était plus qu'il n'en pouvait supporter. Son sexe était tendu à tout rompre.

Les doigts de Phoebe s'enroulèrent autour de son membre et se mirent à le masser avec lenteur.

— Je t'en supplie, arrête !

Mais c'était trop tard. L'orgasme le submergea avec une violence presque douloureuse. S'agrippant de toutes ses forces à Phoebe, il se laissa emporter par la sensation rendue plus ravageuse encore par la pression de ses seins contre sa poitrine.

Dans le silence qui suivit, elle eut l'impudence de rire.

— Peut-être devrions-nous arrêter, maintenant que nous

sommes à égalité. J'ai bien peur que tu n'arrives jamais à aller chercher ces préservatifs.

Cherchant son souffle, il lui pinça les fesses.

— Tu n'es qu'une vilaine fille.

— Désolée, j'aurais peut-être dû penser aux préservatifs avant de te sauter dessus.

— Il est vrai que tu étais un peu pressée, répliqua-t-il en lui caressant les fesses.

Phoebe se dégagea de son étreinte et s'enveloppa dans une couverture.

— Vas-y, Léo. Dépêche-toi, je commence à avoir froid.

Se levant avec peine, il bâilla et s'étira. Le simple fait de la regarder ravivait déjà son désir. Il se dirigea vers la cheminée et, ôtant le pare-feu, déposa dans l'âtre deux bûches de bonne taille et attisa les braises.

— Ne bouge surtout pas, ordonna-t-il. Je reviens.

Phoebe le regarda s'éloigner, des étoiles dans les yeux. L'heure était grave. *Très* grave. Nu, Léo était vraiment à couper le souffle. Outre ses atouts évidents, de face, il était tout aussi impressionnant de dos. Elle caressa du regard les épaules larges, la taille mince, les fesses fermes, les cuisses musclées. Tout en lui était sexy, même ses pieds.

En dépit de tout ce qu'ils avaient fait au cours des quarante-cinq dernières minutes, le feu brûlait toujours en elle. Elle n'en revenait toujours pas d'avoir eu le cran de se déshabiller et de le surprendre dans son sommeil. C'était une chose que l'ancienne Phoebe aurait pu faire. Mais seulement avec un homme tel que Léo. Il avait le pouvoir de faire sortir les femmes de leur réserve.

Elle remit leur couche en ordre, comme l'aurait fait une femme des cavernes en attendant que son compagnon revienne de la chasse. Elle eut un sourire amusé en songeant qu'il avait effectivement veillé au ravitaillement du foyer. Même s'il n'avait pas eu pour cela besoin d'assommer le gibier à coups de gourdin…

Songeant à la taille de son sexe, elle se sentit soudain intimidée. Parviendrait-il à la pénétrer ? Ses mamelons se dressèrent à cette pensée.

Il revint avec une poignée de préservatifs. Elle s'humecta les lèvres.

— Un peu trop pour une seule nuit, non ?

S'allongeant à ses côtés, il lui mordilla l'épaule.

— N'en sois pas si sûre, mon ange.

Il lui prit le menton, plongeant son regard dans le sien. La boucle qui tombait sur son front le faisait paraître plus jeune et insouciant.

— La première fois sera sans doute assez rapide et intense. Nous entrerons dans la subtilité ensuite.

Lorsqu'il lui caressa les seins, Phoebe ferma spontanément les yeux. Malgré les allées et venues de Léo dans la maison, sa peau était toujours aussi brûlante.

— Regarde-moi, Phoebe.

Lorsqu'elle rouvrit les yeux, toute trace de légèreté avait disparu de son expression. Les flammes projetaient sur son visage un jeu d'ombres et lumières qui lui donnait la solennité d'un roi. Ses yeux étaient si sombres qu'ils paraissaient presque noirs.

— Je te regarde, dit-elle, effrontément. Que suis-je censée voir ?

Bien qu'intimidée par son intensité, elle ne voulait pas lui montrer combien elle était sensible à ses allures d'homme des cavernes. Pas encore.

Sans crier gare, il la renversa sur le dos. Sa chute fut amortie par l'épaisse couche de couvertures et de coussins. Il n'était plus temps de badiner. S'agenouillant entre ses jambes, il déchira un premier étui avec les dents et en sortit le préservatif. Gardant le regard fixé sur le sien pour s'assurer qu'elle ne ratait rien du spectacle, il le déroula avec lenteur sur sa verge fièrement dressée.

Si cette démonstration ne manqua pas de l'embraser, elle

ne put s'empêcher de remarquer l'expression de souffrance qui se peignait sur son visage. Oui, il souffrait. A cause d'elle. Il la désirait avec une telle intensité que ses mains tremblaient. Ce qui voulait dire qu'il était plus vulnérable qu'elle ne l'avait imaginé. Le simple fait de savoir qu'il était aussi anxieux qu'elle lui calma les nerfs.

Manifestement, Léo ne voyait pas en elle une femme comme les autres. En dépit de leurs différences, en termes de mode de vie, d'opinions et même d'expériences sexuelles, ils partageaient un moment unique.

Elle lui agrippa le poignet.

— Dis-moi ce que tu vas me faire, lui chuchota-t-elle, tandis qu'entremêlant ses jambes avec les siennes, il se positionnait pour la pénétrer.

Il affichait une expression de concentration extrême, dont témoignait la tension des muscles de ses mâchoires.

— Je vais te prendre, mon ange. T'envoyer au paradis et plus encore.

Le premier coup de reins laissa Phoebe pantelante. Autour d'eux régnait un silence total. Elle ressentit un tiraillement douloureux, témoignant des efforts que faisait son corps pour s'adapter à l'imposant intrus. Elle avait beau être parfaitement lubrifiée, elle sortait d'une longue période de célibat et Léo était on ne peut plus impressionnant.

Il marqua une pause, le front emperlé de gouttes de sueur.

— Pas trop douloureux ? fit-il d'une voix altérée.

— Non.

Elle s'efforça de se détendre pour lui faciliter le passage.

— Continue. Je veux te sentir tout entier.

Sa déclaration le fit frémir, comme si l'image qu'elle venait de susciter dans son esprit était plus stimulante encore que l'acte lui-même. Lentement, sûrement, il poursuivit sa progression. Phoebe ressentit la pénétration jusqu'aux tréfonds de son être. En cet instant, elle comprit qu'elle ne s'était pas trompée. Léo était beaucoup plus qu'une simple toquade. C'était l'homme qui pouvait la faire revivre. Lorsqu'il fut entièrement en elle, il se retira vivement et la pénétra de nouveau, cette fois avec une force implacable, obligeant Phoebe à s'accrocher aux pieds de la table.

— Je ne veux pas te faire mal.

— Alors, n'arrête surtout pas. Tout ce que tu as à me donner, je suis prête à le recevoir.

16

Léo avait perdu tout contrôle, il le savait. Mais la façon dont elle se cambrait lorsqu'il plongeait en elle, s'ouvrant chaque fois un peu plus à ses assauts, était littéralement affolante, d'autant plus que ses jambes lui enserraient la taille comme un étau.

Il plongea le visage dans ses cheveux épars pour tenter d'apaiser sa frénésie et retarder l'orgasme monumental qui montait en lui, inexorable. L'espace d'un instant, il se laissa griser par l'odeur de sa chevelure, exquise, indéfinissable, mais reconnaissable entre toutes.

Soudain, les ongles de Phoebe se plantèrent dans son dos, comme pour le rappeler à l'ordre. Le moment n'était pas venu de faiblir. Lorsqu'elle se mit à crier son nom, il la pénétra de plus belle, aiguillonné par la délicieuse morsure de ses ongles sur ses flancs.

Mais rien n'aurait pu le préparer à la sensation que lui procura la jouissance de Phoebe, lorsque, contractant tous ses muscles, elle se laissa finalement submerger par le plaisir. Resserrant son étreinte autour de son corps vibrant, il laissa l'onde de choc se dissiper peu à peu en elle.

C'était le signal qu'il attendait pour perdre la tête à son tour. Plongeant en elle, il partit, résolument cette fois, à la rencontre de son orgasme. Le choc fut d'une intensité telle qu'il le porta au seuil de l'inconscience.

Il jouit deux fois de suite, rapidement, après quoi il

resta un instant inerte, le temps de réaliser, incrédule, qu'il la désirait encore.

— Nous devrions peut-être dormir un peu, dit Phoebe en se tournant sur le côté.

Ses paroles lui parvinrent comme à travers un brouillard. Il se ressaisit. Il était hors de question qu'elle s'éloigne, ne serait-ce que d'un centimètre. Il roula sur le côté et se lova contre son dos, logeant ses jambes au creux des siennes. En dépit de ce contact intime, son érection fut mesurée, ce qui n'avait rien d'étonnant après *deux* orgasmes d'une telle intensité. Le désir qu'il ressentait était plus que physique. Mais il n'eut pas le temps de sonder plus avant ses pensées, car il sombra dans le sommeil.

Lorsqu'il se réveilla, il réalisa aussitôt qu'il était seul. A travers les rideaux perçaient les rayons d'un soleil déjà haut dans le ciel. Le feu avait fini par s'éteindre dans la cheminée, mais il régnait encore une douce chaleur dans la pièce.

Avec un grognement, il s'assit sur son séant. Il était perclus de courbatures, signes des excès de la nuit. Son sexe durcit instantanément lorsqu'il se remémora leurs ébats nocturnes. Mais Léo se rembrunit en songeant qu'il lui faudrait maintenant attendre de longues heures avant de remettre ça.

Phoebe avait rangé ses couvertures. Mais il aperçut une cafetière fumante sur le plan de travail de la cuisine. Il se leva avec difficulté, comme après une cuite monumentale. Récupérant son peignoir coincé sur le canapé, il l'enfila et fonça vers la cafetière salvatrice.

Au bout de deux tasses, il était prêt à se lancer à la recherche de Phoebe. Il la trouva pelotonnée sur son lit en train de lire une histoire à Teddy. Elle se redressa en l'apercevant et lui adressa un sourire timide.

— J'espère qu'on ne t'a pas réveillé.

S'accrochant au rebord supérieur de la porte, il s'étira les muscles avec bonheur.

— Je n'ai rien entendu. Il est réveillé depuis longtemps ?

— Une heure, environ. Je lui ai donné son biberon.

Ils conversaient comme des étrangers. Ou peut-être comme un couple marié n'ayant pas grand-chose à se dire. Il s'assit au bord du lit et lui prit la main.

— Bonjour, Phoebe.

— Bonjour, dit-elle en rougissant.

L'attirant contre lui, il l'embrassa avec passion.

— Je me sens dans une forme olympique, pas toi ?

Elle se mit à rire et il la sentit aussitôt plus détendue.

— Tu as jeté un œil à l'extérieur ? fit-elle.

— Non, pourquoi ? Il a neigé ?

— Plutôt, oui. Environ dix centimètres. Le petit-fils de Buford va venir dégager le sentier dans la matinée. Je sais que tu attends une livraison.

Il la dévisagea avec stupéfaction. Cela faisait des heures et des heures qu'il n'avait pas pensé à consulter ses mails ni même envoyé un texto à son frère. Jamais encore, il n'était resté si longtemps déconnecté. A croire qu'à force de vivre avec Phoebe, il en était arrivé à accepter l'absence de technologie comme une situation normale.

Le mode de vie de celle-ci n'était pourtant pas particulièrement spartiate, car elle avait le téléphone et la télévision. Mais au-delà de cela, bien sûr, elle vivait sans technologie. Il ressentit une légère contrariété à l'idée qu'elle ait pu le convertir en l'espace de si peu de temps. Non, c'était le sexe. Voilà tout. Il avait simplement passé un excellent moment. Cela ne voulait pas dire qu'il avait définitivement changé de mode de vie.

Il sourit pour dissimuler son malaise et la lâcha.

— Je vais prendre une douche. Si tu veux, je garderai ensuite Teddy pour te permettre d'en faire autant.

Phoebe le regarda s'éloigner, perplexe. Quelque chose

n'allait pas. Quoi exactement ? Impossible à dire. Peut-être n'était-ce rien d'autre qu'un léger passage à vide après une nuit de folie.

Lorsqu'ils furent tous deux prêts, le bruit d'un tracteur se fit entendre au loin. Une fois l'allée dégagée, plusieurs véhicules firent leur apparition. La camionnette du technicien venu procéder à la connexion internet de Léo. Celle du livreur venu déposer son nouveau téléphone. Et enfin, un camion qu'attendaient les ouvriers travaillant dans le chalet endommagé.

Maintenant que l'arbre avait été dégagé, une petite armée d'ouvriers avait pris possession des lieux pour récupérer et stocker tout ce qui pouvait l'être. Léo ne s'attarda même pas pour prendre un petit déjeuner. Quelques minutes plus tard, il avait rejoint les hommes et pris en main la coordination des opérations. Phoebe ne savait pas ce qu'elle aurait fait sans son aide. Sans la garde de Teddy, elle s'en serait sortie haut la main, elle en était sûre. Mais mener de front ces deux tâches extrêmement prenantes aurait été impossible.

Elle était surprise de constater combien Teddy avait déjà changé au bout de deux semaines. Il grandissait à toute allure, et sa personnalité semblait s'affirmer un peu plus chaque jour. Ce matin, il babillait à n'en plus finir.

Après avoir rangé la cuisine, Phoebe l'emmena dans le salon pour lui montrer le sapin de Noël.

— Tu as vu ce que Léo et moi avons fait, Teddy ? Très joli, tu ne trouves pas ?

Teddy tenta d'attraper une décoration, mais elle l'en empêcha.

— Je sais. Ce n'est pas juste. Toutes ces décorations, alors que tu ne peux même pas jouer avec.

Teddy attrapa une mèche de cheveux qui s'était échappée de sa tresse. Après la douche, pressée par le temps, elle s'était coiffée avec moins de soin qu'à l'accoutumée.

Elle commençait à comprendre pourquoi tant de jeunes mamans optaient pour des coiffures simples... S'occuper d'un enfant en bas âge ne laissait pas beaucoup de temps pour s'apprêter.

Encore une demi-heure, et Teddy serait mûr pour sa sieste. Après les excès de la nuit précédente, Phoebe se dit qu'elle piquerait peut-être un somme, elle aussi. Le simple fait de penser à Léo la rendait euphorique, comme une lycéenne de seize ans qui s'apprête à aller au bal de fin d'année avec son petit ami.

Même dans les meilleurs moments, le sexe n'avait jamais été aussi extraordinaire avec son fiancé. Léo n'avait cherché qu'à lui donner du plaisir, ne cessant de lui prouver qu'elle avait toujours plus à donner et à recevoir. Son corps en était stimulé, vivifié... et avide de nouveaux ébats.

Teddy dans les bras, elle se mit à marcher dans le salon, fredonnant des chants de Noël, plus heureuse qu'elle ne l'avait été depuis bien longtemps.

A sa surprise, on frappa à la porte. Ça ne pouvait pas être Léo, puisque la porte n'était pas verrouillée. Sans qu'elle ait eu le temps de réagir, la porte s'ouvrit et un visage familier apparut.

— Dana ! s'écria Phoebe, dévisageant sa sœur, stupéfaite. Que se passe-t-il ? Que fais-tu ici ?

Léo regagna le chalet, affamé, et surtout pressé de voir Phoebe. Il ne voulait pas lui laisser le temps de trouver la moindre bonne raison pour prendre des distances avec lui. Lorsqu'il poussa la porte, il s'immobilisa, conscient de tomber au beau milieu d'une situation délicate. Il avait aperçu une voiture inconnue à l'extérieur, mais n'y avait pas prêté attention sur le coup, supposant que c'était celle d'un ouvrier.

A l'autre bout de la pièce, les yeux de Phoebe croisèrent les siens. L'espace d'un instant, il lui sembla lire en elle comme dans un livre ouvert. Son angoisse le consuma, mais l'impression s'évanouit, et le visage de Phoebe redevint normal.

— Tu tombes à pic, fit-elle avec un sourire. Ma sœur Dana est arrivée à l'improviste. Dana, je te présente Léo.

Il serra la main à la nouvelle venue et essaya de comprendre les enjeux de la situation. Dana était une version plus petite et plus ronde de sa sœur. Elle semblait épuisée et au bord des larmes.

Phoebe tenait toujours Teddy bien calé sur sa hanche.

— Que fais-tu ici, Dana ? Pourquoi ne m'as-tu pas prévenue de ton arrivée ? Je serais venue te chercher à l'aéroport. On dirait que tu n'as pas dormi depuis plusieurs jours.

Dana se laissa tomber sur le canapé et éclata en sanglots, cachant son visage entre ses mains.

— J'ai cru que tu me dissuaderais de venir, expliqua-t-elle, accablée. Je sais, c'est ridicule. Le voyage a duré des heures, et je dois reprendre l'avion à 14 heures. Je suis navrée, Phoebe, mais je n'ai pas pu supporter l'idée de passer Noël sans mon bébé.

Léo se figea, comprenant immédiatement ce qu'il se passait. Ravalant ses propres sentiments, Phoebe rejoignit sa sœur sur le canapé.

— C'est tout à fait normal. Et je te comprends. Sèche tes larmes et prends ton fils.

Sur ce, elle passa Teddy à sa mère comme si c'était la chose la plus naturelle au monde. Mais Léo savait qu'elle avait le cœur brisé.

L'expression qui se peignit sur le visage de Dana, lorsqu'elle serra son bébé contre son cœur, aurait fait fondre le cynique le plus endurci.

— Nous avons trouvé une femme au village qui parle un peu notre langue. Elle est d'accord pour le garder en journée, pendant que nous nous occupons de la maison.

Phoebe laissa retomber ses mains sur ses genoux comme si elle ne savait plus quoi en faire.

— Tout se passe bien, là-bas ?

Dana fit la grimace.

— C'est un véritable bazar. Pire que ce que nous imaginions. C'est vraiment stressant. La maison déborde d'objets en tout genre. Nous sommes obligés de tout trier pour repérer les objets de valeur. Je sais que ce n'est pas évident d'amener Teddy là-bas. Mais si je peux le voir le soir et parfois en journée pendant les pauses, je sais que je me sentirai beaucoup mieux.

— Je comprends. C'est tout à fait normal.

— Tu ne peux pas savoir combien nous apprécions ce que tu as fait pour nous. J'ai réservé un autre billet sans date, au cas où tu voudrais nous rejoindre, aujourd'hui ou même plus tard. Je ne voudrais pas que tu passes Noël toute seule, d'autant que c'est à cette période de l'année que tu as perdu…

Elle porta la main à la bouche, horrifiée.

— Seigneur, je suis navrée… Je suis épuisée, je ne sais plus ce que je dis. Excuse-moi.

Phoebe prit sa sœur par les épaules et l'embrassa.

— Calme-toi, Dana. Tout va bien. Je vais bien. Et puisque tu es pressée, allons préparer les affaires de Teddy. Il dormira dans la voiture sur la route de l'aéroport.

Marquant une pause dans le couloir, Phoebe s'adossa contre le mur et ferma les yeux, son sourire à présent figé sur ses lèvres. Léo n'était pas dupe. Il savait qu'elle était bouleversée, mais qu'elle s'efforçait de ne pas faire sentir à Dana qu'elle venait de gâcher ses projets de Noël.

Moins d'une heure plus tard, Dana était repartie avec Teddy, laissant derrière elle un silence aussi pesant que douloureux. Seuls la chaise haute et le lit à barreaux témoignaient encore du séjour du bébé dans la maison. Sans rien demander, Léo prit la chaise haute et alla la ranger dans l'ancienne chambre du petit. Phoebe le regarda faire, le cœur brisé.

Il la prit dans ses bras.

— Je savais bien que ce n'était pas mon bébé…

— Bien sûr que tu le savais.

La compassion silencieuse de Léo ajoutait encore à son émotion.

— Ne sois pas trop gentil avec moi, sinon je vais m'effondrer.

— Je suis très fier de toi, Phoebe.

— Pourquoi ?

— Parce que tu t'es montrée une sœur et une tante exemplaires. Et tu n'as même pas culpabilisé Dana. Tu as fait exactement ce qu'il fallait.

— J'étais si heureuse à l'idée de passer Noël avec vous deux, murmura-t-elle. Les cadeaux de Teddy sont encore emballés…

— J'ai une idée pour te réconforter, dit-il soudain, en lui étreignant les épaules.

Elle lui jeta un regard étonné.

— Ayant eu dernièrement l'occasion d'apprécier certaines d'entre elles, je suis tout ouïe, fit-elle.

Du bout du pouce, il essuya une larme qui perlait au coin d'un de ses yeux.

— Haut les cœurs, mademoiselle Kemper. Je voudrais te proposer un petit voyage.

— Mais tu viens juste d'arriver…

Posant un doigt sur ses lèvres, il l'attira sur le canapé et la prit dans ses bras.

— Laisse-moi tout t'expliquer avant de trouver quoi que ce soit à redire.

— D'accord.

— Tu m'as demandé quels étaient mes projets pour Noël, et j'étais presque décidé à le passer ici, avec Teddy et toi. Cela dit, une grande fête familiale est prévue ce week-end à Atlanta, chez mon frère, et je crois que mon absence serait mal vécue. J'aimerais que tu m'accompagnes.

Elle ouvrit la bouche pour parler, mais il ne lui en laissa pas le temps.

— Ecoute-moi d'abord, reprit-il. Il se trouve qu'un vieil ami pourrait s'occuper des travaux de rénovation du chalet en notre absence. C'est un ancien employé de chez Cavallo, en qui j'ai une totale confiance. Il fait des petits boulots pour moi de temps à autre. Il pourrait loger dans ma chambre, si bien sûr tu es d'accord. Qu'est-ce que tu en dis ?

— Suis-je autorisée à parler ? fit-elle, en lui assenant un léger coup de poing dans les côtes.

— Maintenant, oui.

— Et moi, où logerai-je ?

— A Atlanta, tu veux dire ?

— Oui.

— J'imaginais que ce serait chez moi. Mais je peux te réserver un hôtel si tu préfères.

Elle s'assit sur ses genoux, posant les mains sur ses épaules et plongeant le regard dans le sien.

— Et mon arbre de Noël ? Que va-t-il devenir ?

Il eut une moue.

— Nous pourrions recréer le même genre d'ambiance chez moi, si tu veux. Je sais que tu adores décorer. Mais nous pourrions aussi revenir ici pour le réveillon. Rien que toi et moi. Je sais que ce ne serait pas la même chose sans Teddy, donc si tu trouves que c'est une mauvaise idée, tu peux toujours refuser.

17

Léo retenait son souffle, attendant sa réponse. Le fait qu'elle soit assise sur ses genoux le rassurait, car cela démontrait qu'elle était à l'aise avec lui. L'intimité de la nuit précédente semblait avoir modifié leur relation, et il se sentait, curieusement, beaucoup plus connecté à elle.

C'était sans doute la raison pour laquelle il avait ressenti autant d'empathie, lorsque sa sœur était venue récupérer Teddy sans crier gare. Pourtant, malgré le choc, Phoebe s'était montrée héroïque. Pas un instant, elle n'avait fait sentir à Dana combien elle était déçue, alors qu'elle se faisait une joie de passer Noël avec son neveu.

Mais si le coup avait été rude, il savait qu'elle finirait par s'en remettre.

Comme pour lui donner raison, Phoebe lui ébouriffa soudain les cheveux.

— Dois-je me décider tout de suite ?

— Pour le réveillon, tu veux dire ?

— Oui.

— Ça, ça peut attendre. Mais pour Atlanta ?

— Dans ce cas, il me faudra une robe de soirée…, dit-elle en lui titillant les oreilles avec sensualité.

— Absolument. C'est un problème ?

La tenir aussi serrée était une délicieuse torture. Mais le moment était mal choisi pour tenter quoi que ce soit. Il y avait trop de monde à l'extérieur, et il ne voulait pas risquer d'être interrompu. Il frémit lorsqu'elle insinua la main dans l'échancrure de sa chemise.

— Pas du tout, répondit-elle joyeusement, défaisant les deux premiers boutons de sa chemise. Ma garde-robe est remplie de très belles choses achetées à l'époque où j'étais salariée.

— Que veux-tu dire exactement par « de très belles choses » ?

Elle l'embrassa avec tendresse, glissant la langue entre ses lèvres.

— Une robe à dos nu…, lui susurra-t-elle. Très décolletée devant. Et avec une fente sur le côté. Qu'en dis-tu ?

— Dieu du ciel, murmura-t-il, ne sachant plus ce qui l'affolait à ce point, la vision de Phoebe dans cette robe ou la caresse de ses doigts sur la peau. Phoebe, reprit-il d'un ton qu'il espérait plus raisonnable que désespéré, cela veut-il dire que tu es d'accord pour m'accompagner ?

Prenant son visage entre ses mains, elle plongea un regard vibrant de tendresse dans le sien.

— Merci, Léo. Tu me sauves la mise. Hormis Teddy, tu es le seul autre homme avec qui j'ai envie de fêter Noël. Alors, oui, je suis d'accord pour t'accompagner à Atlanta.

Léo réussit ensuite à la convaincre de partir l'après-midi même. Déjà, il se réjouissait à l'idée de lui faire l'amour dans son lit géant. Leurs ébats de la veille avaient été extraordinaires, mais un peu de confort et de luxe ne serait pas de refus. Sans parler du fait qu'il brûlait de sortir avec elle et de lui montrer tous les bons côtés de la grande ville.

Lorsqu'elle sortit enfin de sa chambre, il se leva, stupéfait.

Phoebe s'avança vers lui, poussant devant elle pas moins de trois valises.

— Tu as bien compris que nous ne partons que pour quelques jours ? lui fit-il, les mains sur les hanches.

En sueur après ce tour de force, Phoebe lui lança un regard furibond, déposant ses bagages aux pieds de Léo.

— Je dois pouvoir parer à toute éventualité, se contenta-t-elle de répondre.

— Même les astronautes de la NASA n'emportent pas autant d'affaires, railla-t-il, bien qu'enchanté de voir à quel point elle se prenait au jeu. Tu prévois d'autres bagages ? Parce que je conduis une Jaguar, pas un camion…

— Nous pourrions prendre mon pick-up, suggéra-t-elle avec un charmant sourire.

Il fit mine de frémir.

— Figure-toi que j'ai une réputation à tenir, moi. Alors, non merci.

Pendant que Phoebe faisait le tour du chalet pour éteindre les lumières et tirer les rideaux, Léo examina son nouveau téléphone. Inutile de l'emporter. Il n'en aurait besoin que s'il revenait ici. Il n'avait du reste aucune raison d'en douter puisque sa réservation courait jusqu'à la mi-janvier, avec une possibilité de prolongation de deux semaines.

Ce n'était pas parce qu'il allait faire un saut à Atlanta en compagnie de Phoebe que son médecin et son frère allaient l'autoriser à écourter sa convalescence. A cette pensée, il réalisa avec embarras qu'il n'avait toujours pas avoué à Phoebe les véritables raisons de son séjour chez elle.

Seul l'orgueil pouvait expliquer son silence. Il ne voulait pas qu'elle le voie comme un homme diminué ou brisé. Changerait-elle d'avis à son sujet lorsqu'elle connaîtrait la vérité sur son état de santé ?

Une fois la voiture chargée et les clés déposées chez Buford, Léo se rendit compte qu'il était affamé. Il bénit Phoebe d'avoir, malgré ses railleries, pensé à préparer un pique-nique.

— Si tu veux, nous pouvons prendre la route touristique à travers les montagnes… C'est un peu plus long, mais magnifique.

— D'accord pour les petites routes, puisque nous voyageons de jour…

Phoebe monta dans la voiture en riant.

— Tu étais tellement grognon, ce soir-là…

— J'ai bien cru ne jamais arriver à destination. Entre la pluie, le brouillard et l'obscurité, j'ai eu de la chance de ne pas finir au fond d'un ravin.

— Tu exagères…

Il secoua la tête, sûr de son fait. Mais cette fois, le trajet se déroula sans l'ombre d'un problème. Il faisait beau, presque chaud. Et la route nationale, bien que sinueuse, n'était que modérément escarpée. Quant aux vues, elles étaient tout bonnement superbes. Elles rappelèrent à Léo quelques souvenirs datant d'une lointaine époque où il avait passé des vacances dans la région.

Le temps passa à toute allure. Tantôt, ils discutaient, tantôt ils écoutaient de la musique, évoquant leurs artistes préférés et comparant les mérites respectifs de la country et de la pop. Et dire qu'il y avait peu encore, il considérait ce séjour comme une pénitence… Aujourd'hui, il se sentait infiniment heureux de vivre.

Son euphorie s'accrut lorsqu'ils approchèrent d'Atlanta. *Sa* ville. Là où Luc et lui avaient construit de belles et grandes choses. Mais que ferait-il si son univers ne plaisait pas à Phoebe ? Etait-ce trop tôt pour se poser la question ?

Tout au long de la journée, il avait développé une sorte d'hypersensibilité à celle-ci, se délectant de sa façon de sourire, de son parfum fleuri, de ses gestes quand elle exprimait un point de vue… et la désirant de plus en plus. Mais, maintenant qu'ils étaient presque arrivés à destination, il se sentait curieusement nerveux. Et si Phoebe n'aimait pas son appartement ?

Elle se tut lorsqu'ils entrèrent dans le parking situé sous son immeuble.

— Bonjour, Jérôme, fit Léo en s'arrêtant devant le poste de garde, où apparut, tout sourire, un homme dégarni aux épaules voûtées. Pourriez-vous demander à l'un des jeunes de décharger la voiture et de monter nos bagages ?

— Bien sûr, monsieur Cavallo. On s'en occupe.

Prenant Phoebe par le bras, il la guida vers l'ascenseur, où il glissa une carte d'accès dans un lecteur avant d'appuyer sur le bouton du dernier étage.

La main agrippée à son sac, Phoebe affichait une expression insondable. L'ascenseur étant sous surveillance audio et vidéo, Léo s'abstint de tout bavardage personnel.

Lorsqu'ils arrivèrent au dernier étage, Phoebe considéra avec intérêt le luxueux décor et l'atmosphère tamisée du couloir. Une fois dans l'appartement, il jeta ses clés sur une console et lui tendit la main.

— Je te fais visiter ?

Phoebe avait l'impression d'être Alice au pays des merveilles. Passer de son modeste quoique confortable chalet à ce niveau de luxe en l'espace de quelques heures avait de quoi laisser pantois. C'était une chose de savoir que Léo était fortuné, c'en était une autre de se rendre compte qu'il l'était à ce point.

Le sol du vaste appartement-terrasse était couvert de marbre couleur crème veiné d'or, que venaient rehausser d'épais tapis orientaux aux tons cannelle et bleu turquoise. Les murs étaient ornés d'œuvres d'art, sans aucun doute d'authentiques toiles de maître, supposa Phoebe. Les immenses baies vitrées du salon offraient une vue panoramique littéralement époustouflante sur la ville et ses environs. Une ribambelle de fauteuils et de canapés de style classique, recouverts de tissu doré ou de cuir écru et parsemés de coussins multicolores, invitaient le visiteur à la détente. Au plafond, un lustre moderne diffusait une agréable lumière dans toute la pièce.

Sans aucun doute, tous les tissus d'ameublement étaient de chez Cavallo. Phoebe, qui avait toujours adoré les

couleurs vives et les mélanges de style, tomba immédiatement sous le charme de l'intérieur de Léo.

— Je suis bouche bée, déclara-t-elle enfin. Ai-je le
droit d'enlever mes chaussures ?

Posant les mains sur ses épaules, il l'attira contre lui
et écarta ses cheveux pour l'embrasser derrière l'oreille.

— C'est avant tout un lieu de vie. J'aimerais que tu
saches à quel point je suis heureux de t'accueillir chez moi.

Elle se retourna pour lui faire face, dévisageant cet
homme qu'elle avait cru jusque-là connaître au moins un
peu. Elle avait certes mené une existence confortable à
l'époque où elle était agent de change. Mais, clairement, ça
n'avait rien de comparable avec le train de vie que menait
Léo. Comment pourrait-il être sûr qu'elle ne s'intéresse pas
à lui pour son argent ? Ecartant cette pensée dérangeante,
elle noua les bras autour de son cou.

— Et moi, je te remercie de m'avoir invitée.

Elle lui effleura la lèvre inférieure du bout du pouce.

— Et si tu me faisais visiter les chambres ?

Une lueur apparut dans les yeux de Léo.

— C'est que je... je ne voulais pas te presser.

Elle laissa errer la main sur son entrejambe.

— Pourtant, j'ai cru comprendre que tu avais une jolie
surprise pour moi...

A travers le tissu de son pantalon, le frôlement de ses
doigts minces lui fit l'effet d'une décharge électrique.

— Donc, je pense qu'il est tout à fait naturel que je...

Léo lui décocha un sourire ravageur.

— Pendant que tu cherches le mot juste, mon ange, fit-il
en la soulevant dans ses bras, permets-moi de te montrer
mes estampes japonaises.

— Elles ne sont pas ici, je suppose ? fit-elle en lui
mordillant le menton.

— Plutôt par-là, lui chuchota-t-il en se dirigeant vers

un couloir, l'emportant comme une plume entre ses bras musclés.

C'était follement excitant d'être traitée comme Scarlett O'Hara, songea-t-elle, aussi troublée par la force physique de Léo que par le souvenir de leurs jeux érotiques de la veille.

— Le canapé est plus près…, lui glissa-t-elle à l'oreille, effleurant de la joue sa barbe naissante.

— J'aime ta façon de penser, répondit-il en faisant demi-tour.

— Tu n'as prévenu personne que tu rentrais, n'est-ce pas ?

— Non, personne.

— Et tu n'as pas de voisins à cet étage, n'est-ce pas ?

Il fit non de la tête en la déposant au milieu des coussins moelleux.

— Non. Aucun.

— Donc, je peux crier aussi fort qu'il me plaira ?

Il la dévisagea, presque horrifié.

— Dieu du ciel, lâcha-t-il en rougissant jusqu'à la racine des cheveux. Et dire que je croyais avoir affaire à une fragile petite chose quand je t'ai rencontrée. Apparemment, je me trompais…

— Comme j'ai déjà eu l'occasion de te le dire, les apparences sont parfois trompeuses, monsieur Cavallo, susurra-t-elle en se dépouillant de son chandail. Au fait, j'espère qu'il te reste quelques préservatifs…

Les yeux rivés sur ses seins pigeonnants et son soutien-gorge en dentelle, Léo mit un certain temps à réaliser.

— Oh non ! lança-t-il, désespéré.

— Que se passe-t-il ?

— Tous nos bagages sont en bas…

— Tu as peut-être des préservatifs dans la salle de bains ?

— Sans doute, mais la personne qui monte nos bagages va arriver d'un moment à l'autre…

— Oh ! Léo…, gémit-elle. Appelle-les, dis-leur que nous sommes sous la douche.

— Ensemble ?

Il jeta un coup d'œil à la porte puis à Phoebe. A en juger par l'impressionnante érection qui tendait le tissu de son pantalon, elle n'était pas la seule à être au comble de la frustration.

— Ecoute, je n'en ai pas pour longtemps. Quinze minutes, maximum.

Phoebe était beaucoup trop excitée pour attendre ne serait-ce que cinq minutes. Elle avait envie de lui, tout de suite.

Par chance, un élégant carillon se fit entendre. Léo se dirigea vers la porte en lui lançant un regard insistant.

— Tu as l'intention de rester comme ça ?

Elle le dévisagea, bouche bée, réalisant qu'elle était à demi nue alors qu'il s'apprêtait à ouvrir la porte. Avec un petit cri, elle attrapa son chandail et courut se cacher derrière un mur dissimulant la cuisine. Sans un regard aux magnifiques plans de travail en marbre et aux appareils électro-ménager dernier cri, elle écouta, le souffle court, Léo échanger quelques mots avec le jeune homme qui apportait leurs bagages. Enfin, elle entendit la porte se refermer et des pas s'éloigner dans le couloir.

Il la retrouva dans la cuisine tapissée de casseroles en cuivre et d'une impressionnante collection d'épices.

— Il est parti.

Il déposa sur le plan de travail une pleine poignée de préservatifs.

— C'est bien ce que tu voulais, n'est-ce pas ?

18

Léo n'avait jamais considéré sa cuisine comme un endroit particulièrement érotique. Il n'y passait du reste que fort peu de temps. Mais en y trouvant Phoebe à demi nue, telle une nymphe égarée, il commença soudain à entrevoir environ un million de possibilités.

Il s'appuya contre le plan de travail.

— Enlève le reste de tes vêtements, ordonna-t-il.

S'exécuterait-elle, ou y était-il allé trop fort ?

Lorsqu'elle se mordit la lèvre inférieure, il ne sut que penser : voulait-elle le provoquer, ou l'avait-il rendue timide ? En guise de réponse, elle se dépouilla de ses bottes et de son fuseau noir, ne gardant que sa petite culotte fuchsia assortie à son soutien-gorge.

— Mmm, c'est froid, par terre, gémit-elle en repoussant ses vêtements d'un coup de pied.

Les mains de Léo se crispèrent sur le rebord du plan de travail. Décidément, elle était aussi casse-pieds qu'irrésistible.

— Et ce n'est pas terminé…

Phoebe esquissa une moue boudeuse.

— Pourquoi es-tu si désagréable, tout à coup ?

— Parce que tu aimes ça.

Une lueur d'excitation apparut dans les grands yeux de Phoebe, après quoi elle dégrafa son soutien-gorge, qui tomba par terre en virevoltant comme une plume. Après un instant d'hésitation, elle se dépouilla de sa petite culotte.

Ramassant alors le sous-vêtement, elle le fit tournoyer au bout de son doigt avec toute l'effronterie d'une strip-teaseuse chevronnée.

— Attrape-moi si tu peux !

Le sang de Léo ne fit qu'un tour. Littéralement électrisé, il passa en revue toutes les possibilités qui s'offraient à lui. Un cuisiniste génial avait pensé à installer un plan de travail supplémentaire à côté du réfrigérateur. Un peu plus bas que les autres, il était absolument parfait pour ce qu'il avait en tête.

Au diable, canapés, lits et autres fauteuils, c'était *ici* qu'il allait la prendre.

Elle était tellement sexy qu'il pouvait à peine la regarder. A la fois mince et voluptueuse, elle était l'incarnation même de la féminité. Ses cheveux noirs retombaient sur une épaule, caressant à chacun de ses mouvements un téton couleur framboise.

— C'est incroyable ce que tu peux être belle…

La gravité avec laquelle il fit cet aveu marquait la fin de leurs petits jeux. Elle rosit de plaisir.

— Merci de le penser, dit-elle avant de s'humecter les lèvres. Tu as l'intention de rester là-bas encore longtemps ?

— Je ne sais pas, dit-il le plus sérieusement du monde. Je suis tellement excité que j'ai peur de te prendre comme un forcené.

— Et, fit-elle avec un petit sourire, ce serait vraiment si grave ?

— A toi de me le dire.

N'y tenant plus, il la prit par la taille et l'assit sur le plan de travail. Phoebe poussa un petit cri lorsque ses fesses touchèrent le marbre glacé.

Baissant la fermeture Eclair de son pantalon, il sortit son sexe, qui était aussi dur que le marbre qui les entourait, mais bien plus chaud. Il s'avança entre ses cuisses.

— Pose les pieds sur la table et soulève légèrement les fesses.

Phoebe s'exécuta, ce qui ne l'empêcha pas d'écarquiller les yeux quand elle comprit ce qu'il s'apprêtait à faire.

Lorsqu'ils furent parfaitement alignés, il la pénétra d'un coup de reins. Les mains sous ses fesses en guise de leviers, il se mit à aller et venir lentement en elle, tandis qu'elle s'agrippait à son cou. Mais ses pieds glissèrent, et elle passa les jambes autour de sa taille.

La sensation fut renversante. Et les jambes de Léo se mirent à flageoler et son cœur à battre à tout rompre. Cela n'avait heureusement strictement rien à voir avec son récent malaise. Phoebe avait le don de lui faire oublier tout ce qui lui semblait important et le forçait à se concentrer sur leur relation. Ce n'était pas par calcul, simplement elle le captivait par son charme et son humour.

Alors même qu'il allait et venait en elle et se demandait déjà où ils feraient l'amour la prochaine fois, une vague de chaleur monstrueuse, irrésistible, monta soudain dans son bas-ventre.

— Je vais jouir, marmonna-t-il.

Elle n'avait pratiquement pas émis un son. Soudain inquiet, il recula un peu pour voir son visage.

— Parle-moi, Phoebe.

En guise de stimulation, il lui caressa doucement le clitoris. A cet instant, Phoebe se cambra et jouit dans un cri perçant, exerçant une pression si délicieuse sur son membre tendu qu'il faillit perdre la tête.

Les muscles crispés à tout rompre, il retarda de quelques secondes sa propre jouissance pour goûter pleinement les ultimes tremblements de Phoebe. Lorsqu'elle retomba inerte entre ses bras, il accéléra son va-et-vient et jouit à son tour de toutes ses forces. Au moment où il lui assenait un dernier coup de reins, son front vint heurter le coin du placard fixé au-dessus leurs têtes. Il vacilla sous le choc.

— Merde…, fit-il avec un mouvement de recul, butant contre l'îlot central de la cuisine, étourdi.

Phoebe se remit sur pied.

— Oh ! Léo, tu saignes…

A peine eut-elle prononcé ces mots qu'elle éclata d'un rire nerveux, incontrôlable. Ulcéré, il porta la main à son front et tressaillit en voyant ses doigts tachés de sang.

— Tu voudrais bien te rhabiller, s'il te plaît ? dit-il, s'efforçant d'ignorer la façon dont ses seins s'agitaient de manière affolante lorsqu'elle riait.

Phoebe leva les yeux au ciel.

— Déshabille-toi. Rhabille-toi. Décidément, tu n'es jamais satisfait.

Il regarda son sexe, qui manifestait déjà de nouveaux signes de vigueur.

— Apparemment non.

Lorsqu'elle se pencha pour ramasser ses sous-vêtements, il eut toutes les peines du monde à résister à la tentation.

Seule la douleur qu'il ressentait à la tête le retint. Lorsqu'elle fut rhabillée, il fit la grimace.

— Nous sommes invités demain soir. Comment vais-je expliquer cela ?

Lui prenant la main, Phoebe l'entraîna vers les chambres.

— Laquelle est la tienne ? lui demanda-t-elle.

Il la lui indiqua, mais elle poursuivit son chemin jusqu'à la salle de bains.

— Tu mettras de la pommade antibiotique jusqu'à demain soir. Si ça ne suffit pas, il reste toujours le maquillage.

— Génial. Vraiment génial.

Elle trouva le nécessaire dans un tiroir qu'il lui indiqua.

— Assieds-toi sur ce tabouret.

Il remit son pantalon, plus pour éviter la tentation que par nécessité.

— Ça va faire mal ?

— Probablement.

C'est effectivement ce qu'il se produisit lorsqu'elle tamponna la blessure avec un coton imbibé d'antiseptique. Serrant les dents, il jeta un œil dans le miroir. La plaie, ou plutôt la profonde éraflure, mesurait environ cinq centimètres. Pendant une dizaine de jours, il serait obligé de repenser au torride épisode de la cuisine chaque fois qu'il se regarderait dans la glace.

Elle appliqua un peu de pommade puis deux fines sutures adhésives pour fermer la plaie. Maintenant, il ressemblait à la créature de Frankenstein. Leurs regards se croisèrent dans le grand miroir au cadre d'acajou. Phoebe porta la main à sa bouche.

— Désolée, pouffa-t-elle.

— C'est une chance que tu ne sois pas devenue infirmière, rétorqua-t-il.

Il se leva et, remplissant un verre d'eau, avala un comprimé d'ibuprofène.

— Tu as faim ? lui demanda-t-il.

Après l'épisode de la cuisine, il était littéralement affamé.

— C'est vrai que nous n'avons rien avalé depuis notre pique-nique dans la voiture.

— Dans ce cas, laisse-moi te montrer ta chambre, où tu pourras te préparer tranquillement. Le restaurant où je compte t'emmener est plutôt informel, donc tu n'es pas obligée d'être tirée à quatre épingles si tu n'en as pas le courage. Cela dit, je vais t'apporter tes innombrables valises au cas où.

Phoebe ne savait que penser de la luxueuse suite qui serait apparemment la sienne pour la durée du séjour. Elle était absolument magnifique, bien sûr, avec sa moquette blanche et ses meubles rustiques de bois vieilli dans les tons crème. Elle tomba en arrêt devant le superbe édredon brodé de fleurs sauvages puis sur l'incroyable salle de bains, qui n'avait rien à envier à celle de Léo. Malgré cet étalage de bon goût, elle regretta de ne pas partager la chambre de Léo.

Lorsque celui-ci eut disparu, elle se dépêcha toutefois de se préparer. Elle prit une douche rapide, veillant à ne pas se mouiller les cheveux. Ils avaient tellement poussé en l'espace de trois ans… Et leur longueur rendait le séchage particulièrement pénible. Après un brossage énergique, elle se les attacha avec une pince en argent.

Elle opta pour une tenue sobre : jupe évasée, collants et ballerines noirs, le tout rehaussé d'une chemise de soie rose fuchsia au-dessus de laquelle elle enfila un cardigan assorti à la jupe.

Elle avait presque oublié à quel point c'était agréable de se préparer pour sortir. En guise de touche finale, elle accrocha un pendentif en argent, marqué à son initiale, autour de son cou. C'était un cadeau de sa mère, qui portait elle aussi la lettre P en pendentif. Et si plus tard son bébé était une fille, Phoebe avait décidé de l'appeler Polly, un prénom un peu désuet mais qu'elle adorait.

Aurait-elle un jour la chance de retomber enceinte ? Passerait-elle neuf mois à craindre le pire ? Le médecin lui avait assuré qu'il n'y avait aucune raison qu'une autre grossesse se passe mal. Mais cela ne l'empêchait pas d'avoir peur.

Toutefois, ce n'était absolument pas d'actualité. Hormis Léo, il n'y avait aucun d'homme dans sa vie. Et ils ne se connaissaient que depuis trop peu de temps. Et même si leur relation devenait sérieuse, ce qui n'était pas le cas pour l'instant, Léo ne souhaitait pas avoir d'enfants.

Il avait beau aimer ses neveux et s'être montré formidable avec Teddy, il n'avait manifestement pas la fibre paternelle. Le groupe Cavallo accaparait la majeure partie de son énergie. Sans doute ne se sentait-il pas prêt à mener de front une vie professionnelle aussi dense et une vie de famille accaparante.

Son frère Luc semblait pourtant avoir réussi à combiner les deux. Mais sans doute était-il moins individualiste que son aîné…

Une fois satisfaite de son apparence, elle retourna dans le salon. Debout devant la baie vitrée, Léo contemplait la vue, les mains nouées derrière le dos. Il se retourna en l'entendant arriver.

— Tu as fait vite, dis-moi, remarqua-t-il en la caressant du regard. Je crois que tous les hommes seront jaloux de moi, ce soir.

En souriant, elle traversa la pièce et effleura sa blessure.

— Ça va ?

— J'ai encore un peu mal à la tête, mais je survivrai. Tu es prête ?

Elle acquiesça.

— Nous devrions peut-être nous arrêter à une pharmacie pour acheter des pansements un peu plus grands. Il ne faudrait pas que tu terrorises les enfants.

— Tu n'es qu'une petite peste.

— Mais je ne plaisante pas.

— Moi non plus…

19

Après un bref arrêt à la pharmacie, ils arrivèrent dans un petit bistrot niché au cœur du centre-ville d'Atlanta. Le maître d'hôtel reconnut Léo et les escorta jusqu'à une table tranquille.

— Monsieur Cavallo, dit-il. Quel plaisir de vous revoir en pleine forme.

Une étrange lueur passa dans le regard de Léo.

— Merci. Mais ne dites à personne que vous m'avez vu. Je compte faire la surprise à mon frère demain.

— A la grande fête de Noël, je suppose, fit le petit homme avec un fort accent italien et un sourire entendu. Mon neveu travaille pour vous, au bureau du courrier. Il se réjouit de cette soirée.

— Dites-lui de venir se présenter, à l'occasion, lui répondit Léo.

Après avoir aidé Phoebe à s'asseoir, Léo s'attabla en face d'elle et lui tendit le menu.

— Je sais déjà ce que je vais commander, mais toi, prends ton temps. Ils ne cuisinent que des produits frais, à la demande. Tu verras, c'est délicieux.

Lorsqu'ils eurent passé commande, Phoebe inclina la tête et le regarda en souriant.

— Tout le monde à Atlanta sait qui tu es ?

— Quand même pas. Simplement, pas mal de gens travaillent pour moi.

— Mmm, quelle modestie… C'en serait presque suspect.

— C'est vrai, insista-t-il. Je ne suis pas une sorte d'animal social, si c'est ce que tu insinues.

— Et tu n'as pas dans une de tes poches ce fameux petit calepin noir rempli de noms et de numéros de téléphone ?

— Je n'ai qu'un téléphone. Noir, effectivement. Et certains de mes contacts sont des femmes.

— Ce n'est pas une réponse.

— Puis-je invoquer mon droit de retrait ?

Phoebe apprécia infiniment le dîner. Léo portait un élégant blazer dans les tons gris et bleu marine et un pantalon noir. Malgré sa blessure de guerre, il était de loin l'homme le plus séduisant du restaurant. Et malgré son gabarit impressionnant, il tenait délicatement la tige de son verre à vin du bout des doigts.

Le simple fait de penser à ce qu'il pouvait faire avec ses doigts la fit rougir jusqu'à la racine des cheveux. Elle se précipita sur son verre d'eau pour recouvrer ses esprits.

— J'ignore à quoi tu pensais, mais tu es rouge pivoine…, remarqua-t-il avec un sourire.

— Je te rappelle que tu portes sur le front la marque de ta dépravation…

— J'en conviens.

Il pinça les lèvres, se promettant de lui faire payer cher ce refus de satisfaire sa curiosité.

Sur le chemin du retour, il se mit à pleuvoir. Bercée par le bruissement des essuie-glaces, Phoebe admirait les vitrines de Noël dont les couleurs paraissaient brouillées à travers les gouttes. Soudain, Léo tourna dans une rue et se gara le long d'un trottoir, restant quelques instants immobile, les mains crispées sur le volant.

— Un problème ? fit-elle.

Il lui jeta un regard embarrassé.

— Non, aucun. Simplement, j'aimerais monter au bureau, si tu le permets.

Elle regarda à l'extérieur, apercevant pour la première

fois le nom de Cavallo sur la façade de l'immeuble situé de l'autre côté de la rue.

— Oh ! bien sûr, fit-elle, trouvant décidément son comportement bien étrange.

Léo sortit de la voiture et, ouvrant un parapluie, s'approcha pour lui tenir la porte. Ils traversèrent la rue au pas de course, zigzaguant entre les flaques d'eau.

Elle frissonna tandis qu'il sortait un trousseau de clés de sa poche et ouvrait la porte vitrée, qui se referma sans bruit sur leur passage.

— Par ici, dit Léo.

A l'aide d'une deuxième clé, il ouvrit un ascenseur aux parois vernies.

Souvent, dans les films, les amants profitaient d'un bref passage dans un ascenseur pour s'embrasser avec passion. Léo n'avait sans doute jamais prêté attention à ce détail, car tout au long de la montée, il resta adossé contre la paroi, regardant les boutons s'allumer les uns après les autres. Le groupe Cavallo occupait les douze derniers étages.

Lorsqu'ils arrivèrent à destination, Phoebe découvrit sans surprise une réception aux lignes épurées, dûment décorée pour Noël, des enfilades de box et bureaux destinés aux secrétaires et aux cadres, et au bout d'un couloir, une double porte arborant une plaque en cuivre gravée au nom de Léo, qu'il ouvrit à l'aide d'une troisième clé.

Ils traversèrent le bureau d'une assistante de direction et poussèrent une dernière porte.

Léo s'arrêta si brusquement qu'elle faillit le percuter. Il semblait avoir complétement oublié sa présence. Entrant avec une lenteur délibérée dans la pièce, il s'immobilisa pour effleurer de la main ce qui, de toute évidence, devait être son bureau. Impeccablement ciré, le plateau de bois était vide de tout accessoire ou dossier.

Léo se retourna d'un coup, une expression de consternation sur le visage.

— Mets-toi à l'aise, dit-il en désignant la baie vitrée, devant laquelle se trouvait un fauteuil en cuir et une ottomane. C'est là que je m'installe, en général, quand j'ai des dossiers à lire. Je n'en ai pas pour longtemps.

Elle suivit son conseil, remarquant qu'à l'instar de son luxueux appartement, son bureau, sans aucun doute l'épicentre de sa vie, était équipé d'une impressionnante baie vitrée. Elle en profita pour admirer le paysage nocturne, tapissé d'un million de points lumineux témoignant d'une activité urbaine trépidante.

Elle prit place dans l'imposant fauteuil dont le cuir semblait avoir pris l'odeur de l'eau de toilette de Léo. Une bouffée de nostalgie la submergea soudain. Les longues heures passées au creux de ses bras devant la cheminée lui manquaient.

De son côté, Léo rôdait autour de son bureau, ouvrant des tiroirs, feuilletant nerveusement des dossiers, effleurant les feuilles des plantes disséminées ici et là sur les meubles. Il semblait perdu. Ou tout du moins confus.

Espérant lui donner un semblant d'intimité, elle ouvrit un traité d'économie qu'elle s'empressa de reposer sur la table basse. Trop compliqué.

En haut de la pile se trouvait un magazine d'information. Mais il datait du mois précédent et elle en connaissait déjà tous les sujets. Elle finit par tomber sur une collection de quotidiens locaux où son regard fut aussitôt attiré par une photo. C'était Léo.

Son cœur se serra à mesure qu'elle parcourait l'article. *Non*. Ce devait être une erreur.

Elle se leva, le journal à la main, et le regarda sans comprendre.

— Tu as eu une crise cardiaque ?

Léo se figea puis se retourna pour lui faire face, manifestement sur la défensive.

— Qui t'a dit cela ?

Elle lui fourra le journal sous le nez.

— C'est écrit là-dedans. Ecoute : « Le directeur financier du groupe Cavallo, Léo Cavallo, 36 ans, victime d'une crise cardiaque ». Mais enfin, Léo, pourquoi ne m'as-tu rien dit ?

Il voulut ouvrir la bouche, mais elle l'interrompit.

— Et moi, pendant ce temps-là, je te faisais porter du bois, abattre un arbre, déménager des cartons ! Nom de Dieu, Léo, comment as-tu pu ne rien me dire ?

— Bah, ce n'était pas si grave, lâcha-t-il d'un ton neutre, mais les yeux brillant d'une émotion insondable.

Elle frémit, happée dans un tourbillon de pensées douloureuses. Il aurait pu *mourir*. Il aurait pu disparaître, et avec lui son humour, son immense gentillesse, son extraordinaire personnalité, son prodigieux sex-appeal. Oui, elle aurait pu ne jamais le connaître.

— Pas si grave ? répéta-t-elle lentement. Crois-moi, quand un homme de moins de quarante ans fait une crise cardiaque, c'est *toujours* extrêmement grave.

Il se fourra les mains dans les poches, les lèvres figées en un rictus sinistre.

— C'était sans conséquence. Une obstruction mineure d'une seule artère. C'est héréditaire. Je suis en pleine santé. Je n'ai aucun traitement. Je dois juste faire des examens de temps en temps.

En songeant aux jours qu'ils avaient passés ensemble, Phoebe se remémorait à présent une quantité de détails.

— Ton père, murmura-t-elle. Tu m'as dit qu'il avait fait une crise cardiaque. Et qu'elle avait causé son accident de hors-bord.

— C'est vrai.

— C'est tout ce que tu as à dire ? Pendant qu'on faisait l'amour, t'est-il venu à l'esprit une seule seconde que je pourrais avoir envie de le savoir ? Comment as-tu pu écouter mes confidences alors que, de ton côté, tu me cachais un problème d'une telle gravité ?

Elle avait conscience de s'être mise à crier, mais elle était incapable de s'arrêter. Son cœur battait à tout rompre dans sa poitrine.

— Je n'aime pas te voir en colère comme ça, maugréa-t-il.

— Eh bien, c'est fort dommage ! lui lança-t-elle, avant de se taire, sentant qu'elle était au bord de l'hyperventilation.

Elle reprit d'un ton plus calme :

— Donc, c'est pour ça que tu es venu en convalescence chez moi, n'est-ce pas ? Moi qui croyais que tu avais eu une mauvaise grippe, une pneumonie, voire une sorte de dépression nerveuse. Mais une crise cardiaque…

Sentant qu'elle vacillait sur ses jambes, elle se laissa tomber dans le fauteuil, déçue, furieuse et, surtout, terriblement inquiète pour lui.

— Pourquoi ne m'as-tu rien dit, Léo ? Tu ne me faisais pas confiance ? Ou, alors…

C'est alors qu'elle comprit. S'il n'avait pas pris la peine de l'informer de sa maladie, c'était parce qu'elle ne comptait pas à ses yeux… Une boule d'amertume se forma au creux de son estomac. Si Léo avait jugé bon de garder ses secrets, c'est qu'au bout du compte, elle n'était rien d'autre qu'une passade. Qu'il n'envisageait aucun avenir avec elle. Le seul projet qu'il caressait était de reprendre sa vie exactement là où il l'avait laissée. Avec la bénédiction de son médecin.

S'avançant vers elle, il s'assit sur l'ottomane et posa la main sur sa jambe.

— C'est une chose dont j'ai beaucoup de mal à parler, Phoebe. Mets-toi à ma place. Je suis un homme jeune, encore. J'étais dans une pièce, en train de faire mon travail, quand tout à coup, ma respiration s'est bloquée. J'ai vu des gens courir en tous sens et on m'a conduit à toute vitesse à l'hôpital. Ça a été une expérience atroce. Je voulais l'oublier.

— Et tu ne voulais pas de cette convalescence dans les montagnes…

— Non, c'est vrai. Mais mon médecin, qui se trouve être un ami proche, et mon frère, que je considère comme mon meilleur ami, ne m'ont pas laissé le choix. J'étais censé apprendre à contrôler mes niveaux de stress.

Elle déglutit avec peine. Elle aurait préféré qu'il ne la touche pas. La chaleur de sa main sur sa jambe menaçait de rompre la prise fragile qu'elle avait sur ses émotions.

— Nous avons fait l'amour, Léo. Désolé, mais pour moi, c'est une chose plutôt intime. Sauf que, rétrospectivement, je comprends que je n'étais qu'un élément de ton plan de convalescence, même s'il n'avait pas été prescrit par ton ami médecin.

Voyant qu'il hésitait, elle comprit qu'elle avait touché juste.

Il se passa la main dans les cheveux, trahissant sa nervosité sans même s'en rendre compte.

— Quand c'est arrivé, je n'avais pas fait l'amour depuis ma crise cardiaque. Et pour être honnête, depuis plusieurs mois avant cela. Tu veux vraiment que je te dise que j'étais mort de peur ? Tu te sentiras mieux en le sachant ?

Elle savait qu'il était dans la nature des hommes de craindre la faiblesse. Et surtout de craindre que quelqu'un en soit témoin. Elle comprenait donc sa colère, dans une certaine mesure. Mais cela ne la réconforta pas pour autant.

— Tu n'as pris rien de tout ça au sérieux, n'est-ce pas, Léo ? Tu penses que tu es invincible et que ton exil dans le Tennessee n'était qu'un mauvais moment à passer. Souhaites-tu même changer ta façon de vivre ?

Le simple fait de venir ce soir au bureau répondait mieux que des mots à cette question.

— Ce n'est pas si facile.

— Les choses importantes ne le sont jamais, murmura-t-elle, la gorge serrée.

Elle se leva et s'approcha de la vitre, refoulant ses larmes. S'il était incapable d'admettre qu'il avait besoin d'une vie en dehors du travail, et s'il était incapable d'être honnête ni avec lui-même ni avec elle, alors c'est qu'il n'était pas prêt pour le genre de relation à laquelle elle aspirait.

Elle comprit à cet instant que les minces espoirs qu'elle avait nourris à l'égard de Léo étaient parfaitement vains.

— On peut y aller, maintenant ? demanda-t-elle, accablée. Je suis fatiguée. La journée a été longue.

20

Léo savait qu'il avait blessé Phoebe. Profondément. Et il ne voyait absolument pas comment arranger les choses. A leur retour du bureau, elle disparut aussitôt dans sa chambre. Le lendemain, c'est à peine s'ils échangèrent quelques mots. Il surfa sur internet et regarda les nouvelles économiques sur différentes chaînes de télévision.

La visite à son bureau l'avait déstabilisé. La pièce lui avait paru froide, d'une propreté presque clinique, comme si le précédent occupant était mort et que l'on en attendait un nouveau.

Il avait cru que le simple fait de retrouver son ancien repaire agirait sur lui comme une révélation. Qu'il comprendrait enfin ce qu'il attendait de la vie.

S'ils étaient rentrés directement chez lui après le restaurant, Phoebe et lui auraient sans nul doute passé une folle nuit d'amour. Au lieu de cela, il l'avait emmenée au bureau et avait tout gâché.

Elle avait raison de lui en vouloir. Mais s'il avait dû réécrire l'histoire, il ne lui aurait pas parlé non plus de sa crise cardiaque. Ce n'était pas le genre de choses qu'un homme avait envie de partager avec une femme qu'il désirait impressionner.

Car là était la question. Il voulait impressionner Phoebe. Par son intelligence. Sa réussite professionnelle. Sa vie en général. Comme si la comparaison allait permettre à celle-ci de faire plus facilement une croix sur sa vie d'ermite. De comprendre qu'elle devait évoluer.

Alors qu'il se remémorait son bref séjour dans les montagnes magiques de Phoebe, les pièces du puzzle se mirent soudain en place. Si son bureau lui avait paru si stérile, si vide, ce n'était pas parce qu'il s'était absenté plusieurs semaines. Le malaise qui l'avait envahi n'avait été que l'expression du décalage qu'il ressentait entre son univers professionnel et le chaleureux foyer au sein duquel il avait vécu au côté de Phoebe.

Elle aussi avait été frappée par le sort. Elle n'en était pas devenue pour autant une femme amère. Au contraire, elle avait déployé ses ailes. Elle avait eu le courage de prendre du recul, de croire qu'elle trouverait un jour les réponses dont elle avait besoin. Et elle avait cherché à partager sa sagesse avec Léo. Mais il avait été trop arrogant pour admettre que son expérience puisse en quoi que ce soit l'aider dans sa propre vie.

Comment avait-il pu être aussi stupide ? Non seulement il lui avait menti par omission, mais il s'était cru autorisé à lui faire la leçon sur son existence rustique ! Au lieu de chercher à toute force à préserver son ego, il aurait plutôt dû la supplier de l'aider à prendre un nouveau départ dans la vie.

Il avait absolument besoin de trouver un équilibre. Son frère Luc y était arrivé. Alors pourquoi pas lui ? Et même au-delà de ça, il avait besoin de Phoebe. Beaucoup plus qu'il n'aurait pu le croire. Mais il l'avait perdue, par égoïsme. Peut-être pour toujours. Il lui faudrait un coup de génie pour regagner sa confiance.

L'ampleur de son échec était une véritable leçon d'humilité. Mais tant qu'il y avait de la vie, il y avait aussi de l'espoir, non ?

A sa demande, elle avait consenti à rester pour la soirée du réveillon. Il savait qu'elle avait réservé un vol pour le lendemain matin, car il l'avait espionnée sans vergogne alors qu'elle était au téléphone.

Lorsque, à 18 h 45, elle fit son apparition dans le hall de l'immeuble, il crut que son cœur allait s'arrêter de battre. Mais il savait faire la différence, à présent, entre un infarctus et la passion irrésistible ou tout simplement le désir foudroyant qu'elle lui inspirait.

Elle portait une robe rouge écarlate que bien peu de femmes auraient pu se permettre de porter. Et Phoebe n'avait pas exagéré lorsqu'elle la lui avait décrite. Longue derrière et plus courte devant, elle semblait avoir été créée exactement pour le corps de celle-ci.

Avec ses escarpins noirs à talons hauts, elle était presque aussi grande que lui.

Elle était merveilleusement coiffée, aussi. Elle avait tressé deux fines mèches sur le devant, qu'elle avait ensuite fixées derrière la tête, laissant le reste de ses cheveux cascader dans son dos.

— Tu es absolument sublime.

— Merci, dit-elle d'un ton froid, digne de cette reine égyptienne à laquelle elle ressemblait.

Il avait espéré renforcer ses liens avec elle en lui montrant une part importante de sa vie, lors de cette soirée. Sa famille. Ses salariés. Les valeurs de confiance et d'intégrité que prônait l'entreprise. Mais depuis, ils avaient atteint le point de non-retour.

Il détestait cette froideur qui s'était installée entre eux, mais il était prêt à jouer sur leur attirance physique pour la séduire de nouveau, s'il le fallait. Elle l'avait accusé de ne pas prendre sa guérison au sérieux, mais il était déterminé, à présent. Son avenir en dépendait. Tout ce pourquoi il avait travaillé jusque-là lui semblait dérisoire. Sans l'amour et la confiance de Phoebe, il n'avait rien.

Bien que située dans un quartier chic d'Atlanta, la maison de Luc et Hattie n'avait rien de guindé. C'était un lieu chaleureux et accueillant, avec un grand jardin qui semblait fait pour accueillir les enfants.

Léo tendit les clés de sa jaguar au placier et aida Phoebe à sortir de la voiture. Le jeune étudiant ouvrit de grands yeux en apercevant les longues jambes dorées de celle-ci. Foudroyant le garçon du regard, Léo enveloppa Phoebe dans son étole en fausse fourrure et l'entraîna vers la maison.

Tous les arbres et arbustes de la propriété avaient été ornés de petites lumières blanches ; les réverbères et grilles, de guirlandes et de nœuds couleur or.

Phoebe marqua une pause sur les marches, admirant la vue.

— J'adore cet endroit, dit-elle simplement.

— Luc et Hattie accueilleront sans doute leurs hôtes à l'entrée, mais j'espère que nous pourrons un peu plus discuter avec eux après.

Malheureusement, c'était un peu tard. Phoebe s'envolait pour le Tennessee dès le lendemain matin, et leur relation était sans doute terminée, mais elle avait quand même envie de rencontrer le frère de Léo.

Il avait vu juste. En l'apercevant, son frère se fraya un chemin jusqu'à lui et l'étreignit un long moment, ce qui fit monter les larmes aux yeux de Phoebe. La belle-sœur de Léo affichait la même émotion en regardant les deux hommes. Avec leurs smokings, les deux frères étaient aussi élégants et séduisants l'un que l'autre.

Luc serra ensuite la main de Phoebe.

— Je ne savais pas que Léo allait revenir pour les fêtes, ou même si c'était une bonne idée qu'il le fasse. Mais je suis heureux de voir qu'une femme aussi charmante prend soin de lui.

A ces mots, Léo contracta légèrement les mâchoires, sans cesser de sourire.

— Phoebe est ma compagne, pas mon infirmière.

Luc tressaillit, conscient d'avoir fait une bourde. D'autres invités se pressaient derrière eux, mais Léo s'attarda encore quelques instants.

— On peut voir les enfants ?

Hattie lui effleura gentiment la joue.

— Ils dorment dans leurs chambres, sous la surveillance d'une baby-sitter, mais tu peux aller jeter un œil, si tu veux.

Adressant un sourire à Phoebe, elle poursuivit :

— Léo est fou de son neveu et de sa nièce. Je n'ose pas imaginer quel père il sera un jour. C'est l'homme le plus adorable que je connaisse.

— Hé ! fit Luc, feignant l'indignation. N'oublie pas que je suis là.

— Ne t'inquiète pas, mon chéri, lui répondit Hattie. Tu seras toujours mon préféré.

Léo et Phoebe entrèrent enfin dans la maison, où la soirée battait déjà son plein. Léo était un homme apprécié de tous, comme il apparut bientôt à Phoebe. Malgré sa réputation de négociateur inflexible, tous les invités le traitaient non seulement avec respect, mais avec affection.

Au bout d'une heure, elle sentit toutefois qu'il commençait à se lasser. Sans doute lui posait-on trop de questions sur sa santé. Quoi qu'il en soit, sa nervosité était bien réelle. Et la froideur qui existait entre eux de plus en plus marquée. Elle avait beau lui en vouloir, cette situation lui semblait intolérable et elle ne pouvait s'empêcher de vouloir l'aider. Sans doute ne seraient-ils jamais ensemble, mais elle ne voulait que son bonheur.

Profitant d'une accalmie dans les conversations, elle lui effleura le bras.

— Tu veux monter voir tes neveux ?

Il acquiesça, soulagé.

Bien que très différente de l'appartement de Léo, la maison de Luc et Hattie était tout aussi remarquable. Phoebe ressentait presque un peu de jalousie envers ce couple qui avait réussi à créer un environnement familial si chaleureux. La chambre de la petite fille, dans les tons pêche, recréait un univers féerique. Celle du petit garçon était ornée d'animaux.

Léo caressa le dos de son neveu et lui murmura quelques mots à l'oreille, mais il resta plus longtemps dans la chambre de sa nièce, posant un regard ému sur la fillette endormie.

— Ce n'est pas leur fille biologique, tu sais. Lorsque Hattie a perdu sa sœur, elle a élevé sa fille, et après le mariage, Luc et elle l'ont adoptée.

— Ils sont mariés depuis longtemps ?

— Un peu moins de deux ans. Hattie et lui se sont connus à l'université. Leur relation n'a pas duré à l'époque, mais par la suite, ils ont eu la chance de se retrouver.

Phoebe ne pouvait s'empêcher d'être touchée par la scène qui se déroulait devant elle. Assis délicatement au bord du lit, Léo tenait la main de sa nièce dans la sienne. C'est alors qu'il s'inclina et porta les petits doigts à ses lèvres. Phoebe ne put s'empêcher d'être émue par ce témoignage de tendresse. Léo aimait ses neveux autant qu'elle aimait Teddy, cela sautait aux yeux.

Soudain, il tourna la tête et surprit son regard ému.

— On va faire un tour ?

— Bien sûr.

De fins flocons de neige les accueillirent lorsqu'ils débouchèrent sur la terrasse à l'arrière de la maison. Malgré son étole, Phoebe frissonna. Par chance, Hattie et Luc avaient fait installer un brasero, qui diffusait une agréable chaleur. Hormis l'homme chargé d'entretenir le feu, Léo et elle étaient seuls.

Phoebe se sentit soudain submergée par la tristesse. Si seulement Léo et elle s'étaient rencontrés dans d'autres circonstances… Leur relation aurait été tout autre sans le poids des épreuves qu'ils avaient traversées l'un comme l'autre. Libres comme l'air, ils auraient pu se laisser emporter par l'extraordinaire attirance qui existait entre eux. Et qui sait, leur incroyable alchimie sexuelle aurait pu se transformer en une relation solide…

A présent, il ne leur restait plus que vingt-quatre heures à passer ensemble, mais quoi qu'il arrive, Léo laisserait une marque indélébile dans sa vie. Les échos de leurs disputes résonnaient toujours dans son esprit. Elle l'avait accusé de ne pas vouloir changer, mais n'était-elle pas tout aussi lâche que lui, au fond ? Elle était passée d'un extrême à l'autre, délaissant une vie professionnelle trépidante pour vivre en ermite au fin fond des montagnes. C'était bien loin de la vie équilibrée à laquelle elle aspirait tant.

Ce soir, elle avait vu sur les visages des invités beaucoup plus qu'une joie de circonstance. Elle avait vu un attachement, une confiance, nés d'un travail commun. C'était à cela qu'elle avait renoncé, et elle comprenait à présent combien cela lui manquait. Les défis professionnels, les sympathiques soirées entre collègues, la satisfaction du travail bien fait.

Perdue dans ses pensées, elle tressaillit lorsque Léo, la prenant par les épaules, la fit pivoter vers lui. Comme devant sa cheminée, les flammes du brasero projetaient un kaléidoscope d'ombres et de lumières sur ses traits. Son regard était sombre, insondable.

— J'ai une proposition à te faire, Phoebe. Alors, je te demande de m'écouter avant de dire quoi que ce soit.

— Très bien, dit-elle, en resserrant son étole autour de ses épaules.

Un petit caillou s'était glissé dans sa chaussure. Et le froid était de plus en plus mordant. Mais même le blizzard n'aurait pu la chasser de la terrasse en cet instant.

Il la lâcha comme si le moindre contact entre eux risquait de compromettre ce qu'il avait à dire.

— Tout d'abord, commença-t-il dans un souffle, je suis désolé d'avoir passé sous silence ma crise cardiaque.

C'était une question d'orgueil. Je ne voulais pas que tu me voies comme quelqu'un d'amoindri.

— Mais je…

Elle se mordit la lèvre, sans poursuivre, déterminée à écouter ce qu'il avait à dire, comme il le lui avait demandé.

Il lui effleura doucement la nuque.

— Quand je t'ai rencontrée, j'étais amer, déboussolé. J'avais passé une semaine à l'hôpital, une autre chez Luc, et pour couronner le tout, on venait de m'exiler dans le Tennessee.

— C'est un endroit charmant, ne put-elle s'empêcher de lui faire remarquer.

Léo esquissa un léger sourire.

— Certes, mais là n'est pas la question. Je t'ai donc rencontrée et j'ai vu en toi une femme infiniment désirable. Tu avais tes propres problèmes. Nous en avons tous. Mais je ne voulais pas que tu voies trop clairement les miens. Je voulais que tu voies en moi un homme solide, fiable et compétent.

— C'est exactement ce que j'ai fait.

— Mais reconnais qu'hier soir, Phoebe, dans mon bureau, tu as porté un tout autre regard sur moi…

Le dépit qu'elle entendit dans sa voix lui serra le cœur.

— Tu ne comprends pas, lui répliqua-t-elle. Ce n'est pas le problème. J'étais en colère, c'est vrai. J'étais consternée de découvrir la gravité de ce que tu as eu. Et j'étais furieuse que tu n'aies pas jugé bon de m'en parler. Mais en aucun cas, ça n'a changé le regard que je porte sur toi. Si c'est ce que tu as cru, alors tu t'es trompé.

Il se mit à faire les cent pas. Pendant de longues minutes, elle se demanda s'il la croyait. Il s'immobilisa enfin, chassant d'un geste de la main les flocons de neige qui virevoltaient, de plus en plus drus, autour d'eux.

— Il me semble que nous brûlons les étapes, déclara-t-il. J'avais autre chose à te dire.

A ces mots, elle ne put s'empêcher de frémir.

— Alors, ça y est ? fit-elle, atterrée. Il ne nous reste plus qu'à déplorer de ne pas nous être croisés à un meilleur moment et à repartir chacun de notre côté ?

— C'est ce que tu veux ?

Elle considéra cet homme fier, majestueux, mais si seul, qui se tenait devant elle.

— Non. Ce n'est absolument pas ce que je veux ! lui répliqua-t-elle, déterminée à jouer la carte de la franchise à un moment où tant de choses étaient en jeu. Donc, si tu as un plan, je t'écoute.

Il expira bruyamment, comme s'il avait longtemps retenu son souffle.

— Très bien. Le voici. Je propose que nous retournions chez toi pour passer le réveillon ensemble. Je resterai avec toi jusqu'à la fin de mon séjour officiel et je m'efforcerai d'apprendre à ne plus être obsédé par mon travail.

— En es-tu au moins capable ?

— Je l'espère de tout cœur. Parce que j'ai vraiment besoin de toi, Phoebe. Et parce que tu mérites un homme qui non seulement te fera une place dans sa vie, mais qui te fera passer avant tout le reste.

Une larme brûlante roula sur la joue de Phoebe.

— Quoi d'autre ?

— La suite risque de te faire un peu peur. Mais écoute-moi. A la fin janvier, à supposer que nous ne nous soyons pas entretués ou lassés l'un de l'autre entre-temps, je veux que tu m'accompagnes à Atlanta et que tu t'installes chez moi… comme ma fiancée. Oh ! pas tout de suite, s'empressa-t-il d'ajouter. Jusque-là, nous nous contenterons d'entretenir la flamme qui existe entre nous.

— « L'incendie », tu veux dire, ajouta Phoebe, pleine d'espoir.

Elle fit un pas vers lui, mais il leva la main.

— Pas encore. Laisse-moi terminer.

La détermination et le sérieux dont il faisait preuve laissaient penser qu'il était en train de prendre un grand tournant dans sa vie. Mais elle devait en avoir le cœur net.

— Continue.

— Je ne voudrais pas te critiquer, Phoebe, mais tu mènes toi aussi, reconnais-le, une existence plutôt déséquilibrée. Le travail est une part essentielle de la vie. Mais quand tu as quitté Charlotte, tu t'es complètement coupée de cet aspect de toi-même.

Elle eut une grimace, soudain gênée d'avoir osé juger Léo si durement sans s'être jugée elle-même.

Elle soupira.

— Tu as complètement raison. Mais le problème, c'est que je ne sais plus comment faire machine arrière.

Léo esquissa un petit sourire.

— Quand nous serons de retour à Atlanta, je veux que tu travailles chez Cavallo. Ton expérience dans la finance me serait très utile, j'en suis sûr. De plus, je serais ravi de pouvoir partager aussi ma vie professionnelle avec toi. Je comprends ce qui t'a poussée à t'isoler dans les montagnes. Vraiment. Mais je soupçonne qu'étant donné ton tempérament et le mien, nous aurons besoin de nous réfugier régulièrement dans ton chalet si le travail devient trop prenant.

— J'ai peur, Léo, lui avoua-t-elle, soudain inquiète malgré l'espoir qu'il faisait naître en elle. Je suis déjà tombée de très haut une première fois.

— Ce ne sera pas pareil. La première fois, tu étais mal entourée et tu as perdu ton bébé. Mais il est temps de recommencer à vivre. C'est valable pour toi comme pour moi. Etre passionné par son travail est une bonne chose, à condition de ne pas dépasser les bornes. Or travailler ensemble nous permettra de veiller l'un sur l'autre et de trouver l'équilibre dont nous avons besoin.

Il marqua une pause.

— J'ai encore quelque chose à te dire.

Elle frémit. Léo était si sûr de lui. Aurait-elle le courage de se jeter à l'eau ?

— Quoi donc ?

Enfin, il la prit dans ses bras, son corps massif réchauffant le sien. Prenant son visage entre ses mains, il plongea dans son regard.

— Je veux un enfant de toi, Phoebe. Longtemps, j'ai cru mener la vie parfaite. Et puis un jour, j'ai eu cette crise cardiaque et je t'ai rencontrée. J'ai commencé à me poser des questions et à changer. J'ai été touché en voyant la façon dont tu t'occupais de Teddy. A présent, tout est très clair dans mon esprit. Ce sera toi et moi pour la vie, l'alliance et les enfants aussi. Tu avais tort sur ce point, mon ange. Je sais maintenant que je suis un père en puissance. Et avec la bonne personne, la vie te donnera ce à quoi tu aspires.

Inclinant la tête, il s'empara de ses lèvres, imprimant à ce baiser autant de passion que de tendresse.

— Veux-tu devenir ma quasi-fiancée ? dit-il dans un souffle, resserrant son étreinte et enfouissant le visage au creux de son cou.

Phoebe était prise dans un tourbillon d'émotions. Elle avait souffert pendant si longtemps. Trop longtemps, en fait. La peur d'un nouvel échec l'avait paralysée, enfermée, tout comme cela avait rendu Léo complètement dépendant de son travail.

Le vieil homme qui s'occupait du feu était rentré, sans doute pour se réchauffer. Phoebe retint son souffle lorsque Léo, glissant la main dans la fente de sa robe, s'approcha dangereusement de son entrejambe. Approfondissant ses caresses sans vergogne, il lui mordilla l'oreille et le cou.

— J'ai besoin d'une réponse, mon ange. Je t'en prie.

Une vague de chaleur se répandit en elle, en dépit du froid. Elle se sentait vivante, tellement vivante. Léo la serrait étroitement dans ses bras, comme s'il craignait qu'elle ne s'échappe. Mais c'était absurde. Car il n'y avait aucun autre endroit sur terre où elle aurait voulu être.

Elle s'accorda un instant pour faire ses adieux à cet enfant qu'elle ne connaîtrait jamais. Tant d'espoirs et de rêves lui avaient déjà été arrachés. Mais les montagnes lui avaient donné cette part de sérénité qui allait lui permettre de saisir l'extraordinaire seconde chance qui s'offrait à elle aujourd'hui. La chance non seulement de survivre, mais de vivre pleinement au côté de cet homme remarquable.

Posant la joue contre la chemise blanche de Léo, elle écouta un instant le battement régulier de son cœur et hocha doucement la tête.

— Oui, Léo Cavallo. Je le veux.

Epilogue

De plus en plus nerveux, Léo arpentait le sol en marbre de son appartement.

— Dépêche-toi, Phoebe. Ils seront là d'un instant à l'autre.

Il avait prévu une surprise, et si Phoebe continuait à traîner ainsi, tout risquait de tomber à l'eau. Il parcourut l'appartement du regard, notant l'ajout cette année d'un gigantesque sapin de Noël aux branches chargées de décorations. Phoebe avait également accroché au lustre plusieurs bouquets de gui à l'aide de rubans en velours rouge.

Il songea avec délices à la façon dont ils avaient honoré la tradition en faisant l'amour sur le tapis, juste sous le gui. En réalité, il avait fait exactement la même chose un peu partout dans l'appartement… Y compris la cuisine, où ils avaient plusieurs fois rejoué ce qu'ils appelaient entre eux « la grande scène du plan de travail ».

Il desserra un peu son nœud papillon, soudain submergé par une bouffée de chaleur.

Enfin, sa chère épouse daigna apparaître, visiblement contrariée.

— J'ai l'air d'une tomate géante avec cette robe, maugréa-t-elle.

Il l'attira dans ses bras et l'embrassa, passant la main sur son ventre rebondi.

— Le rouge est ma couleur préférée. De plus, c'est Noël.

Les larmes lui montèrent aux yeux en songeant au petit être qui grandissait en elle. Tant de miracles s'étaient produits dans sa vie en l'espace d'un an.

Elle lui rendit son baiser avec passion. Au fil des mois, l'attirance qu'ils éprouvaient l'un pour l'autre n'avait jamais faibli. Bien au contraire.

Mais ce soir, ils avaient prévu un restaurant avec Luc et Hattie, et le dîner serait suivi d'une représentation de *Casse-Noisette*.

— J'espère que j'arriverai à m'asseoir dans le fauteuil, à l'opéra, remarqua Phoebe en se massant les reins.

— Arrête la pêche aux compliments, tu veux ? fit-il avec un grand sourire. Tu sais très bien que tu es la femme enceinte la plus sexy du pays. Mais assieds-toi, mon ange. J'ai quelque chose à te donner avant qu'ils arrivent.

Phoebe s'installa dans un fauteuil.

— Noël n'est que dans cinq jours, remarqua-t-elle.

— Alors disons que c'est un cadeau anticipé.

Il sortit de la poche de sa veste un petit écrin de velours rouge, qu'il ouvrit et lui présenta.

— Je l'ai fait fabriquer spécialement pour toi.

Prenant délicatement l'écrin, Phoebe écarquilla les yeux. Au creux d'un lit de satin noir était niché le plus exquis des colliers, composé d'une trentaine de diamants en forme de flocons de neige suspendus à une fine chaîne en platine. Incapable de parler, elle le dévisagea, les larmes aux yeux.

S'agenouillant à ses pieds dans un geste solennel, il ôta le collier de l'écrin et le lui attacha autour du cou.

Elle y porta la main et regarda le beau visage viril de son mari, illuminé en cet instant par l'amour sans borne qu'il lui portait.

— Merci de ta générosité, mon amour.

Il plongea la main dans ses cheveux avec tendresse.

— J'aurais pu attendre notre premier anniversaire de mariage. Mais aujourd'hui est un jour très spécial pour moi. Souviens-toi, il y a exactement un an, nous étions toi et moi sous la neige, et ce jour-là, tu m'as offert une nouvelle vie. Une vie merveilleuse.

Glissant la main derrière son cou, elle attira ses lèvres vers les siennes.

— Essaierais-tu de concurrencer James Stewart dans *La vie est belle* ? lui fit-elle, le cœur débordant d'amour.

Posant la main sur son ventre rebondi, il ne put réprimer un sourire en sentant l'énergique coup de pied que venait d'assener leur fils.

— Pas du tout, ma douce. Je ne fais qu'exprimer tout ce qu'il y a de beau et bon dans ma vie. Et à mes yeux, tu entreras toujours dans ces deux catégories.

Le 1er janvier

Passions n°512

Le baiser d'un prince - Christine Rimmer

Une danse langoureuse dans la salle de bal d'un palais. Un baiser audacieux dans la galerie décorée de fresques et d'anges complices. Puis une nuit, époustouflante, au creux des bras de Maximilian Bravo-Calabretti, héritier du trône du Montedoro... Depuis que Lani a goûté à ces délices insensées, elle ne vit plus que dans l'espoir de s'y abandonner de nouveau. Seulement voilà, elle n'est qu'une simple nourrice et, si la tentation est grande de céder aux avances du prince dont elle est amoureuse, elle sait aussi que ce serait une terrible erreur. Car si Maximilian l'a invitée à partager son lit, il ne lui ouvrira jamais son cœur...

Passion pour une inconnue - Robyn Grady

Wynn Hunter n'en revient toujours pas. La sublime inconnue avec qui il a passé la plus belle nuit de son existence n'est autre que Grace Munroe, la petite peste qui ne cessait de l'agacer lorsqu'ils étaient enfants. Jamais il ne l'aurait séduite s'il l'avait reconnue : ils ont tant de mauvais souvenirs en commun ! Pourtant, maintenant qu'il a découvert la femme que Grace est devenue, maintenant qu'il a savouré ses lèvres, son corps, sa peau, il ne songe plus qu'à conquérir celle qu'il détestait autrefois...

Passions n°513

La tentation d'un homme - Emily McKay

Cooper Larson pensait ne jamais plus avoir affaire aux Cain – en tant que fils illégitime de cette illustre et richissime famille, il n'y a jamais été le bienvenu. Pourtant, quand Portia, son ex-belle-sœur, sollicite son aide pour tirer au clair un secret de famille, accepte-t-il de lui prêter secours. Non pas en raison de son attachement pour les Cain – il n'éprouve pour eux qu'indifférence et mépris – mais bien de l'intérêt qu'il porte à Portia, cette reine de glace de la haute société qui, depuis qu'ils se sont rencontrés, éveille en lui un désir brûlant...

Un secret si intense - Elizabeth Lane

Quand elle signe le contrat que vient de lui remettre l'ombrageux Wyatt Richardson, Leigh est aussi émue qu'inquiète. Evidemment, elle est ravie de devenir la nounou de Mikey, l'adorable bébé dont Wyatt a la garde, mais elle craint aussi que son travail ne soit des plus difficiles pour elle. En effet, non seulement va-t-il lui falloir ignorer le trouble qu'elle ressent en présence de son nouveau patron, mais, surtout, elle devra empêcher que celui-ci ne découvre le secret qui l'a conduite jusqu'à lui...

Le bébé du Cap-Vert - Catherine Mann

En se rendant à un séminaire au Cap-Vert, le Dr Rowan Boothe n'imaginait pas qu'il découvrirait un bébé abandonné dans sa chambre d'hôtel, et encore moins qu'il solliciterait l'aide de Mariama Mandara pour s'en occuper. Mariama, cette éminente chercheuse qui lui a déclaré une guerre toute scientifique il y a des années de cela et ne cesse, chaque fois qu'ils se rencontrent, d'attiser sa colère... et son désir. Désormais, tous deux n'ont plus le choix : pour le bien-être de la petite Issa, il leur faut déposer les armes. Ce qui, pour Rowan, représente un défi bien moins grand que celui de faire taire les fantasmes qu'éveille en lui sa sublime ennemie...

Le retour de Daisy - Tracy Madison

Il y a huit ans, Daisy a tout quitté : sa vie à Steamboat Springs, sa famille... et surtout Reid, le jour même de leur mariage. Depuis, elle n'a cessé de penser à lui, au bonheur qu'elle a laissé filer. Alors, quand elle revient dans le Colorado pour s'occuper de ses petites nièces, Daisy est bouleversée de retrouver Reid. Car si elle aime encore celui qu'elle s'apprêtait à épouser, elle est certaine qu'il la hait pour avoir sacrifié l'avenir qu'ils avaient envisagé ensemble...

Retrouvailles sous la neige - Jules Bennett

Alors qu'il arrive à Lenox, Massachusetts, au milieu d'un tourbillon de neige, Max est assailli par les souvenirs. C'est là qu'il a aimé Raine, à la folie. C'est là qu'elle lui a promis de le rejoindre à Hollywood dès qu'il y serait installé. C'était il y a quinze ans, et ils ne se sont jamais revus depuis. Jusqu'à aujourd'hui... Car soudain, sous les flocons virevoltants, Raine se matérialise devant lui, plus belle que jamais – et accompagnée d'un bébé. Sous le choc de ces retrouvailles, Max n'a pourtant pas le temps de s'appesantir sur les sentiments qui se bousculent en lui. Car il doit au plus vite trouver un refuge où tous trois pourront s'abriter de la tempête...

La rose de Destiny - Christyne Butler

Au volant de sa décapotable rouge, les cheveux au vent, Priscilla savoure son audace. Elle l'a fait ! Elle a fui Beverly Hills et les carcans imposés par la haute société à laquelle elle appartient ; elle a quitté son fiancé aussi guindé que volage. Arrivée à Destiny, Wyoming, elle sent son cœur se gonfler d'espoir. Dans cet endroit paisible, peut-être pourra-t-elle se construire une nouvelle vie ? Du moins, si elle parvient à combler le fossé qui la sépare des habitants de la petite ville. Et plus précisément de Dean Zippenella, un célibataire des plus sexy qui, chaque fois qu'elle le croise, éveille en elle des sensations troublantes...

La mariée de Bride Mountain - Gina Wilkins

Les amoureux qui ont la chance de croiser, dans la brume de Bride Mountain, le fantôme de la mariée, vivront heureux toute leur vie. Kinley aime tellement cette légende qu'elle en a fait l'un des atouts majeurs de l'auberge qu'elle vient d'ouvrir avec ses frère et sœur. Nul doute que les touristes seront comblés par ce lieu chaleureux chargé de poésie ! Elle y a mis tant de passion, tant d'énergie. Aussi, c'est la peur au ventre qu'elle attend la visite de Dan Phelan, le journaliste chargé d'écrire une critique sur sa chère auberge. Car c'est de cet homme à la réputation sévère que dépend son avenir...

Un amant pour la vie - Fiona Brand

Elena jubile. Il y a six ans, Nick Messena ne s'est intéressé à elle que le temps de l'attirer dans son lit – pour mieux la rejeter ensuite, brisant alors son cœur naïf. Mais aujourd'hui, à voir la façon dont il couve du regard la femme belle et déterminée qu'elle est devenue, le rapport de force a de toute évidence changé. Et Elena compte bien mettre à profit sa nouvelle assurance pour conquérir Nick, et réécrire la fin de leur histoire...

Fantasmes à fleur de peau - Hope Tarr

Quand son éditrice lui demande d'écrire un roman d'amour à quatre mains avec Adam Maxwell, un écrivain à succès qui représente tout ce qu'elle déteste, Becky Stone est furieuse : qu'est-ce qu'un homme, un auteur de romans d'aventure, peut bien connaître aux femmes, à leurs désirs et à leurs rêves secrets ? Mais rapidement elle sent ses convictions vaciller : terriblement séduisant, d'une sensualité à fleur de peau, cet homme éveille en elle des envies inavouables. Au point qu'elle ne peut résister quand il lui propose, d'une voix rauque, d'expérimenter entre ses bras les fantasmes dont ils doivent nourrir leur livre...

Aux frontières du désir - Kathleen O'Reilly

Jeff Brooks. En observant à la dérobée l'homme recruté par son père pour la surveiller et améliorer son image de sulfureuse héritière abonnée aux frasques nocturnes, Sheldon sent une intense frustration l'envahir. Comment pourrait-elle avoir envie que cet apollon lui donne des leçons de savoir-vivre ? Non, ce qu'elle veut, c'est que cet homme si sexy la prenne dans ses bras, qu'il couvre son corps de baisers ardents et qu'il se livre à mille jeux torrides avec elle. Même si elle doit employer les grands moyens – y compris les plus déloyaux – pour venir à bout de son indifférence. Comme s'avancer dans la pièce seulement vêtue d'une fine culotte de dentelle...

Best-Sellers n°621 • suspense
Le secret de la nuit - Amanda Stevens

Au loin, elle aperçoit la silhouette familière d'un homme se diriger vers elle. Malgré le masque d'assurance qu'elle s'efforce d'afficher, Amelia Gray se sent blêmir. Robert Fremont est de retour. Une fois encore, cet ancien policier aux yeux constamment dissimulés derrière d'opaques lunettes de soleil est venu lui demander son aide. Pourquoi l'a-t-il choisie elle, simple restauratrice de cimetières, pour tenter d'élucider le meurtre qui a ébranlé la ville dix ans plus tôt ? Amelia ne le sait que trop bien, hélas : Fremont est le seul à avoir perçu le don terrible et étrange qu'elle cache depuis l'enfance… Bien que désemparée, elle accepte la mission qu'il lui confie. Mais tandis que ses recherches la mènent dans les quartiers obscurs de Charleston, elle comprend bientôt qu'elle n'a plus le choix. Si elle veut remporter la terrible course contre la montre dans laquelle elle s'est lancée, elle va devoir solliciter le concours de l'inspecteur John Devlin. Cet homme sombre et tourmenté dont elle est profondément amoureuse mais qu'elle doit à tout prix se contenter d'aimer de loin…

Best-Sellers n°622 • suspense
Neige mortelle - Karen Harper

Un cadavre de femme, retrouvé enseveli sous la neige. Puis, quelques jours plus tard, une autre femme, découverte assassinée à deux pas de chez elle… Comme tous les autres habitants de la petite communauté de Home Valley où elle vit, Lydia Brand est bouleversée. Ces décès inexpliqués sont-ils de simples coïncidences ? Au plus profond de son cœur, Lydia est persuadée que non. Pire, elle éprouve le désagréable sentiment qu'ils sont intimement liés à l'enquête qu'elle mène pour retrouver ses parents biologiques… Cherche-t-on à l'empêcher de découvrir la vérité ?
Bien que gagnée peu à peu par la peur, Lydia se résout à vaincre ses réticences et à se confier à Josh Yoder, l'homme pour qui elle travaille… et qui fait battre son cœur en secret. Aussitôt sur le qui-vive, Josh lui en fait la promesse : il l'aidera à lever le voile sur ses origines, et la protègera de l'ennemi invisible qui la guette dans l'ombre.

Best-Sellers n°623 • thriller
Sur la piste du tueur - Alex Kava

A la vue du corps qui vient d'être déterré par la police sur une aire de repos de l'Interstate 29, dans l'Iowa, l'agent spécial du FBI Maggie O'Dell comprend qu'elle vient enfin de découvrir le lieu où le tueur en série qu'elle traque depuis un mois a enterré plusieurs de ses victimes.
Pour démasquer ce criminel psychopathe qui a fait des aires d'autoroute son macabre terrain de chasse, et l'empêcher de tuer de nouveau, Maggie est prête à tout mettre en œuvre. Et tant pis si pour cela, il lui faut accepter de collaborer avec Ryder Creed, un enquêteur spécialisé que le FBI a appelé en renfort. Un homme mystérieux qui la trouble beaucoup trop à son goût.
Mais tandis que Maggie se rapproche de la vérité, il devient de plus en plus clair que le tueur l'observe sans répit, et qu'elle pourrait bien être son ultime proie…

Best-Sellers n°624 • roman
Noël à Icicle Falls - Sheila Roberts

La magie de Noël va-t-elle opérer à Icicle Falls ?

Tout avait pourtant si bien commencé… Cassie Wilkes, propriétaire de la petite pâtisserie d'Icicle Falls, doit pourtant l'admettre : si le repas familial qu'elle a préparé pour Thanksgiving frise la perfection absolue, il n'en va pas de même pour le reste de son existence. Loin de là. Sa fille unique ne vient-elle pas d'annoncer à table, devant tous les convives, qu'elle comptait se marier le week-end avant Noël (autant dire dans 5 minutes) avant de déménager dans une autre ville ? Pire, qu'elle voulait que son père (autrement dit son épouvantable ex-mari) la conduise à l'autel ? Déjà proche du KO, Cassie doit encaisser l'ultime mauvaise nouvelle de ce repas qui a décidément viré au cauchemar : son ex-mari, sa nouvelle femme et leur chien vont demeurer chez elle le temps des festivités.

Pour Cassie, cette période des fêtes sera à n'en pas douter pleine de surprises et de rebondissements…

Best-Sellers n°625• historique
Séduite par le marquis - Kasey Michaels

Londres, 1816

Lorsque débute sa première saison à Londres, Nicole est aux anges. Elle a tant rêvé de ce moment ! Et certainement pas dans l'espoir de dénicher un mari, comme la plupart des jeunes filles. Non, tout ce qu'elle désire, c'est savourer le plaisir d'être enfin présentée dans le monde et de vivre des aventures passionnantes. Mais à peine arrivée à Londres, elle fait la connaissance d'un ami de son frère, le marquis Lucas Caine. Un gentleman séduisant et charismatique qui, elle le sent aussitôt, pourrait la faire renoncer à ses désirs d'indépendance si elle n'y prenait garde. Mais voilà que Lucas lui fait alors une folle proposition : se faire passer pour son fiancé afin de décourager les soupirants qui ne manqueront pas de se presser autour d'elle. Nicole est terriblement tentée. Grâce à ce stratagème, aucun importun n'osera lui parler de mariage ! Mais si ce plan la séduit, est-ce parce qu'il l'aidera à conserver sa liberté, ou parce qu'il la rapprochera un peu plus de ce troublant marquis ?

Best-Sellers n°626 • roman
Avec vue sur le lac - Susan Wiggs

Etudes brillantes, parcours professionnel sans faute… Sonnet Romano s'efforce chaque jour de gagner la reconnaissance d'un père dont elle est « l'erreur de jeunesse », la fille illégitime. Une vie parfaite et sans vagues qui a un prix : Sonnet ne se sent jamais à sa place…

Mais voilà que le vent se lève en ce début d'été. Une nouvelle bouleversante pousse Sonnet à tout quitter — son poste à l'Unesco et la mission prestigieuse qu'on lui offre à l'étranger —, pour rentrer s'installer au lac des Saules, où elle a grandi. Là-bas, une épreuve l'attend. Une épreuve, mais aussi la chance inestimable d'une nouvelle existence. Portée par l'amour inconditionnel de ses amis, de sa mère adorée, de son beau-père qui l'a toujours soutenue, Sonnet va ouvrir les yeux. Sur la nécessité de sortir du carcan des apparences, sur la liberté de faire ses propres choix. Mais surtout sur la naissance de ses sentiments profonds et passionnés pour Zach, l'ami de toujours, l'homme qu'elle n'attendait pas…

OFFRE DE BIENVENUE

2 romans Passions et 2 cadeaux surprise !

Vous êtes fan de la collection Passions ? Pour prolonger le plaisir, recevez gratuitement **2 romans Passions** (réunis en 1 volume) **et 2 cadeaux surprise !**

Une fois votre colis de bienvenue reçu, si vous souhaitez continuer à recevoir nos romans Passions, cela se fera automatiquement. Vous recevrez alors chaque mois 3 volumes doubles inédits de cette collection au tarif de 23,93€ (25,94€ pour la Belgique), incluant les frais de port.

▶ **Vous n'avez aucune obligation d'achat et cette offre est sans engagement de durée !**

Les bonnes raisons de s'abonner :

◆ Aucun engagement de durée ni de minimum d'achat.

◆ Vos romans en avant-première.

◆ La livraison à domicile.

Et aussi des avantages exclusifs :

◆ Des cadeaux tout au long de l'année qui récompensent votre fidélité.

◆ Des réductions sur vos romans par le biais de nombreuses promotions.

◆ Des romans exclusivement réédités pour nos abonné(e)s notamment des sagas à succès.

◆ L'abonnement systématique à notre magazine d'actu ROMANCE.

◆ Des points cadeaux pouvant être échangés contre des livres ou des cadeaux.

Rejoignez-nous vite en complétant et en nous renvoyant le bulletin !

```
RZ4F09
RZ4FB1
```

N° d'abonnée (si vous en avez un) ⊔⊔⊔⊔⊔⊔⊔⊔⊔⊔

Mme ☐ Mlle ☐ Nom : .... Prénom : ....

Adresse : ....

CP : ⊔⊔⊔⊔⊔   Ville : ....

Pays : ....   Téléphone : ⊔⊔⊔⊔⊔⊔⊔⊔⊔⊔

E-mail : ....

Date de naissance : ....

☐ Oui, je souhaite être tenue informée par e-mail de l'actualité des éditions Harlequin.

☐ Oui, je souhaite bénéficier par e-mail des offres promotionnelles des partenaires des éditions Harlequin.

<u>Renvoyez cette page à</u> : **Service Lectrices Harlequin – BP 20008 – 59718 Lille Cedex 9 - France**

www.harlequin.fr

Grand Jeu de l'Avent

Des cadeaux à gagner tous les jours du 1er au 25 décembre 2014 !

Rendez-vous sur
www.harlequin.fr
ou sur notre page f

Composé et édité par HARLEQUIN

Achevé d'imprimer en Italie (Milan)
par Rotolito Lombarda
en novembre 2014

Dépôt légal en décembre 2014